開拓社叢書 10

イギリス文化・文学への誘い

江藤秀一・松本三枝子【編】

開拓社

は　し　が　き

　1995年12月の中旬，イギリスのケンブリッジ日本人会は例年どおりクリスマスパーティを催した．私はその年，大学から在外研修の機会を与えられてケンブリッジに滞在していた．ケンブリッジには私のような大学関係者をはじめ，企業や国，地方公共団体などからたくさんの研究者が派遣されている．また，日本人留学生もたくさんいて，日本人会は賑やかである．ケンブリッジに滞在すると一度はお世話になるという，タルタビーニ珠子さんがその会のお世話をして下さっている．

　そのクリスマス会の帰りのこと，珠子さんからブッカー賞の話を日本人会の定例会でしてくれないかと頼まれた．ブッカー賞はイギリスおよびコモンウエルス諸国の作家がイギリスで発表した小説に与えられる文学賞で，毎年秋に発表される．その年はパット・バーカーという女流作家が受賞し，秋から冬にかけて新聞や雑誌をはじめ，各種のマスコミで紹介されていた．その文学賞の歴史や作品を紹介してほしいというのが珠子さんからの依頼であった．しかし，私の専門は18世紀英文学であり，そのあたりの事情は詳しくないのでお断りしたところ，どなたか英語の先生で詳しい人を紹介してくれないか，ということであった．そこで，同じ時期に青山学院から派遣されていた芦原和子さんにうかがったところ，快く引き受けていただけた．そのことを珠子さんに報告したところ，私にも何かやってほしいと再度頼まれた．

　お引き受けすべきか迷った．イギリスの18世紀の作家の話など興味を引かないだろうと思った．がしかし，こういう時にこそ私たち文化系の出番だとも思った．というのも，ケンブリッジには私たちのような文化系の研究者だけでなく，理科系の研究者もいる．彼らは研究所に通い，実験をし，いつも忙しくしていることが方々から聞こえてきた．私のほうといえば，18世紀英文学研究を目的に派遣されているのだが，初めての長期海外生活であり，研究活動に精を出すというよりも，イギリスの生活を体験し，英語の背景となっている生活や習慣を学ぼうと思っていた．したがって，各種の催し物やお祭りに出かけていき，地元のパブにせっせと通い，イギリスの人たちの生

活ぶりを観察することに終始していた．文化系の人は暇で優雅でいいね，などとよく言われたものである．ここで珠子さんのお話を断れば，本当に暇で優雅でお役に立たないままの研修になってしまうのではという気持ちであった．そこで芦原さんが20世紀の文学賞の話をするのなら，それをもとに日本人会のためにイギリスの文化・文学に関する講座を開いてはどうだろうかと思った．

　ケンブリッジ在住の日本人はそれぞれ各自の専門の研究や勉強に来ているわけだが，イギリスにいるかぎりは，この国の歴史や文化に接しないで過ごすことはできない．一歩外にでれば，そこには歴史と文化がある．その歴史や文化を知ることは，たとえ専門の研究とは直接のかかわりがなくても，研究に来ているイギリスのことが，あるいはイギリス人のことがより深く理解できるようになるのではないか，そしてそのことが結果的に研究活動をスムーズにし，この国での滞在をより豊かなものにするのではないだろうかと思ったのである．そんなことを松本三枝子さんや諸戸樹一さんにお話ししたところ，お二人とも異論はなく，仲間を募って講座の開催となった．

　講座は毎週火曜日の午後，ダーウィン・コレッジのオールド・ライブラリーを会場に行われた．その講座では以下のように，芦原さんのブッカー賞の話に引き続いて，イギリスの歴史と文学を古い時代からたどって行くことにした（敬称略）．

　　　第1回　ブッカー賞と女流作家　　　　　　　　　　　　芦原和子
　　　第2回　中世時代のイギリス——カンタベリーはなぜ有名か　隈元貞広
　　　第3回　「弱き者，汝の名は女なり」——シェイクスピアの名文句
　　　　　　　　　　　　　　　　　　　　　　　　　　　吉田秀生
　　　第4回　ミルトンを知っていますか——楽園追放のお話　飯沼万里子
　　　第5回　英語辞典を最初に作った男の話
　　　　　　　　　——18世紀のロンドンを訪ねて　　　　　江藤秀一
　　　第6回　ヴィクトリア女王の時代——19世紀は男尊女卑？　松本三枝子
　　　第7回　D. H. ロレンスという作家
　　　　　　　　　——キリスト教と闘ったキリスト教徒　　諸戸樹一
　　　第8回　T. S. エリオットの世界　　　　　　　　　　今村温之

　この全8回の講座は好評で，聴講者の数も常時15〜17名あり，多いとき

には 30 名近い回もあった．このような講座に対する関心の高さと必要性を改めて感じた次第であった．

　本書はこの講座が基になっている．本の形にするに当たっては古い時代から現代の順にし，講座では取り上げなかったロマン派の時代を補い，ヴィクトリア時代を代表する小説家のチャールズ・ディケンズなどを入れた．執筆にあたっては講座担当者の全員と行いたかったが，諸戸樹一さんと吉田秀生さんは帰国すると公務に追われ，ご一緒できなくなって残念であった．新しく追加した項を含め，執筆は次の方々にお願いした（敬称略）．

　　第1章　隈元貞広　　　　　　第5章　藤巻明
　　第2章　三浦伊都枝，岩崎徹　　第6章　松本三枝子，大京子
　　第3章　飯沼万里子　　　　　　第7章　芦原和子，今村温之
　　第4章　江藤秀一

以上の方々はほぼ同時期にケンブリッジで一緒に研修を行っていた方々で，どの方もその方面の専門家である．また，講座の段階からの相談相手であった松本三枝子さんには，本書の企画の段階から協力していただき，特に後半の三つの章の編集と索引を担当していただいた．

　各章の構成は，まずその時代の歴史の流れや社会の様子と人々の生活などを大まかに述べ，次にその時代の代表的な作家を紹介するという形をとった．講座を基にした章では，その講座を中心に，さらに発展的に述べられたものもあれば，講座で紹介した代表的作家に別の作家を追加した章もある．内容的には，この講座の趣旨から，イギリスの歴史や文学の初学者を対象に，ごく基本的な事柄が述べられているが，ところによっては少し専門的にふみ込んだものもある．すべては執筆者の意向に添うようにした．読者の皆様には，第1章から順次読み進まれてもよいし，興味のあるところから読まれても構わない．本書を読んで下さる一人でも多くの方がイギリスの文化や文学に興味を持たれ，ここに紹介されている作品をお読みいただければ幸いである．また，イギリスに行かれる機会があれば事前にお読みいただければ，イギリスの風物に対する興味も増し，博物館や美術館の作品に対する理解も増すものと思われる．

　本書は本来ならもっと早く出すべきだった．気軽な手引き書のつもりが，執筆者の熱意から真面目な入門書となり，思いもかけず編集作業に時間を要

した．校正作業の直前に，仲間の芦原和子さんが亡くなるという思いもかけない出来事が生じた．芦原さんはこの本の基となる講座を最初に引き受けてくれた方であり，いわば本書の生みの親である．芦原さんがブッカー賞の話を引き受けてくれていなければ，先の講座は生まれたかどうかわからないし，講座がなければこの本もない．芦原さんにはロンドンまで一緒にロイヤルバレーを観に行ったり，ロードメーヤーズショーを見に行ったりして，楽しい思い出を残していただいた．芦原さんはヘンリー・ジェイムズが専門であるが，その専門にこだわらず，講座では聞き手のことを考えてお話して下さり，また本書では読者のことを考えて執筆して下さった．ご冥福をお祈りする．芦原さんの担当箇所の校正は松本三枝子さんにお願いした．また，芦原さんの同僚であった宮内華代子氏，夫君の芦原貞雄氏には参考文献の原稿のとりまとめや校閲などもお願いし，大変にお世話になった．記してお礼を申し上げる．また，ケンブリッジの講座の成果をこのような形で残していただいた開拓社と，編集を担当し，何かとアドヴァイスを与えて下さった同社の川田賢氏に心からお礼を申し上げる．

平成12年1月

江　藤　秀　一

イギリス王(室)系図

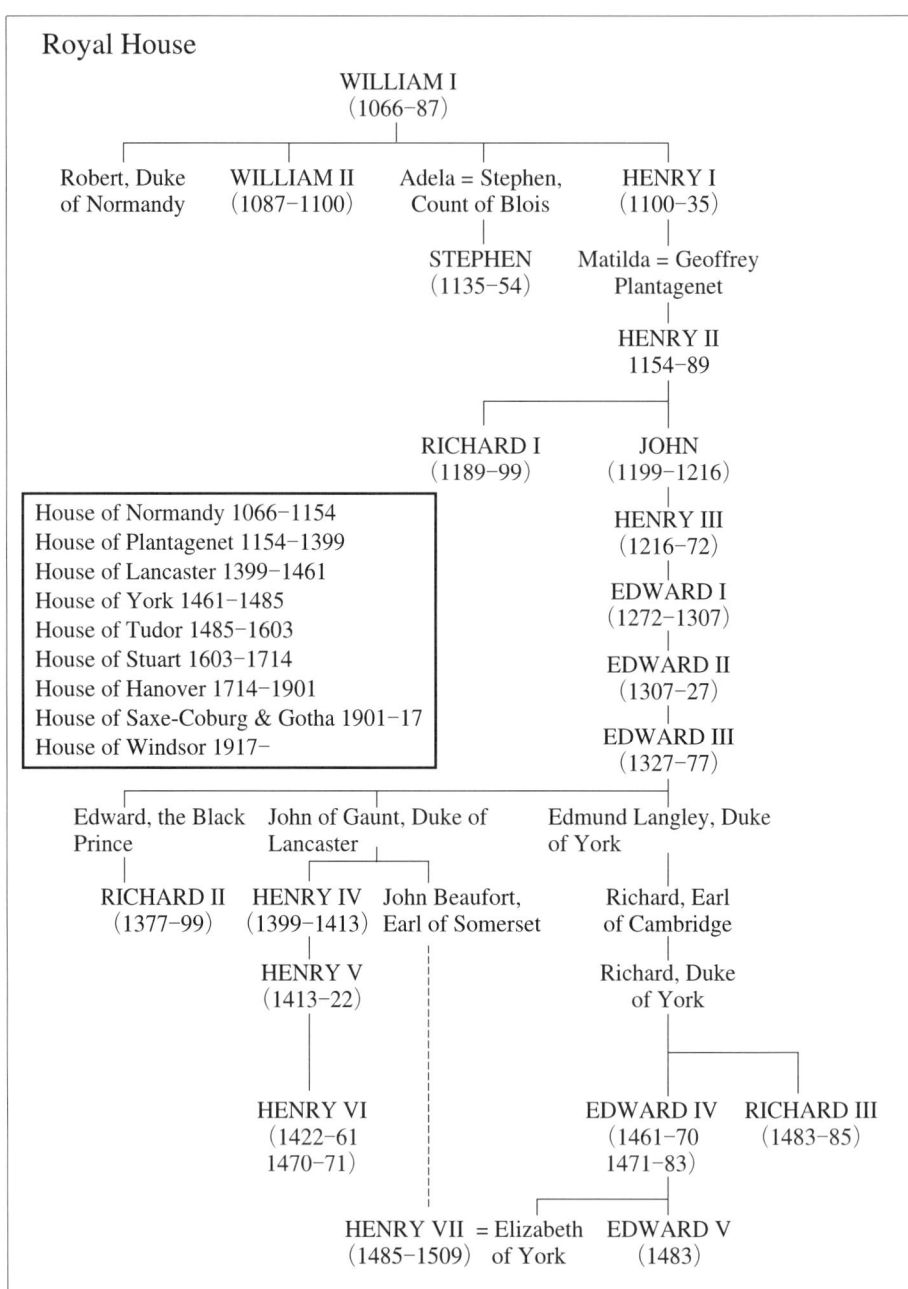

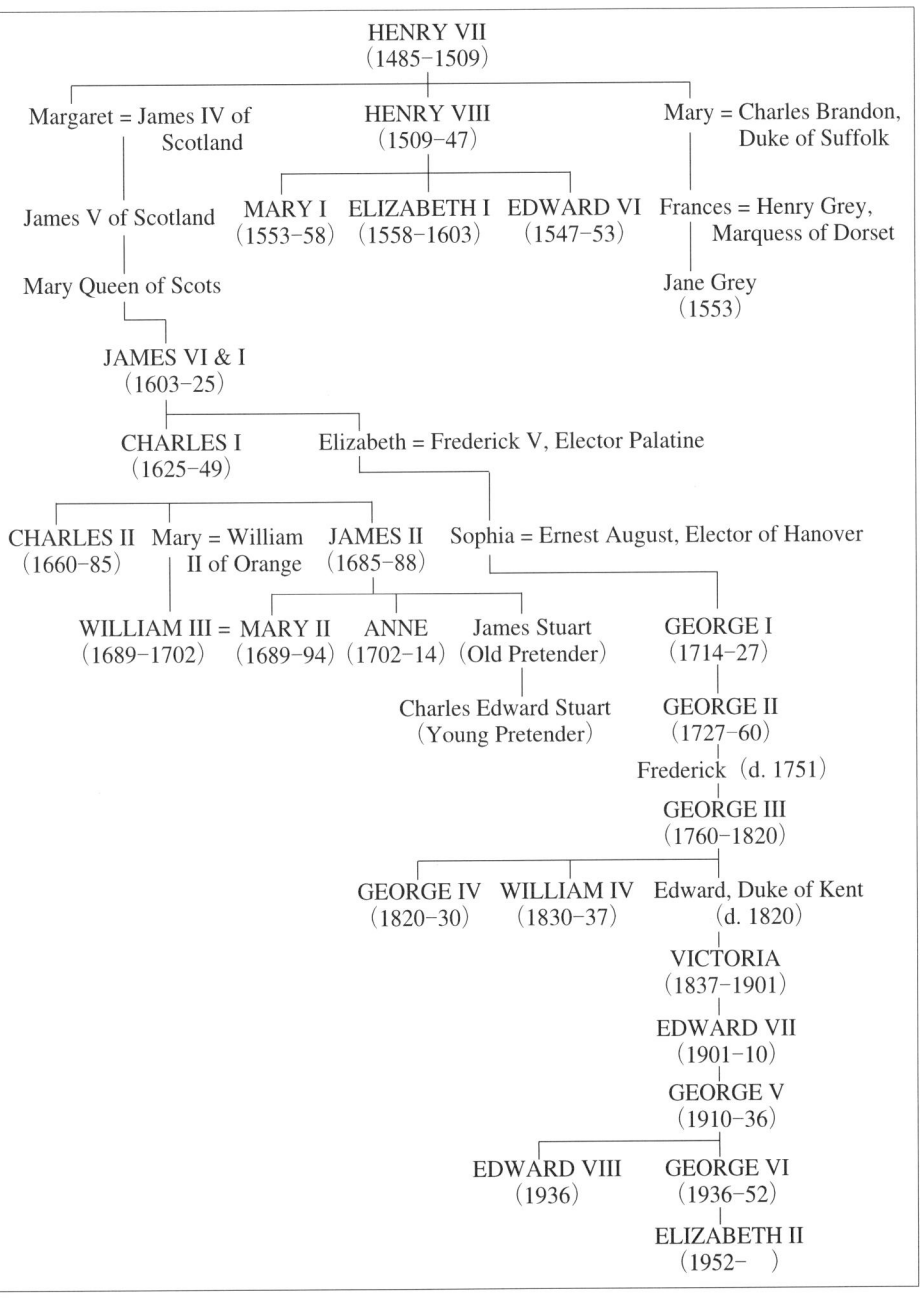

目　次

はしがき
イギリス地図
イギリス王(室)系図

第1章　中世の文化と文学
　　　　──古英語詩から中英語詩，そしてチョーサーへ──……… 1
　Ｉ．イングランドの歴史 ………………………………………… 3
　　（1）ブリテン島と先住民，ローマン・ブリテン…………… 3
　　（2）ゲルマン人の来島，アングロ・サクソン七王国……… 5
　　（3）デーン人の来島，ウェセックス王国のイングランド統一… 7
　　（4）ノルマン王朝……………………………………………… 8
　　（5）プランタジネット王朝…………………………………… 10
　　（6）百年戦争，バラ戦争……………………………………… 12
　II．中世の文化・文学の流れ …………………………………… 14
　　（1）古英語時代の文学………………………………………… 14
　　（2）ノルマン征服──フランス語と英語…………………… 16
　　（3）古英語文学から中英語文学へ──フランス文学の影響…… 18
　　（4）中期英語文学──ロマンスその他のジャンル………… 22
　III．チョーサー …………………………………………………… 31
　　（1）チョーサーとロンドン…………………………………… 31
　　（2）チョーサーの『カンタベリー物語』…………………… 43

第2章　16世紀の文化と文学 ……………………………………… 51
　Ｉ．16世紀の歴史と文化 ………………………………………… 52
　　（1）チューダー王朝の幕開き………………………………… 52
　　（2）カトリックからプロテスタントへ……………………… 52
　　（3）良き女王ベス……………………………………………… 56
　　（4）対スペイン戦争…………………………………………… 57
　　（5）建築の時代………………………………………………… 59
　　（6）娯楽………………………………………………………… 61
　II．シェイクスピアへの招待
　　　　──グローブ座，ロンドン塔，ストラットフォード── …… 64
　　（1）グローブ座──名作の震源地「地球」座── ………… 64

  (2) ロンドン塔——英国史劇の舞台—— ……………………… 71
  (3) ストラットフォード——シェイクスピア生誕・終焉の地——…… 77

第3章 **17世紀の文化と文学**……………………………………… 84
 I. 17世紀の歴史と文化 ……………………………………… 85
  (1) 英国の宗教改革 ……………………………………… 85
  (2) スチュアート王朝 …………………………………… 87
  (3) 内乱と革命政府 ……………………………………… 88
 II. 清教徒詩人ジョン・ミルトン …………………………… 93
  (1) 誕生から革命前夜まで ……………………………… 93
  (2) ミルトンと革命 ……………………………………… 95
  (3) ミルトンの晩年 ……………………………………… 99
  (4) ミルトンと『失楽園』 ……………………………… 100
 III. もう一人のジョンと『天路歴程』 ……………………… 104
  (1) ジョン・バニヤンと信仰への足どり ……………… 104
  (2) 説教者バニヤン ……………………………………… 108
  (3) バニヤンと『天路歴程』 …………………………… 110

第4章 **18世紀の文化と文学**……………………………………… 115
 I. 18世紀の歴史と文化 ……………………………………… 115
  (1) 王室の流れ …………………………………………… 115
  (2) 社会の様子と庶民の暮らし ………………………… 120
  (3) 暦の改革 ……………………………………………… 125
  (4) ジャーナリズムの発展と小説の誕生 ……………… 126
 II. 小説の父，ダニエル・デフォー ………………………… 128
  (1) デフォーの生涯 ……………………………………… 128
  (2) 『ロビンソン・クルーソー』 ……………………… 132
 III. 人間嫌いのジョナサン・スウィフト …………………… 135
  (1) スウィフトの生涯 …………………………………… 135
  (2) 『ガリヴァー旅行記』 ……………………………… 137
 IV. ドクター・ジョンソンとその仲間 ……………………… 140
  (1) ドクター・ジョンソンと『英語辞典』 …………… 140
  (2) ジョンソンの友人サー・ジョシュア・レノルズ ………… 146

第5章 **ロマン主義時代の文化と文学**…………………………… 150
 I. ロマン主義時代の社会と文化 …………………………… 150
  (1) 狂王ジョージ三世の長い治世
    ——アメリカ独立革命とフランス革命 ……………… 150
  (2) 摂政時代と放蕩王ジョージ四世 …………………… 151

（3）「愚か者ビリー」に国王のお鉢 …………………………… 153
　　　（4）拡大する植民地帝国と連合王国の成立 …………………… 154
　　　（5）産業革命と社会の変化 ……………………………………… 156
　　　（6）虐げられた者たちの声 ……………………………………… 157
　II．ロマン主義時代の文学 …………………………………………… 158
　　1．孤高の複合芸術家ウィリアム・ブレイク ……………………… 158
　　　（1）権威に反抗する幻視者 ……………………………………… 158
　　　（2）絶望――不遇の人生 ………………………………………… 159
　　　（3）百年早すぎた天才 …………………………………………… 160
　　　（4）無垢と経験――喜びの子と悲しみの子 ………………… 161
　　　（5）子羊と虎 ……………………………………………………… 162
　　　（6）産業社会の告発――「ロンドン」………………………… 163
　　2．冷たく迎えられたロマン主義の高らかな宣言：ウィリアム・
　　　　ワーズワスとサミュエル・テイラー・コールリッジ ……… 164
　　　（1）イギリス文学史に残る友情 ………………………………… 164
　　　（2）たぎる血潮――フランス革命と恋 ………………………… 165
　　　（3）大学中退と共産主義的夢想 ………………………………… 166
　　　（4）蜜月時代とスパイ騒動 ……………………………………… 167
　　　（5）冷たく迎えられる『抒情的歌謡集』 ……………………… 168
　　　（6）コールリッジの超自然詩 …………………………………… 170
　　　（7）ドイツ滞在と多産なダヴ・コテッジ時代 ………………… 171
　　　（8）天賦の才能の衰え――コールリッジの「失意」 ………… 172
　　　（9）ワーズワスの精神の叙事詩『序曲』 ……………………… 173
　　　（10）ハイゲイトの賢人――コールリッジの晩年 ……………… 174
　　　（11）桂冠詩人ワーズワス ………………………………………… 175
　　　（12）ロマン主義と「老い」 ……………………………………… 176
　　3．若くて異郷に命を散らすロマン派第二世代の詩人たち……… 177
　　　〈バイロン卿ジョージ・ゴードン〉 …………………………… 178
　　　（1）爵位継承と東方旅行 ………………………………………… 178
　　　（2）「目覚めれば有名人」と相次ぐスキャンダル …………… 180
　　　（3）大陸放浪と創作意欲 ………………………………………… 181
　　　（4）新たな恋とイタリア解放運動 ……………………………… 181
　　　（5）長篇諷刺詩『ドン・ジュアン』 …………………………… 182
　　　（6）ギリシア独立運動への献身と埋葬拒否 …………………… 183
　　　（7）死後の人気暴落と現在の評価 ……………………………… 184
　　　〈パーシー・ビッシュ・シェリー〉 …………………………… 184
　　　（1）名門の反逆児 ………………………………………………… 184
　　　（2）メアリとの駆け落ちと最初の妻の自殺 …………………… 185
　　　（3）イギリス出国と放浪，「西風に寄せるオード」と「雲雀に寄せて」… 186
　　　（4）平等な社会の希求――『プロメテウス解放』 …………… 187

(5) 搾取と疎外状況の告発——イングランド人民のために ………… 188
　　(6) あっけない最期 ……………………………………………………… 189
　　(7) 終始一貫ロマン主義 ………………………………………………… 190
　〈ジョン・キーツ〉 …………………………………………………………… 190
　　(1) 医師資格放棄と文学の新大陸 ……………………………………… 190
　　(2) 酷評される「ロンドン下町派」 …………………………………… 191
　　(3) 物語詩——妖美と宿命の女 ………………………………………… 193
　　(4) 「美は真理，真理は美」——ギリシア古瓶の絵 ………………… 194
　　(5) 夢か現実か——小夜鳴鳥の歌 ……………………………………… 195
　　(6) ローマに客死 ………………………………………………………… 196
　　(7) 珠玉の書簡集 ………………………………………………………… 197

第6章　19世紀の文化と文学 ……………………………………………… 199
　I. 19世紀の歴史と文化 ……………………………………………………… 199
　　(1) 大英帝国の成立 ……………………………………………………… 199
　　(2) 社会問題と小説 ……………………………………………………… 202
　　(3) 家庭の天使から新しい女へ ………………………………………… 205
　　(4) 娯楽としての読書 …………………………………………………… 208
　II. チャールズ・ディケンズ
　　　——底抜けに明るく，底知れぬ深層をもつ作家—— ………………… 211
　　(1) 人気作家の出発点 …………………………………………………… 211
　　(2) ディケンズの町，ロチェスター …………………………………… 212
　　(3) ディケンズの小説とロンドン ……………………………………… 216
　III. ジェイン・オースティンと楽しきイギリス ………………………… 226
　　(1) イギリス人に愛され続けるジェイン・オースティン …………… 226
　　(2) 『高慢と偏見』 ……………………………………………………… 229
　IV. ブロンテ姉妹とムーアのハワース …………………………………… 232
　　(1) 牧師館での短い生涯 ………………………………………………… 232
　　(2) 『ジェイン・エア』 ………………………………………………… 236
　V. ジョージ・エリオットとイギリス社会 ……………………………… 238
　　(1) 男性ペンネームの作家 ……………………………………………… 238
　　(2) イギリス社会のパノラマ小説『ミドルマーチ』 ………………… 240
　VI. オスカー・ワイルド
　　　——時代の寵児から下獄，そしてフェニックスのごとく—— ……… 244
　　(1) 世紀末の才人 ………………………………………………………… 244
　　(2) 芸術至上主義者 ……………………………………………………… 246
　　(3) 『幸福の王子』から『ドリアン・グレイの肖像』まで ………… 248
　　(4) 喜劇の成功と寂しい最期 …………………………………………… 249

第7章　20世紀の文化と文学 …………………………… 252
- I. 20世紀の歴史 …………………………………………… 252
  - (1) 第一次世界大戦と経済不況 …………………………… 252
  - (2) 第二次世界大戦の勝利と「ゆりかごから墓場まで」 … 254
  - (3) エリザベス女王二世と香港の中国への返還 ………… 257
- II. 伝統からの脱皮 ………………………………………… 259
  - (1) カウンター・カルチャーとしての若者文化 ………… 259
  - (2) 女の時代とサッチャーの登場 ………………………… 261
- III. 意識の流れとジョイス，ウルフ ……………………… 262
  - (1) ジェイムズ・ジョイス ………………………………… 262
  - (2) ジョイスの作品 ………………………………………… 264
  - (3) ヴァージニア・ウルフ ………………………………… 265
  - (4) ウルフの作品 …………………………………………… 267
- IV. 多様化する20世紀の作家たち ………………………… 268
  - (1) ジョージ・オーウェル ………………………………… 269
  - (2) H. G. ウェルズ ………………………………………… 270
  - (3) マーガレット・ドラブル ……………………………… 271
- V. T. S. エリオットの密なる世界——個性・共同・媒介—— … 273
  - (1) 個人的体験，リトゥル・ギディングへ ……………… 273
  - (2) エリオットの生涯 ……………………………………… 274
  - (3) エリオットの世界観 …………………………………… 277
  - (4) リトゥル・ギディングでの経験 ……………………… 282
- VI. ブッカー賞と現代小説 ………………………………… 284
  - (1) ブッカー賞について …………………………………… 284
  - (2) ブッカー賞受賞作家および受賞作品について ……… 285
  - (3) ブッカー賞受賞作品一覧 ……………………………… 289

参考文献 …………………………………………………………… 291

索　引 ……………………………………………………………… 301

写真・図版資料出典一覧 ………………………………………… 317

イギリス文化・文学への誘い

第1章　中世の文化と文学
―― 古英語詩から中英語詩，そしてチョーサーへ ――

　イギリスの中世文学を代表する作家であるジェフリー・チョーサー (Geoffrey Chaucer, 1343?-1400) の『カンタベリー物語』(*The Canterbury Tales*, 1387?-1400) は，次のような春の描写で始まる：

　　四月がそのやさしきにわか雨を
　　三月の旱魃の根にまで滲みとおらせ，
　　樹液の管ひとつひとつをしっとりと
　　ひたし潤し花も綻びはじめるころ，
　　西風もまたその香しきそよ風にて
　　雑木林や木立の柔らかき新芽に息吹をそそぎ，
　　若き太陽が白羊宮の中へその行路の半ばを急ぎ行き，
　　小鳥たちは美わしき調べをかなで
　　夜を通して眼をあけたるままに眠るころ，
　　――かくも自然は小鳥たちの心をゆさぶる――
　　ちょうどそのころ，人々は巡礼に出かけんと願い，
　　棕櫚の葉もてる巡礼者は異境を求めて行かんと冀う，
　　もろもろの国に知られたる
　　遥か遠くのお参りどころをもとめて．
　　とりわけ英国各州の津々浦々から
　　人々はカンタベリーの大聖堂へ，昔病めるとき，
　　癒し給いし聖なる尊き殉教者に
　　お参りしようと旅に出る．　　　　　　　　　（桝井迪夫訳）

チョーサーの英語（中期英語）そのものに，またそれと現代英語との違いに触れてもらうために，この訳の部分に対応する原文を挙げると，それは次のようになる（発音は基本的に綴り字どおりで，'Aprill' は /eipril/ ではなく /aːpril/, 'shoures' は /ʃuːrəs/, 'soote' は /soːtə/ となる）:

Whan that Aprill with his shoures soote	shoures=showers, soote=sweet
The droghte of March hath perced to the roote,	droght=drought, perced=pierced
And bathed every veyne in swich licour	veyne=vein, swich=such, licour=liquor
Of which vertu engendred is the flour;	vertu=power, flour=flower
Whan Zephirus eek with his sweete breeth	eek=also, breeth=breath
Inspired hath in every holt and heeth	holt=grove, heeth=heath
The tendre croppes, and the yonge sonne	croppes=shoots, sonne=sun
Hath in the Ram his half cours yronne,	hath=has, yronne= (pp.) run
And smale fowles maken melodye,	fowles=birds, maken=make
That slepen al the nyght with open ye	slepen=sleep, ye=eye
(So priketh hem nature in hir corages),	priketh=pricks, corages=hearts
Thanne longen folk to goon on pilgrimages,	thanne=then, longen=desire
And palmeres for to seken straunge strondes,	seken=seek, strondes=countries
To ferne halwes, kowthe in sondry londes;	halwes=saints, kowthe=known, /sondry=various, londes=lands
And specially from every shires ende	
Of Engelond to Caunterbury they wende,	wende=go
The hooly blisful martir for to seke,	hooly=holy, martir=martyr
That hem hath holpen whan that they were seeke.	holpen= (pp.) helped, seeke=sick

これは，『カンタベリー物語』の物語が始まる前におかれた「総序の歌」の冒頭の部分である．新鮮で生気に満ち，また柔らかく香しい春のムード．語りや描写の根底にあるバランスのとれた視点．人に対する共感の心．そしてそれらを伝えるチョーサーの英語と詩行は，巧みを越えた透明感を印象させる．

　このような詩行を書いたチョーサーを讃え，16世紀の詩人スペンサー（Edmund Spenser, 1552?-99）は「師チョーサー，清澄なる英語の源泉」と言い，17世紀の詩人・批評家のドライデン（John Dryden, 1631-1700）は「英

詩の父」と呼んだ．「英語の源泉」あるいは「英詩の父」といっても，チョーサーが初めて英語で詩を書いたというわけではない．彼は1343年頃にロンドンの裕福な葡萄酒商の子として生まれ，14歳の頃宮廷に出仕，以後宮廷役人，詩人として生涯を送り，1400年にその生涯を閉じている．スペンサーからおよそ200年前，ドライデンからおよそ300年前，そして現在の私たちからおよそ600年前の14世紀後半の詩人である．

　ヨーロッパの中世時代（The Middle Ages）は，一般的な時代区分に従うと，西ローマ帝国の滅亡（476年）からルネサンス曙光(しょこう)の1350年頃（あるいは1450年頃）までとされ，また中世英文学（Medieval English Literature）という呼称は，700年から1500年頃までの英文学をいう．それでいくと，チョーサーはヨーロッパ中世時代末期に属し，また後期中世英文学の詩人ということになる．さらに，中世英文学は，それが書かれたその英語に従って，古期英語（古英語 Old English, 700-1100）による古英語文学と中期英語（中英語 Middle English, 1100-1500）による中英語文学に分けられ，特に詩に限れば，それぞれ古英語詩，中英語詩と呼ばれる．つまり，英文学の時代区分でいくと，チョーサーは中世英文学の中の中英語時代，しかも後期中英語時代の詩人ということになる．

　このように，古英語詩をはじめ，チョーサー以前に英語で書かれた詩はもちろん存在する．450年頃大陸からブリテン島に入ってきたアングロ・サクソン人たちが島に定住したあとの600年代後半に書かれた古英語詩が，英語による最も古い詩として残っている．それ以前の詩もあるはずだが，文献として見つかっていない．古英語の時代およびチョーサーを含む中英語の時代の文学作品についてはあとで述べるとして，まず，それらの時代に至るまでのイングランドの歴史を概観してみよう．

I. イングランドの歴史

(1) ブリテン島と先住民，ローマン・ブリテン

　ブリテン島には旧石器時代の狩猟生活の跡がすでに見られるが，その後紀元前3000-2000年頃（新石器時代末期）イベリア半島からブリテン島南西部に移り住んだと思われる人たちがおり，「イベリア人」と呼ばれる．紀元

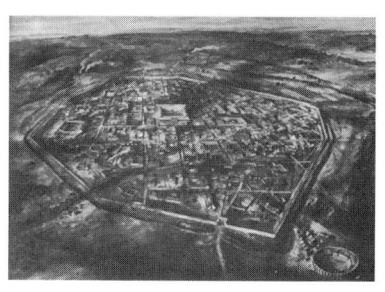

左上：Salisburyのストーンヘンジ．紀元前2000年頃に宗教その他の目的のために建てられたと考えられている．
右上：紀元前200年頃のケルト人集落復元図．
右下：紀元4世紀頃のSilchesterにおけるローマ・タウン復元図．

前2000年頃のものと思われるウィルトシャーのAveburyの遺跡やSalisburyのストーンヘンジなどに見られる巨石文化は彼らのものと考えられている．次いで紀元前2000年頃（青銅器時代）中央ヨーロッパから移動してきたビーカー人が来島，先住のイベリア人を征服するが，両民族は次第に融合していった．その後紀元前700年頃島に入ってきたのがケルト人である（鉄器文化）．彼らはライン河下流から島に渡ってきたのに始まり，最後のベルガエ族の侵入（紀元前200-60年頃）まで，来島，移住を繰り返し，先住民を駆逐する．その結果，紀元前1世紀のブリテン島はコリタニ，イケニ，カトゥウェラウニなどのケルト人部族が割拠していた．そこへローマ人による侵攻が始まる．紀元前55年，54年の2度にわたるジュリアス・シーザーの侵攻に始まり，それから約90年後の紀元43年にローマ皇帝クラウディウスが，プラティウス率いる約4万の兵を派遣して，本格的な征服に乗り出す．（後に本人も加わる．）そして現在のイングランドにあたる全地域を征服し，ローマ帝国の属州ブリタニアとした．シーザーの侵攻以前，島の住民たちはプレタニ（**Pretani**）と呼ばれていたが，シーザーのガリア侵攻（紀元前58年）に伴いガリア北部から島に移り住んだベルガエ族をローマ人たちは特にブリタニー（**Britanni**）と呼んでいたため，住民たちは総じてそう呼ばれ，（いわ

第1章　中世の文化と文学　　　5

ジュート族，アングル族，サクソン族のブリテン侵入（5世紀後半）．網版（濃くなっている）部分はローマ帝国領．

10世紀頃のアングロ・サクソン集落復元図

ゆるブリトン人），島はブリタニアと呼ばれるようになった（現在のブリテンという島名はここからくる）．ローマ人たちは島中に道路をめぐらし，主要地にはローマ・タウンを建設し，また各地でローマ・ヴィラ（Villa）と呼ばれる農場付き別邸を建てた．以後，紀元410年ローマ軍が撤退するまでの約350年間，ブリテンはローマ支配下のいわゆるローマ・ブリテンとなる．ここまでは，現在のイギリス人とは直接は関係のないケルト系先住民のブリテンとローマ支配下のブリテンの歴史である．

(2)　ゲルマン人の来島，アングロ・サクソン七王国

　一方，紀元前3000-2000年頃，ユトランド半島と半島の基部一帯，およびスカンジナビア半島南端部にはゲルマン民族が移り住んでいたが，紀元375年頃のゴート族（東ゲルマン）の移動を端緒に，彼らはヨーロッパ大陸全土に渡って移動を開始する．すでに衰退の途にあったローマ帝国は，このゲルマン民族の移動，侵攻のために危機に瀕し，ブリテン島にいたローマ軍は410年にはそのすべてが撤退する．そこに来島したのが，移動最中のゲルマンの三部族である．すなわち，ユトランド半島および半島基部一帯に住んでいたジュート族（Jutes），アングル族（Angles），サクソン族（Saxons）（おそらく，彼らはすでに混成した部族となっていたと考えられる）が450

年頃からブリテン島に入り始める．ローマ軍撤退後，島北部のピクト族（おそらくケルト人）やスコット族（元はアイルランドにいたケルト人）の侵略に抗しきれないブリトン人たち（イングランドに住むケルト人）が求めた救援に応じて来島したと言われているが，結局はブリトン人たちを征服し，あるいは島の辺境に追いやり，イングランドを自分たちの土地とした．そして，600年頃までに，彼らはアングロ・サクソン七王国（ノーサンブリア，マーシア，イースト・アングリア，エセックス，ウェセックス，サセックス，ケント）を形成した．このゲルマン三部族の侵入（450年頃），定住とともに，現在に至るイギリスおよび英語の歴史が始まる．

476年，西ローマ帝国滅亡．西ヨーロッパはゲルマン民族の世界となる．そしてヨーロッパ中世時代（The Middle Ages）が始まる．

ローマ・ブリテン時代にすでにキリスト教布教が行われていたが，アングロ・サクソン人の侵入とともに，一部のブリトン人と宣教師たちがかろうじてアイルランドに逃げのびた．すでに聖パトリック（387?-461）によって432年から布教が行われていたアイルランドのキリスト教の伝統の中，宣教師のコルンバが563年に12人の修道士とともにスコットランド西岸沖のアイオーナ島（Iona）に渡り，修道院を建立，スコットランドのピクト人を改宗させ，さらに修道士エイダンはアイオーナ島を出てノーサンブリアへ渡り，リンディスファーンで635年に修道院を建立，布教を行った．

一方，ちょうど聖コルンバが死んだ597年に，イングランドにおける布教を目的に，ローマ教皇グレゴリウス一世（540-604）がアウグスティヌス（?-604）を40人の修道士とともに派遣している．彼らはケントに上陸し，ケント王エセルバート（560-616）の許可を得てカンタベリーに居を構え，布教を始める．王がまず受洗し，640年頃にはケント王国がキリスト教化された．（アウグスティヌスはカンタベリー初代大司教（601-04）となっている．）ローマ教会派とアイルランド教会派はいくつかの点で宗旨が異なったため，ついに664年にヨークシャーのウィットビーで宗教会議（The Synod of

ケントの聖オーガスティン修道院跡．向こうにそびえているのはカンタベリー大聖堂の塔．

Whitby) が開かれ,議論の末,ローマ教会派の宗旨に統一されることになった.以後,ローマ・カトリック教会派が中心となってイングランド全体の布教が行われ,たちまちのうちにキリスト教化が進んだ.

(3) デーン人の来島,ウェセックス王国のイングランド統一

アングロ・サクソンの七王国は,北の王国から南の王国へとその勢力の移り変わりを経ながらも,829年頃に島南西部のウェセックス王国のエグバート王 (802-39) が事実上七王国を統一,次いでエセルウル

8世紀末から9世紀にかけてのヴァイキングのブリテン侵攻

フ (839-58),エセルバルド (858-60),エセルバート (860-66),エセルレッド一世 (866-71) と歴代のウェセックス王たちがイングランド統一の地補を固めていきつつあった.ところが,787年頃から,北欧のデーン人たち(現在のデンマークに住んでいた Danes と,ノルウェーに住んでいた Norse を区別せず Danes「デーン人」と呼んだ.いわゆるヴァイキング)がイングランドへの襲来と略奪を繰り返し,最初は町や修道院を略奪しては引き揚げていたのが,850年頃から襲撃の規模が大きくなり,さらに定住し始めた.そして,イングランド北部および中部のほとんどが彼らによって侵略され,ついには島南西部の本拠地ウェセックスに攻撃が向けられるにおよんでイングランド全土が危機に瀕したが,まさに871年にウェセックス王となったアルフレッド大王 (Alfred the Great, 871-99) がこれによく対抗し,かろうじてイングランドを全滅の危機から救った.彼は878年にその時のデー

ン人の指導者グズルムと協定を結び（ウェドモアの協定），ロンドンとチェスターを結ぶ線の北側がデーン人の居住地域（デーンロー地域 Danelaw），南側がサクソン人の居住地域となった．以後争いが繰り返されるが，アルフレッド亡きあと，その王位を継いだエドワード長兄王（Edward the Elder, 899-924）がデーンロー地域を奪回し，ハンバー川以南の全イングランドを回復．続くアセルスタン王（Athelstan, 924-40）が937年にブルナンブルフの戦いでデーン人とスコットランド人の連合軍を破り，名実ともにイングランド王となり，イングランドの統一を確立した．以後，エドマンド（Edmund, 940-46），エドレッド（Edred, 946-55），エドウィー（Edwy, 955-59），エドガー平和王（Edgar the Peaceable, 959-75），エドワード殉教王（Edward the Martyr, 975-78）と継承される．続くエセルレッド二世無策王（Ethelred II the Unready, 978-1016）在位中の1014年に，デンマーク王のスウェイン（Svein）がエセルレッドをノルマンディーに追放し，一時王位につくが急死する．エセルレッドが王位にもどる．1016年のエセルレッド急死に伴い，エドマンド二世剛勇王（Edmund II the Ironside, 1016）が王位を継ぐが，デンマーク王の弟クヌート（Cnut）との戦いに敗れ，のち急死し，ここにクヌートがデンマーク王位継承（1019）と並んでイングランド王（1016-35）を兼ねることになる（デーン王朝1016-42）．クヌート王以後二代続いたデーン王朝のあと，1042年にエドワード懺悔王（Edward the Confessor, 1042-66）がサクソン人王として王位につき，サクソン王朝を回復したが，それは継承されることなく，事実上彼がサクソン系最後の王となる．

(4) ノルマン王朝

1066年のエドワード懺悔王の死とともに，その王位継承をめぐってイングランドは歴史上大きな転換を迎えることになる．それは政治的な面だけでなく，英語にも，また英文学にも大きな影響を与えることになる．

エドワード王はエセルレッド二世無策王と先代ノルマンディー公の娘エマとの子供で，30年近くノルマンディーで生活していたため，そもそもイングランド本国と馴染みが薄く，また当時勢力を拡大していたウェセックス伯ゴドウィンとの敵対もあり，即位後もノルマン人偏重の政策を取った．

1066年，エドワード懺悔王が子供のいないままこの世を去ると，まずす

第1章　中世の文化と文学　　9

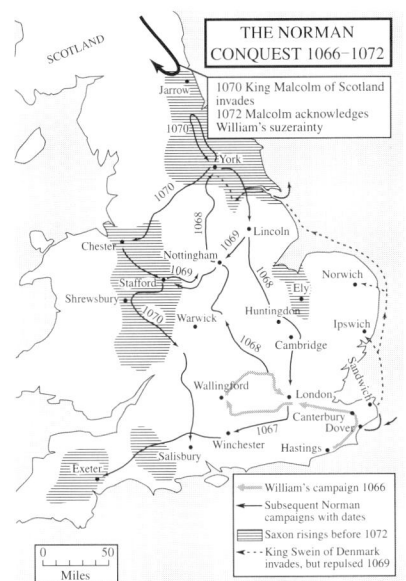

上：テムズ河上から望むロンドン塔の本丸，ホワイト・タワー．四角ばった造りがノルマン式城砦の特徴を示している．
左：ウィリアムのイングランド征服．

ぐ近くにいるウェセックス伯ハロルド（ゴドウィンの息子）が賢人会議により王位継承を認められ，ハロルド二世（Harold II）として即位するが，一方ではノルマンディー公ウィリアムが，エドワード王の生前に王位継承の約束を得ていたことを主張．実際，ハロルド自身がドーヴァー海峡で難破してウィリアム公により救命された際それを認める宣誓を行っていたこともあり，王位継承を要求，主張したのである．さらに，時のノルウェー王ハロルド・ハードラーダがイングランド王位を狙い継承争いに加わるが，実質的には，即位したハロルドとウィリアムの争いであり，両陣営がドーヴァー海峡を望むヘイスティングズ（Hastings）北部のセンラックの丘陵地で決戦を迎えることになる．1066年10月14日未明，ハロルド側9000人，ウィリアム側8000人と言われる両軍が攻防を繰り返したが，日没の刻ウィリアム軍の1本の矢がハロルドの目を貫き，ウィリアム軍が勝利を収めた（「ヘイスティングズの戦い」あるいは「センラックの戦い」）．翌日ウィリアム公はカンタベリーを通ってロンドンに向かい，その年のクリスマス当日ウェストミンスターで戴冠式を挙げ，イングランド王ウィリアム一世（William I, 1066-87）として即位する．ここにノルマン王朝（1066-1154）が始まる．王はロンド

ン塔を建設してロンドン統治の拠点とし，また地方統治の拠点として全国に城を築き，『土地台帳』(*The Domesday Book*) を作成して全国の領地，住民，収穫を調査するなどして封建制度体制を押し進め，その支配体制を堅固なものとしていった．ノルマン人たちは，以後，各地でノルマン様式（またはロマネスク様式）の大聖堂，大修道院，小修道院，また教区教会を建てた．

　ウィリアム征服王以後，ウィリアム二世（1087-1100），ヘンリー一世（Henry I, 1100-35），スティーブン王（ブロア伯スティーブン，1135-54）とノルマン王朝が続くが，ヘンリー一世の娘マティルダはスティーブン王と絶えず敵対し，アンジュー伯でありノルマンディー公でもある夫ジェフリーと彼女との長子ヘンリーが父の跡を継ぐや，息子の王位継承を主張．そして，1154年のスティーブン王の死とともに，ヘンリーがヘンリー二世（1154-89）として即位し，ここにプランタジネット王朝（またはアンジュー王朝，1154-1399）が始まる．

(5) プランタジネット王朝

　ヘンリー二世は1152年に，フランスのアキテーヌ公の一人娘で，父の死後その公位を継承し，かつフランス王ルイ七世の妃（1137-52）であったエレオノール・ダキテーヌ（1122-1204）と結婚．その結果彼は即位とともにノルマンディー，アンジュー，アキテーヌ，さらにガスコーニュを含む英仏にまたがる広大な領土を所有することになり，アンジュー帝国（1154-1204）と呼ばれる大国家を統治することになる．

　チョーサーの『カンタベリー物語』の巡礼者たちが詣でるカンタベリーの大聖堂がイギリスにおける巡礼の中心地となるにいたる一つの事件が，このヘンリー二世の在位期間に起こっている．先代のスティーブン王とカンタベリー大司教シアボー

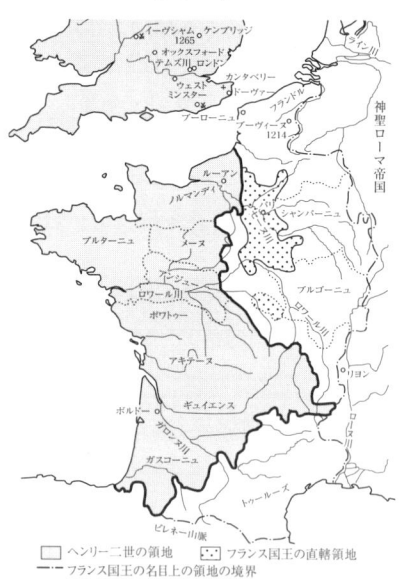

ヘンリー二世統治下のアンジュー帝国

ルドの時から続く聖職者に対する裁判権をめぐっての対立が，ヘンリー二世とその当時のカンタベリー大司教トマス・ベケット（Thomas Becket）との間に持ち越され，さらに高位聖職者の選出と任命に関しての対立が加わり，二人の対立はしだいに激化していった．あくまで妥協しないベケットに対し王は憤怒の叫びをあげ，ついに1170年の12月29日，王の叫びに応えるかのように，側近の4名の騎士が狂気とともにカンタベリーに馬を駆り，大聖堂の中でベケットを殺害した．のちトマス・ベケットは殉教者聖トマスとして聖人に叙せられ，その霊験による奇跡の話も加わり，彼が祀られるその霊廟はイギリスの人々の信仰と巡礼の中心となったのである．『カンタベリー物語』の巡礼者たちが詣でるカンタベリー大聖堂の「尊き殉教者」とは，この聖トマス・ベケットのことである．チョーサーの巡礼者たちにとってはおよそ200年前の事件である．

　ヘンリー二世の死後即位したリチャード一世獅子心王（Richard I the Lion-Hearted, 1189–99）は，即位後まもなく，フランス王フィリップ二世と神聖ローマ帝国皇帝フリードリヒ一世とともに，十字軍の第三次遠征軍（1189–92）を率いてエルサレムに向かい（フリードリヒ一世は遠征途中で溺死），1194年に帰国している．彼は父王から引き継いだ広大な大陸領土の確保のみならず，さらに大陸における立場を発展させていったが，フィリップ二世との戦闘を続けるなか，フランスのリムーザンで戦死（1199）．次代のジョン王（John, 1199–1216）は，1204年，ノルマンディー，アンジューなど大陸所領の大部分をフランス王に奪われ，広大なるアンジュー帝国は消滅する．（彼はつくづく土地に縁がない．父ヘンリー二世がその広大な所領地の名目上の統治権を王子たちに与えた際にも，五男で幼少の彼には土地が与えられなかった．かくして，彼はジョン失地王（John Lackland）という名称を与えられている．）大陸の領土喪失以後も続く無計画な戦役，そのための軍役要求，また重税策その他不平を招く失政が目立った．そこでついに北イングランドの貴族たちが政治の改正を求めて立ち上がり，ジョン王は1215年テムズ河畔のラニミードで，貴族たちが作成した「大憲章」（マグナ・カルタ Magna Carta）に調印せざるを得なかった．それは，封建貴族の擁護，市民，自由民による都市特権の尊重，商人や農民の保護，法を国王権の上におく法治主義などを主旨とするものであった．この憲章に対する教皇の否認表明なども加わり，調印後も国王側と貴族たちの争いは続き，1216

年ウェールズからの行軍中ジョン王は死去．まだ9歳のヘンリー王子がヘンリー三世（1216-72）として即位する．依然，両派の争いは続き，1258年，オックスフォードにおいて，国王側から12名，貴族側から主導者シモン・ド・モンフォールほか12名の計24名よりなる改革委員会が結成され，「オックスフォード条項」（Provisions of Oxford）なる法令が公布された．この法令をめぐって対立は続き，1264年イースト・サセックスのルーイス（Lewes）での戦いに勝利したシモン軍はヘンリー三世とその弟リチャードを捕虜とするに至ったが，しかし翌1265年，エドワード王子がシモン軍を破り，反乱貴族たちを制圧した（「貴族の反乱」Baronial Rebellion, 1258-65）．国王側はある程度の妥協を認めながら1267年に「マールバラ法令」を公布し，ようやく内乱の騒ぎもおさまった．以後，エドワード一世（Edward I, 1272-1307），エドワード二世（1307-27），エドワード三世（1327-77）とプランタジネット王朝が続く．

(6) 百年戦争，バラ戦争

　大陸におけるイギリス王の領土問題が原因で，フランス王フィリップ六世と対立関係にあったエドワード三世は，ついに，即位後10年目の1337年，フランスとの戦争を開始し，これが百年戦争（1337-1453）の始まりとなる．エドワード王は戦闘や騎士道が好きだったらしく，開戦7年後の1344年ウィンザーにアーサー王の宮廷をまねた円卓（Round Table）の復活を試み，またガーター騎士団を組織し，ガーター勲位（The Order of the Garter）を創設している（この勲位は現在イギリスのナイトの最高勲位）．このような彼の性向も，フランスとの戦争開始に無関係ではなかったかもしれない．

　フランスとの戦いでめざましい活躍をした，次代の王となるべきエドワード黒太子（Edward the Black Prince）の死去（1376）により，その長子，すなわちエドワード三世の孫が，リチャード二世（Richard II, 1377-99）として10歳のとき即位する．すでに実質上の権力を握っていた叔父のランカスター公ジョン・オヴ・ゴーント（John of Gaunt, エドワード三世の四男）による三度にわたる過酷な人頭税課税に反発した農民が，1381年にワット・タイラーとジョン・ボールを主導者として一揆を起こす．タイラーの殺害があったが，事件当時まだ14歳であったリチャード王の適切な行動により一揆は鎮圧された．しかし，この一揆鎮圧後，過剰な自信と自尊心のためか，

リチャード王は専制へと向かい，失政が目立つようになった．そして，1399年，ジョン・オヴ・ゴーントの死に伴う財産処分をめぐって，その長子ヘンリー・オヴ・ボリンブルックとリチャード王が対立．結局，ヘンリーがリチャードを退位に追い込み，ヘンリー四世（1399-1413）として即位する．リチャード王は殺害され，ここに，約250年におよんだプランタジネット王朝が終わり，ランカスター王朝（1399-1461）が始まる．

1413年ヘンリー四世の病没後，ヘンリー王子がヘンリー五世（1413-22）として即位する．彼は「アジャンクールの戦い」（1415）での勝利（わずか6千の兵で4-5万のフランス軍を撃破）をはじめ，大陸でのめざましい戦果と栄光に包まれた王であったが，フランス王位継承という野望の半ば，1422年，病のためパリ郊外で死去．彼の死以後，フランス側のジャンヌ・ダルクの出現などもあり，フランスとの戦況はしだいに悪化していった．そして，ヘンリー六世（1422-61）治世の1453年，1337年以来断続的に続いてきたフランスとの百年戦争はフランス側の勝利をもって終結した．

イギリス国内では，1455年プランタジネット王家の分家であったランカスター家とヨーク家の間で王位継承をめぐって争いが始まり，血で血を洗う残酷な争いが1485年まで続く．ランカスター家の紋章が赤バラ，ヨーク家の紋章が白バラであったため，この内紛は「バラ戦争」（Wars of the Roses）と呼ばれる．1461年ヨーク公エドワードがヘンリー六世を退位させ，エドワード四世（1461-83）として即位（以後1461-85ヨーク王朝）．1470年ヘンリー六世が一時王位に戻るが，翌1471年テュークスベリーの戦いでエドワード王軍が大勝，ヘンリー王は殺された．1483年にエドワード四世死去．13歳のエドワード五世が即位し，父王の遺言により，叔父（父王の弟）のグロースター公リチャードがこの幼少の王の摂政として政治を執った．しかし，同年6月，王位への野心を抱く公は，リチャード三世（1483-85）として自ら即位し，エドワード五世とその弟リチャードをロンドン塔で暗殺する．しかし，1485年，ボズワース・フィールドでの戦いで，王はランカスター派の推すリッチモンド伯・ヘンリー・テューダー軍に破れ，伯がヘンリー七世（1485-1509）として即位．ここにテューダー王朝（1485-1603）が始まる．

チョーサーはプランタジネット王朝（1154-1399）最後の二代の王，エドワード三世（1327-77）とリチャード二世（1377-99），そして晩年だけでは

あるがランカスター王朝初代王のヘンリー四世（1399-1413）という三代の王の宮廷に仕えたことになる．

II. 中世の文化・文学の流れ

(1) 古英語時代の文学

　以上述べてきたイングランドの歴史に沿って，その文学についてここで少し触れることにしよう．まず，古英語時代（700-1100）の文学であるが，700年前後からアルフレッド王の時代（871-899）以前にかけては主に詩が書かれ，王の時代から1000年頃にかけては主に散文が書かれている．当時の学問・文芸の中心は修道院であり，写本が作られる写字室も図書館も修道院の中にあった．そこで書かれ，また筆写されるのはキリスト教ラテン語文献が中心であるが，古英語の文献もあったものと思われる．ところが，先に述べたように，787年頃からデーン人たちの侵入とともに，町や修道院への襲撃が行われ，特に北部および中部の町や修道院はことごとく破壊，略奪されてしまった．そのため，それらの地域で書かれた古英語の文献，すなわち

古英語の方言．ノーサンブリア方言，マーシア方言，ウェストサクソン方言，ケント方言の四つに分けられる．

ゲルマンのルーン文字はこれら24文字からなる．ブリテン島に渡ってきたアングロ・サクソン人は後にいくつかの新しい文字を加え，33のルーン文字を持っていたと考えられている．

北部のノーサンブリア方言と中部のマーシア方言による文献はことごとく焼失してしまった．かろうじてその攻撃に耐えたウェセックス王アルフレッドは，壊滅状態におかれたアングロ・サクソンの書物，学問の再興に着手し，自ら，またイングランド内外から学者を招いて，ウェセックスの英語（ウェスト・サクソン方言）で法律を作り，ラテン語の文献を翻訳し，詩を筆写し，また彼以前の時代から各地の修道院（Winchester, Canterbury, Worcester, Peterboroughなど）で編纂されていた年代記（ひとまとめにして『アングロ・サクソン年代記』と呼ばれる）の整理を行った．このようなわけで，現存する古英詩の写本はほとんどすべてがアルフレッド王以後に作成されたものであり，そこに収められている古英詩の制作年代は王の時代以前であるが，その英語は後期ウェスト・サクソン方言となっている．

　古英語の文字は，現代英語と異なる文字をいくつか含んでいる．アングロ・サクソン人たちは，ブリテン島侵入以前大陸にいた頃は，ゲルマン民族共通のルーン文字（Runes）と呼ばれる一種のアルファベットを使用していた．5世紀半ばブリテン島に入ってくるときもルーン文字を持っていたが，7世紀以降ラテン・アルファベットが用いられるようになり，ルーン文字は廃れていった．しかし，アングロ・サクソン人たちの言語の音をラテン・アルファベットで表記する際どうしてもいくつかの不都合があり，古英語ではなおいくつかのルーン文字（þ, p）その他，現代英語では用いられていないアルファベット（ʒ, ð, æ）が用いられた（þ, ðはともに /θ, ð/ の音，pは /w/ の音を表し，ʒはgのくずし字で，ðはdに横線を入れたもの）．

　古英詩の主題はゲルマンの王や武人の理想，戦いの世におけるこの世のはかなさ，無常観，厭世観，運命を前にしての人間の無力さ，嘆きなどが中心で，ゲルマン古来の思想にキリスト教思想が混在している．詩形は，不特定音節数の一行（long-line）が前半行，後半行に分けられ，それぞれの半行（half-line）に強音節が二つあり，前半行の二つの強音節部分の頭の子音（あるいは二つのうちの一つ）と後半行の最初の強音節部分の頭の子音が同じ子音を持つ（頭の音が母音の場合はどの母音でも構わない）．このような三つあるいは二つの同じ語頭子音（あるいは母音）の繰り返しが頭韻（alliteration）と呼ばれ，そのような詩形の詩を頭韻詩と呼ぶ．例として古英語叙事詩の代表作『ベオウルフ』（*Beowulf*, 700頃）の冒頭部分の一部を挙げて見てみよう（下線部分が頭韻部分である）：

Oft Scyld Scēfing   sceaþena þrēatum,
monegum mǣgþum   meodo-setla oftēah;
egsode Eorle,   syððan ǣrest wearð
fēasceaft funden;   hē þæs frōfre gebād:
wēox under wolcnum,   weorð-myndum þāh,
oðþæt him ǣghwylc   þara ymb-sittendra
ofer hron-rāde   hȳran scolde,
gomban gyldan: þæt wæs gōd cyning!

　スケーヴィングのスキュルドは屡々仇なす者共，あまたの宗族より酒宴の席を奪ひき，武者共を怖れしめぬ．されどその始めは寄辺なき者なりしなり．苦は酬はれて天の下に彼は栄え，その誉は弥増し，やがて四隣の者共ことごとく鯨の路を越えて彼に従ひ貢を献ぜざるべからざるに至れり．雄々しき君なりけり．　（厨川文夫訳）

　用いられるアルファベットの種類，綴りの難解さ，そして人称や数や格などによる語形変化を基本にした文法（いわゆる屈折言語と呼ばれるもので，現在のドイツ語に近い）などのため，それは現在の英語からはほど遠い感があるだろう．

　このような英語，詩形，主題によって書かれた古英語詩を概観すると，まず600年代後半のキャドモンの宗教詩と，ゲルマンの英雄や出来事を列挙した『遠く旅する人』を現存する最古のものとし，そのほか700年前後に書かれたと思われる宗教詩『創世記』，『出エジプト記』，『ダニエル書』や，世俗詩としては『さすらい人』，『海行く人』などの悲歌的抒情詩，そして今その冒頭部分の一部を挙げた，ゲルマンの英雄叙事詩『ベオウルフ』などがある．800年前後の作品としてはキュネウルフによる宗教詩『エレーネ』，『聖ジュリアナ』などがあり，その他8世紀から9世紀頃のものと思われる『謎詩』と呼ばれる詩群などがある．そして，アルフレッド大王（871-899）以降，すなわち10世紀以降の古英語期後半では散文作品が主なものとなる．

(2) ノルマン征服――フランス語と英語

　1066年のウィリアム王のイングランド征服とともに，ノルマン人たちはイギリスにフランスの言語・文化をもたらすこととなった．その結果，征服

以後，イギリスの宮廷や法廷ではノルマン・フランス語（Norman French）と呼ばれる北部フランス方言が話され，英語は庶民のことばとなった．また，いろいろな作法や様式その他の文芸・文化もフランスの文芸・文化となる．ノルマン王朝（1066-1154）に続くプランタジネット王朝（1154-1399）もフランス系王朝であり，社会上層部ではフランス語が使用され，一方，一般民衆は英語を話すという二重構造の状態はさらに続く．血統の混合を背景に英語はしだいにその勢力を回復していくが，それには長い時間がかかっている．1200年頃からフランス語を読むことのできるイギリス人が英語で著述をし始めているが，英語が公に用いられるのは征服後200年ほどたった1258年である．その年，ヘンリー三世の専制を押さえるため「オックスフォード条項」なる法令が公布されたが（p. 12参照），それを義務づける布告がフランス語と英語の両方で行われたのである．

　次代のエドワード一世（1272-1307）はプロヴァンス出身の母を持ちながら，自身はフランス語と英語の両方を話し，政府の役人もその多くはイギリス人となった．そして，1337年から1453年まで断続的に続くフランスとの戦争（百年戦争）はフランス語の廃棄と英語の使用を促し，さらに1348-49年，1361-62年，1368-69年，1375-76年の4回にわたる疫病（黒死病）による人口の減少と労働力の不足に伴い，労働者階級の重要性が増し，彼らの常用語である英語がさらに普及する．そして，疫病流行後，聖職者養成を目的として各地に作られたグラマー・スクールでも，1350年頃からフランス語に代わって英語で授業が行われるようになり，また1356年にはロンドンとミドルセックスの州裁判所の訴訟手続きが英語でなされ，そしてついに1362年，イギリス議会の開会演説が英語で行われ，また同年の「訴答手続き法」制定の翌年からすべての訴訟が英語で行われるに至り，法廷ではなおフランス語が用いられたが，英語がほぼ復権したことになる．ノルマン征服より約300年が経過している．

　このような，宮廷上流社会のフランス語と一般民衆の英語という二重構造，さらに教会関係の書物や学問におけるラテン語の使用という状況の中で，英語はフランス語やラテン語の語彙を取り入れて自身の語彙を豊かにし，また古英語の末期頃からすでに見られる文法性や語の屈折の消失，それに伴う語順中心の言語への移行などの結果，中英語は古英語から大きく変化し，近代英語へとつながる英語になる．そのような英語そのものの変化，フランス文

芸の移入といった文化的変化，また封建社会の発達，新興労働者階級の台頭といった政治的，社会的変化とともに，中期英語時代に書かれる作品も変化する．

(3) 古英語文学から中英語文学へ——フランス文学の影響

　ノルマン征服後1200年頃までは，上述のように，大陸，イングランド国内両地域においてフランス文学隆盛の時期である．被征服民となったイギリス人の文化は影を潜め，その結果当然この時期の英語作品は質，量ともに乏しく，アルフレッド王の時代から受け継がれた年代記や，教訓詩，格言詩，説教散文などがいくらか書かれているに過ぎない．しかも内容的にも発展的なものは見られず，古英語作品の主題を郷愁的に受け継いだものである．しかし，1200年以降になると，古英語作品の世界観とは異なる，いやほとんど対照的な世界が英語作品の中に現れる．英語はというと，古英語に残っていたルーン文字その他のアルファベットは減り（þ，ȝが依然用いられた），文法では性や格による語の複雑な屈折が消えて語順中心となり，近代英語に近くなる．詩形は古英語詩の頭韻をやめ，フランス詩に倣った脚韻（すなわち，詩行末の語の最終音節の強勢母音以下を同じ音にする詩法）を取り入れる．そこで，古英語抒情詩『さすらい人』の作者が，

とねりこの槍戦士を貫き，	eorlas for-namon　æsca þrȳðe,
武器は血に飢え，畏るべき運命よ，	wǣpen wæl-ȝīfru,　wyrd sēo mǣre,
いま嵐は岩面をたたき，	and þās stān-hliðu　stormas cnyssaþ,
吹雪うち荒れる．冬の咆哮	hrīþ hrēosende;　hrūsan bindeþ
大地を縛り，夜の帳暗く	wintres wōma,　þonne wann cymeþ
深く来る時，北より霙を吹き送り，	nīpeþ niht-scua,　norðan on-sendeþ
恐怖にふるえる戦士ら呻かす．	hrēo hæȝl-fǣre　hæleðum on andan.

と歌った戦い，運命，冬，夜の闇は，次のような小夜鳴鳥（ナイチンゲール）の歌声，緑の森，春の草花，恋の情緒にとって代わられ，詩形は頭韻（上掲例下線部分）から脚韻（次例下線部分）へと変わる：

| 小夜鳴鳥が歌うとき， | When þe nightegale singes, |
| 森は緑にみな芽吹き， | Þe wodes waxen grene; |

第1章 中世の文化と文学

木も草花も萌え出づる,	Lef and gras and blosme springes
春は卯月の頃なれば.	In Aueril, y wene.
鋭き槍を手に持ちて,	And loue is to mine herte gon
恋が心に忍び込み,	Wiþ one spere so kene;
夜昼我が血を飲み干して,	Nyght and day my blod hit drynkes,
我が胸苦し,裂けんばかりに.	Myn herte deþ me tene.
（13世紀後半の抒情詩）	

また，古英語詩における恐ろしい夜は，恋に悩む長い夜となる：

夏の季節は愉しいかな,	Mirie it is, while sumer ilast,
鳥の歌声美しく.	Wið fugheles song.
なのにいま嵐が忍びより,	Oc nu necheð windes blast,
激しき風が吹き荒れる.	And weder strong.
ああ，なんと長きこの夜よ！	Ey! ey! what þis night is long!
振る舞い違えしこの我は	And ich, wið well michel wrong,
悲しみ，うめき，食を絶つ.	Soregh and murne and fast.
（13世紀初期の抒情詩）	

　これは当時のフランス詩の主題，ムードであり，前述のようなフランス文芸の浸透した社会にあって，それを取り入れた英語作品が生まれてくるのは自然の成り行きであった．しかし，それは征服者の文化を強制的に押しつけられたというようなものでは決してなく，新しいイギリスの詩人たちの感覚にも合致した嗜好であったと思われる．時代に則したヨーロッパ全体の嗜好であり，方向であったのである．

　このように，中英語時代はイギリスの宮廷そのものがフランス文化の宮廷となり，また大陸のフランスとイングランド間の行き来も盛んであったので，ドーヴァー海峡を越えた一つのフランス文化圏ができていたと言える．12世紀のトゥルバドゥールたちの中にはヘンリー一世（1100-35）の宮廷を訪れた者がおり，またヘンリー二世（1154-89）とエレオノール妃の宮廷には，妃が文芸を特に好んだためもあり，フランスから来た詩人たちが盛んに出入りしていた．南仏プロヴァンスの抒情詩人ベルナールはエレオノール妃に彼女を意中の人として歌った宮廷風恋愛詩を捧げ，北フランスの詩人ワースは

『ブリュ物語』(1155頃)を，またイギリスに住むノルマン人 (Anglo-Norman) ブノワは『トロワ物語』(1156頃)を同じくエレオノール妃に捧げている．また，イングランドへ渡って来た女流詩人マリ・ド・フランスは，彼女の『短詩集』(1160-67)をヘンリー二世に献じている．

　このような状況の下，1200年以降現れる英詩は古英語詩の伝統に連なるものではなく，フランス詩を手本とし，発展していく．それが以後の英詩の伝統へと連なっていく．

　古英語詩から中英語詩への変遷において，詩形の転換は重要である．すなわち，古英語詩の頭韻形式をやめて脚韻形式を採用するという転換である．フランス文芸の影響のもと，中英語時代の詩人たちは，どのような詩形で作品を書くかという詩形の意識を強く持ち，様々な詩形の実験を行った．そこに，近代詩へと受け継がれていくに耐えうる土台形成の下地がある．

　中英語詩の詩形は大きく，(1)古英語頭韻詩系統の頭韻詩形，(2)頭韻詩行でしかも脚韻を踏む混合詩形，(3)フランス詩の詩形を取り入れた脚韻詩形，の三つに分けられる．そのようなそれぞれの詩形の使用は作品の制作地域とも関係がある．

　(1)の古英語頭韻詩系統の頭韻詩形は主にイングランド西部で用いられている．古英語頭韻詩および頭韻散文の伝統はノルマン征服後も中西部の町ウスターを中心とした地域に残っていたものと思われる．おそらく，そのような伝統との関係であろう，1340年頃からイングランド西部で頭韻詩作品が盛んに書かれ，1400年頃まで続く（これは頭韻詩復興 Alliterative Revival と呼ばれる）．1400年以降その流行はスコットランドに渡り，そこで1515年

中期英語の方言．基本的には古英語の方言地域に対応しているが，中部方言が東と西に分けられる．

頃まで続いている.（作品については後述参照.)

　(2)の頭韻詩形に脚韻要素を取り入れた詩形は,古英語頭韻詩に連なるもう一つの系統である.すでに8世紀頃の作品に部分的に見られ,ノルマン征服（1066）から1200年頃までの中英語初期にこの系統の詩形を持つ作品がいくつか見られる.それは(1)の頭韻詩形のように隆盛を見せるようなものではなく,古英語時代の主題と詩形を消極的に受け継いだものに過ぎない.その詩行は頭韻詩行の前半行と後半行が脚韻を踏む場合がほとんどで,その前半行と後半行が二行の詩行に分けられると二つないしは三つの強勢を持つ短い脚韻詩行となる.『アルフレッド格言集』（1150頃）や,ラヤモンの『ブルート』（1205頃,後述参照）などに部分的に見られる.しかし,古英語詩からの移行として観察されるこのような脚韻詩行が直接中英語詩の脚韻詩行に発達していったのではなく,それは1200年以降に英詩に取り入れられたフランス詩の脚韻詩形の本流に吸収されてしまう.

　(3)の外来系の脚韻詩形は中英語期に最も中心となる詩形である.これは歩格（すなわち強勢音節数）,脚韻パターン,スタンザ形式によって,(i)二行対韻詩形（couplet, aabbccdd...）（四歩格 short couplet, 五歩格 heroic couplet, 七歩格 septenary couplet などの歩格数がある）,(ii)五歩格七行スタンザ詩形（ライム・ロイヤル rhyme royal, ababbcc）,(iii)尾韻スタンザ詩形（tail-rhyme stanza）（六行 aabaab あるいは aabccb, 十二行 aabccbddbeeb, 十六行 aaabcccbdddbeeeb などがある）,(iv)その他（八行交錯韻詩形 abababab, 十一行交錯韻詩形 ababababcbc など）に分けられる.

　このような様々な種類の脚韻詩形のなかで最もよく用いられたものは二行対韻詩形であるが,これは主にイングランド中部および南部で用いられている.英詩に取り入れられた最初のものは七歩格の対韻詩形で,1170年頃の『教訓詩』という作品に初めて用いられている.この作品は主題的には古英詩に見られる教訓詩であるが,大陸の詩に倣ったその脚韻詩形はそれまでの古英詩の頭韻詩形とはまったく異なる新しいものであった.この七歩格対韻が二行に分けられた短い脚韻詩行は後にバラッドに用いられ,流行する.四歩格対韻詩形は1200年初期にフランス詩より取り入れられたものだが,中英語詩の最初の作品としては論争詩の『梟と小夜鳴鳥』（1220頃,後述参照）がこの詩形を用いている.初期のロマンス作品は主にこの詩形が用いられた（後述参照）.チョーサーも彼の初期の作品をこの詩形で書いた.五歩格対韻

詩形（英雄詩形）もフランス詩から取り入れられたもので，中英語作品としては1250年頃の抒情詩に初めて見られる．物語詩としてはチョーサー以前にこの詩形は見あたらず，彼の『善女列伝』（1386頃）が初めてのようである．この時期からチョーサーは四歩格対韻をやめ，この五歩格対韻で作品を書き始めている（後述参照）．彼は，四歩格と五歩格の対韻詩形の実験の結果，後者が幅広いジャンルに対応するに適したものであることを確信したようである．そして，この詩形は15世紀のリドゲイト（John Lydgate）の主な作品にも用いられ，さらに18世紀のポープ（Alexander Pope）を代表とする詩人たち，18世紀末から19世紀前半にかけてのロマン派の詩人たちへと受け継がれ，英詩で最も使用される詩形となる．ここにも「英詩の父」としてのチョーサーの一面がある．五歩格詩行で脚韻を踏まない形は無韻詩（blank verse）と呼ばれるが，それはエリザベス朝時代のシェイクスピアやミルトンによって用いられ，英詩中重要な詩形となる．

　ライム・ロイヤル（帝王韻）と呼ばれる五歩格七行脚韻スタンザ詩形は，英詩ではチョーサーが短い詠嘆詩（complaint）で初めて用いたもので，「チョーサー風スタンザ」（Chaucerian Stanza）とも呼ばれる．彼は初期の論争詩『鳥たちの議会』（1380頃，後述参照）でこれを実験的に用い，そして中期のロマンス悲劇の傑作『トロイルスとクリセイダ』（1385頃，後述参照）でその詩形の頂点を示す．フランス詩では同時代のマショーがこの詩形を用いており，チョーサーはそこから取り入れたのではないかと思われる．ほかには，チョーサーと同時代のガワーの『平和を讃えて』，15世紀のホクリーヴやリドゲイトのいくつかの作品がこの詩形で書かれている．

　1300年頃から北部地方で十二行尾韻スタンザのロマンス作品が作られ始め，1450年頃まで流行する（後述参照）．これら尾韻スタンザのロマンス作品には優れた作品も多いが，一方では過度に凝った装飾的な文体となる傾向があり，チョーサーは『カンタベリー物語』の中の「トパス卿」というロマンス作品でそのような尾韻詩形ロマンスの装飾性を揶揄している．

(4)　中期英語文学——ロマンスその他のジャンル

　このように，中期英語時代の文学は当時のフランス文学との関係において最もよく理解されるので，その影響関係に沿って中期英語文学を概観することにしよう．

第1章　中世の文化と文学

　1050年から1200年頃はフランス詩隆盛の時代で，大陸とイングランド両方において多くのフランス語作品（後者におけるフランス語は特にアングロ・ノルマン語と呼ばれた）が書かれた．ジャンルとしては，聖者伝，武勲詩，抒情詩，宮廷風ロマンス，寓話などがある．1050-1150年頃をフランス文学の創生期だとすると，1150-1200年頃はその黄金時代と言える．9世紀後半のものと思われる聖者伝がフランス語によるほとんど最初の文献とされるが，1000年初頭頃に，英雄的武勇，武功を謳う叙事詩，いわゆる武勲詩（chanson de geste）が書かれ始め，その創生期（1050-1150）に隆盛する．その題材の中心は，シャルルマーニュ王（フランク王国の王（768-814）であり，神聖ローマ帝国の皇帝（800-814））とその十二臣将で，現存する最古の武勲詩『ロランの歌』（1100頃）はその代表作である．1100年初頭頃から南仏プロヴァンスの吟遊詩人たち（トゥルバドゥールと呼ばれる）によって宮廷風恋愛を主題にした抒情詩が作られ，1150年頃に最盛期を迎える．その流行は北上し，北フランスの吟遊詩人たち（トゥルベールと呼ばれる）が，その抒情性と詩風をまねた抒情詩を1150年頃から作り始めている．そして，同じ頃，武勲詩の中心要素である戦闘的武勲譚（たん）に抒情詩の宮廷風恋愛の要素を加えた，冒険と恋愛の物語詩，いわゆる宮廷風ロマンスが同じく北フランスに現れる．それはクレチアン・ド・トロワ（1135?-90?）の登場により（後述参照），フランス本国においてその世紀の後半に全盛を迎えるが，さらにそれはドイツ，イタリア，イギリスなどに伝播し，13，14世紀にヨーロッパ中で流行する．

　続く13，14世紀のフランス文学は全体としては上記の12世紀の継承であるが，特筆すべきは，1225-40年頃にギョーム・ド・ロリスによって宮廷風恋愛の寓意詩『薔薇物語』の前篇（1-4058行）が書かれていることである．彼は，ロマンスの特に宮廷風恋愛の主題に専心し，それを寓意（アレゴリー）という表現形式によって，より発展した形で提示した．1275-80年頃にジャン・ド・マンが，やはり寓意形式でその続篇（4059-21780行）を書いているが，それはその主題と精神において前篇とは対照的ともいえる作品となっている．寓意（アレゴリー）という表現形式は，抽象概念を擬人化，視覚化する表現方法である．たとえば，礼儀，寛容，理性，歓び，嫉妬，憎しみなどといった人間の心理や感情が擬人化されて登場人物となり，物語の中でその言動を通してその本質が描写，提示される．前世紀のロマンスに比べてよ

り深化，精密化したそのような心理描写は，その感覚において時代の進展と嗜好に合致し，この作品はヨーロッパ中に流布し，ヨーロッパ文芸に多大な影響を与えた．チョーサーもその影響を強く受けた詩人の一人で，後でも述べるように，彼の詩作はこのフランス語寓意ロマンスの翻訳から始まる（1366年頃，23歳頃）．彼の詩業の半ばからはイタリアの詩人たちの影響が色濃くなるが，それでも，20歳過ぎの多感な時期，詩作を志してその第一歩を踏み出す時期に耽読し，翻訳するにまでいたったこのフランス語作品の影響は大きく，その詩風は彼の全作品の詩行に浸透することになる．彼と同時代のフランス詩人に，マショー（1300?-77），フロワサール（1337?-1405?），デシャン（1346?-1406?）がいるが，彼らはみな『薔薇物語』の影響のもとでその詩想を得て宮廷風恋愛詩を作った宮廷詩人たちである．特に，マショーは14世紀フランスの中心的な詩人と言ってよいであろう．マショーとフロワサールの作品はチョーサーにも影響を与え，最初の創作作品である『公夫人の書』（1369頃）には，彼らの詩に依っていると思われる詩行が多く見られる．フロワサールは1362年にエドワード三世の宮廷を訪れている．これはチョーサーが19歳の頃で，この頃すでに彼は宮廷に出仕していたので，当代きってのこのフランス詩人の姿を目の前にすることもあったであろう．また，デシャンはチョーサーが『薔薇物語』を英訳（1366頃）したことを知っていて，一篇のバラードの中で彼を「偉大なる翻訳家」と呼び，自作の詩を贈る代わりにチョーサー自身の詩を贈ってほしいと書いている．

　このようなフランス，イギリス両方における様々なジャンルのフランス語作品（あるいはアングロ・ノルマン語作品）のなかでも，特に抒情詩やロマンス，あるいは寓意詩などが中英語作品の制作と発展に重要に関わっている．そこで，それら三つのジャンルの中でも最も重要で，また，アーサー王とその騎士たち，トリスタンとイゾルデの悲恋など，馴染みの深い題材を含むロマンス作品の制作と発展に特に焦点を当て，影響関係と変遷の一端を見てみることにしよう．

　いわゆる宮廷風ロマンスが1150年頃に北フランスで生まれたことはすでに述べたが，それは，ラテン語年代記や，武勲詩，また民間伝承の歌や物語などを典拠にしながら，武勲詩の中心要素である戦闘的武勲譚に抒情詩の宮廷風恋愛の要素を加えた，冒険と恋愛の物語詩である．ロマンス（romance）という語は，もともとロマンス語（ラテン語から派生したフランス語，スペ

イン語，ポルトガル語など）で書かれたものの意であったが，後にこのような文学ジャンルの名称となった．戦場で猛々しく戦い，武功を挙げる武勲詩の中の英雄は，ロマンスにおいては，戦場に出ては勇猛果敢にして，宮廷では礼儀を重んじ，意中の貴婦人に忠誠を尽くす騎士となる．

　このような宮廷風騎士道ロマンスというジャンルの中心題材は，ブリトン人たち（ブリテン本島に住むケルト人．p. 4参照）の伝説的王であるアーサー王と彼の円卓の騎士たちであるが，その起源についてはいくつか説がある．アーサー王についてのある程度明確な最初の言及はウェールズ人の僧侶ネンニウスのラテン語年代記『ブリトン人の歴史』（800-29頃）に見られるが，特に後のアーサー王伝説物語に関係するのは，ジェフリー・オヴ・モンマス（ウェールズ人，あるいはブリトン人）のラテン語散文年代記『ブリテン列王史』（1136頃）である．この年代記をフランス語韻文にほとんど自由訳したのが，ノルマン詩人ワースの『ブリュ物語』（1155頃）であるが，これが続いて現れる多くのアーサー王伝説物語の直接間接の典拠となる．クレチアン・ド・トロワ（1135?-90?）はそこから題材を取り，冒険，戦闘，神秘といったケルト的要素に宮廷風恋愛の要素を加え，四歩格対韻詩形で，『エレックとエニード』（1168頃），『クリジェス』（1170頃），『ランスロ，または荷車の騎士』（1172頃），『イヴァン，または獅子の騎士』（1173頃），『ペルスヴァル，または聖杯物語』（1175-89）などの傑作を書き，登場人物の心理や感情の動きの卓越したその描写によって，宮廷風騎士道ロマンスというこのジャンルを一躍発展させた．そして彼の影響のもと，ヨーロッパ各地でアーサー王伝説を題材とした作品が生まれた．フランスでは，ルノー・ド・ヴォージューの『知られざる美男』（1200頃），フロワサールの『メリアドール』（1380頃，フランス語韻文最後のアーサー王伝説ロマンス）など，ドイツでは，ハルトマン・フォン・アウエの『エレック』（1200頃），『イヴァイン』（1202頃），ヴォルフラム・フォン・エッシェンバッハの『パルツィファル』（1200-10頃）など，イギリスでは，『イウェインとガウェイン』（1300-50頃，12行尾韻），『サー・ガウェインと緑の騎士』（1360-1400頃，頭韻）などが書かれた．

　ほかに，ブルターニュ伝説のトリスタンとイズーの悲恋を題材にしたフランス語ロマンス作品として，アングロ・ノルマン詩人トマの『トリスタン』（1155-70頃）や，ノルマンディー詩人ベルールの『トリスタン』（1170頃）

（ともにアングロ・ノルマン語によって書かれている），また，短詩(lais)というジャンルに入るが，フランスの女流詩人マリ・ド・フランスの『忍冬の短詩』(1175頃)などがある．それらを典拠にドイツやイギリスでもトリスタン物語が書かれている．これらトリスタン物語は後にアーサー王物語群に取り込まれていく．

　ここに，われわれにも馴染みの深い，アーサー王，その王妃ギネヴィア，魔法使いマーリン，アヴァロンの島（すなわち林檎の木の島）を支配する妖精モーガン・ル・フェイ，そして王の円卓の騎士たち——ランスロット，エレク，イヴァン，ガウェイン，パーシヴァル，ライオネル，ガラハッド，トリストラム，反逆者モードレッド等——が登場するわけである．

　ルネサンスとともに，イギリス以外のヨーロッパ地域ではアーサー王伝説に対する興味と関心は急速に薄れ，創作の主題としては衰えてしまったが，イギリスでは，キャクストンが1476年にウエストミンスターに国内初めての印刷機を設置し，マロリーのアーサー王散文作品8篇（1469-70頃）をまとめて『アーサー王の死』というタイトルで1485年に印刷出版するにいたり，一種集大成された形で広く普及した（マロリーの原作により近いと考えられるウィンチェスター写本が1934年に発見されている）．そのキャクストン刊本を中心にその主題は近代へと受け継がれ，16世紀のスペンサー，18世紀のスコット，19世紀のテニソン，モリス，スウィンバーンなどがアーサー王伝説の要素を作品に取り入れている．20世紀に入り，再びフランスやアメリカでその主題の復興の兆しがある．

　ほかにも様々な題材を扱った数多くのフランス語ロマンス作品が，大陸フランスとイギリス両方において書かれ，それらを直接間接の典拠としながら，中英語による多くの脚韻あるいは頭韻ロマンス作品が13，14世紀に現れた．それらは，扱われる題材・内容により，大ローマ物（トロイ戦争やアレクサンダー大王，テーベの物語などを主に扱ったもの），フランス物（主に武勲詩の題材に依るフランスを舞台にしたもの），ブリテン物（アーサー王伝説を中心としたケルトのブリトン人たちの伝説を扱ったもの），イギリス物（アングロ・サクソン時代の戦いや武勲を主に扱ったもの），ノン・サイクル（上記四つのいずれにも入らないもの）の五つのグループに通常分けられる．それらの一部を挙げると次のような作品がある（括弧の中にその作品が書かれた地方言と詩形を示してある）．

大ローマ物:『トロイ攻囲』(1300-25 頃, 中部北西, 四歩格対韻),『トロイ滅亡物語』(1350-1400 頃, 中部北西, 頭韻),『アレクサンダー王』(1300 頃, ロンドン, 四歩格対韻),『頭韻詩アレクサンダー』(1340-70 頃, 中部西, 頭韻), チョーサーの『トロイルスとクリセイダ』(1384-85 頃, ロンドン, ライム・ロイヤル),『カンタベリー物語』の中の「騎士の話」(1387 頃, ロンドン, 五歩格対韻),『ロード本トロイ戦記』(1400 頃, 中部東, 四歩格対韻), リドゲイトの『トロイ戦記』(1412-20 頃, ロンドン, 五歩格対韻), 最初の英語印刷作品でもあるキャクストンの散文訳『トロイ物語集成』(1475, ベルギーのブリュージュで印刷), 同じく散文訳『エネイドス』(1490, ロンドン) など. テーベの物語として『テーベ攻囲』(1420-22, ロンドン, 四歩格対韻) がある.

フランス物:『ロランとヴェルナギュ』(1330 頃, 中部北, 12 行尾韻),『オテュエル』(1330 頃, 中部東, 四歩格対韻),『ロラン公とスペインのサー・オテュエル』(1400 頃, 北部, 12 行尾韻),『サー・フェランブラス』(1380 頃, 南部西, 前半七音節対韻, 後半 6 行尾韻),『ミラノ攻囲』(1350-1400 頃, 北部, 12 行尾韻),『バビロンのサルタン』(1400 頃, 中部東, 四歩格交錯韻), キャクストンの散文訳『チャールズ大帝』(1485, ロンドン) など.

ブリテン物:[アーサー王系列] ラヤモンの『ブルート』(1205 頃, 中部西, 頭韻から四歩格対韻への過渡的詩形. ワースの『ブリュ物語』をもとに書かれたこの作品は, 年代記とはいいながら内容的には長編物語詩であり, 中期英語によるロマンスの始まりとも考えられる),『イウェインとガウェイン』(1300-50 頃, 北部, 四歩格対韻),『ガルのパーシヴァル』(14 世紀前半, 北部, 16 行尾韻),『サー・トリストラム』(1300 頃, 北部, 11 行交錯韻), 中英語最大の頭韻詩『サー・ガウェインと緑の騎士』(1360-1400 頃, 中部西) など. [アーサー王系列以外]『フレーヌの物語』(14 世紀初, 中部東, 四歩格対韻),『サー・オルフェオ』(14 世紀初, 中部南, 不特定歩格数対韻),『サー・デガレ』(1320 頃, 中部南西, 四歩格対韻),『サー・ローンファル』(14 世紀半ば, 南部東, 12 行尾韻),『エマレ』(1400 頃, 中部北東, 12 行尾韻),『トゥールーズ伯』(1400 頃, 中部北東, 12 行尾韻) など.

イギリス物:『ホルン王』(1225 頃, 中部南, 頭韻および三あるいは四歩格の対韻. 中期英語ロマンスの原型とも言える作品),『デーン人ハヴェロック』(1280 頃, 中部北, 四歩格対韻),『ホルン王子とリムニルド姫』(1320

頃，中部北，12行尾韻），『ウォリックのガイ』（1300頃，中部西，四歩格対韻），『ハンプトンのビーヴェス』（1300頃，中部南西，四歩格対韻，前半一部6行尾韻），『ガメリン物語』（1350頃，中部北東？，不特定数歩格対韻），『アセルストン』（1350頃，中部北東，12行尾韻）など．

ノン・サイクル：『フローリスとブランシュフルール』（1250頃，中部東，三あるいは四歩格対韻），『サー・エグラムア』（1350頃，北部，12行尾韻），『オクタヴィアン』（1350頃，北部東，12行尾韻版と，南部東，5行尾韻版），『サー・イサンブラス』（14世紀前半，中部北東，6行あるいは12行尾韻），『イポマドン』（1350頃，北部，12行尾韻），『イポミドン伝』（1400頃，中部東，四歩格対韻），散文『イポメドン』（1400頃），チョーサーの『カンタベリー物語』の中の「騎士見習い（盾持ち）の話」（1387頃，ロンドン，五歩格対韻），『デグレヴァント卿』（14世紀末，北部，16行尾韻），『サー・クレジェス』（1400頃，中部北，12行尾韻），『サー・トライアムア』（1400頃，中部北，12行尾韻），『低き身分の盾持ち』（1450頃，中部東，四歩格対韻）など．

中英語作品のその他のジャンルとしては，ファブリオ（滑稽譚），論争詩，抒情詩（lyric），宗教詩・散文などがある．それらもまた，最初はラテン語作品やフランス語作品の影響のもとで作られ，発展していく．それらいくつかのジャンルについて概略してこのセクションを終えることにしよう．

まず，12世紀末から14世紀の初め頃にかけて，フランスでファブリオ（滑稽譚）と呼ばれるジャンルの作品が書かれている．ロマンスが宮廷的・貴族的であるのに対し，ファブリオは現実的・庶民的で，卑猥にわたることもしばしばという滑稽物語・笑話で，13世紀フランスで最も隆盛し，現在150近くの作品が残っている．このジャンルはその風刺性と，滑稽な筋の生き生きとした運びによってヨーロッパ中で人気を博した．中英語作品としては，『シリス夫人』（1258頃），チョーサーの『カンタベリー物語』（1387-1400頃）の中の「粉屋の話」，「家扶の話」，「船乗りの話」，「召喚吏の話」，「商人の話」などがある．このファブリオの流れを汲むジャンルに動物寓話（Fable）がある．狐のルナールを主人公とするフランス語作品の『狐物語』（または『ルナール物語』，12世紀後半〜13世紀）を中心とし，その系統の中英語作品として，『狐と狼』（1250頃），チョーサーの『カンタベリー物語』の中の「尼僧付き修道僧の話」，キャクストンの『狐のレナード』（1481）

などがある．

　論争詩と呼ばれるジャンルの作品が 12, 13 世紀にラテン語やフランス語によって盛んに書かれた．夏と冬，肉体と霊魂など，対立する二つの主題についてそれぞれの側にたって互いに論争するという形式のもので，パリ大学のアベラール（1079-1142）による弁証法の影響で流行したらしい．中英語作品としては，『梟(ふくろう)と小夜鳴鳥(ナイチンゲール)』（1220 頃），『つぐみと小夜鳴鳥』（1272-1307 頃），チョーサーの『鳥たちの議会』（1380 頃），それをもとに書いたと思われるクランヴォーの『郭公(かっこう)と小夜鳴鳥』（1403 頃）などがある．論争者は鳥ばかりではなく，人間や植物や抽象概念など様々である．

　南仏プロヴァンスの吟遊詩人たち（トゥルバドゥール）によって 1100 年初期頃に作られ始めた抒情詩（恋歌 chanson d'amour, 歌謡 mélos）は，1150 年頃には北フランスの抒情詩人トゥルヴェールたちに伝播し，それはさらにイングランドに渡ってきた．中英語による最初期の抒情詩（lyric）としては 1220-40 年頃のものがあるが，その後 15 世紀頃まで盛んに作られている．それらは，世俗的な事柄——主に恋愛と政治——を主題とするものと，宗教を主題とするものとに大きく分けられる．前者に比べて後者のほうが現存する作品が少ないのは，その大部分が失われてしまったためと思われる．古英語時代の抒情詩が吟唱詩人たち（スコップ scop と呼ばれる）によって竪琴に合わせて語られたのに対し，中英語時代の抒情詩はメロディーをつけて歌われたものであった．南フランスのトゥルバドゥールたちはまた，抒情詩の一種であるキャロル（俗謡 carole）と呼ばれる踊りを伴う歌を同じ時期に作り，それもまた 12 世紀のヨーロッパで大いに流行し，イギリスにも渡ってきた．内容は男女の恋歌が中心で，祭りや集会の場などでは欠かせないものだったらしい．12 世紀のある記録にこういうのがある．ウスタシャーのある教会の庭で，集まった人たちが夜遅くまでキャロルを歌い踊るため司祭が大変困った．その恋歌があまりに耳に残っていたせいか，その司祭は翌朝のミサで「主が汝らとともに！」と言うべきところを，「愛しの恋人よ，汝とともに！」と言ってしまったとか．人々があまりにキャロルを好むので，中にはそれをテキストに使って説教をした司祭もいたようだ．

　世俗の恋愛抒情詩は，フランス語抒情詩においてそうであるように，「新緑」（reverdie）と「冒険」（aventure）をモチーフとし，その主調は愛の情緒である．そのような枠の中で，恋する男女の喜びや悩ましさが語られ，吐

露される．作品の一部を上げると，「なんとこの夜の長きこと」(1225頃)，「郭公(かっこう)の歌」(13世紀初期)，「夏の季節は楽しいかな」(13世紀初期, p.19参照)，「小夜鳴鳥(ナイチンゲール)が歌うとき」(13世紀後半, p.18参照)，「春が愛とともにやってきた」(13世紀末)，チョーサーの「ようこそ，夏よ」(14世紀後半)など．

このような男女の愛を歌った抒情詩やキャロルは大いに流行したため，そのような人々の嗜好を利用して，キリストの愛，魂の救済へとその心を向けさせようとする聖職者たちが現れてくる．すなわち，宗教的な主題で抒情詩やキャロルを作り，人々に教えたのである．その中心をなしたのがフランシスコ修道会の托鉢(たくはつ)修道僧たち (Franciscans) である (彼らは灰色の修道服を着ていたので Gray friars と呼ばれた．その他の主な会派としては，カルメル会 Carmelites (White friars)，オーガスティン会 Augustinians (黒の修道服)，ドミニコ会 Dominicans (Black friars) などがある)．彼らは13世紀のイタリア，フランスで盛んに宗教抒情詩を作り，1224年頃にイングランドにも渡ってきている．13, 14, 15世紀にわたって，「マリアへの歌」(13世紀)，「マリアへの感謝と嘆願」(13世紀)，「マリアを讃えて」(13世紀)，「マリアの五つの喜び」(1300頃)，「十字架上のキリストとその母」(1300頃)，「イエスへの愛の歌」(14世紀半ば)など，数多くの英語抒情詩，キャロルが彼らによって作られた．

政治的な事件や話題を主題としたもう一種類の世俗抒情詩は13世紀半ば頃から現れ始めている．これは政治に対する一般民衆の意識や関心を反映するものでもあり，それらの詩は当時の彼らの社会的立場を知らせてくれる一つの資料としても興味深い．それは戦いの勝利を喜ぶ歌であったり，国内の政治に対する不満の歌であったりする．たとえば，p.12で触れた，国王と貴族たちの争い (「貴族の反乱」, 1258-65) で捕虜になったヘンリー三世とその弟リチャードを非難，攻撃した歌 (「貴族たちの敵に抗する歌」, 1265頃) や，エドワード三世の一連の戦勝 (1333年のハリドン・ヒルの戦いから1352年のギーニュの戦いまで) を讃えたロレンス・ミニョットの11篇の詩，あるいはフランスとの百年戦争におけるヘンリー五世のアジャンクールでの勝利 (1415, p.13参照) を喜ぶ歌 (「アジャンクールの歌」, 1416頃) などがあり，ほかに「エドワード一世王の死」(1307頃)，「戦より帰りし騎士は誰ぞ」(14世紀初期) などがある．

以上述べたような抒情詩のいくつかの主題は互いに重なり合っている場合も多く（たとえば，愛の歌が神への祈りを，あるいは戦いの歌が恋人への思いや，神への祈りを含むなど），またそれら三つの主な主題以外にも，数こそ少ないが，運命をうたった歌や，民衆を教え導く歌など，瞑想的・精神的な主題の歌もある．「真実」（14世紀後半，チョーサー作），「己を信じよ」（15世紀初期）など．

ほかに中英語宗教文学のジャンルとして，聖者伝や説教など，韻文，散文による多くの作品がある．一部を挙げると，『教訓詩』（1170頃，脚韻，p. 22参照），オルムという修道士による『オルミュルム』（1200頃，韻文，無脚韻），『世界を馳せめぐる者』（1300-25頃，脚韻，当時流行していたロマンスを非難している），『修道女の戒律』（1230-50頃，散文），いわゆるキャサリン・グループ（1200-50頃）の聖女伝三篇『聖マーガレット』（頭韻散文），『聖キャサリン』（頭韻散文），『聖ジュリアナ』（頭韻散文），チョーサーの『カンタベリー物語』（1387-1400頃）の中の「第二の尼僧の話」（脚韻），「教区司祭の話」（散文），チョーサーの友人でもあったガワー（1325?-1408）の『恋人の告解』（1390-93，脚韻），ラングランド（1332?-1400?）の『農夫ピアズの夢』（1362-93頃，頭韻），『サー・ガウェインと緑の騎士』の作者と同じ作者によると考えられている三作品『真珠』（1360-1400頃，脚韻と頭韻両方を用いたその詩形は中期英語詩中最も複雑と言われる），『純潔』（1360-1400頃，頭韻），『忍耐』（1360-1400頃，頭韻）などがある．ほかに神秘思想的な内容の作品として，リチャード・ロール（1300?-49?）の作品と言われる『良心の呵責』（14世紀半ば頃，脚韻），『キリストへの愛の歌』（14世紀半ば頃，脚韻）などがある．

III. チョーサー

(1) チョーサーとロンドン

チョーサーの時代にたどりついたところで，チョーサー自身の生涯とその詩作の過程を概観しながら，あわせて当時のロンドンやそこで暮らす人々の生活をのぞき，最後に中英語詩の集大成ともいえる彼の『カンタベリー物語』に焦点を当てることにしよう．

チョーサーは，1343年頃に裕福な葡萄酒商の子としてロンドンに生まれた．名はジェフリー（Geoffrey）．父はジョン・チョーサー，母はアグネス．家はテムズ河に沿ったテムズ通り（現在の上テムズ通り Upper Thames Street）の中程にある当時葡萄酒商街（Vintry）と呼ばれた一角にあったと思われる．教区教会は当時の聖マーティン（ザ・ヴィントリー）教会で，北西の方角にはセント・ポール大聖堂の尖塔がそびえていた．少年ジェフリーが過ごした当時のロンドンを少しのぞいてみよう．

ローマン・ブリテン時代に築かれた城壁に囲まれたシティーは商業都市として栄え，1193年にロンドン市長が選出されて自治権を獲得して以来，いっそう商業・経済・貿易・職工業の中心地として発展していった．国内は北部や南部からの移入者，また国外は北フランスやイタリアのロンバルディアなどからの移住者により，12, 13世紀にロンドンの人口は増加を続け，

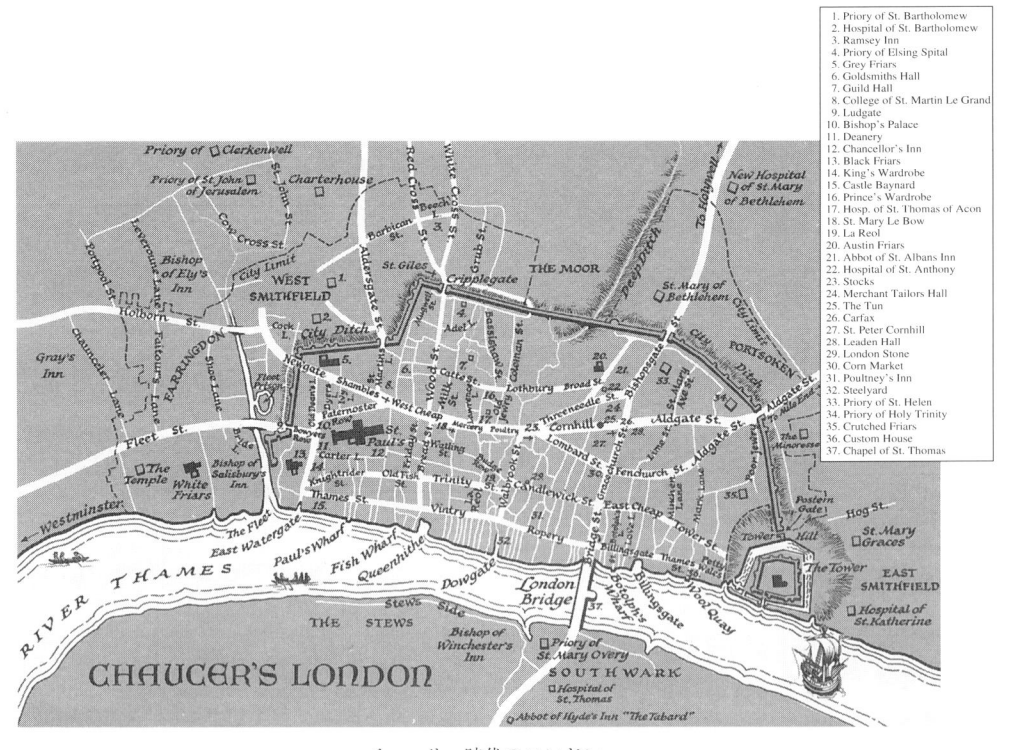

1. Priory of St. Bartholomew
2. Hospital of St. Bartholomew
3. Ramsey Inn
4. Priory of Elsing Spital
5. Grey Friars
6. Goldsmiths Hall
7. Guild Hall
8. College of St. Martin Le Grand
9. Ludgate
10. Bishop's Palace
11. Deanery
12. Chancellor's Inn
13. Black Friars
14. King's Wardrobe
15. Castle Baynard
16. Prince's Wardrobe
17. Hosp. of St. Thomas of Acon
18. St. Mary Le Bow
19. La Reol
20. Austin Friars
21. Abbot of St. Albans Inn
22. Hospital of St. Anthony
23. Stocks
24. Merchant Tailors Hall
25. The Tun
26. Carfax
27. St. Peter Cornhill
28. Leaden Hall
29. London Stone
30. Corn Market
31. Poultney's Inn
32. Steelyard
33. Priory of St. Helen
34. Priory of Holy Trinity
35. Crutched Friars
36. Custom House
37. Chapel of St. Thomas

チョーサー時代のロンドン

1300年頃にはシティーだけで人口6万から8万近い大都市であった．さらに，西南の王室所在地ウェストミンスターには，政治や司法組織の集中により貴族や政治的有力者の家々が建ち，そしてテムズ河対岸の歓楽街サザークには旅館や酒屋や遊郭が建ち並ぶなど，シティーの外にも居住や人口の拡大が進行しつつあった．しかし，1348-49年（チョーサー 5，6歳の頃）にかけての黒死病の流行によって，シティーの人口は約半数の3万から4万近くまで減少する．イギリス全体では1340年頃500万前後だったと思われる人口は350万近くまで減少，全人口の約三分の一がその犠牲となっている．その後3回流行するこの疫病の結果（p. 17参照），1380年頃にはシティーの人口は2万近くまで減少し，ウェストミンスターとサザークを合わせても4万前後であっただろうと考えられている．イギリス全体では270-80万近くまで減少したものと思われる．チョーサーは幸運にもこの4回にわたる恐ろしい疫病から免れた．

　13世紀，14世紀と，ロンドンと海外との交易はますます盛んになり，街には多くの商人たちが往来した．イングランドの輸出産物の中心は羊毛で，ほかに，すず，皮革，羊皮，食料品などがあった．羊毛の輸出先の中心はフランドルやイタリアで，最大の輸出港であるロンドンには多くのフランドル商人やイタリア商人，さらにはフランスやスペインの商人たちが行き交っていた．輸入品としては，織物，香辛料，葡萄酒，毛皮，当時需要が増えつつあった嗜好品製品，その他の雑貨であった．織物は主にフランドルやイタリア産のものであるが，それは直接産地国から持ち込まれるのではなく，ベルギーのブリュージュなど低地地方の市場を通して入ってきた．フランスのガスコーニュ産葡萄酒はボルドーやラ・ロシェルを経由して輸入され，ロンドンのヴィントリーの葡萄酒倉庫に保管された．チョーサーの父ジョン・チョーサーも，このような葡萄酒商に従事する富裕な商人だった．当時のロンドンの賑わいはいかばかりだったことか．このようなロンドンの賑わいをじかに伝えるテムズ街に住み，葡萄酒商を父に持つチョーサーは，様々な地方や国々から来た人たちを目の前に見，その言葉を聞き，じかに接する機会もあったに違いない．

　フランスとの百年戦争（1337-1453）により大陸との交易に変化が生じる．フランスや低地地方との交易は困難になり，あるいは禁止され，また羊毛の輸出関税が引き上げられた．さらに，1348-49年の黒死病の流行は，労働者

の賃金や物価,その他生活全般に大きな影響を及ぼした.大陸との交易抑制のため逆にイギリス国内で毛織物生産が行われるようになり,1400年頃には羊毛よりも毛織物製品のほうが主な輸出品となった.多くの職人を抱えるロンドンの役割が増大し,職工業がますます盛んになる.百年戦争の終結とともにフランスからの葡萄酒の輸入は再び活発となり,毛織物の輸出は1470年頃から一段と増大した.1500年頃には羊毛の約50%,毛織物の約70%はロンドンの港から輸送され,その大部分はベルギーのアントワープやフランスのカレーに向かった.時代が進むにつれ輸入品の種類も少しずつ変化し,1500年前後のロンドン港には香辛料,染料,果実,魚介類などの原産物,鎧,剣などの武器製品,糸や亜麻布などの繊維製品,その他の雑貨(ガラス製品,宝石類,紙,書籍,その他の日常生活品)が入ってきた.

1150年以前にすでに結成されていたロンドンの職業組合(ギルド)はその数を増し,1400年頃には織工,葡萄酒商,馬具屋,パン屋,金細工師,肉屋などをはじめ100以上を数えた.このような職業組合は多大な収入や出資によって資力を増大し,自治権を持つ市政に重要な影響を及ぼす組織となっていった.その活動の中心となる建物として15世紀に建てられたギルド・ホールは,ロンドンの市役所をも兼ねた.このような商人たちや職人たちは『カンタベリー物語』で登場することになる.

ロンドンは,このような商業都市であった一方,文化,学問,芸術の中心地でもあった.司祭,参事会員,神学者,修道士など聖堂や教会に属する人たち,また法律家,弁護士,医師,そして文学,絵画,建築などに関わる人

サザーク側から見た1550年頃のロンドン

第1章　中世の文化と文学　　　　35

ヨークに現在残っている The Merchant Venturers Guildhall

たちがロンドンで生活し，活躍した．これらの知識人たちも『カンタベリー物語』に登場することになる．

当時のロンドンの街の建物は，教会や公共の建物には石材が使われたが，その他の普通の家々はまだ木の枠組みと漆喰によって作られていた．家は2階建てか3階建てが多く，上にいくにつれて軒が道路にせり出し，狭い通りを隔てて家々は軒が触れ合うような格好で建ち並んだ．残飯やゴミは家々から外へ投げ捨てられる．自分の家の前ぐらいは多少片づけられたが，あとは犬や鶏や豚がそれを食べて清掃係の役目をするか，また雨が降ってそれを洗い流すか，あるいはまた何か催しがある時などに人々の手によって片づけられるぐらいであった．特別なセレモニーの時には掃除屋と呼ばれる人たちが大きな通りを清掃することもあった．通りを行き交う人々，物売りの声，パン屋，魚屋，肉屋，帽子屋，馬具屋，小間物屋など軒を連ねる店々，店の丁稚たちの呼び声，職人たちの槌の音，通りを徘徊する犬や鶏．当時のシティーの通りは雑踏と喧噪を極めたであろう．店はそれぞれが扱う物によって場所が決められていることも多く，たとえばテムズ河近くには食材店が建ち並び，魚，牛肉，豚肉，鶏肉，シチュー，肉パイ，パン，菓子，葡萄酒などが売られた．これが当時のロンドンであった．このような喧噪の中でジェフリー少年が耳にしたであろう街の英語，その英語は『カンタベリー物語』において，庶民の活力ある口語の響きを持つ英語となって現れる．

先にも述べたように，西南のウェストミンスター，テムズ対岸のサザークなどシティーの外でも居住地の拡大が進行していたが，それでも城壁を出ればそこには街の雑踏と喧噪とは対照的な緑の野原や農地が広がり，西門のニューゲ

ヨークのシャンブルズ通り（The Shambles）は中世の街並みの面影をよく伝えている．

イトを出てすぐのフリート川の流れ，鳥たちの声，色とりどりの草花があったことも付け加えておかなければならない（p. 32 の地図参照）．『カンタベリー物語』の冒頭の春の歌に通じる環境もまた城壁の外にはあったのである．

　また，広場や野原では，サッカー，レスリング，アーチェリー，六尺棒術，また九柱戯（現在のボーリングの原型）やストゥール球戯（クリケットに似た球戯），冬にはスケート，といったスポーツや娯楽が行われた．特に，サッカーは激しい遊びまた競技であったが，地域対抗戦などもあり，最も人気があった．皆がサッカーに興じ過ぎてアーチェリーの練習をしないため，エドワード三世はそれを禁じたほどだった．様々な職業組合（ギルド）主催の野外舞台劇も人気を博し，また巡回の興行もあり，そこでは熊いじめや闘鶏，またジャグラーたちによる曲芸や奇術，そのほかいろいろな見世物があった．室内ではカードやさいころ遊びももちろん行われた．ジェフリー少年もこのようなスポーツをし，また劇や見世物を見ることもあったであろう．

　このような街の環境で育ったジェフリー少年だが，彼はその商業都市のざわめきを出てウェストミンスターの宮廷に生活の場を移すことになる．すなわち，1357年（14歳頃）に，エドワード三世の第三子クラレンス公ライオネルの奥方であるエリザベスの館に小姓として出仕する．ここからチョーサーの名が記録に現れる．（出生からこの出仕までの十数年間チョーサーの記録はない．）出仕自体は父ジョンの財力か人脈によるのであろうが，おそらくジェフリー自身なんらかの学校で勉強に従事し，また読書好きの彼は自ら多くの本も読んでいたものと思われる．ここに宮廷との関係が始まり，プランタジネット王朝最後の二代の王，エドワード三世（1327-77）とリチャード二世（1377-99），さらに，晩年だけであるが，ランカスター王朝初代の王ヘンリー四世（1399-1413）という三代の宮廷に仕えることになる．それはシティーの雑踏と活気とはまったく異なる環境で，華やかなフランス流の生活様式と文芸とが浸透している宮廷世界であり，最先端の文化世界であった．文芸的才能を秘めた14歳の少年ジェフリーにとって，その刺激と驚きは想像に難くない．

　1337年エドワード王が始めたフランスとの百年戦争のさなか，チョーサーは1359年（16歳頃）にフランス遠征に派遣されるが，すぐにレテルで捕虜になる．ここで驚くべきことは，翌年1360年3月，エドワード王から160ポンドの身代金が支払われ解放，イギリスに帰還していることである．そし

て，同年，国王の親書を携え再びフランス（カレー）に渡っている．この二度のフランス遠征は本場のフランス社会・文化に触れる機会をチョーサーに与え，彼の世界を広げたことであろう．その際，彼はフランスの詩人たちの作品をじかに目にし，またそれを持ち帰ったことでもあろう．その意味ではこの二度のフランス遠征はチョーサーにとって大きな収穫であり，それは英文学にとっても重要な意味を持っていると言える．戦争の相手でありながら，チョーサーはフランスに対する敵意を持つどころか，その文芸にますます傾倒していったようである．折しも 1362 年（19 歳頃）にフランスから詩人フロワサールがエドワード三世の宮廷を訪れ，フィリッパ王妃を賞賛する詩や美しい恋の詩を書き，王妃の愛顧を得た．宮廷内でチョーサーは彼の噂を耳にし，あるいは本人を目にすることもあったに違いない．

　1361-62 年（18-19 歳頃）にかけて二度目の黒死病発生．イギリス全体の人口はさらに 300 万近くまで減少．1366 年頃（23 歳頃），あるいはそれ以前に，エドワード三世の后フィリッパ王妃に仕える侍女フィリッパ・ド・ルエットと結婚．同年スペインへ派遣される．この年の前後，彼は耽読(たんどく)していたフランス語寓意ロマンス『薔薇物語』を英語に翻訳している．原典は四歩格対韻詩形で，それを英語に訳すのに同じ詩形を用いて訳している．この翻訳を通して原典の宮廷風愛の主題の理解を深めるだけでなく，英語による四歩格対韻詩形の作詩法を習得したものと思われる．彼以前にも多くのロマンス作家たちが用いていたこの詩形によって英語の物語詩を作る可能性，その長所と短所の両方をすでに感じ取っていたかもしれない．彼の初期のいくつかの詩においてこの詩形が用いられているが，それ以後，彼は五歩格の詩行を用いるようになる．

　1368-69 年（25-26 歳頃）にかけて 3 度目の黒死病発生．1369 年，エドワード王の四男で，自分のパトロンであったランカスター公ジョン・オヴ・ゴーントに従い，三たびフランス遠征．この年，公の第一夫人ブランチが黒死病のため死去．おそらく，この年，公の要望により，公夫人の死を悼んだ哀悼詩『公夫人の書』を書く．詩形は四歩格対韻．これがチョーサーの最初の創作作品と考えられるが，自分の最愛の人を失った騎士（ジョン・オヴ・ゴーントを表す）の悲しみの告白がその主調となっている．チョーサーは，自らその死を悼んで書くというより，生前の夫人の美しさ，美徳を語らずにはいられない騎士の話をひたすら聞く側にまわっている．騎士の話の状況を即

座に把握できず，少しのみこみの悪い詩人だが，共感を持って，すなわち，悲しみには一緒に悲しみ，喜びには一緒に喜び，話を聞いている．これがチョーサー流の哀悼詩であった．これが英語による最初の哀悼詩と考えられ，後の時代に書かれる哀悼詩（哀歌）というジャンルからいえば確かに尋常ならぬ作品であるが，チョーサー独特の細やかな心がすでにこの初期の習作に見られるような気がする．その詩行には当時のフランス詩人マショーやフロワサールの作品に依ったと思われる詩行が多く見られ，彼らの影響がうかがえる．

　1370年（27歳頃）には勅書送達吏と国王使節を兼任し，その職務期間中の1372年12月（29歳頃）イタリアに派遣され，ジェノアとフィレンツェに赴いている（おそらくパドゥアも訪れたと思われる）．約半年の滞在を終え，翌年5月に帰国．1374年5月（31歳頃）宮廷内の住居を離れ，オールドゲイトの城壁門上の家を借りる（以後12年間ここに住み，作品の多くがそこで書かれた）．同年6月，ロンドン港の「羊毛・皮革・鞣し革の関税および特別税監査官」に任命．1375–76年（32–33歳頃）にかけ4度目の黒死病流行．1377年エドワード三世死去，リチャード二世即位．この年（34歳頃）フランダースおよびフランスに派遣される．さらに，翌1378年（35歳頃）に二度目のイタリア派遣，ミラノに赴き，同年ロンドンに帰っている．

　これら数度にわたる海外訪問は，すべてチョーサーの後の創作の滋養となる．特に，1372年と1378年の二度のイタリア訪問は重要であった．1372–73年の派遣は滞在期間も長く，公務の合間を私的な興味のために利用することもあったであろう．フィレンツェは，50年前に世を去っていたダンテ（1265–1321）ゆかりの地である．チョーサーはその生家を訪れ，またその業績の偉大さに触れたことであろう．『カンタベリー物語』の中の「修道僧の話」で「ダンテと呼ばれるイタリアの偉大なる詩人」と言及されている．また，パドゥアには当代イタリア最高の詩人ペトラルカ（1304–74）がまだ生きていた．さらに，若い頃をナポリで過ごしていたボッカチオ（1313–75）も，1340年以来フィレンツェで創作活動を行い，ペトラルカと親交を持っていた．当時まだ活躍していたこれらの詩人たちとチョーサーが会ったかどうか確かではないが，「学僧の話の序」の中で学僧は「私はパドゥアのさる立派な学者から伺った話をお話しすることにします」とペトラルカに言及している．不思議なことに，作品としてはペトラルカ以上に大きな影響を受け

たボッカチオについての言及は，チョーサーの作品には見あたらない．1378 年のミラノを目的地とする二度目のイタリア訪問のときは，すでにペトラルカもボッカチオもこの世を去っていた．チョーサーには一種感慨深いものがあったにちがいない．ミラノは写本制作でも有名な都市であり，そこで上述の三人のイタリア詩人たちの写本を手に入れ，ロンドンに持ち帰ったかもしれない．フランス詩がチョーサーに宮廷風愛の主題を提示し，多大な影響を及ぼしたのに対し，これらイタリアの詩人たちの作品——ダンテの『神曲』（1304-21），ボッカチオの『恋の虜』（1338），『テーセイダ物語』（1340），『デカメロン』（1348-53），ペトラルカがボッカチオをもとにラテン語で書いた『妻の服従と信頼について』（1373）といういわゆるグリセルダ物語など——は哲学的な洞察と現実の生の人間へとチョーサーの目を向けさせ，深い影響を与えた．

　二度目のイタリア旅行の翌年 1379 年頃（36 歳頃），関税監査官の公務も多忙な中，チョーサーは『名声の館』という作品を書いている．詩形は四歩格対韻．詩人が鷲の背に乗って空中を旅し，名誉の館と呼ばれる館へ連れて行かれる．その旅の途中目にするものが次々と描写されるなかで，おそらく詩の創作に対するチョーサー自身の考え，いわば彼の詩論が展開されていると考えられる．その詩想にはダンテの影響が強く現れており，さらに古典の書物——オヴィディウス，ヴェルギリウス，スタティウス，ボエティウスなどの作品——を通して得た古典の知識が盛り込まれている．

　おそらく，翌年 1380 年頃（37 歳頃）に『鳥たちの議会』が書かれている．詩形は五歩格七行脚韻スタンザ（ライム・ロイヤル，帝王韻）で，チョーサーがそれ以前の短い詠嘆詩（complaint）で実験的に用いていた詩形であった．英詩としては，チョーサーが初めての使用者と思われる．聖バレンタインの日，自然の女神の法廷に鳥たちが集まり，女神の命に従い自分の配偶者を選ぶ．宮廷の騎士と婦人たちを表す猛禽類の鳥たち，一般庶民の男女を表す水鳥や虫食い鳥たちが登場し，それぞれの流儀の愛の形や考えが示され，議論される．自然の女神によって最初の求愛の選択権を与えられた雄の猛禽類たちが，最も美しい一羽の雌ワシに対して饒舌に宮廷風愛を告白するが，彼女は恥じらいながら彼らの愛をまだ受け入れる気持ちがないことを表明する．それでも，彼女を崇め，永遠の奉仕を誓いながら求愛する雄ワシや雄タカに対し，水鳥の代表であるガチョウが，「彼女が嫌だと言うんなら別の女

を愛しゃあいい」とケロリという．そこで上位の猛禽類の鳥たちは，「聞い
たかおい，これこそガチョウの理屈というもんだ」と一笑に付す．そこでは，
庶民の，粗野であるかも知れないが，また素朴で活気に満ちた現実的な世界
へすでにチョーサーの目が向けられており，後の『カンタベリー物語』にい
たる彼の視点が感じられる．古典の影響とともに詩行の隅々にダンテやボッ
カチオの影響が見られるが，それは前作の『名声の館』に比べ，より綿密に
有機的に作品の中に織り込まれており，チョーサーの詩作の発展の一端がう
かがえる．

　1381年農民一揆の蜂起，同年鎮圧．1382年（39歳頃），チョーサーはロ
ンドン港小口関税の監査官に任命されている．その2年後の1384年には，
ウィクリフ（John Wyclif, 1330?-84）の唱導のもと，その弟子たちによりウ
ルガタ訳ラテン語聖書が英語に訳され，英語による最初の完訳聖書『ウィク
リフ訳聖書』が完成している．（このようにして始まるキリスト教改革への
動きは，15世紀ボヘミアのヤン・フス，16世紀ドイツのマルティン・ルタ
ーへと受け継がれ，宗教改革，プロテスタント教会の成立へと連なってい
く．）

　1385年（42歳頃），チョーサーは小口関税監査官の職務代行者の任用を認
められ，時間的な余裕を得ている．さらに，同年ケント州の治安判事となる．
この頃（1384-85年頃，41-42歳頃）チョーサーはボエティウスの『哲学の
慰め』とボッカチオの『恋の虜』の翻訳に取りかかるが，後者のほうは，訳
しながらいたるところで詩人自らの想像力が原典を離れて飛翔し，その結果
できた作品は翻訳の枠を越えた独自の作品となった．それが『トロイルスと
クリセイダ』である．物語の背景である古（いにしえ）のトロイの都市とプリアムス王の
宮廷は，ロンドンの都市とウェストミンスターのリチャード二世の宮廷とな
る．『鳥たちの議会』で用いたのと同じ七行脚韻スタンザ（ライム・ロイヤ
ル）で書かれた8239行に及ぶこの中英語最大のロマンス悲劇に，チョーサ
ーは詩人としての全精力を注ぎ込んだ．戦場でアキレスに殺されるまで，最
初から最後までクリセイダへの愛を変わらず持ち続けるトロイルス．彼に愛
を誓いながら，捕虜の身としてギリシア側に引き渡され，最後にはギリシア
軍の一人の戦士の愛を受け入れるクリセイダ．物語のプロットからいけば当
然トロイルスは純粋で一貫し，クリセイダは最後にはそのトロイルスの純粋
さを裏切る女性，ということになる．ところが，そのような厳然としたプロ

ットに沿って読み進んでいるはずであるのに，その箇所その箇所の人物や事物の描写，詩人の言葉ひとつひとつの使い方を吟味すると，はっきりしているはずの善悪の境界がかすんでくる．太い1本の線ではなく，微妙な細いいくつもの線が見えてくる．そして，誰を是とし，非とするか，どこまで是とし，非とするか，なにゆえ是とし，非とするか，読みながら繰り返し自分自身に問い直さなければならなくなる．ここにチョーサーの芸術の一面があり，魅力がある．

　1386年（43歳頃）にチョーサーはケント州選出の議員となり，同年10月1日のウェストミンスターの議会に議員として出席している．しかし，2週間後の10月15日，スクループ家とグローヴナー家の争いによる裁判の証人となり，おそらくそれが原因で，12月には失脚，二つの監査官と議員の地位を失っている．パトロンであるジョン・オヴ・ゴーントはスペイン遠征中で，チョーサーとしては頼るべき人もなかった．おそらく，この年オールドゲイトの城壁門上の家を去り，テムズ河対岸東よりのケントのグリニッジに居を移したと思われる．それはサザークに隣接し，カンタベリーへ至るケント街道の近くであった．この頃『善女列伝』が書かれている．愛の受難と苦境のなか，高貴なる婦人としての生き方に殉じたクレオパトラ，ティスビー，ディドーほか10人の女性についての物語．当初は19人の女性について語る予定であったが，途中で筆を置いている．チョーサーはこの作品で初めて五歩格対韻詩形（英雄詩形）を用い，詩形の実験をしていたように思われる．その詩形はすぐあとにくる『カンタベリー物語』に受け継がれ，そこで開花する．『善女列伝』の未完は，この大作への着手を待ちきれなかったかのような感がある．

　おそらく，翌1387年の末頃（44歳頃），妻のフィリッパ死去．前年12月の失脚に重なるように妻の死去に見舞われ，この時期はチョーサーにとって苦難の時期であった．おそらくこの年の頃，あるいはそれ以前から，チョーサーは様々な身分のまた様々な性格の人物たちが織りなす悲喜こもごもの物語群の集大成『カンタベリー物語』に取りかかり，晩年の1400年まで書き続けている．この章の冒頭で挙げた「総序の歌」（858行）と，それに続く22の物語詩（詩行数約17000行），および翻訳教訓散文と説教散文の二つの話から成る一大物語集である．これについては最後のところで述べることにしよう．

1388年（45歳頃），リチャード二世の宮廷に敵対する貴族たちによる「無慈悲議会」（Merciless Parliament）によって，宮廷派の指導者たちが次々に断罪された．その中にはチョーサーの同僚や知人も入っており，チョーサー自身，身の危険を感じることもあったであろう．翌1389年にジョン・オヴ・ゴーントがスペインから帰国し，チョーサーの身分も多少保証され，同年（46歳頃）皇室工事監督に任ぜられている．翌1390年にはテムズ河堤防修理工事の監督任命．翌1391年にはノース・ペザートン・パークの副林務官任命．工事監督の任を降りる．このようないくつかの役職に任命されてはいるが，それは生活に余裕を与えるほどのものではなかったらしく，1388年から1399年頃（45–56歳頃）までの約10年間に，チョーサーの負債取り立ての訴訟が5回ほど起こされている．1394年（51歳頃）には窮状を訴え，国王より年金を下賜されている．1399年ジョン・オヴ・ゴーント死去．その長子ヘンリー・オブ・ボリンブルックがリチャード二世を廃位に追い込み，ヘンリー四世として即位する（ランカスター王朝初代王）．チョーサーの年金は増額され，その支払いが確保されている．この年（56歳頃）のクリスマス・イヴに，ウェストミンスター敷地内のセント・メアリー教会の庭園内に家を借り，移り住む．翌1400年10月25日，チョーサー死去．ウェストミンスター寺院内に埋葬される．

　これがチョーサーの生涯の概略である．彼は詩人としては初めてウェストミンスター寺院内に葬られた人である．彼が葬られた南袖廊（South

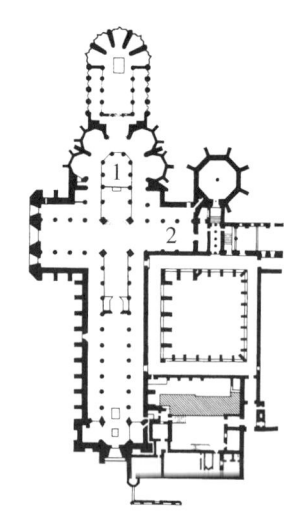

1. ウェストミンスター寺院の創設者，聖エドワード懺悔王（1042–66）の礼拝堂．同じ部屋にヘンリー三世，エドワード一世，エドワード三世，リチャード二世，ヘンリー五世と彼らの王妃たちが葬られている．
2. 南袖廊の Poets' Corner

Transept)のその場所には後に多くの文人たちの墓や碑が置かれるようになり，その一角は現在「詩人たちのコーナー」(Poets' Corner)と呼ばれている．王室のいわば菩提寺院であるウェストミンスター寺院になぜチョーサーが葬られたのか，そのいきさつについては正確なことはわかっていない．

　チョーサーは当時すでに詩人としてその名を知られ，『トロイルスとクリセイダ』や『カンタベリー物語』は広く読まれていたと思われる．続く15世紀の代表的な詩人たちには，彼を師とし，彼に呼びかけ，彼の詩に倣って自分の詩を書いた者が少なくない．ここでチョーサーの代表作であり，そして最後の作品である『カンタベリー物語』に触れ，この章を終えることにしよう．

(2)　チョーサーの『カンタベリー物語』

　カンタベリー詣での29人の人たち（語り手である詩人本人を入れて30人）がサザークの「陣羽織亭」(The Tabard)という宿屋でたまたま一緒になり，旅は道連れといこうではないかという宿屋の主人(host)の提案で，主人自身も加わり，総勢31人で巡礼の旅に出かけることになる．さらに，宿屋の主人は続けて，長い道中の慰みに，それぞれが旅の行きと帰りに二つずつ話をし，一番楽しくてためになる話をした人が，帰りに同じこの宿のこの部屋でご馳走にあずかるというのはどうだろう，と提案する．皆これに同意し，翌朝一緒に出かけることになる．宿屋の主人の先導で．これが『カンタベリー物語』の始まりである．

　「総序の歌」で紹介される順に一行の人たちを挙げると，騎士(knight)，近習（騎士見習い squire），騎士の従者(yeoman)，尼僧院長(prioress)，尼僧(nun)，尼僧付き僧侶（priest 三人），修道僧(monk)，托鉢僧(friar)，大商人(merchant)，学僧(clerk)，高等法院弁護士(sergeant of law)，郷士（地主 franklin），衣類小間物商(haberdasher)，大工(carpenter)，織物師(weaver)，染物師(dyer)，つづれ織師(tapicer)，料理人(cook)，船乗り(shipman)，医者(doctor of physic)，バスの女房(wife of Bath)，教区司祭(parson)，農夫(ploughman)，粉屋(miller)，法学院付き賄い方(manciple of a temple)，家扶（下級農地管理人 reeve），召喚吏(summoner)，免罪符売り(pardoner)，という面々である．（尼僧付き僧侶を三人とすると，これら一行の人たちだけで30人となり，彼らを29人と紹介する語り手詩人の数

字と合わない．これもリアリズムの一つか．）そして旅の途中でさらに二人連れ（錬金術師とその徒弟）が加わる．当時の社会階層は大きく聖職者階級と世俗階級に分けられ，前者は，教皇を頂点に，枢機卿，大司教，司教，その下に司祭，副司祭，助祭その他の下級聖職者と，一方に大修道院長，修道院長，修道士などによって構成され，後者は，国王を頂点に，諸侯（高位貴族），貴族，騎士，大小の自由民地主，また法律家，医者，そして町の大小の商人，職人，そして大多数を占める農民によって構成されている．（最底辺には乞食と呼ばれる最貧層の人たちがいる．）これらそれぞれはさらに細かく分けられる．そこで，チョーサーはこのような当時の社会階層の中から上で挙げたような人たちを選び，一同に会させたのである．

　そして彼ら一人一人に物語を語らせるシチュエーションとして，チョーサーは「巡礼行」という枠を考えた．当時の身分の違う様々な人たちをその身分を越えて一堂に会させるのに，これ以上に適切な枠組があっただろうか．すばらしい構想を考えたものである．そのアイデアをチョーサーがどのようにして得たかについての見解はいくつかあるが，1386年頃に移り住んだケントで，カンタベリー巡礼の人たちを普段実際に見ていて自然と思いついたものであるかもしれないし，何か他の作品の手法にヒントを得たのかもしれない．あるいはまた，当時室内の装飾品として伝統的に用いられていたタペストリー（壁掛け）――そこには聖者の生涯や聖書にまつわる様々な場面，神話の場面，あるいは日常生活の場面などが織られ，それらの場面が視覚的に訴えられた――から思いついたのかもしれない．いずれにしても，巡礼の道すがら様々な階級や職業の31人の人物たちが語る悲喜こもごものこの物語集は，様々な絵柄が色とりどりの糸で織り込まれたまさに一つの大タペストリーである．そして，その絵柄と色は一つ一つが独立しているように見えて，近づいてよくよく見ると微妙な細い糸でつながっている．そしてそれらが「巡礼行」という全体の構図の中に収まっている．これがチョーサーの『カンタベリー物語』である．物語を始める前の「総序の歌」において，この章の冒頭で挙げたような抒情的な春の描写のあと，巡礼者たち一人一人の職業，外観，言葉遣い，人となりが興味深く述べられる．それは当時の社会や文化の生き生きとした写しである．そしてそのような様々な身分と職業を持つ人物たちは，それぞれの身分や職業にふさわしい，あるいはまたふさわしからぬ振る舞い，言葉遣い，服装，容貌をもち，また物語を語る．その整

合やずれの描写にチョーサーの共感や皮肉や攻撃が込められるが，その調子は決して激さず，人を脅すものではなく，一種の寛容，またユーモアに向かう．

ヨーロッパにおけるキリスト教徒の巡礼の究極的な目的地はもちろん聖地エルサレムであるが，そのほかイタリアのローマやスペインのコンポステラなどはヨーロッパ全体の巡礼の中心地であった．11世紀頃から特に巡礼が盛んになり，人々は国内の，あるいは国を越え，聖者ゆかりの地へ巡礼の旅に出た．巡礼の本来の目的は現世で犯した罪を贖うための一種の悔悛の行であり，それは煉獄の苦しみの期間を少しでも短くし，永遠の来世への準備をするためのものであった．また，聖人の霊廟の前での祈りを通しての，あるいは遺物の力による奇蹟の話が伝えられると，病気の治癒などその霊験あらたかなるを求めて多くの人々がそこに参詣した．祈願の効果が得られたなら，お礼参りに詣でる．さらに，異郷をあるいは異国を訪ねてみたいという，観光的，物見遊山的な興味も後には加わり，11世紀から14世紀にかけて巡礼は特に盛んになっていった．

当時のイギリス国内ではカンタベリー大聖堂の聖トマス・ベケットの霊廟が最大の巡礼地で，全国各地のみならず国外からも多くの巡礼者が参詣した．ダラム大聖堂の聖カスバートの霊廟もまた北の中心地として多くの巡礼者を集め，ほかにもノーフォークのウォルシンガムの聖母マリア聖堂，北ウェールズのホリウェルの聖ウィネフリド聖堂など，当時多くの人々が訪れた巡礼地があった．

カンタベリーの聖トマス・ベケットについては，このような話がある．ヘンリー二世（1154-89）との対立のため彼が大聖堂内で殺害されたとき（1170年，pp. 10-11参照），そこに居合わせたある市民の衣服にその血が付着し，彼はすぐに家に帰ってそれを洗った．その血の溶けた水に病気の妻が偶然にも触れたところ，たちまちにして病気が治った．そこで，ベケットが殺されたとき一緒にいた大聖堂の聖職者たちは，流れ出た血を集め，それを水で薄めて保管した．それはさらに薄められて鉛の小瓶に詰められ，参詣者に与えられた．その効き目が伝えられると，それを求める人々がカンタベリーを目指した．結局，16世紀の宗教改革の際に王室から販売禁止の命が出るまで，店や市場で，おそらくは水の入った小瓶が「聖トマスのお水」として売られ続けた．このような話も手伝い，イギリス中の人たちがそれぞれの

チョーサーの『カンタベリー物語』の巡礼者たち

願を胸にカンタベリー大聖堂の聖トマス・ベケットの墓を目指したのである.

　このような巡礼の中心地は，それぞれの場所の印となるものを持っていた．たとえば，エルサレムは棕櫚(しゅろ)の葉，コンポステラは帆立貝，ローマは聖ペテロの鍵または聖ヴェロニカの聖顔の布に由来する布地を型どったもの．カンタベリーの印は帆立貝や，大聖堂あるいは聖人を型どったものなどいくつかあった．人々は店や市場でそれを買い，なかにはそれを蒐集する者もいた．そしてそれを衣服に付けて旅をした．なかでも棕櫚の葉や帆立貝のバッジは巡礼の一般的な印となり，さらには主要な聖地に限らずあらゆる場所を訪れる職業的な巡礼者の印となった．冒頭に挙げた総序の歌の「棕櫚の葉もてる…」はここからきている．巡礼者たちは旅の帰りにはお土産も買った．街道沿いや聖堂前の店ではバッジのほか，宗教上の品々——聖者の肖像，遺物など——や，旅の必需品——財布，ずだ袋，水筒，薬など——が売られた．

　普通，巡礼者たちは馬か徒歩で出かけた．チョーサーの巡礼者たちは全員馬で出かけた．アルフレッド大王ゆかりの南都ウィンチェスターからカンタベリーに至る道筋が本来のカンタベリー巡礼道 (Pilgrim's Way) と呼ばれるものだが，当時すでにロンドン方面からの巡礼者が多かった．ロンドンあるいはテムズ河以北の地方からカンタベリーに詣でる道筋は，まずロンドン橋を渡ってサザークに入り，そこを出発点とした．(ロンドン橋上に聖トマス・ベケットの礼拝堂があり，普通，巡礼者たちはまずそこで参拝し，サザークに入った．) そこで，サザークでまず宿をとり，翌朝出発という日程が最も多かったようである．チョーサーの巡礼者たちもそういうことで，サザークの「陣羽織亭」という宿屋で一緒になったというわけである．

　サザークからカンタベリーにいたる現在の旧ケント街道が巡礼の道筋となるが，それは次のようなルートと考えられている：

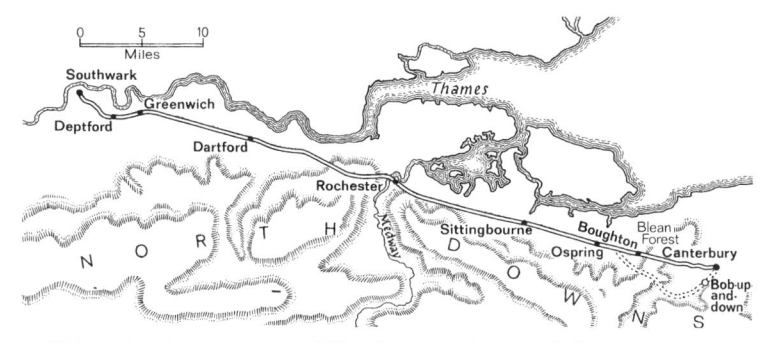

ザザークからカンタベリーへの巡礼の道筋．この旧ケント街道はローマン・ブリテン時代のウォトリング街道に沿っている．

基本的にはローマン・ブリテン時代のウォトリング街道（Watling Street）に沿うが，途中ダートフォードとロチェスターの間，およびブートンの手前からカンタベリーの間にいくつか複数の道が考えられ，都合によって，あるいはその時々の危険や安全の具合などで，どちらを行くか選んだようである．全行程およそ60マイル（約96km）の道のりである．街道沿いの主だった町には休憩所や宿屋が建ち，にぎわった．同時に当時の旅は様々な危険を伴った．特に巡礼の旅はある程度の金品を持っていることが多いため，追い剥ぎや強盗の狙うところであった．

『カンタベリー物語』では，サザークを出発するのが「陽が昇り始める頃」となっている．すなわち朝の4時半から5時頃．サザークを出てすぐの休憩所はオールバニー・ロードの曲がり角あたりの「聖トマスの水飲み場」（The Watering of St. Thomas）と呼ばれるところで，当時小川が流れていた．今も水の豊富なところである．そして，デットフォードを過ぎるころ，宿屋の主人は朝の7時半であることを告げ，そしてそこから半マイル（約0.8km）ほど先のグリニッジのほうを指さし，「あそこは悪漢どもがごまんと住んどる所じゃ」と言っている．これは当時のグリニッジの評判でもあったであろうが，実はこれらの詩行が書かれた時期はチョーサー自身の家がグリニッジにあった時期で，そう考えると自分自身をからかった言葉を宿屋の主人に言わせていることにもなる．一行の中にいた詩人はその言葉を聞いて頭でも掻いたことか．そして，その夜の宿をとったのはサザークから約15マイル（約24km）の地点にあたるダートフォードであろうと考えられている．町

の中央を流れるダレント川に架かる橋を渡ったところに宿をとったのであろうか，それとも橋の手前でとったのであろうか，いずれにしても初日は無理をせず，比較的楽な行程でその日の旅を終えたようである．

　翌朝，再び出発．その日もやはりウォトリング街道に沿った道をとったのか，それとも左のほうに折れたテムズ河寄りの道をとったのか確定できない．そして，その日のうちにどこまで進んだのかその行程についても，ロチェスターとするのと，シティングボーンとする二つの説があるが，作品中の次の言及を手がかりに後者とするのが一般的である．すなわち，その朝，宿を出発してしばらく行ったところで，托鉢僧と召喚吏が口論を始め，召喚吏が，

　　　　……シティングボーンに着く前に
　　　托鉢僧について一つか二つ話をしないとあっちゃあ
　　　　おいらは自分を呪うね

と言っている．シティングボーンは当時の主な宿場の一つであった．この説でいくと，その日は初日のほぼ倍の道のりを進んでいることになる．そして，最後の3日目の晩は一行にオスプリングの「神館亭」(Maison Dieu) で宿をとらせる予定であったであろうというのが多くの学者の意見である．

　もしそれぞれの日の道のりをほぼ同じ距離で進んだであろうという考えを前提とするなら，ダートフォードとオスプリングのほぼ中間にあるロチェスターが2日目の宿泊地となり，ダートフォード——ロチェスター——オスプリングという意見も出てくるわけである．実際，当時はそれが最も一般的な宿泊地のとり方であった．

　翌朝オスプリングを出て，いよいよその日のうちにカンタベリーを目指す．「神館亭」を出て5マイル（約8km）ほど行ったところで，怪しげな二人連れが一行に追いつく．

　　　5マイルも行き終わらぬ頃，
　　　ブートン・アンダー・ブリーンで
　　　黒ずくめの男が私たちに追いついた．

この黒ずくめの男は実は錬金術師で，徒弟を連れ，一行に追いついたのであった．ここで一行にさらに二人加わることになるが，徒弟が内輪の暴露話を

始めるものだから，師匠の錬金術師はいたたまれず途中で逃げ去ってしまう．出発してから5マイル足らずのところがブートン・アンダー・ブリーンであることから，前日の宿泊地がオスプリングであることがわかる．

そして，賄い方の話が終わって，いよいよ最後の教区司祭の話が始まる前，語り手の詩人が，

> 太陽が子午線からかなり低く降りていましたので，
> 私が思いますに，時計では午後の4時であったでしょう，
> 私の影はそのとき11フィートかそこらでしたから

と言い，そこからしばらく行くと，一行はカンタベリーの郊外に入っている．それはおそらく聖ダンスタンの教区で，そこからカンタベリーの城壁の西門（West Gate）へはおよそ半マイル（約0.8km）を残すだけである．目指す大聖堂の尖塔が向こうにそびえている．そして，ここで最後の教区司祭の話，七大罪についての長い説教散文が始まり，その話の終わりとともに『カンタベリー物語』も終わっている．城壁の西門がおそらく目の前に近づいていたであろう．それは市の中央を走る通りの入口であり，門をくぐって通りをしばらく行くと左手にそびえる大聖堂が現れるはずである．サザークを出て三泊四日の旅であった．

南西方角より望む1735年のカンタベリー．左手の城壁が西門のある方角．チョーサーの巡礼者たちは図の左手奥の方角から西門に向かって進んだ．

このような巡礼の道すがら様々な職業や性格の人物たちによって語られる物語は，宮廷風の愛の世界，また庶民の現実世界．それらが，まじめに，あるいは滑稽に，寓意的に，あるいはリアルに，面白く，皮肉を込め，また共感，哀感を込めて描かれる．先導役の宿屋の主人を入れて31人が行きと帰

りに二つずつ話をするという最初の宿屋の主人の構想でいくと，話は全部で124となる予定であった．だが実際は，24の話が語られたところで作品は終わっている．これを未完とみるか，完結しているとみるか意見は分かれる．それは読む人の作品に対する思い入れの違いによるのかもしれない．宿屋の主人による当初の予定も，すでに物語のフィクションの中での予定である．往路が終わり，ちょうど大聖堂に向かって入る城壁の門をまさに目の前に見ながら，一行の教区司祭が七大罪についての説教を語り終わったところで作品が終わる．それは見事な終わり方とも考えられる．

　チョーサーはイギリス中世時代がまさに幕を閉じ，近代ルネサンスが近づきつつある時代に生きた．彼の作品は中世という時代の枠の中で確かに書かれているが，彼の精神はその根本において時代を越え，近代まで足を踏み出した精神であった．また，フランス式の脚韻詩行を用いながら優れた描写を成し遂げ，物語を作り上げていくチョーサーの英語——フランス語を取り込んだ英語——は文学語としての英語の土台となっていく．この章の最初のところで挙げたスペンサーとドライデンの賛辞の意味するところはそこにある．その文学英語はすぐ次の時代のホクリーヴやリドゲイトに，さらにエリザベス朝の詩人たち，スペンサーやシェイクスピアへと受け継がれ，より複雑な描写，表現を可能にする英語へと発達していく．

　目指す大聖堂へ通じる門を目の前にして『カンタベリー物語』が終わっているように，チョーサーは近代という時代の門を前にしながら，宮廷人，詩人としての生涯を終えた．　（隈元貞広）

西門の方角より望む
カンタベリー大聖堂

第2章　16世紀の文化と文学

　イギリスの16世紀は，チューダー王朝の二人目の王ヘンリー八世により幕が開き，イギリス史上最も偉大な女王の一人であるエリザベス一世の死で幕を閉じる．前章で述べたように，ランカスター家とヨーク家を結び合わせて「バラ戦争」を終わらせたヘンリー七世に始まるチューダー朝も，エリザベスとともに終わる．

　ヘンリー八世とエリザベス一世との間には，さながら幕間劇のように夭逝(ようせい)のエドワード六世と短い治世のメアリ女王が即位するが，不安に満ちた二人の治世は，エリザベスが祖父と父の始めた事業を完成させるために不可欠な激しい動揺の時期であったといえよう．その事業とは，イギリスを大陸の強大国に並ぶ，安定しかつ強力な統一国家にすることであった．

　16世紀はまた，イタリアに始まったルネサンスが北上してイギリスに達し大輪の花を咲かせた時期である．とりわけ，国情の安定を得たエリザベスの治世には，詩，演劇，音楽，絵画などの芸術がイギリス史上類のない豊かな実りを見せる．ルネサンスはヨーロッパ北部に宗教改革運動のうねりを生むが，イギリスにおいてもこの16世紀に国家の未来を決定することになる重要な宗教上の改革が行われた．

　本章では，まずチューダー王朝の君主たちを紹介しつつ時代の流れを追い，次に，16世紀が生んだ偉大な劇作家ウィリアム・シェイクスピアの世界へ案内しよう．（当時は，スコットランド，アイルランドは言うまでもなく，ウェールズでさえもイングランドの完全な支配下にあったとは言い難いので，以下では総称である「イギリス」をさけてイングランドを用いる．）

I. 16世紀の歴史と文化

(1) チューダー王朝の幕開き

　ヘンリー七世（在位1485-1509）の時代には，キャクストンがウェストミンスターに国内最初の印刷所を開設して新思想を広める準備をしていたし，海外ではコロンブスやヴァスコ・ダ・ガマが世界を探検していた．しかし，イングランドは長年の内乱に疲弊し，その回復が急がれた．「バラ戦争」の終結により国内の争乱がすべて治まったわけではないが，貴族たちは互いの勢力争いによって弱体化し，強力な王権の確立が容易になっていた．

　ヘンリーは，家柄によらず能力のある人間を要職につけた．この新貴族らは，15世紀に一つの階層を成しはじめた中産階級の出身であり，彼らにとって立身出世の鍵は王に忠実であることであった．ヘンリーは節約を旨とし，税金の徴収を厳格にして国庫を富ませ，一方では海外貿易のための商船隊建造に出費を惜しまなかった．長女マーガレットをスコットランド王ジェイムズ四世に嫁がせ，長子アーサーとスペイン王女キャサリンとの婚姻をまとめてヨーロッパの主要国としての地位を固めていく．

　ところが，15歳でキャサリンと結婚したアーサーは，まもなく急死する．強大国スペインとの友好関係を失いたくなかった王は，二人の結婚を無効とする特免状をローマ教皇から得て，キャサリンを次男ヘンリーと結婚させることにする．

(2) カトリックからプロテスタントへ

　ヘンリー八世（在位1509-1547）は，内政に心をくだき倹約家であった父とは違い，国政は重臣に任せて自らはヨーロッパ列強の間で重要な役割を演じたい野心に満ちた青年王であった．商船隊より大砲を備えた艦船の建造に力を注ぐ．人文主義教育を受けた自信あふれるこのルネサンスの君主は，知的な議論を楽しみ，リュートも弾けば作曲もする．ヘンリーの宮廷は，トマス・モア，トマス・ワイアット，ハンス・ホルバインといった人文主義者，詩人，画家などの集うところとなった．もっとも，父の残した莫大な財産は，大陸諸国に負けない華やかな宮廷を維持するためにほどなく使い尽くされてしまう．ルネサンスの貴人は，知的教養だけでなくスポーツにも秀でていな

第 2 章　16 世紀の文化と文学

ければならない．ヘンリーはスポーツも万能，狩猟も大好き．ロンドンのハイド・パーク，リージェンツ・パークなどは，ヘンリーのお気に入りの猟場であった．ハイド・パークはもと修道院のあったところだが，ヘンリーは修道院とその土地を没収して，猟のできる森に変えてしまった．

　ヘンリーは宗教には関心がなかったのか．いやそれどころか，プロテスタンティズムを批判した論文を著し，ローマ教皇から「信仰の擁護者」（Fidei Defensor）の称号を授与されている．そのヘンリーにローマ・カトリック教会からの独立を決意させたのは，男子の王位継承者を得たいという強い願いであった．

ヘンリー八世，
30 歳のころ

　1527 年，ヘンリーは 36 歳，王妃キャサリンは 42 歳．二人の間には女児メアリがいたが，もはや男子の世継ぎは望めない．「人がもし，その兄弟の妻を娶るならば，これは汚らわしいことである．彼はその兄弟を恥ずかしめたのであるから，彼らは子なき者となるであろう（「レビ記」20 章 21 節）」という聖書の言葉がヘンリーを悩ませてもいた．この頃すでに若く魅力的なアン・ブリンに恋をしていた王は，大法官・枢機卿ウルジーに命じて教皇庁からキャサリンとの離婚許可を得る交渉を始めさせる．それはウルジーの力を使えば簡単に手に入るはずのものだった．しかし，この年，キャサリンの甥である神聖ローマ皇帝カール五世（スペイン王カルロス一世）にローマを掠奪されて囚われの身となった教皇クレメンス七世には，この離婚を認めることなどできなかったのである．

　結果，ウルジーは失脚，ヘンリーはウルジーの秘書であったトマス・クロムウェルの意見に従いローマ教皇に離反する決意をする．まもなくヘンリーが任命したカンタベリー大司教クランマーの召集による宗教裁判所は，ヘンリーとキャサリンの結婚は無効との判決を下す．1532 年，アンは身ごもっており，生まれてくる子を王位継承者にするためには正式に結婚をする必要があった．1533 年二人は密かに結婚し，クランマーの判決

宗教改革の立役者
トマス・クロムウェル

をもとにアンは王妃として戴冠式をあげる．

　キャサリンとの離婚を正当化し，アンとの結婚を成立させることを目的にヘンリーが召集した宗教改革のための議会は，1534年その第6会期でついにヘンリーを「イングランド教会の地上における最高の首長」とする「国王至上法」を制定する．ローマ・カトリックの国であったイングランドが，法律によりプロテスタントの国となったのである．聖遺物・聖画像崇拝，免罪符の売買は禁じられ，ラテン語に代わって英語による祈祷と英語の聖書の普及がはかられた．しかし，政治的な動機で行われたこの改変では，教義や儀式についての改革は徹底されなかった．

　国民の大多数はこのような激変を比較的すんなりと受け入れたが，それは外国人であるローマ教皇の絶対的な権力に対する反感だけでなく，巨大な富を所有し様々な特権を享受する聖職者に対する嫌悪感が，すでに国民の間に広く存在したからであった．信仰について強固な信条が形成されるのは後のことであり，国民のほとんどは王の選んだ宗教が自分たちの宗教であると考えていた．国民の多くは，ヘンリーとクロムウェルがカトリックの悪の温床として修道院の解体に乗り出したときも，それを支持した．

　1530年当時，イングランドには800以上の修道院があり，それらはイングランドの20〜25％の土地を所有し，国家の経常収入に匹敵する年収があったという．財政的に行き詰まっていたヘンリーにとって，その財産は掠奪の恰好の標的となった．クロムウェルは教会財産の綿密な査定をし，まず小修道院から始めて1540年までにはすべての修道院を解散させた．修道院の解体により，ヘンリーは毎年莫大な収入を得るはずであったが，まもなくスコットランドとフランスを相手に戦争を始め，没収した土地は戦費調達のために手放すことになる．旧修道院所領の3分の2が，王から貴族，官僚，大地主，大商人などに売られた．これら俗人の手に渡った土地は所有者の富の象徴となり，また投機の対象にもなって新興の富裕層を豊かにするが，修道院で生活をしていた者の多くは職を失い住むところもない．修道院の解体は共有地の私有化である「囲い込み」の進行とともに国中に多くの浮浪者を生んだ．

ヘンリー八世，45歳のころ
（ホルバイン作）

さて，ヘンリーの期待に反して，アンが産んだのは女子エリザベス．その3年後にアンは姦通罪(かんつう)で処刑される．三人目の妃ジェイン・シーモアは，待望の男子エドワードを産むが，産褥(さんじょく)で亡くなる．次のクレーヴズのアンとはすぐに離婚．18歳のキャサリン・ハワードは，従姉アン同様，不貞の嫌疑で結婚18か月後に処刑．六人目の妃キャサリン・パーとの生活で，ヘンリーはようやくその晩年に幾ばくの平安を見いだした．

ヘンリーが亡くなると9歳のエドワード（在位1547-1553）が即位するが，摂政として実権を握ったのはまず伯父のサマセット，次いでその政敵ノーサンバランドであった．彼らのもとにイングランドのプロテスタント化が急速に進められ，残り少ない教会財産も根こそぎ没収される．もし病弱なエドワードのあとカトリックである長女メアリが王位につけばノーサンバランドはすべての利権を失うことが明らかなので，1553年王の死により彼はプロテスタントである王の従姉ジェイン・グレイを王位につける．しかし私腹を肥やすノーサンバランドの行為は国民の怒りをかい彼は失脚，ジェインは9日間女王となっただけで処刑され，メアリが王位につく．

母キャサリンの影響を強く受けたメアリ（在位1553-1558）は熱烈なカトリック教徒で，すべてを従兄のスペイン王カルロス一世に相談して決めた．1553年に教皇至上権を復活，1554年には国民の反対を無視してカルロスの長男フェリペと結婚，異端禁止法を復活させ1555-58年の4年間に300人ものプロテスタントを火刑に処した．「血のメアリ」（'Bloody' Mary）とあだ名されるゆえんである．この血腥い(ちなまぐさ)光景は，エリザベスの治世になって大陸での亡命から帰国したフォックスの『殉教者列伝』に描かれて，人々にカトリックへの憎悪を植えつけることになる．

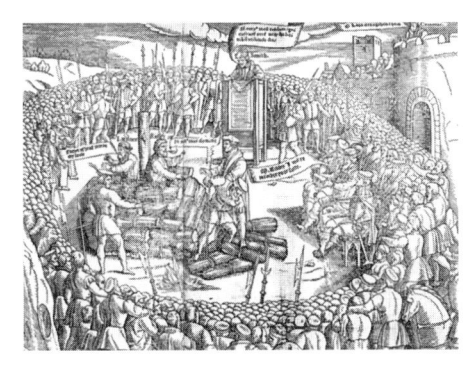

プロテスタントの火刑．
『殉教者列伝』より．

1558年，スペインの対フランス戦に巻き込まれたイングランドは大陸に残っていた最後の拠点カレーを失い，メアリは失意の中に亡くなる．

(3) 良き女王ベス

「これは主のなされたことで，われらの目には驚くべき事である．」
(「詩篇」118篇23節，日本聖書協会訳．以下も同じ．)

これは，異母姉メアリの死と自らの即位を知らされたエリザベスが，ハットフィールド離宮の樫の木の下にひざまずいて，ラテン語でとなえたという聖書の一節である．これに先立つ18と19節「主はいたくわたしを懲らされたが，／死にはわたされなかった．／わたしのために義の門を開け，／わたしはその内にはいって，主に感謝しよう」，あるいは22節「家造りらの捨てた石は／隅のかしら石となった」を読めば，母アン・ブリンの処刑にはじまり，異母弟エドワードと異母姉メアリの治世をとおして，屈辱と死の恐怖に耐えてきたエリザベスの，驚きと神に感謝する気持ちが痛いほどに感じられよう．

エドワードの時代には，エリザベスにサマーセットの弟トマス・シーモアが近づき，大逆罪で処刑された．メアリ治下ではワイアットが反カトリックの反乱を起こし，エリザベスはそれに荷担した嫌疑で8週間ロンドン塔に幽閉され，その後10か月間ウッドストックの館に軟禁された．庶子として扱われる恥辱を忍ぶことはもとより，精一杯の知恵を働かせて幾度となく生命の危機をかろうじて逃れてきたのであった．

ハットフィールド離宮

エリザベスの戴冠式は，占星術師ジョン・ディーの助言で1559年1月15日と定められる．メアリとちがい，純粋なイングランド人の女王誕生に国中が祝賀の気分に満ち，暗雲の垂れ込めた時代の後で，戴冠式の華麗な行列は人々の心を魅了した．女王治世の初期にロンドン駐在のスペイン大使は，女王エリザベスが「国民に深い愛情を持ち，国民が女王の味方であることに自信を持っている」と報告している．「大変頭の切れる若い女性で，家臣たち

第2章 16世紀の文化と文学

から恐れられている」とも言う．エリザベスは，義母キャサリン・パーのもとで皇太子エドワードとともに人文主義教育を受けた．勤勉で記憶力は抜群，語学の才能には学者たちも舌を巻いた．ラテン語，ギリシア語がすらすら読め，ラテン語，フランス語，イタリア語を話し，音楽，武芸など君主として必要な教養はすべて備えていた．加えて，20余年にわたる苦難がエリザベスを鍛えていた．

エドワードとメアリの間でプロテスタントとカトリックの両極に揺れ動いた国状を安定させるために，エリザベスは中道を選ぶ．極端なカトリックあるいはプロテスタントを除く国民の最大多数に受け入れられる「国王至上法」が出され，新たに祈祷書が編纂された．「わがまま，自惚れが強い，お世辞に弱い，優柔不断」などと批判されることはあっても，女王は家臣と国民の心を捉えるすべを身につけていた．また有能な側近にも恵まれて，勤勉で優れた判断力を持つ宰相セシル，CIA（米中央情報局）長官さながらのウォルシンガム，大法官のハットンなどがエリザベスを支えた．女王の信頼を得た重臣をはじめとして，エリザベスの宮廷には才気あふれる魅力的な人材がひしめいていた．

(4) 対スペイン戦争

エリザベスに最大の危機が訪れるのは1588年，スペインの無敵艦隊アル

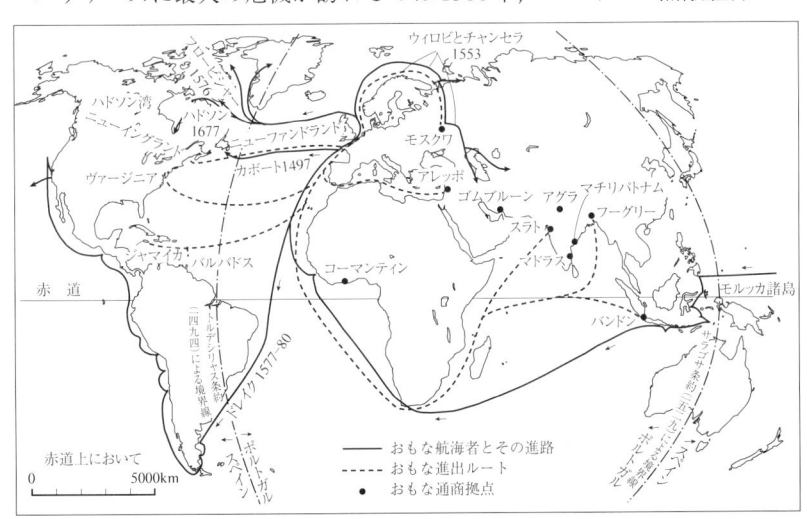

イングランドの海外進出

マダの襲来である．

　当時新世界探検の先頭をきっていたのはスペインとポルトガル．スペインの援助を受けたコロンブスが新大陸を発見し，ポルトガル人ヴァスコ・ダ・ガマが喜望峰を回ってインドへ向かった．1493年にローマ教皇は，アゾレス諸島の西100リーグ（約500キロ）のところで北極から南極に至る線を引き，そこから西で発見された土地のすべてをスペインに，東で発見されたものをポルトガルに与えるとしていた．1521年にポルトガル人マゼランが成し遂げた世界一周の航海はヨーロッパ中の注目を浴び，イングランドもまずはスペインやポルトガルの利益と衝突しない北西航路の開拓を試みるのだが，両国との摩擦が避けられない状況が徐々に生まれる．

　1562年，ジョン・ホーキンズはアフリカ西部のギニアへ航行し，スペイン，ポルトガル，フランスに対抗して奴隷貿易に加わっていた．アフリカで若い黒人を捕らえ，西インド諸島のスペイン植民地に売るのである．スペインの奴隷貿易商人は専有権を主張したが，ホーキンズ，フランシス・ドレイクなどはかまわず奴隷貿易を繰り返した．

　1568年，スコットランド女王メアリ・ステュアートが貴族たちの反感を買い自国を追われてエリザベスのもとに逃げ込むと，スペイン王フェリペ二世はメアリをイングランドの王位につけてカトリックを復位させようともくろんだため，これ以後エリザベスとフェリペとの関係が悪化する．ヘンリー八世の姉の孫であるメアリはカトリック教徒であり，カトリック教徒にしてみればイングランドの君主には，庶子エリザベスではなくメアリを戴きたかった．ネーデルラント（現在オランダ，ベルギー，ルクセンブルクのある地域．当時はスペインの支配下にあった）で独立戦争が起こるとイングランドはそれを支援し，一方スペインはイングランドと戦うアイルランドを助けるという具合で事態はますます険悪になり，エリザベスはついにイングランドの船乗りたちにカリブ海の南米北東地域での私掠を許可する．女王から他国商船拿捕免許状を得たドレイクたちは，スペイン商船を捕らえたり南米のスペイン植民地を襲って掠奪をし，女王に戦利品を持ち帰った．1577年からおよそ3年をかけてドレイクが世界周航を成し遂げ，その間に南米のスペイン植民地を襲い莫大な財宝を持ち帰るとフェリペは激怒し，ついにイングランド攻略を決意する．1587年エリザベスが反逆のかどでメアリを処刑すると，スペインのイングランド攻撃は確実になった．

第2章　16世紀の文化と文学　　　　59

　130隻の大型船からなるスペイン無敵艦隊は，1588年5月にリスボンを出発，7月にイングランド沖に姿を現す．迎え撃つイングランドの船はほぼ同数．そのほとんどが寄せ集めの小船であったが，操船技術と砲術はスペインを凌いでいた．数日にわたる小ぜりあいの後，カレー沖に停泊中のアルマダをイングランド勢の火船が襲う．大混乱に陥り，ちりぢりになって北へと逃れるスペイン船を強風が襲う．フリースラント沖で多くの船を失い，スコットランドを回って到達したアイルランド沖でも多くの船が難破して沿岸住民の殺戮・

右手に虹を持つエリザベス．銘は「太陽がなければ虹はない」．

掠奪にあい，スペインへ戻ったのは64隻であった．スペインとの戦争がこれで終わったわけではないが，ヨーロッパの最強国スペインが総力を挙げた戦いに敗れたことは，歴史の大きな転換点となったのである．
　1601年11月30日，議会で女王は最後の演説をした．国民の敬愛と支援に深い感謝を表し，「私ほどにこの国を愛する女王がこの玉座につくことはあるまい．…優れて強大な王は過去にもおり，また未来にも現れるであろうが，私ほど国民を愛し大切に思う君主をこの国が戴くことはないであろう」と述べている．1603年3月24日，男性支配の世界にあって，女性でありながら一国の輝かしい象徴であり続けた類いまれなこの君主は崩御し，王位継承が静かに行われる．多数の求婚者はいたが，国家を大切にするあまり生涯独身を通した女王の後継者は，処刑されたメアリ・ステュワートの子，スコットランド王ジェイムズ六世（のちジェイムズ一世と称する）であった．

(5) 建築の時代

　堅固な要塞や壮大な教会が造られた中世と異なり，チューダー王朝期は住居用の「邸宅」の建築がブームとなった．王から得た独占権や免許，役職などを利用して，または商業や投機などで巨万の富を築いた者が，その富を誇示するために

ハンプトン・コート宮殿

競って邸宅を建てたのである．その先鞭をつけたのが，「イプスウィッチの肉屋の息子」から大法官・枢機卿にまで成り上がったウルジーであった．1514年に建築が始められたウルジーの居城ハンプトン・コート宮殿は，1527年には280の部屋があったという．1525年，王に献上され，その後も王たちにより改築・拡張されて現在の姿となった．ウルジーはまた，教会の刷新と称して22の修道院を閉鎖し，その所領と貴族たちから強要した資金で母校オックスフォード大学にカーディナル・コレッジ（現クライスト・チャーチ・コレッジ）を，また出身のイプスウィッチにもコレッジを創建した．

大学について言えば，宗教改革から16世紀末までに，オックスフォード，ケンブリッジ両大学にそれぞれ4コレッジが創設されている．新たな学生が，修道僧に代わって新興富裕層の子弟であったことは言うまでもない．富裕な商人や小地主によりラグビー，ハロウといった私立のパブリック・スクールが開設されたのもこの時期である．

ヘンリー八世はロンドン周辺に，ホワイト・ホール，グリニッジ，リッチモンド，ハンプトン・コートの宮殿と，各地に宮殿や邸宅を持っていた．ところが王は，ヨーロッパのどの君主にも負けない宮殿の建設を思いたち，イタリアから建築家を呼び寄せて1538年新宮殿の建築を始める．ナンサッチ（比べるものがないの意味）と呼ばれるこの宮殿は王の死後に完成し，メアリがアランデル伯に売却，エリザベスが買い戻すが，1682年チャールズ二世により取り壊されてしまう．

当時の大邸宅で現在までその姿を留めているものに，1585年に完成したウィルトシャーのロングリート・ハウス，サマセットにあるモンタキュー

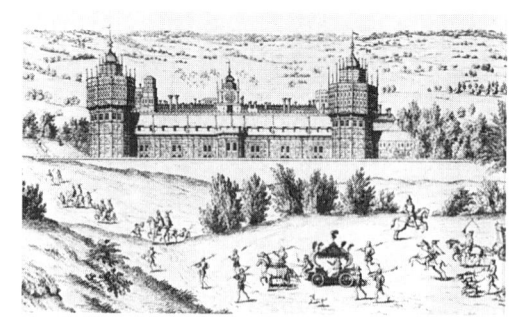

ナンサッチ宮殿

ト・ハウス (1601)，エリザベスの宰相セシル（バーリー男爵）のバーリー・ハウスなどがある．

チューダー王朝時代まで，煉瓦はフランドルから輸入されていた．チューダー王朝期になってイングランドで煉瓦の製造が大々的に始められ，多くの邸宅が煉瓦で造られた．部屋ごとに暖炉が備えられ，屋根に煉瓦造りの煙突が並び立つようになるのもこの時代である．1550年以後の大邸宅は，煉瓦ではなく石材を使用し，正面は装飾が少なく垂直様式で，建物が中庭を囲み，部屋部屋には大きな窓ガラスがはめ込まれている．ダービーシャーのハードウィック・ホールがその典型である．

地方の大地主たちも小規模ながらゆとりのあるマナー・ハウス（荘園屋敷）を建て，それらの中にはあの独特の美しさを見せる木材と白壁造りのものがある．大多数の人々はもっと粗末な木造家屋に住んでいたのだが，それでも以前よりは良い家に住むことができたのである．

外面真壁造りのマナー・ハウス

(6) 娯楽

職人や一般の労働者は，週6日，朝の5時から夜7時を過ぎるまで働かなければならず，道徳上の理由もあって，彼らの娯楽は政府が厳しく規制していた．たとえば，職人たちがテニス，さいころ，カード，ボウリング，鉄輪投げなど法律で認められないゲームに興じられるのはクリスマスだけと定められていた．違反をすれば処罰を受ける．フットボールも危険視される違法のゲームであった．現代と同じでしばしば流血騒ぎが起きたからである．

貴族たちの娯楽を数え上げるときりがない．狩猟，鷹狩り，野鳥狩り，馬上槍試合，フェンシング，決闘，馬術にテニス，釣りもある．

音楽とダンス．これは庶民も楽しんだ．貴族たちは大陸から輸入されたラテン系のダンス，ガリアルダやヴォルタ（ワルツの前身）といった種々のステップを楽しんだ．エリザベス女王はダンスが大好きで，清教徒たちが安息日に何事かと眉をひそめても，日曜の午後のダンスは女王公認だったという．外国の大使に統治の秘訣は何かと聞かれた女王が，ドレスの裾を持ち上げて

軽くステップを踏んで見せたという逸話もある．庶民が楽しんだのは五月祭には欠かせないモリス・ダンス．踊り手は高，中，低と音程の異なる鈴を腕や足首につけて踊る．イングランドを訪れた大陸からの旅行者によれば，当時のイングランドはどこへ行っても音楽が聞かれたという．庶民の口ずさむ歌，教会の音楽，そして新興階層の人々が家庭で楽しむ種々の楽器の音色などであったろう．

　チューダー王朝の初期には演劇のほとんどが宗教劇だったのに，喜劇が書かれ悲劇が作られ，エリザベス期に演劇はその最高潮に達するのだが，この発展を説明するのは不可能に思える．マーローやシェイクスピアの豊かな言葉が創り出す演劇の世界をあらゆる階層の人が楽しんだ．

　さいころもカードも遊び方は今とあまり変わらない．ヘンリー八世はさいころ勝負で家臣から城を巻き上げたというが，貴族と庶民とでは賭けるものは大いに違っていただろう．闘鶏にも多額の金が賭けられた．

　スペインに闘牛があったのだから，イングランド特有というわけではないのだが，当時のイングランド人が大好きだったのが熊いじめと牛いじめ．どちらもやり方は同じ．リング中央の杭に長い鎖で熊をつなぎ数頭のマスティフ犬を放して襲わせる．犬が傷つけば新手を送り込む．熊が死ぬか，犬どもに勝ち抜くか，それまで競技は続く．競技の終わりに，背中にくくりつけられた猿を振り落とそうと半狂乱になっている馬を犬が追いかけるという余興もよく行われた．

　熊いじめは王室公認の娯楽で，1526年にはバンクサイドのパリス・ガーデンに専用の円形闘技場が造られた．王侯は，自分の楽しみのために，ある

熊いじめ

第2章　16世紀の文化と文学

浮浪者の引き回しと笞打ち．
3度めには絞首刑．

いは外国の大使や賓客をもてなすのに，宮殿の庭で熊いじめを催した．エリザベスも熊いじめは大のお気に入りで，レスター伯はケニルワース城で女王歓待のための熊いじめを催しているし，女王自身パリス・ガーデンにも出かけたらしい．パリス・ガーデンの観客がたてるすさまじい騒音は近隣の住民には迷惑であったが，熊いじめは「平和を好む国民の慰み・慰安にふさわしい楽しい娯楽」として宮廷の保護を受けた．休日に多数の労働者が集まって楽しむのが，悪質な騒動を防ぐ安全弁になると考えられたようである．スコットランド出身のジェイムズ一世も，熊いじめというイングランドの伝統は継承した．ジェイムズは熊ではもの足りなくなって，ロンドン塔に飼われていたライオンを熊の代わりにしたそうである．

　16世紀は，様々に偶然が幸いして，将来大英帝国を支えるべき階層の人々に力がみなぎり始めた時代であった．野心と才覚があれば，一攫千金も夢ではなかった．しかし，そのような幸運を夢見ることすらできない人も大勢生まれた．ヘンリー八世の治世には何万人という浮浪者が，直接の理由はどうあれ絞り首にされたらしいし，16世紀末には増え続ける浮浪者に政府が苦慮したことが，たび重なる「救済法」の発令にうかがわれる．

（三浦伊都枝）

II. シェイクスピアへの招待
　——グローブ座，ロンドン塔，ストラットフォード——

(1) グローブ座——名作の震源地「地球」座——

　風に舞い上がった一枚のビラには「ウィリアム・シェイクスピア作，『ヘンリー五世』，本日上演」とある．テムズ河南岸に建つこの劇場は円筒形で，全体を覆う屋根がなく，2本の柱に支えられた舞台が円の中心まで張りだしている．河向こうから芝居見物にやってきた客たちが，がやがやと集まっている．男も女も，庶民も貴族もいる．昼間の上演なので互いの姿がよく見える．オレンジ売りの声も聞こえてきた...というのは，ローレンス・オリヴィエ監督・主演の映画『ヘンリー五世』(1944) の冒頭のシーンだ．オリヴィエはシェイクスピアの歴史劇のクライマックスといえるこの作品の映画化にあたり，エリザベス朝の舞台で上演されているという設定で，劇場の様子や俳優の息づかい，観客の反応まで生き生きと伝えている．グローブ座の雰囲気を味わうにはこれまでこの映画で疑似体験するしかなかったわけだが，グローブ座が開場した1599年から400年たった今日，実はこれに似た情景がほぼ同じ場所に展開している．グローブ座「再建」の立役者は，アメリカ人俳優サム・ワナメーカー (1919-93) だ．地元住民の反対や資金難など数々の困難を乗り越えて，1997年6月ついにグローブ座が正式にオープン

グローブ座外観

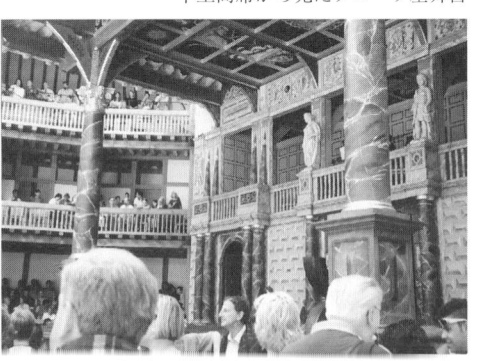

平土間席から見たグローブ座舞台

した．1989 年のグローブ座跡地の発掘の成果も取り入れて，新生グローブ座は可能なかぎり忠実にオリジナルを再現することになった．

　劇場は直径 100 フィートの正二十角形で，三層の観客席と平土間に 1500 人を収容する．頑丈な樫の骨組みに細長い樫板を打ち付け，その上から山羊の毛を混ぜて補強した石灰塗料を塗ってある．かつて『ヘンリー八世』上演中に大砲の火が引火したという客席の屋根には葦が使われている．1666 年のロンドン大火以来初めての藁ぶき屋根だという．ただし，防火対策は万全で，防火板を敷いた上に耐火処理を施した葦で屋根をふいてあり，棟のところをよく見ると，スプリンクラーの吹出し口が等間隔にのぞいている．シンプルな劇場の外観とは裏腹に，舞台はその色彩といい，装飾といいかなり凝っている．1.5 メートルほど低い平土間から見上げると，真っ先に目に入るのが天体を描いた天井と，それを両脇から支える大きな柱だ．支柱は表面を赤褐色の大理石風に仕上げている．舞台奥の壁面はタペストリーを張った中央の空間をはさんで左右に俳優の出入り口がある．手摺りの付いた 2 階舞台の柱には女神像がある．

　新生グローブ座の柿落しにふさわしく，演目は『ヘンリー五世』，しかもあのオリヴィエの息子が演出を担当している．口上役は開口一番，威勢よく呼び掛ける．

　　おお，創造の輝かしい天頂にまで炎を噴きあげる
　　詩神ミューズよ，なにとぞ力をかしたまえ，
　　舞台には一王国を，演ずる役者には王侯貴族を，
　　この壮大な芝居の観客には帝王たちを与えたまえ！
　　　　　　　　（以下，引用文はすべて小田島雄志訳による）

しかし，アジンコートでの英仏の決戦を収めるにはこのみすぼらしい「O字型の木造小屋」は心許ない．そこで口上役は「皆様の想像力におすがりする」と観客の協力を求めるのだ．現代の観客はコンピュータ制御のハイテクの額縁舞台での上演に慣れているが，シェイクスピア（William Shakespeare, 1564–1616）の劇はもともとこのローテクの芝居小屋での上演を意図して書かれたものだ．劇が舞台の構造と密接に結びついている．たとえば，『ヴェニスの商人』でいわゆる人肉裁判にけりがついて，恋人どうしが語らう劇のコーダ部での台詞

おすわり，ジェシカ．どうだ，この夜空は！
　　まるで床一面に黄金の小皿を散りばめたようだ．

を聞くとき，観客は二人とともに舞台の天井に描かれた星々を眺めただろう．「地球」座は，文字どおり，想像／創造の宇宙の中心を占めていた．劇は真っ昼間に半ば野外で上演されたから，照明は必要でなかった．夜の場面，たとえば『ハムレット』冒頭のエルシノア城の見張りの誰何や，『ロミオとジュリエット』のバルコニーの場も明るい舞台で演じられた．舞台にはこれといった大道具もなく，支柱が森の木などに見立てられた．舞台奥中央のスペースは，オセロがデズデモーナを絞め殺す寝室になったり，『テンペスト』で若い二人がチェスをしているプロスペロの岩屋になったりした．バルコニーや城壁に使われた2階舞台や手前のメインステージと組み合わせるとスピーディーな展開が可能で，（台本のカットもあっただろうが）当時の芝居の上演時間は2時間ほどだったようだ．この「なにもない空間」でありとあらゆる場所と時間を表現するには，観客の想像力をフル回転させる必要があったわけだが，そのためにシェイクスピアがとった手段の一つが，イメージ豊かでリズミカルな台詞で観客の耳を刺激することだった．シェイクスピアの劇は詩劇である．その大半が弱強五歩格のブランク・ヴァース（無韻詩）という詩型で書かれている．日本語の翻訳上演を見ていると，なんと饒舌で早口なのだろうと辟易することがあるが，タタン・タタン…と毎行5回繰り返される弱強のリズムに乗った原語の台詞は実に耳に心地よい．この基本形が機械的に繰り返されるのではなく，場面や登場人物に応じて様々なヴァリエーションが加わる．たとえば，『夏の夜の夢』の妖精は軽やかに

　　山々を越え，谷を越え，　　　　Over hill, over dale,
　　茨をくぐり，森をくぐり，　　　Thorough bush, thorough brier,
　　荘園を越え，垣を越え，　　　　Over park, over pale,
　　流れをくぐり，火をくぐり，　　Thorough flood, thorough fire,
　　私は行きます，月よりも　　　　I do wander every where,
　　早い翼でどこまでも．　　　　　Swifter than the moon's sphere;

と語るし，『マクベス』の魔女たちはおどろおどろしく

　　苦労も苦悩も火にくべろ，　　　Double, double, toil and trouble;

第 2 章　16 世紀の文化と文学

燃えろよ燃えろ，煮えたぎれ．	Fire burn, and cauldron bubble.
狼の歯に龍の皮，	Scale of dragon, tooth of wolf,
魔女のミイラに貪欲な	Witch's mummy, maw and gulf
鮫の胃袋煮えたぎれ	Of the ravin'd salt-sea shark,

と唱えながら「地獄の雑炊」をぐつぐつ煮立てる．また，『ヘンリー四世・第一部』の冒頭で国王が宮殿で放蕩息子を持つ父親の心労をブランク・ヴァースで切々と語ったかと思うと，次のシーンでは当の息子が酒場で悪友とたわいもない散文の会話をしているというふうに，切り替えが絶妙だ．

　この舞台でシェイクスピアの円熟期の傑作が次々に発表された．深夜の城壁でハムレットが父の亡霊から復讐を命じられるのも，恩知らずの娘たちに締め出されたリア王が嵐のなかで叫ぶのも，この裸の舞台だった．『オセロ』，『マクベス』と合わせて「四大悲劇」と呼ばれるこれらの作品に目を向けてみよう．

悩める王子の復讐劇『ハムレット』

　『ハムレット』は四大悲劇のなかで最も早く書かれた作品だが，世界文学史上，これほど親しまれ，盛んに論じられてきた作品はないといってよい．北欧伝説にさかのぼる王家の復讐の物語といちおうはまとめられるが，それだけではこの作品の異常なほどの人気を説明できない．復讐の使命を帯びながら，迷い，思い悩む主人公の姿に観客，読者は共感するのだ．先頃，亡くなったデンマーク国王が実は毒殺されたのだと知らされる前から，ハムレット王子は憂鬱だ．ハムレットにとって神々しいまでに理想的だった父王に代わって王位を継いだのが，その弟とはいえ似ても似つかぬ品性下劣な叔父クローディアスだ．おまけに，父とあれほど愛し合っていたはずの母ガートルードがその叔父とさっさと再婚してしまったのだ．母の近親相姦的結婚によって自分の肉体まで汚れてしまったと感じているハムレットは「心弱きもの，おまえの名は女」と呟く．そんなある日，父の亡霊が現れて，クローディアスこそ自分を毒殺した犯人だと告げる．今夜見たことを口外しないよう繰り返し誓わせる，地下から響く亡霊の声は，亡霊役の俳優が奈落を動き回りながら叫んだのだろうが，真っ昼間に甲冑(かっちゅう)姿で観客の前に現れる亡霊が威厳に満ちた存在に感じられるのは，やはり，亡霊自身，あるいはそれを話

題にする人物たちの台詞によるところが大きいと思われる．

　復讐を誓うハムレットだが，行動を起こすより思索に耽りがちな性格だし，恋人オフィーリアとの関係がおかしくなってきたこともあって，復讐に踏み切れない．宰相である父ポローニアスのいいなりになって自分によそよそしくする彼女に苛立ち，罪深い人間を産まぬよう「尼寺へ行け」と口走ってしまう．クローディアスも学友を差し向けて探りを入れてくる．ハムレットが舞台上方の廂(ひさし)を見上げながら語ったであろう「このすばらしい天蓋，…この頭上をおおうみごとな蒼穹，金色に輝く星を散りばめた大天井も，…濁った毒気のあつまり」に，「自然の傑作」たる人間も「塵芥(じんかい)としか思えぬ」という台詞は本音だろう．心を許せるのは親友ホレイシオだけ，それも精神的支援しか期待できないとなると，デンマークの宮廷でハムレットは孤立無援だ．

　クローディアス有罪の動かぬ証拠をつかんで，復讐心を燃え立たせるため，旅役者たちに国王暗殺劇を演じさせて，クローディアスの反応を伺う．ハムレットは演劇通で，復讐の意図を悟られないために狂態を演じるわけだが，この劇には劇中劇を始め演劇的な仕掛け，言及が非常に多い．少年劇団が成人劇団を脅かすほどの人気を博していたエリザベス朝当時の劇壇状況まで盛り込まれている．劇中劇を見るクローディアス，その反応を注視するハムレット，それを見守る観客と，幾重にも入り組んだ，最高に盛り上がるこの場面でみごとに尻尾をつかんだまではよかったが，母ガートルードの部屋を訪れて諌めようとするところをカーテンの陰から立ち聞きしていたポローニアスを国王と間違えて刺し殺してしまったために，事態は複雑になる．父の敵を狙うはずが，逆に父の敵として狙われるはめになるからだ．

　ポローニアスの息子レアーティーズは，発狂した妹オフィーリアの恨みもあり，また，クローディアスにうまくいいくるめられて，共謀してハムレットの命を狙う．イギリスに追放されかけたが奇跡的に生還したハムレットを待ち受けていたのは，レアーティーズとの剣術の試合に見せかけた罠だった．切っ先に毒を塗った真剣と毒杯が用意される．ところが，毒杯はガートルードが誤って飲んでしまい，ハムレットを傷つけた剣でレアーティーズも報復を受ける．真相を知ったハムレットは，クローディアスを殺して復讐を遂げる．ポーランド遠征の帰りにこのデンマーク宮廷の惨劇を目撃し，ハムレットの葬儀を取り仕切る隣国ノルウェーの王子フォーティンブラスも，父の代

にデンマークに奪われた領土の回復を狙っていたわけで，レアーティーズと並んで「父の敵を狙う息子」としてハムレットと対照されている．墓掘り人夫が無造作に放り投げた髑髏(どくろ)が，子供の頃に親しかった宮廷道化のものだと知って，髑髏を片手に人事のはかなさに考え込むハムレットの姿．そして，ハムレットとの恋は実らず，父親は不審な死に方をしたため発狂し，溺死する痛ましくも美しいオフィーリアの姿も脳裏に焼き付いて離れない．

老王の受難劇『リア王』

　シェイクスピア劇で最も人気の高いのが『ハムレット』なら，『リア王』は最も偉大な劇と言われる．三人の娘たちの本性を見抜けなかった老王の受難劇だ．80歳を越える高齢とはいえかくしゃくとした古代イングランド王リアは，王国を娘（とその婿）たちに分け与えて，事実上引退する決心をする．少しでもいい分け前にありつくために愛情コンテストが行われ，長女ゴネリルと次女リーガンは言葉巧みに父への愛情をアピールする．しかし，リアがいちばんかわいがっていた末娘コーディリアはその期待に反して，「子の務めとして」というだけでそっけない．激怒したリアは，忠臣ケント伯爵が制止するのも聞かず，領土を与えないばかりか，コーディリアを勘当してしまう．ところが，いざ引退してみると，100人の家来を引きつれて勝手気ままな暮らしをするリアを娘たちは厄介者扱いする．大勢の家来は必要なかろうと，100人を50人，25人と減らそうという娘たちの仕打ちに手足をもがれるようで，怒りを爆発させたリアは嵐の吹き荒れる荒野へ飛び出し，娘たちを罵る．

　　　　天地を揺るがす
　　雷よ，丸い地球がたいらになるまで打ちのめせ！
　　いのちを生み出す自然の母胎をたたきつぶし，
　　恩知らずな人間を作り出す種を打ち砕け！

と叫ぶリアの怒りは，嵐と共鳴して増幅され，烈しく燃え上がる．
　この主筋を浮かび上がらせるもう一つの「父親の愚行」が脇筋にある．リアの家臣グロスター伯爵には，息子エドガーのほかに私生児エドマンドがいる．野心家エドマンドの計略にひっかかってエドガーに命を狙われていると思い込んだグロスターは，エドマンドを相続人とし，エドガーを捕えること

にする．廃嫡されたエドガーが乞食に身をやつして追っ手を逃れるみじめな姿は，リアに勘当され，持参金なしでフランス王に嫁いだコーディリアを思わせる．権力を失い，嵐に曝されたリアは，裸同然のエドガーを見て，はじめて貧しい庶民に同情し，人間の本質を理解する．

　　　　おまえはまじりけなしの本物だ．
　　人間，衣装を剥ぎとれば，おまえのように，あわれな裸の二本
　　足の動物にすぎぬ．

と自らも服を脱ぎ捨てようとするのだ．
　リアが姉たちに虐待されていると知ったコーディリアは，父を救うため夫のフランス王を説得してドーヴァーに進軍してくる．グロスターはリアを匿い，ドーヴァーに逃がしたというので，リーガンの夫コーンウォール公爵に目を抉り貫かれる．盲目になってはじめて真相を悟るというこの皮肉．狂人リアと盲人グロスターがそれぞれドーヴァーに向かう．ドーヴァーは感動的な親子再会の舞台となる．コーディリアの優しい介護を受けてリアは正気を取り戻す．絶望しきっていたグロスターは，自分の手を引いてきたのが息子エドガーだったと知り，ほほ笑みながら息を引き取る．戦局がイングランドに有利となり，リアとコーディリアは捕虜になる．愛人エドマンドをめぐる争いからゴネリルとリーガンが死に，悪巧みが露見したエドマンドは兄エドガーとの決闘に敗れる．牢屋で絞殺されたコーディリアの遺体を抱えてリアが登場し，悲痛な叫び声をあげ，自らも事切れる．エドガーの「一番年を取った人たちが一番苦しんだ．われわれ若い者は，これほどの目には会わないだろうし，長生きもすまい」という台詞で劇は締めくくられる．半ば野外での昼間の上演だし，現在の水準からすると原始的な効果音しかなかったわけだから，怒れるリアに容赦なく吹きつける嵐を舞台でリアルに表現するのは至難の技だったに違いない．観客はちょうど息子エドガーに手を引かれてドーヴァーにたどり着いた盲目のグロスターのような状況に置かれている．絶望したグロスターは，エドガーが（というよりシェイクスピアが）描写する崖下の様子を聞いて，自分が目も眩むような断崖絶壁の上にいると錯覚する．台詞がそれほど強力に想像力を刺激するのだ．

(2) ロンドン塔——英国史劇の舞台——

　シェイクスピア劇が上演されたのは紛れもなくロンドンだが，劇の舞台をロンドンに求めると案外むずかしい．『ロミオとジュリエット』はヴェローナだし，『ヴェニスの商人』は文字どおりヴェニス，『ハムレット』に至ってはデンマークだ．しかし，そんな中で一か所だけロンドンでもひときわ目立つ場所がある．夏目漱石がかつて「草の如く人を薙ぎ，鶏の如く人を潰し，乾鮭の如く屍を積んだ」といったロンドン塔だ．

テムズ河より望むロンドン塔

　シェイクスピアの作品ではジュリアス・シーザーが建てたとされているロンドン塔だが，前章で述べたように，征服王ウィリアム一世（在位1066-87）が市民を威圧し，デーン人らの進攻に備えて築いた要塞だった．後にホワイト・タワーと呼ばれることになる砦を中心に，リチャード一世獅子心王（在位1189-99）やヘンリー三世（在位1216-72）の治世に拡張され，エドワード一世（在位1272-1307）の時代には，20の塔と城壁，堀で約18エーカーの敷地を取り囲んだ現在のロンドン塔がその威容を現した．今でこそ観光名所，そして王家の戴冠式用宝玉の保管場所としての役割を留めるにすぎないが，ロンドン塔は長い歴史のなかで王宮，国事犯の監獄，処刑場，武器庫，造幣所など様々な顔を持っていた．

　テムズ河に面した南側の城壁に設けられた逆賊門に舟で運ばれてきた罪人は，処刑に怯える日々をここで過ごした．漱石の『倫敦塔』に「今は昔し薔薇の乱に目に余る多くの人を幽閉したのはこの塔である」とある薔薇の乱，すなわち赤バラのランカスター家と白バラのヨーク家が争ったバラ戦争は，まさにシェイクスピアがいわゆる歴史劇第一・四部作の中心に据えた事件だ．『ヘンリー六世・第一部』で両家の争いの発端をテンプル法学院の庭での論争に求めたシェイクスピアは，『ヘンリー六世・第三部』では実の親子がそれとは知らず戦場で殺し合うという内乱の悲惨さを描いた．国民の不幸に心から同情するヘンリーは政治的には無能で，国王の心労を味わうよりは気楽な羊飼いの暮らしがしたいという，平和的で信仰心の厚い人物だ．結局，

ヨーク方に捕われてロンドン塔に送られ，ヨークの末弟リチャードに刺し殺される．

　20代半ばの若き劇作家シェイクスピアがまず手がけ，評判を得たのはこういった歴史劇の作者としてであった．フランスに残るイギリス領土を死守せんと果敢に戦うが，バラ戦争につながる貴族どうしのいがみ合いがもとで援軍が到着せず，無念の死を遂げる勇将トールボットの姿（『ヘンリー六世・第一部』）が観客の涙を誘ったことが当時の記録に伺われる．また，1592年に先輩作家ロバート・グリーンが「われわれの羽根で飾り立てた成り上がり物のカラス」は「役者の皮で虎の心を隠している」と役者も兼ねていた劇作家シェイクスピアを罵倒した話は有名だ．これは，『ヘンリー六世・第三部』で，ランカスター陣営を率いるマーガレット王妃の残忍さを敵将が罵る「女の皮で隠した虎の心」を踏まえたものだ．

　1590年代にはシェイクスピアの作品をはじめとして数多くの歴史劇が書かれるが，このブームの一つのきっかけとなったのがスペインの無敵艦隊撃破だ．強大なカトリック国家スペインが送り込んだ130隻の艦隊を撃退したのだから，イギリス国民の愛国心が高揚し，自国の歴史に目が向けられたのも不思議はない．時代的にはさらにさかのぼるが，フランスにあったイギリス領土を失ったため「失地王」という不名誉な呼び名をもらい，また，マグナ・カルタを認めさせられたことで記憶されるジョン王ですら，シェイクスピアの作品ではローマ法王の圧力に屈しない独立国家の君主という側面も見せている．歴史劇の底流には，こうしたナショナリスティックなトーンが響いているのだ．

　第一・四部作を締めくくる『リチャード三世』では，野心家リチャードが邪魔者を次々にロンドン塔に送り込んで始末する．手始めは次兄クラレンス公爵．空涙で同情を装いつつ，獄中で看守も同情するほどの悪夢にうなされるクラレンスのもとに刺客を放って，刺殺したうえ，ぶどう酒の樽に投げ込む．そして，血腥いロンドン塔の歴史の中でも最も痛ましいとされるエピソードが語られる．とはいえ，二人の幼少の王子が叔父リチャードの差し向けた刺客に絞め殺される様子は，命令を実行したばかりの刺客自身の口から後悔の念を込めて語られるに留まる．二人が幽閉されていた塔は，この事件以来，血塔と呼ばれるようになった．獄中の王子らの様子を漱石は想像している．

第2章　16世紀の文化と文学

　　弟はひたと身を寄せて兄の肩に顔をすり付ける．…兄は静かに書をふ
　　せて，かの小さき窓の方へ歩みよりて外の面を見ようとする．窓が高く
　　て脊が足りぬ．床几を持って来てその上につまだつ．百里をつつむ黒霧
　　の奥にぼんやりと冬の日が写る．屠れる犬の生血にて染め抜いたようで
　　ある．

　こうして王位に登りつめたリチャードは，亡命先のフランスから兵を率いて上陸してきたヘンリー・チューダーにボズワースの戦いで敗れる．ランカスター家のヘンリーは，ヨーク方から妃を迎えて赤バラと白バラを統一し，ヘンリー七世として即位し，以後，エリザベス女王まで一世紀余り続くチューダー王朝を創始するのだ．

　こうして内乱の混沌の中から立ち現れるヘンリー七世に後光が差しているのだから，いわゆるチューダー王朝の神話が思い起こされる．すなわち，ヘンリー七世が暴君リチャード三世を倒してランカスター，ヨーク両家を統一し，チューダー王朝を開いたのは，神意を実現したものである．また，このチューダー王朝はさかのぼればアーサー王に連なる正統の英国王家であり，かつての黄金時代が再び到来するのだという体制側のプロパガンダだ．シェイクスピアが体制側のスポークスマンだというつもりはないが，歴史劇がこの神話を踏まえたものであることは否定できない．

　チューダー王朝はロンドン塔の歴史においても特筆すべき時代となる．ヘンリー八世の離婚問題をきっかけに，まず時の大法官トマス・モアがベル・タワーに監禁され，1535年にタワー・ヒルで処刑された（アカデミー作品賞を受賞した映画『我が命尽きるとも』(1966)がある）．そして，華々しい儀式で二番目の王妃として迎えられ，後のエリザベス女王を産んだアン・ブリンもロンドン塔の中庭タワー・グリーンでフランスから特別に招いた剣士の手で斬首される．ここでの処刑は王族らの特権で，遺体は首とともに敷地内の教会に葬られた（タワー・ヒルで処刑された者の首はロンドン橋に晒された）．以後，この特権に与った人としては，ヘンリー八世の5番目の妃キャサリン・ハワードや，義父の策謀により9日間の女王となったジェイン・グレイ，そして，エリザベス女王の寵臣で謀反に失敗したエセックス伯爵らがいる．エリザベス女王自身，王女時代に反逆罪の疑いで2か月間ベル・タワーに拘留されたことがある．

シェイクスピアが活躍した時期は，半世紀にわたる長いエリザベス女王の治世の末期にあたる．エリザベス晩年のイングランドは，いろいろな意味で多難な時代だった．スペイン無敵艦隊は撃破したものの，スペインとの戦争は継続し，膨大な戦費は政府の財政を圧迫し，インフレが深刻化した．92-93年にはペストが流行し，続いて世紀最大の凶作に見舞われて社会不安が高まった．また，女王の即位以来，その片腕として仕えてきたウィリアム・セシルらの重臣が死んで，世代交代が進む．新世代のホープの一人がエセックス伯爵ロバート・デヴルーだ．女王の寵愛を得て，アイルランド遠征軍の指揮官に任命されて歓呼の声に送られた（シェイクスピアの作品に時事的な言及は珍しいが，このときのことは『ヘンリー五世』に出てくる）まではよかったが，任務に失敗して勝手に帰国し，反乱を企てるに至る．

エセックス伯爵らが反乱前夜に景気付けのためにシェイクスピアの所属する劇団，宮内大臣一座に上演させたのが『リチャード二世』だ．10歳で即位したリチャード二世は，ウェストミンスター寺院での戴冠式に臨むにあたって，数日間ロンドン塔に滞在した後にロンドン市内を行進するという，以後300年間踏襲される慣行を始めたという．シェイクスピアの劇では，この正統の国王が退位を迫られ，殺されるまでの顛末(てんまつ)が描かれている．

　　この歴代の王の玉座，この王権に統べられた島，
　　この尊厳にみちた王土，この軍神マルスの領土，
　　この第二のエデン，地上におけるパラダイス
　　…
　　白銀の海に象嵌(ぞうがん)されたこの貴重な宝石，
　　この祝福された地，この大地，この領地，このイングランド

の王位にありながら，リチャードはねい臣に囲まれて国政を顧みず，いとこでランカスター家後継ぎのボリングブルックを追放するが，兵を率いて帰還したボリングブルックに退位を迫られる．正統の王たる身で退位を余儀なくされたことを嘆く姿は，国王の威厳の名残を感じさせ，悲哀を誘う．エリザベス女王は晩年，ロンドン塔の記録保管官に「余はリチャード二世の心境であるのがわからぬか」と問うたという．15世紀イギリスの王権争奪劇を扱ったシェイクスピアの歴史劇は，決して単なる過去の記録ではなく，内乱の惨禍，理想の君主像追求といったテーマをもち，それは同時代の人々にとって

も極めて切実な問題を含んでいることがこのエピソードにもうかがわれる．
　ヘンリー四世として即位したボリングブルックは，行政手腕に長けた能吏的王だが，王位簒奪者としての負い目があり，リチャード殺害を示唆したことに罪の意識を感じる．以後，『ヘンリー五世』に至るいわゆる歴史劇第二・四部作で扱われるのは，ヘンリー四世の息子ハル王子が理想的な君主に成長していく過程といってよい．ハル王子は酒場に入り浸る放蕩息子で，悪友フォルスタッフらの追剥ぎにまで加担し，父王を嘆かせる．しかし，実はこれは計算ずくの戦略的放蕩なのだ．

> おまえたちのことはわかっている，ただ当分は
> その放らつな気まぐれにつきあってやるだけだ．
> こうしておれは太陽のまねをしようというのだ，
> 卑しい黒雲のはびこるにまかせ，一時は人々の目から
> おのれの美しい光をかくしても，ふたたびおのれを
> とりもどそうという気になれば，おのれの息の根を
> とめていたかに見えた醜い黒雲を一気に突き破り，
> 本来の姿を現わすのだ，待ちこがれていただけに
> 人々はいっそう賛嘆の目で仰ぎ見ることになる．

『ヘンリー四世・第一部』でこう語ったハル王子は反乱鎮圧に出かけ，戦場で父王の命を救い，宿敵ホットスパーを倒す．『ヘンリー四世・第二部』では，父王の臨終の床で和解し，法秩序の体現者というべき高等法院長とも和解して，フォルスタッフらを追放する．フォルスタッフを中心とする喜劇的脇筋と政治的主筋を同時進行させ，対照させていく腕前は見事というほかないが，前者は単なる引立て役に留まらない．太鼓腹のすけべ爺で口は恐ろしく達者だが臆病者，それでもどこか憎めないフォルスタッフは，シェイクスピアの創造した喜劇的人物の最高傑作だ．女王陛下のお気にも召して，一説によれば恋するフォルスタッフを見たいとの御意により一気に書き上げられたのが『ウィンザーの陽気な女房たち』だといい，その劇がヴェルディのオペラ『ファルスタッフ』の原作になったというのだから，大変な人気だ．
　『ヘンリー五世』でもフランス侵攻が進められる一方で，追放のショックで衰弱死したというフォルスタッフを仲間が悼む場面が挿入されている．それでも，劇冒頭で対仏侵攻の是非を検討中のヘンリーのもとに軽薄なフラン

ス皇太子から遣わされた使者に対して，余は昔の放蕩王子ではない，送ってよこしたテニスボールを砲弾に変えて，フランスのコート（宮廷）に攻め入ってくれるとヘンリーが大見得を切るとき，ちょうどオリヴィエの映画のように劇場がやんやの喝采に包まれただろうことは想像に難くない．アジンコートの決戦前夜にしても，お忍びで陣地を見回るヘンリーの前で一介の兵士たちが国王の戦争責任を云々する場面がある．しかし，観客は訳もわからないうちに戦場に駆り出された庶民に同情する一方で，圧倒的な劣勢を覆してヘンリーがイギリス軍を奇跡的大勝利へと導く姿に感動し，ナショナリスティックな誇りを感じずにはいられない．シェイクスピアは民衆の視点を書き込みながら，観客の分裂した反応を招くことなく，微妙な解釈の可能性をはらんだ歴史絵巻を展開している．

　たとえば，ヘンリーの性格についての解釈の違いは，冒頭でふれたオリヴィエの映画と，オリヴィエの再来ともいわれるケネス・ブラナーの映画（1989）を比べればわかる．オリヴィエ版『ヘンリー五世』は，連合軍のノルマンディー上陸作戦直前に撮影されたこともあって，全軍を統率するカリスマ性の強い国王だ．国王の威厳を傷つけかねない場面，すなわち，捕虜の処刑や国王暗殺計画などをカットし，アジンコートの戦闘シーンは，映画ならではのスペクタクル（ただし，流血はほとんどない）に仕上がっている．一方，ブラナー演じるヘンリーは，フランス侵攻の是非を慎重に検討する．ヘンリーの人間味が強調されており，腹心の裏切りに激怒し，フォルスタッフの回想シーンが挿入された後，放蕩王子時代の仲間バードルフの処刑に涙する．戦闘シーンには反戦映画的処理が施されていて，スローモーションは戦闘の悲惨さをクローズアップする．泥塗れのヘンリーは，最高司令官というよりはラグビーチームのキャプテンといった感じで，犠牲になった少年を国王自ら抱きかかえて，奇跡的な勝利を神に感謝する「ノーン・ノービース」の大合唱で場面は盛り上がる．また，舞台の演出次第で冷徹な策士的国王像が強調されることもある．

　アジンコートで大勝利を収めたヘンリーは，フランス王女を口説き落とし，イングランドの将来は安泰かと思われるのだが，ここに大きな歴史の皮肉がある．イギリス人自慢の名君ヘンリー五世は夭逝し，その息子で生後9か月で即位したヘンリー六世の時代にイギリスはバラ戦争の混乱に陥ることになる．思い返せば，シェイクスピアが最も初期に書いた『ヘンリー六世・第一

第 2 章　16 世紀の文化と文学

部』から『リチャード三世』に至る歴史劇第一・四部作（作品の時代設定はこちらが後になるのだが）の冒頭はヘンリー五世の葬儀の場面で，フランスにあるイギリス領土が次々と失われていく様子が伝令によって告げられるのだった．そして今，第二・四部作を締めくくる『ヘンリー五世』のエピローグは，せっかくのクライマックスに水を差すかのようにこう語る．

> わずかな時でしたが，そのわずかな時に，イギリスの星
> ヘンリー五世は，まばゆいばかりに光を放ちました，
> 運命が鍛えた剣をもって世界一美しい庭フランスを手に入れ
> その世界に冠たる支配権を彼の息子に残しました．
> 息子ヘンリー六世は，幼くして父王のあとを継ぎ，
> フランス，イギリス両国の王となりました．
> だが彼をとりまく多くのものが政権を争うことになり，
> ついにフランスを失い，イギリスにも血が流されました．

15 世紀イギリスの王位をめぐる権力闘争をシェイクスピアは二つの四部作で劇化した訳だが，その冒頭と幕切れは名君亡き後の喪失感，父たる理想の君主ヘンリー五世と子たる無能の国王ヘンリー六世の対照という点で共通しているといえるだろう．シェイクスピアの最後の作品『ヘンリー八世』はエリザベス女王の誕生で締めくくられているが，この劇が書かれたとき時代はすでにジェイムズ朝だった．

英国史劇の舞台であり，血塗られた歴史をもつロンドン塔を後にして，シェイクスピアをめぐる旅の締めくくりは，やはり，イングランド中部の風光明媚な町ストラットフォードへ向かうことにしよう．

(3) ストラットフォード——シェイクスピア生誕・終焉の地——

市内ホーリー・トリニティー教会の内陣で頭を垂れ，偉大なる先輩作家の墓前にたたずむ文豪ウォルター・スコットの

シェイクスピアの墓に詣でるスコット

姿．サー・ウォルター・アレン作のこの絵は以後，何百万回となく繰り返される巡礼の思いを象徴している．祭壇に向かって左手の壁面には鵞ペンを握った恰幅のよいシェイクスピアの胸像がある．足元には詩人自ら残したという墓碑銘が刻まれている．

　　友よ，どうか控えてほしい
　　ここに葬られた塵を掘り返すことを
　　この石に手をかけぬ人に幸いあれ
　　わが骨を動かす人に呪いあれ

幸い墓が荒らされることはなかったが，エイヴォン川河畔のこの町には，毎年何十万という観光客が詰め掛ける．ストラットフォードはシェイクスピアの誕生，そして終焉の地だ．同時代の劇作家に比べればまだましだとはいうものの，現存するシェイクスピアについての記録はきわめて少ない．あの豊穣きわまりない作品群とは裏腹に，劇作家自身についての信頼のおける記録はまことに乏しいのだ．教会に残る洗礼記録（1564年4月26日に受洗）から推定して，また，4月23日が龍退治で有名なイングランドの守護聖人ジョージの祭日に当たるため，1564年4月23日がウィリアム・シェイクスピアの誕生日とされている．父親は後にストラットフォードの町長を務めた革手袋職人で，ウィリアム少年は地元のグラマー・スクールに通った．その後，近隣の村の裕福な農家の娘で8歳年上のアン・ハサウェイと結婚し，20歳そこそこで三児の父となった．そして，記録の残っていないいわゆる「失われた七年間」を経て，1592年にはすでにロンドンの演劇界で名を知られるようになっていた．故郷に家族を残して上京し，ロンドンで次々に名作を生み出したわけだが，故郷ストラットフォードを捨て去ったわけではなかった．土地を着々と購入し，引退後はニュープレイス邸で余生を送った．ストラットフォードに残るシェイクスピアゆかりの家々，すなわち生家，ニュープレイス，妻アンの実家，母メアリの実家，そして娘婿ホ

シェイクスピアの生家

ールの邸はいずれもシェイクスピア生誕地トラストによって維持・運営されている．

　このトラスト設立については興味深いエピソードがある．今から約150年前の1847年，「シェイクスピアの生家——輝かしき時代の，そしてイギリスの不滅の詩人のまさに感動的な遺産，史上最大の天才の最も栄誉ある記念碑」をロンドンで競売にかけるという広告が出た．国宝級の文化遺産が心ない金持ちの手に渡っては一大事と，ロンドンとストラットフォードの両方に募金委員会ができて，結局，3000ポンドで落札したのだ．実際，本人の伝記の記述を信用するならば，シェイクスピアの生家はあるアメリカ人興行師の手に渡るところだった．サーカスの生みの親P. T. バーナムだ．イギリス人のプライドが刺激されなければ，ニューヨークの博物館に陳列されるところだったというわけだ．こうして政府の手を借りずにできた生誕地トラストが，その後，ニュープレイス（1862），アン・ハサウェイの実家（1892），メアリ・アーデンの実家（1930），ホール邸（1949）を取得して，観光客の入場料をもとに維持・運営されている．

　ヘンリー・ストリートに面した木骨造りの生家を訪れると，シェイクスピアが生まれたという天井の低い部屋には，当時のベッドや揺籃が置かれている．シェイクスピアが晩年に住んだニュープレイスは，建物はもはや跡地が残るのみだが，すばらしい庭を見ることができる．石の通路で四等分されたノット花壇にハーブと色とりどりの草花を植えた庭園を抜けてさらに奥に進むと，広い芝生のまわりに小さく仕切った花壇をしつらえた庭園が広がっている．ここにある大きな桑の木には由来がある．国王ジェイムズ一世が中部イングランドの養蚕業振興策をとった時期に，シェイクスピアがそれを庭に植えたという言い伝えがあるのだ．1758年に住人のフランシス・ガストレル牧師が，見物に来る大勢の客が煩わしいとこの木を切り倒した際に，地元の時計職人トマス・シャープが買い取って作った土産物はシェイクスピア・グッズのはしりといえる．ニュー・プレイスには現在もこの桑の木で作られたという品が数点展示されており，みごとな枝を茂らせている庭の木はその子孫というわけだ．

　ストラットフォードの市街から3マイル離れたウィルムコートの村にある，シェイクスピアの母メアリ・アーデンの実家は裕福な自作農家だ．その後も代々農業を営んでいたため，建物や家具がほとんど当時のままの姿で維

持されている．珍しい鳩小屋もあり，納屋には近隣から集められた農機具や職人の道具などが展示されていて，エリザベス朝以降の地域の生活を偲ぶことができる．

英国歴史劇（そしてその副産物としての『ウィンザーの陽気な女房たち』）を除けば，シェイクスピア劇にエリザベス朝の雰囲気を求めるのは案外，難しいことは前にもふれたとおりだが，喜劇の舞台になっている森には当時の田園の香りがたちこめている．初期の傑作『夏の夜の夢』の舞台はアテネ郊外の森だが，そこに集う職人たちは極めてイギリス的だ．今でも毎年，夏になるとリージェンツ・パークの野外劇場をはじめ，各地でこの劇が上演されている．イギリスの夏は日が長い．7時か8時の開演時刻にはまだ明るかった会場も劇が進行するにつれてとっぷりと日が暮れ，妖精パックがエピローグを述べる頃にはすっかり暗くなって，涼しい風が吹いてくる．

シェイクスピアの母親メアリの旧姓アーデンと同じ名の森で展開する恋愛ゲームが『お気に召すまま』だ．すがすがしい森の空気がこれほど伝わってくる作品はない．実弟に宮廷を追われた公爵は，少数の家来たちとともにアーデンの森で悠悠自適の暮らしをしている．「冬と悪天候という敵」を除けば，ここには宮廷の気苦労もなく，時間がゆっくりと流れている．長兄の迫害を逃れたオーランドーと，彼に一目惚れしたロザリンド（追放された公爵の娘だが，仲良しの従妹のいる宮廷に留まっていた）がそれぞれ森にやってくる．ロザリンドは従妹のシーリアと道化のタッチストーンを伴っているが，道中の安全のために男装している．男装した女主人公が縦横に活躍するのが中期のシェイクスピア喜劇の特徴だが，ロザリンドもオーランドーの求愛の練習台を買ってでて，恋煩いをからかいながら本物の恋人の求愛を存分に楽しむ．そればかりか美少年と勘違いして自分に惚れた娘と羊飼いの青年との縁結びもして，劇は4組の男女の結婚式で締めくくられる．簒奪者は急に心を入れ替えて，公爵は森を出て復位する．一人だけ森に残るのが憂鬱症の哲学者ジェイクィーズだ．彼の語る「人生の七段階」はあまりに有名だ．

　　この世界はすべてこれ一つの舞台，
　　人間は男女を問わずすべてこれ役者にすぎぬ，
　　そしてそのあいだに一人一人がさまざまな役を演じる，
　　年齢によって七幕に分かれているのだ．まず第一幕は

第2章　16世紀の文化と文学

　　赤ん坊，乳母に抱かれて泣いたりもどしたり．
　　次は泣き虫小学生，カバンぶらさげ，輝く朝日を
　　顔に受け，歩く姿はカタツムリ，いやいやながらの
　　学校通い．さてその次は恋する若者，鉄をも溶かす
　　炉のように溜息ついて，悲しみこめて吐き出すは
　　恋人の顔立ちたたえる歌．
　　…
　　いよいよ最後の大詰めは，すなわちこの
　　波乱に富んだ奇々怪々の一代記をしめくくる終幕は，
　　第二の赤ん坊，闇に閉ざされたまったくの忘却，
　　歯もなく，目もなく，味もなく，なにもない．

　4組のカップルの中に道化も含まれているのは意外な気もする．というのは，劇の登場人物として実に魅力的な道化を創造したのはシェイクスピアの手柄なのだが，「タッチストーン（＝試金石）」の名が示すとおり，道化は本来，他の登場人物たちの間を自由に動き回って，軽口を叩きながらそれぞれの愚行を鏡に映しだして見せるのが役目だからだ．所帯じみてしまっては道化らしくないわけだが，どさくさ紛れの結婚で，長続きする保証もないのだから，あまり気にすることもないかもしれない．道化はまた，『十二夜』ではフェステと呼ばれるように，祝祭（フェスティバル）の雰囲気を盛り上げるべく，歌や踊りに興じる存在でもある．中期の喜劇には歌が多く，道化が活躍する舞台を提供している．

　シェイクスピアが晩年に書いた『冬物語』にも，森ではないが牧歌的雰囲気あふれる場面がある．羊毛刈りの季節，村の若者たちは集まって歌に踊りに興じる．訪れた人々に野の花を配るホステス役の乙女は，イギリスの五月祭のメイクイーンを思わせる．しかし，いわゆる「ロマンス劇」に共通する筋立ては家族の離散と再会であり，死を経た後の再生，悲劇を乗り越えた赦しがテーマとなっている．『冬物語』の前半は『オセロ』を思わせる嫉妬の悲劇だ．『オセロ』は，ムーア人でヴェニスの傭兵隊長オセロがヴェニスの元老院議員の娘デズデモーナと愛し合って結婚したが，副官イアーゴーの悪魔的策略によって妻が不貞を働いていると思い込み，絞め殺してしまうという悲劇だった．元来が浮気性なヴェニスの女のこと，肌の色も年も身分も違

う男に一筋なわけがない，とオセロのひそかなコンプレックスを巧みに突いて，高潔な将軍の心に「緑の目をした怪物」つまり「嫉妬」を植え付け，妻の不貞を確信させるに至る過程は圧巻だ．

『冬物語』の前半でも，貞淑な妻が故なき嫉妬の犠牲になる．シチリア王レオンティーズは，臨月を迎えた妃ハーマイオニーのお腹の子が，長く滞在していた幼なじみのボヘミア王ポリクセニーズのものだと思い込む．レオンティーズは忠臣カミロに命じてポリクセニーズを殺させようとするが，カミロはポリクセニーズとともにボヘミアへ逃れる．ハーマイオニーは投獄され，獄中で生まれた女児は捨てられる．ハーマイオニーは裁判にかけられ，「ハーマイオニーは無実，レオンティーズは暴君」との神託を無視して有罪とされた瞬間，幼い王子が死んだとの知らせが届き，ハーマイオニーもショックで倒れる．妃と王子を一度に失ったレオンティーズは16年に及ぶ悔悟の日々を過ごすことになる．劇中での長い年月の経過は，場所の隔たりとともにロマンス劇の特徴だ．後半は雰囲気が一変する．捨てられた女児はボヘミアの羊飼いに育てられ，パーディタと名付けられて美しい娘に成長している．村の若者に変装して彼女に求愛しているのは，ポリクセニーズの息子，フロリゼル王子だ．事情を知らないポリクセニーズは二人の結婚を許さないが，カミロは一計を案じて二人にシチリアへ駆け落ちさせる．父親どうしも和解させようというわけだ．捨てた娘が生きていて，かつての親友の子と愛し合っていると知ったレオンティーズは二人を祝福し，ポリクセニーズと和解する．一同がハーマイオニーの「彫像」の前に案内されると，生前の彼女に生き写しの像が動きだす．実は16年前，ハーマイオニーは気絶しただけで，以後ずっと侍女のところに匿われていたのだった．親の代の対立は子の代の和解へと解消し，一同は再会を喜び合う．

同じくロマンス劇の一つで，シェイクスピアが単独で書いた最後の作品が『テンペスト』だ．主人公のプロスペロはミラノ公爵だったが学問に熱中するあまり，12年前，弟に領地を乗っ取られ，幼い娘とともに島流しにされた．その後，独学で魔術を習得したプロスペロは，たまたま沖を弟らの乗る船が通りかかったのを機に，復讐をしようと魔法で嵐を起こす．召使の妖精に命じて，弟アントニオとナポリ王とその弟のグループと，ナポリ王子を別々に上陸させ，つらい目にあわせながら手繰り寄せるが，結局赦してやる．娘をナポリ王子の妃にし，自らはミラノ公爵に復位するという結末は，長女

スザンナを無事，医師で地元の名士ジョン・ホールに嫁がせ，郷里で悠悠自適の生活を始めようというシェイクスピアの境遇に通じるところがあるのではないか．プロスペロがこれまでの人生を振り返り，志を遂げたいま魔法の杖を折って，魔術の本を海の底深く沈めようという台詞が，筆を折って創作活動を締めくくろうというシェイクスピア晩年の心境によく重ね合わされるのも自然なことだろう．

   この魔法の力を
 おれは今日かぎり捨てようと思う．いまから
 天上の音楽を奏させ，その不思議な力によって
 正気にもどったものたちにおれのもくろみを
 はたし終えたならば，おれはただちにこの杖を折り，
 地の底深く埋め，この書物を測量の鉛も届かぬ
 海の底深く沈めてしまうつもりだ．

　ストラットフォードを訪れた観光客は，白鳥の泳ぐエイヴォン川のほとりをそぞろ歩き，シェイクスピアの座像を取り囲む四人の登場人物たち——髑髏を片手に瞑想に耽るハムレット，血のついた短剣を握り締めたマクベス夫人，王冠を頭上に掲げるハル王子とその悪友で太鼓腹の呑ん兵衛フォルスタッフ——の像を眺め，そして何よりロイヤル・シェイクスピア劇場で観劇を楽しむことができる．川に面した赤煉瓦造りのこの劇場は，1879年にシェイクスピア記念劇場として建てられたが，1926年の火事で焼失した．大劇場裏側の焼け残った部分には，1986年に中劇場スワンが作られ，シェイクスピアと同時代の劇作家の作品などを上演している．当初，一年に数週間だったシーズンは次第に延長され，現在では，冬期の数か月を除けばほぼ一年中，ロイヤル・シェイクスピア劇団の上演を見ることができる．小劇場ジ・アザー・プレイスでは実験的な作品の上演が多い．ロイヤル・シェイクスピア劇団がロンドンでの拠点にしているのがバービカン劇場だ．コンサートホールや映画館，アートギャラリーも併設されたバービカンセンターの一角にある．ピットという小劇場もある．ロイヤル・シェイクスピア劇団はインターネットのホームページを開設しており，上演予定の確認から切符予約まで簡単にできるようになった．相変わらず盛んな作品の映画化と合わせて，シェイクスピアの世界がますます身近なものになってきた．　（岩崎　徹）

第3章　17世紀の文化と文学

　1997年は『失楽園』という小説がベストセラーになった年として記憶されるかもしれない．だが，この『失楽園』というタイトルの作品はすでに過去にあったのだということをご存じだろうか．それはジョン・ミルトン（John Milton, 1608-74）という英国の詩人の作品，*Paradise Lost*（1667）に対する日本語訳として，すでに明治時代からあったのである．『楽園喪失』という訳が使われることもあるが，『失楽園』のほうが親しまれているように思われる．岩波文庫にはこのタイトルで，平井正穂による訳が上巻下巻の2冊で入っている．

　明治の日本人にとって，この作品は大きな意味があったように思われる．一つには当時の教育界に外国人の宣教師たちが果たした役割が大きかったということがある．アメリカ人の宣教師たちの場合，伝統的に彼らは清教徒の末裔であり，彼らにとって *Paradise Lost* は愛読書であったに違いない．また，この作品を書いたミルトンは尊敬すべき先駆者であったであろう．そのような宣教師たちによってこの作品は日本にもたらされ，そして，同じようにその後日本の教育に尽くした日本人のキリスト者たちにとっても，ミルトンは，手本とすべきキリスト者の典型ともいうべき人物であり，そのミルトンによる『失楽園』は，キリスト者としての生き方の指針とすべき書物であったであろう．したがって，紹介されることも早く，いくつかの文語体の翻訳も出版されている．戦前の世界文学全集にも入っていたのである．かつてはこれほど日本人に愛された作品が，現在はそれほどではないのは残念なことであるが，それは多分主題が宗教的であるからかもしれない．だが，この作品の内容は非常に変化に富んだ面白いものである．それについては後に詳

述するが,この作品を書いたミルトンは,彼の生きた17世紀のイギリスの政治世界に深く関わった.では,17世紀のイギリスとはどのような時代であったのだろうか.

I. 17世紀の歴史と文化

　当時の英国は王党派と議会派の対立が深刻になっていった時代である.国王チャールズ一世と議会とは相容れず,国王の要求した国王用の予算を議会は否決し,国王の方は議会を開かず,凍結し続けた.フランスの王宮から嫁いだ后のヘンリエッタ・マライアの影響もあったと思われるが,チャールズ一世はいわゆる王権神授説の信奉者であって,彼にとっては,議会,特に下院の決定などに国王の意志が阻止されるといったことは許されるべきことではなかったのである.そこへ宗教的な対立が絡んでくる.国王は英国国教会の首長であるが,下院の有力な議員たちは清教徒,つまりピューリタンであったからである.

　英国国教会とは何だろう.ピューリタンとはどんな連中だろう.ここで少し歴史をさかのぼって,英国の宗教改革をおさらいしておきたい.

(1) 英国の宗教改革

　英国の宗教は何なのか,そんなことを考えたことがあるだろうか.ロンドンの東のほうにあって丸いドームが特徴のセント・ポール寺院や,テムズ河のそばにその堂々たる姿を見せているウェストミンスター寺院は,英国国教会という宗派の教会なのである.この英国国教会は,日本では普通,聖公会といわれている宗派である.たとえば,立教大学は聖公会の学校である.

　ヨーロッパの精神世界を長く支配してきたのは,ローマ教会であった.つまりカトリックである.ローマ教皇の前には,国王でさえひざまづかねばならなかった.そんなローマ教会の威信が揺らいだのは,マーティン・ルターによる宗教改革による.プロテスタンティズムの誕生である.さらに,急進的なジョン・カルヴィンも自らの宗派を打ち立てる.ローマ教会はすべての人々を教会のもとに覆って庇護し,神と人々との仲介の役割を果たす.それに対して,すべての人は自ら神と対峙しなければならない,神は一人一人の

人間に目をかけていて下さるのだと主張するのがプロテスタンティズムである．ヨーロッパは，プロテスタンティズム，新教の国々と，カトリシズム，旧教の国々とに分かれることになる．そして英国はプロテスタンティズムの国なのである．

英国の宗教改革は，マーティン・ルターやジョン・カルヴィンのような熱烈な聖職者がローマ教会に対して反抗した結果として成立したわけではない．それは非常に政治的な形で成立した．王位継承を巡ってヨーク家とランカスター家が争ったバラ戦争（1455-85）は，ヨーク家のエリザベスとランカスター家の流れを引くヘンリー・チューダーとの結婚によって終結する．ヘンリー・チューダーは国王ヘンリー七世となる．彼の息子で，チューダー王朝第二代目の王，ヘンリー八世（在位1509-47），彼こそが英国の宗教改革の張本人である．

前章で述べたように，男子の後継者がほしかったヘンリー八世はローマ教皇に王妃キャサリンとの離婚を申し出る．離婚は許されないはずのカトリックではあるが，王候貴族にあっては，政策上の離婚も珍しいことではなかった．しかし，教皇はヘンリーの申し出を拒否し，彼を破門する．ヘンリーは教皇の前にひざまずいて破門を解いてくれるように願う代わりに，自らが英国の教会の首長の地位に就いて統率する．こうして，英国国教会が成立してゆき，イギリスはプロテスタントの国となったのである．

ヘンリーの死後，その跡を継いだのは彼の唯一の息子，エドワード六世（在位1547-53）である．彼は生来丈夫ではなく，熱心なプロテスタントであったが，在位わずか6年で亡くなってしまう．その跡を継いだのが「九日の女王」のジェイン・グレイだが，本来の王位継承権を持っていたメアリがカトリックに深く帰依していたために，カトリックの女王を頂くことを阻止しようとした一派の画策によったものであった．だが，ジェインは国民の信頼を得られず，結局は正当な王位継承者であるメアリ（在位1553-58）が王位に就く．彼女は英国の教会をすべてローマ教皇の元へ戻し，プロテスタントの聖職者を次々と処刑し，「ブラディ・メアリ」（血のメアリ）というあだ名で呼ばれる．ブラディ・メアリは今はカクテルの名前に使われている．ウオッカとトマトジュースを合わせたカクテルである．

この後に王座にのぼったエリザベス女王（在位1558-1603）は，再び英国を新教に戻す．彼女は新教のみを強く擁護したわけではなく，カトリックと

のバランスを保つことに専念した．彼女はまたプロテスタンティズムの急進派として台頭してきた清教徒を排斥することもなかった．彼女は自分は英国と結婚していると宣言して独身を通し，跡継ぎを残さなかった．彼女の遺言によって英国の王座に就いたのはジェイムズ一世である．彼はエリザベスの従妹のスコットランド女王メアリの息子であった．この間に清教徒が革命を起こす下地ができていたともいえる．

(2) スチュアート王朝

　ジェイムズはメアリ女王の二度目の結婚によって生まれ，イングランドの王となる前にすでにスコットランド王ジェイムズ六世であった．ジェイムズはイングランド王ジェイムズ一世（在位1603-25）となったが，スコットランドとイングランドは，同一の王の下になおも別々の国であり続ける．両国が一つになるのは18世紀になってからである．

　ジェイムズ一世によって，イングランドの王家はチューダー家からスチュアート家へと移る．彼はスコットランドで成人し，ジェイムズ六世として政治の難しさも経験していた．スコットランドはピューリタニズムの一派である長老派の勢力の強い土地で，王はこの長老派との確執に悩まなければならなかったのである．

　ピューリタニズム，あるいは清教徒主義という言葉をすでに何度か使ってきたが，これはプロテスタンティズムの中でも急進的なカルヴィン主義のことを英国で言い表してきた言葉である．徹底した聖書主義者であるカルヴィン派の人々の厳格な生き方を見て，まわりの人々が揶揄する意味でいったピューリタン，清教徒が彼らを指す普通名詞になったのである．清教徒はその中でさらにその過激さの度合いに従って，いくつもの派に分かれていった．その中で長老派は保守的な派である．

　ジェイムズ一世がイングランドに到着するや否や，国教会にピューリタニズム的な教義も含めてほしいという嘆願が寄せられる．が，王はこれを拒否する．早速，王の頑なさが示されたのである．また，ジェイムズ一世は議会とももめることとなった．王権の絶対的な権力を信じる王は，王の必要とする予算にまで口を出す議会に我慢がならなかった．ジェイムズにはヘンリー八世やエリザベス女王のように自分の利益のために議会とうまく付き合い，自分の味方に付けるといったことはできなかった．

王と議会との対立は，彼の跡を継いだチャールズ一世（在位1625-49）にまで持ち越される．チャールズ一世も，王の絶対的な権利を強く信じ，王権神授説の信奉者であった．フランスから嫁いできた王妃のヘンリエッタ・マライアの影響もあった．彼女は自分のまわりの女官たちをカトリック教徒でかためていた．チャールズ一世とヘンリエッタ・マライアの仲は睦まじく，二人は八人の子供に恵まれる．また，これまでの王とは違って，

チャールズ一世

チャールズはヘンリエッタ・マライアと並んで肖像画に登場する．当時の貴族たちの間で大流行していたのが，マスクと呼ばれる仮面劇である．それは善対悪とか，昼対夜といった観念的なテーマを，華やかに音楽，歌，ダンスをたっぷり入れて演じるものである．仮面劇作家たちは貴族の依頼を受けて次々マスクを書き，貴族たちは自ら舞台に立って楽しんだのである．チャールズとヘンリエッタ・マライアも仮面劇を好み上演したが，チャールズ一世の御代を言祝ぎ，ヘンリエッタ・マライアを美と愛の女神として称え，二人の結婚を，英国の，ひいては宇宙の調和を象徴するものとして賞賛し，歌い上げるのが常であった．つまり，二人の睦まじさが，英国が平和のうちに安定していることを示しているのだと宣伝するのがマスクの役割だったのである．

(3) 内乱と革命政府

実際は英国の国情は安定からはほど遠かった．国王と議会の反目は頂点に達していた．議会，特に下院は，ピューリタニズムを信仰する議員が多数を占めるようになっていた．弁護士や製造業者，商店主など，新興の市民層が自らの代表者を選び議会に送ってきていた．そして，貴族院のほうは下院の決定に従っていたのである．チャールズ一世は自分が提案した事業のための予算が議会によって否決されるにおよんで，議会を解散して11年間召集せず，自分の信念に基づく政治をやろうとした．その一つに，大司教ウィリアム・ロードを起用して，国内を国教に統一させようとしたことがある．ロードは監督制を厳しく敷いて，監督すなわちビショップ（司教）のもとに英国民を統一しようとしたのである．儀式的なことにも細かく干渉し，ピューリ

タン的な傾向を持つ聖職者は排斥され，教会外で礼拝を行っていた清教徒たちに対する迫害は非常に厳しいものであった．多くの清教徒たちが宗教的自由を求めて，新しい世界へ，つまりアメリカへ渡っていった．ロードのめざすところは，もちろんチャールズ一世のめざすところと一致しており，政治的に宗教的に絶対的な権威をもって国民に君臨することが眼目であった．チャールズは長老派の勢力が大きいスコットランドをそのままにしておけなかった．スコットランドに対しても監督制を押しつけたため，スコットランドとの確執はついに力による対決にまで発展した．そして，スコットランドの反乱はイギリス国内での国王に対する抵抗を誘発することになったのである．

　スコットランドの反乱をきっかけに，議会は再び召集される．王の意にそまぬ決議をしたためにすぐに解散させられたので，このときの議会を短期議会という．このあと，1640年の秋に議会が召集されたとき，この議会は1653年まで持続することになる．いわゆる長期議会である．そして，この議会の開催中に，そのまま清教徒革命へと突入していくのである．

　英国は1642年から1649年にかけて内乱状態となる．発端は，国王の政策に対する反対を表明して，国王の重用する人物をその地位から追い落とし，断罪する議会に対抗しようとして，国王側が，議会において有力議員を暴徒に襲わせようとしたのがきっかけである．このことに怒った議会側と国王側は，ともに武力をもって対決することになったのである．

　王はロンドンを脱出し，オックスフォードに宮廷を移す．議会側のほうはケンブリッジを拠点とする．王の側の支持者は貴族が多く，議会側は圧倒的に新興の市民層が応援した．都市の市民たちは議会側につき，彼らは大義は議会側にあるとみた．内乱の初期のころは，王の側が有利であり，議会側は負け続けていたが，ここに議会側の軍隊の統率者として，オリヴァー・クロムウェル（Oliver Cromwell, 1599-1658）が登場する．彼の

オリヴァー・クロムウェル

指揮下，厳格な軍事規律を身につけ，宗教的な情熱を吹き込まれた議会側の軍隊は，鉄騎兵（Ironsides）と呼ばれ，大活躍をする．各地で王側の軍隊を打ち破り，ついに1648年，王は議会軍に捕らえられる．一時脱出に成功す

るが，最終的に王は議会軍に下る．

　議会の支持を得て，支配権を握り，権力を手中にするのが，オリヴァー・クロムウェルである．彼はケンブリッジの北のほうにあるハンティングドンという町の出身である．父親は自分の土地を耕す農民であった．野心的な若者であったオリヴァーは，ケンブリッジ大学に入学するが，学費が続かず父の家に帰って，彼自身土地を耕していた．農民の利益のために働き，農民の支持を得ていたのであるが，軍隊を指揮する能力を最大限に発揮し，さらには国を統治するところへのぼりつめるのである．

　今や議会派のもとに監禁状態にある国王をどうするかというのが大問題であった．クロムウェルの意志は王は死なねばならぬというものであった．しかし，国王の運命を決定するのは議会にまかせられた．つまり，議会が裁判を開きここでチャールズが有罪であるかどうか，有罪であるならば，その罪は死に値するかどうかを決定したのである．議会はチャールズが国と国民の命を危険に曝した（さら）かどで有罪である，その罪は死に値するという判決を下す．こうして，チャールズ一世は英国のすべての国王の中でただ一人，国民による裁判を受け，国民によって刑を執行された王となる．

　チャールズの死刑が議会の意志であったとしても，一般民衆の意志であったかどうかは別である．チャールズが議会側の手に落ちたといっても，彼は相変わらず国王であった．彼が死刑になるまでには相当の時間があったが，この間，王党派はチャールズを支持し，王殺しが大罪であることを宣伝する印刷物をばらまいて，議会側を非難する．国王は特別な存在であるという考

チャールズ一世の処刑を伝える当時の版画

えは素朴な人々の間では根強いものであったし，国王への同情は日に日に高まっていった．チャールズ自身，自分は国民のために死んでいくのだという姿勢を見せ，殉教者としての身ぶりをとった．これは成功して，現在もチャールズ一世は悲劇の王として考えられているし，妻と子供を愛した家庭的な王ととらえられている．

　チャールズの死刑執行は，当時のロンドン市民にとって，大変な見世物，イベントであった．議会側にとっても，王を死刑にするほどの権力を誇示できるわけであるから，この機会を逃すことはない．チャールズの死刑は公開された．それはホワイト・ホールの外側に特別のバルコニーを作って，その上で行われた．人々がそのまわりにぎっしりと詰めかけ，見物したのである．ホワイト・ホールはロンドンにいくつかある王宮の一つであったが，その後火事に遭い，再建されることはなかった．ただその中のバンケット・ホールだけは残っており，現在も公開されている．宴会場として使われた広間で，白を基調にした室内であるが，天上にすばらしい絵が描かれているのが特徴である．これはチャールズ一世が父親のジェイムズ一世の死を悼んで，彼の業績を讃える目的で，わざわざ当時の最も高名な画家，ベルギーのルーベンスに注文したもので，一見の価値がある．バンケット・ホールは首相官邸などがあるダウニング街に近く，騎馬兵が馬に乗って衛兵として立っている詰め所の向かい側にある．このバンケット・ホールの外壁にプラーク（丸い陶板の飾り）があるが，それがチャールズが死刑を執行された場所を示している．もちろん彼は首切り役人によって首を切られたのである．

　英国の支配権はクロムウェルの手にゆだねられた．彼は護民卿（Lord Protector, 1653-58）として君臨する．この役名は古代ローマの支配組織の中からとられたのである．ここからしばらく英国は共和制をとったわけであって，下院の複数の議員による行政組織が作られた．そういう政治形態は英国にとって歴史上初めてのことである．英国は共和国（Commonwealth）となる．実権はクロムウェルの手にあった．クロムウェル自身の姿勢が共和制という名に値したかどうかは別のことである．彼は軍隊の力を背景に議会を圧迫し，独裁者となって君臨する．もっとも，支配される側もこれ以外に政治形態を知らなかったということもある．内乱初期に最も有力であったのは，ピューリタンの中でも長老派であったが，内乱を議会側に有利に導いたのはより急進的な独立派であった．そして，軍隊では水平派などのさらに急

進的な派が力を持ち，彼らの平等で民主的な政治を求める情熱は強かった．しかし，実際はクロムウェルは軍の要求を無視し，水平派を弾圧する．革命を成功させた清教徒たちの間に亀裂が走り，権力争いのあげく分裂していく．

　統治者としてのクロムウェルも全く不人気であった．偏狭な清教徒的な政策を押しつけて国民の怒りを買うことになる．その上にピューリタンとして娯楽を排斥する．ロンドン市民たちの一番の娯楽であった芝居見物は，劇場封鎖によって終わりをつげる．シェイクスピアの劇などを上演し，多くの見物客を集めた円形劇場の伝統は，ここに完全に絶たれる．演劇はやがて再びロンドンの市民の手に戻ってくるが，それは大陸から輸入された全く新しい形の劇場によるものとなる．熊いじめなどの見世物ももちろん禁止されてしまう．クリスマスツリーも飾ってはならないことになる．このような窮屈な生活は全く英国の人々には合わないものであった．

　混乱状態を呈しているこのような英国に対して，外国が利益を得るチャンスを虎視眈々とねらっていた．そして，その隙をねらって，アイルランドが反乱ののろしを上げる．アイルランドは本来カトリックの国であり，アイルランドをイングランドに合併し，国教を押しつけようとする英国側の意図に，アイルランドは抵抗し続けてきたが，このときこそ反撃にでる好機と考えたのである．これに対するクロムウェルの行動は素早く，アイルランドに軍隊を投入，容赦なく反乱軍を撃退し，ときには立ち上がった一村を皆殺しにするような挙にでた．この結果，アイルランドは完全に征服され，アイルランド人の土地をイングランド人は自由に所有することができるようになる．クロムウェルに対するアイルランド人の恨みは深く，今もアイルランドにおいてはクロムウェルの名は悪魔と同義語である．

　クロムウェルが死んだとき，彼の葬儀は王の葬儀に劣らぬ荘厳なものであった．そればかりか，彼の死体には防腐剤が施されたうえで葬られたのである．彼のあとを継いで，彼の息子のリチャードが護民卿となるが，人の上に立つ資質のなかったリチャードは軍の圧力によって護民卿からおろされる．政治的な混乱は頂点に達し，その混乱を収拾することのできるものは誰もいない．国民は再び王をいただくことを望み，フランスに亡命しているチャールズ一世の息子のチャールズを迎えたいという希望をあからさまにしていた．ついにモンク将軍の議会への介入があり，議会に王を迎え入れることを

決議させて，王政復古は実現する．1660年にチャールズはフランスから戻り，チャールズ二世（在位1660-85）として英国王となるのである．

II. 清教徒詩人ジョン・ミルトン

(1) 誕生から革命前夜まで

　ジョン・ミルトンの『失楽園』はこの17世紀に出版されたわけだが，この作品を書いたそのジョン・ミルトンというのはどのような人物であったのだろうか．彼のことを詳しく見てみたい．彼は裕福な中産階級の家庭に生まれて，当時考えられる限り最高の教育を受けている．ロンドンで育ち，やがてイギリスの東部にあるケンブリッジに学ぶことになる．

　ケンブリッジといえば，現在でも英国においてはオックスフォードと並ぶ最高学府である．われわれはケンブリッジ大学，オックスフォード大学というが，この二つの大学に加えてロンドン大学の三つの大学は，日本には見られないシステムを取っている．入学生は大学に所属するのと同時にコレッジにも所属するのである．現在は大学は学ぶところであり，コレッジは眠り，食事をし，祈るところである．コレッジはかつて神学校であった名残をとどめているわけで，礼拝堂が付属しているのが原則である．そういう意味では，学生たちは現在も中世のままの生活システムのなかで生きているといってもよい．もっとも生活そのものは近代的なものである．しかし，伝統のあるコレッジの建物の中には非常に古いものもあり，これらを訪ねることでイギリスの建築の歴史を体験することができるほどである．

　現在は31を数えるコレッジがケンブリッジの町に点在するが，17世紀の当時にははるかに少ない数のコレッジしかなかったはずである．そのうちの一つ，クライスツ・コレッジ（Christ's College）にミルトンは所属する．このコレッジは現在でも容易に訪ねるこ

クライスツ・コレッジ

とができる．ケンブリッジの町の繁華街，セントアンドリューズ・ストリートの東側に，銀行や商店と並んでクライスツ・コレッジの彩色彫刻に飾られた正門を見ることができる．

　ミルトンの博識は彼の作品を読めば容易にわかることであるが，彼はケンブリッジに来る前にすでに，当時の学問のための必須の言語，ギリシア語，ラテン語はいうに及ばず，当時の文化大国の言語であるイタリア語にも堪能であったし，ヘブライ語の知識も備えていたのである．そのような彼は学問をさらに深める場としての大学に大きな期待を抱いていたに違いない．しかし，彼は大学の中の人間関係や政治的な駆け引きなどにはなじめず，最初は不満を抱いたようである．卒業のころには十分に大学での生活に満足を覚えるようになったのではあるが．また，当時のミルトンには「クライスツの貴婦人」というあだ名があった．色が白く優しい目鼻立ちであったからである．そのことをしのばせる若いときのミルトンの肖像画が残っている．10歳のときの肖像画もあり，彼の父親にゆとりがあったことをよく示している．さらに晩年のミルトンの姿を現した版画，そして彫刻もある．ミルトンの姿を知ることは難しくない．

　若いミルトンは，父親の望みに従って聖職者になることをめざしていた．もっとも，大学に在学中から詩を書くようになっていたミルトンは，この二つの道のどちらを選ぼうかと悩むことになる．このころのミルトンは，野心はあっても，それは当時の若者なら持つようなものであったと考えられる．後に激しい政治的闘争の世界で論を張るようなことになるとは，彼自身考えてもいなかったに違いない．後に清教徒としての姿勢を鮮明にしていくのであるが，そのころすでにその教えに心を惹かれていたとしても，宗教的な姿勢を決定してはしていなかったであろう．

　やがて，ミルトンは詩人として名を挙げることを自らの望みとすることになる．この詩人というのも，当時の詩人たちの姿を思い浮かべていたであろう．つまり，有力な貴族の知己を得て，その貴族の庇護のもとで作品を発表していくというものである．ミルトンは1634年に上演された，普通『コウマス』(*Comus*) といわれる仮面劇を書いているが，この作品はウェールズの新総督に任命されたブリッジウォーター伯爵の赴任式という特別な出来事のためのものである．貴族とのつながりを持つことができたことは，若いミルトンにとって特筆すべきことであったに違いない．

大学を出たミルトンは，バッキンガムシャーのホウトンという小さな村に居を定め，詩人になることを目的としてひたすら本を読み，勉学に励むといった日常であった．

　1638年，ミルトンは大陸に旅立つ．当時の裕福な階級の子弟の教育の仕上げとして，数年かけて大陸を旅行するというのは当たり前のことであったが，この点においてもミルトンは恵まれた家庭の出身であるといえるだろう．しばしばお上りさん的様相を呈する大陸旅行であるが，言葉に不自由ではなかったし，なによりも学問の言葉であるギリシア語，ラテン語に堪能であったから，ミルトンは各地の大学を訪れたり，知識人との会話を楽しんだりしたであろう．フィレンツェではガリレオと会見したといわれている．最盛期は過ぎていたとはいえ，イタリアはまだルネッサンスの栄光の残光の中にあった．絵画にも音楽にも関心が深かったミルトンは，心からイタリア滞在を楽しんだことだろう．

　しかし，彼はこの旅行を十分に楽しむわけにはいかなかった．英国の深刻な状態を知らせる手紙が彼のもとに届いたのである．彼は帰国しなければならないと決心し，1639年に帰国する．

(2)　ミルトンと革命

　帰国後，ミルトンは，しばらくの間ロンドンで，塾を開いて子供たちに教えるということをやっている．自分の二人の甥を教えるのが第一の目的であったらしい．ミルトン自身，少年時代にそのような私塾で教育を受けたのであるが，早朝から長時間徹底的に勉強させるという形のものである．ただその内容は，当時もっとも大切であったギリシア語，ラテン語だけでなく，音楽，体育まで含まれ，ミルトンの理想とする全人的な教育をめざしていたのである．

　このころから英国内の状態はますます険悪なものとなっていく．まさに，ロード司教による監督制度の徹底による弾圧が深まっていく．監督制度を人間の心の自由への圧力であると考えたミルトンは，この監督制度に対する反対を表明する文書を書く．このようにして，彼は政治的論争のただ中へと入っていくことになる．

　この間の論争について詳しくは述べないが，王党派側から反論が出されれば，それに対して反論するという，終わりのない論争となっていき，ミルト

ンはその知力と博識を持ってどんな攻撃に対しても見事に反論していく．それがときには完全な屁理屈であったり，罵詈雑言であったりしたとしても．

　この間にミルトンは結婚する．1642年に，ある時1か月ほど家を留守にし，帰ってきたときにはすでに妻帯者となっていた．彼の花嫁はメアリ・パウエルといった．パウエル家はミルトンの父から500ポンドの借金をしていて，ミルトンはその催促にいったのであるが，パウエル家の娘メアリに一目惚れをしたのだと考えられる．多分，メアリは金髪の美しい女性であっただろう．ミルトンは33歳，メアリは16歳であった．彼女の初々しさに心惹かれたということは十分に考えられる．しかし，いざ生活をともにすると，たちまちにお互いに相容れる部分は少ないということもわかった．ミルトンは議会派で清教徒的な信条に深く共鳴していた．パウエル家は貴族で王党派である．また，彼女は地方の大きな屋敷にゆったりと暮らしていたであろう．住宅事情のよくないロンドンの狭い家での暮らしにはなじめなかったことは十分に想像できる．1か月ばかりたったある日，実家に帰り，ミルトンの戻るようにという手紙にもかかわらず，彼女は戻ってこなかった．

　ミルトンの離婚に関する四編の論文は，このことに深い関わりがあるだろう．ミルトンは自分の結婚を失敗であると考えざるを得なかった．ミルトンにとって結婚とは魂と魂の結びつきでなければならず，孤独に対する慰めが与えられるべきものであった．二つの魂が一つの魂となり，二つの肉体が一つの肉体となるという理想に対して，互いに相容れない二つの肉体が相手につながれているという状態におかれているのであれば，離婚は認められるべきであると主張する．真に神の望まれる，自由な魂が自由に結びつくことを理想としたのである．もちろん，このような主張は彼が属する側の党派の人々によってさえ理解はされなかった．それどころか，敵対する側にミルトンに対する攻撃の口実を与えたようなものであった．しかし，ミルトンの理想の現代性というものを見逃してはならない．

　ミルトンのもとから立ち去ってから3年後に，メアリは突然戻ってくる．メアリは許しを請い，ミルトンはそれを受け入れた．議会派軍と王党派軍の戦いは，すでに王党派側の敗色が濃くなっていた．やがて，パウエル家が一家そろってロンドンのミルトンの家に身を寄せることになる．明らかに議会派であるミルトンとの仲を改善しておいたほうがよいと読んだのである．ミルトンとメアリの間には一男三女の子供が産まれるが，三人の娘たちだけが

成人する．メアリは三番目の娘を生むとすぐに亡くなる．26歳であった．

　王の処刑後，ミルトンはクロムウェルのラテン語秘書官の職に就く．古代ローマやヴェニスの共和制を理想と考えていたミルトンにとって，名目的なものではあれ，下院議員からなる行政組織による支配体制というのは望ましいものに思われたのかもしれない．クロムウェル個人をどのように考えていたかは推察の域を出ない．独裁者としてかつての同志である水平派を弾圧する姿勢に不満を覚えたかもしれないし，しかしこの窮状を乗り切れるのはクロムウェル以外にはいないと考えたかもしれない．王の処刑という前代未聞の出来事に対して，外国の論客からさえも攻撃の文書が出される．ミルトンの仕事はそれに対する反論，王に対する死刑執行の弁護であった．もともと視力の弱かったミルトンには，革命政府のために次々と反論を書き続けるということはあまりに過酷な労働であったが，王の死刑の合法性を主張し続けることが義務であるのならそれを続けざるを得ないと信じて，書き続け，ついに1652年に完全に失明する．そしてラテン語秘書官の職を退く．

　ミルトンにとって失明が大きな出来事でなかったとはいえないだろう．だが，彼自身の盲目を主題にしたソネットにもあるように，彼は自分が失明したことを神が望まれたことなら喜んで受け入れよう，これは意味のあることなのだと考える．彼の信仰は揺らぐことはない．失明にもかかわらず，彼は文筆活動を中止してはいない．

　しかし，盲目になり，幼い娘を三人抱えているというのは生やさしいことではない．1656年に，ミルトンはキャサリン・ウッドコックと再婚している．キャサリンとの結婚生活は幸福なものであったが，彼女は結婚後1年数か月で亡くなる．

　クロムウェルの死後，政局は混迷をきわめ，王を再び迎えようという声は日増しに高まっていく．ミルトンは国民がせっかく手に入れた自由を手放し，再び軛(くびき)に就きたがるということに落胆し，このような国民に幻滅を感じる．

　1660年にチャールズ二世がロンドンに入ったとき，ロンドン市民は歓呼して迎える．彼らのために視力を失うほどにも戦ったその人々に彼は裏切られたとも思ったであろう．彼は失意のうちにあったが，それだけではなく彼の身は危険でさえあった．彼は王の敵側にあって，王を攻撃し続けたのである．逮捕され処刑されても不思議ではなかった．実際ミルトンは一時投獄されている．彼が自由の身となったのは，ラテン語秘書官として彼と同僚であ

った，詩人であり，後には下院議員となったアンドリュー・マーヴェル等の奔走があったためと考えられている．

　実際のところ，チャールズ二世は，チャールズ一世に有罪の判決を下すときに中心となったいわゆる「王殺し」といわれた下院議員は死刑に処したが，それ以外のものに対しては決して厳しい処分はしていない．もちろん，王党派が勢力を持ち，国教が推進され，清教徒で実権を握っていたものは失脚する．しかし，チャールズ二世は寛容な王であることを表明していくことで，国民の人気を得ることを方針とし，実際それは成功した．また父，チャールズ一世の不幸から学び，議会とことを交えるようなことは慎んだ．もっとも議会のほうが反動的になり，非国教徒を迫害するような法令を通してしまうことになる．王は亡命していたフランスから，新しい文化であるオペラや演劇を持ち込み，ロンドン市民はたちまちそれらを自分たちの娯楽としてゆく．女優（この職業は王政復古以降のものである）のネル・グインをはじめとして大勢の愛人を持ち，14人もの庶子をもうけたチャールズ二世は陽気で好色な王として記憶されている．

　チャールズ二世は寛容な政策をとったとはいうものの，最大の王殺し，オリヴァー・クロムウェルをそのままにしておくわけにはいかなかった．彼の遺体は埋葬されていたウェストミンスター寺院から発掘され，凶悪犯たちの処刑地であったタイバーンで絞首刑にされたうえで，風化してしまうまでさらしものにされた．その後あらためて埋葬されたのであるが，何者かによって掘り出され，一時，遺体の行方がわからなくなったらしい．これは，根強いクロムウェルに対する人々の憎しみのせいであるらしく，彼に安らかな眠りを与えたくないのであろう．現在，彼が若いときに一時そこに学んだ，ケンブリッジのシドニー・サセックス・カレッジのどこかに埋葬されているらしい．しかし，場所は特定されないようになっているとのことである．クロムウェルの評判は今もよいものではない．しかし，彼がいなかったら英国の近代化は実際そうであったよりも遅れたであろうし，議会が政治的に力を持つようになるのにももっと時間が

イーリーのインフォメーション・センターの壁にあるオリヴァー・クロムウェルがここに一時住んだことを示すプラーク

かかったであろう．彼の評価はまだ定まっていないといえる．

　ケンブリッジから北西へ行くと，彼の誕生の地，ハンティングドンの町に至る．ここにクロムウェル博物館がある．もう少し手近なところでは，ケンブリッジから車で30分ほどのところにイーリーの町がある．美しい大聖堂で知られている町であるが，この大聖堂のすぐそばにインフォーメイション・センターがある．そしてこの建物がかつて実際クロムウェルが住んだことのある家である．家の中をひと巡りすると，17世紀の人々の生活の一端をうかがい知ることができ，かつクロムウェルの生涯を簡単に知ることができるようになっている．イーリー大聖堂とあわせて訪ねるとよいだろう．

(3)　ミルトンの晩年

　清教徒で王にとっては敵であったミルトンの晩年は，順風満帆というわけではなかった．しかし，どちらかといえば平穏な日常生活であったようである．1663年には三度目の結婚をしている．55歳の詩人は24歳のエリザベス・ミンシェルを迎える．彼女は盲目の詩人が晩年を穏やかに過ごすのに手を貸し，彼と最初の妻との間の三人の娘を育てるのに力を尽くす．上の娘はもう14歳になっていたが，ミルトンは自分の甥たちには彼の理想とする教育を授けたのにもかかわらず，自分の

ジョン・ミルトン(62歳ごろ)

娘たちには最小限度の読み書き以上の教育が必要であるとは思わなかったようである．それにもかかわらず，彼女たちにヘブライ語，ラテン語，ギリシア語の書物を音読させようとした．意味を理解することなく，ただ正確に音読するように強いられることは，彼女たちにとって大変な苦痛であったようだ．これだけが原因ではないだろうが，娘たちとミルトンとの仲はぎくしゃくしていた．三人目の妻エリザベスは父と娘の間にあって，両者の仲が少しでもなごやかなものになるよう苦心したであろう．一番下の娘デボラとミルトンの仲は比較的よく，彼女のみが結婚している．エリザベスはミルトンの死後も長生きして，平穏な晩年を過ごしている．

　ミルトンのもとには知識欲に燃えた若者が訪ねてきて，彼のために書物を読む役目を引き受けたりもした．しかし，彼の娘たちの力を借りなければ，

『失楽園』をはじめとする彼の三つの代表作を完成することはできなかったであろう。それらはすべて口述筆記されたからである。これらの作品は英語で書かれているとはいえ、日常耳にすることもないような言葉が頻出する詩行を、正確に、詩人の気に入るように書き取っていくのは、気の遠くなるような作業である。細かいスペリングのチェックなどは、甥のエドワードの助けも借りたことであろう。こうして、1667年に『失楽園』が出版される。『復楽園』(*Paradise Regained*) と『闘士サムソン』(*Samson Agonistes*) は一冊にまとめられ、1671年に出版される。

『復楽園』は4巻からなる短い叙事詩である。この作品は新約聖書の中に語られる荒野における悪魔によるキリストの誘惑の物語、特に「ルカによる福音書」第4章のものをもとにしている。40日間荒野で断食をして飢えているキリストのところへ悪魔のサタンが現れ、誘惑するのであるが、キリストはその誘惑をことごとく退けるというものである。キリストは毅然としてサタンに対峙し、サタンの誘惑を退ける。このようにして、精神的に楽園は回復されたのである。

『闘士サムソン』は、形式としてはギリシア悲劇の形式をとっている。題材は旧約聖書の中の「士師記」13〜16章にある大力の英雄、サムソンの物語からとられている。この作品では登場するときサムソンはすでにペリシテ人に捕らえられ、目をつぶされ、牢につながれ、絶望しきっている。しかし、大力を誇って、いかにおごり高ぶっていたかに気づき、神の摂理を信じ、神の御手にすべてをまかせ、ペリシテ人の祭りの場へと引き出されると、自分の大力で神殿の柱を倒して、自らとともにペリシテ人を死に至らしめるのである。

(4) ミルトンと『失楽園』

ミルトンの代表作は『失楽園』であるが、この作品は聖書の「創世記」の第2章と第3章に語られる、神による人間の創造と、その人間の堕落について、「創世記」の他の部分をも取り入れて語ったものである。これは詩の形で語られており、いわゆる叙事詩となっている。叙事詩の約束どおりに、12巻に分かれており、それぞれの巻は600行から1200行ほどの長さである。もっとも、平井正穂による岩波版の訳は散文訳になっている。その内容を巻に従って簡単に要約すると次のようになる。主な登場人物は、人間の始祖で

あるアダムとイヴ，天地および人間を創造する神，神の御子，本来は神に仕える天使であったのだが，神に反逆するサタン，そして二人の天使，神に遣わされてアダムとイヴに彼らに迫る危難を告げ知らせ，かつ様々な知識を与えるラファエルと，人間の未来についての教育を施すミカエルである．

第一巻
地獄に堕ちた天使たちは気を失っていたが，次々と目覚める．堕天使すなわち今は悪魔となった者たちの紹介．彼らの親玉はサタン（昔の名前はルシファー）で，彼らが神によって地獄へ落とされたことが彼らの会話からわかる．

第二巻
堕天使たちは会議を開き，今後のことを相談する．サタンは神への復讐を提案．神の新しい創造物である人間を誘惑し，自分たちの仲間に引き入れようという案を述べる．さらにその役割を引き受けたサタンの地獄脱出の旅．

第三巻
天国では神が，地球へと急ぐサタンを眼下に眺め，彼の誘惑に負けて人間が堕落することを予言する．人間を救済するためには人間の子として生まれて，悲惨な死を味わうことを引き受ける者がいなければならない．その役目を神の御子が引き受ける．すなわち後の世に彼がキリストとしてマリアから生まれることが決定する．

第四巻
サタンが楽園に侵入する．楽園と，そこに何の心配もなく住むアダムとイヴの描写．二人の会話から知恵の木の実を食べることが禁じられていること，食べると死ぬといわれていることがわかる．

第五巻
神の命令を受けた天使ラファエルが，サタンの侵入をアダムとイヴに知らせにやってくる．サタンが何者かを教えられた二人は，悪が天国で生まれたことを不思議に思う．そこでラファエルは，ある時，神が御子を生み，御子を天使たちの長と定められるが，天使ルシファー（サタン）

はそれを不満に思い，神に反逆したのだと語り始める．

第六巻
サタン側についた反逆の天使たちと良い天使たちとの三日間にわたる天国での戦争．最後に御子が出陣し，反逆の天使たちを天国から一掃し，地獄へ追い落とす．

第七巻
堕天使たちのあとを埋めるために，新しい創造を神は決意する．天地創造の描写．最後に人間の創造を語り，ラファエルは話を終える．

第八巻
今度はアダムがラファエルに対して，自分の誕生の記憶を語る．さらにイヴという連れ合いを得たときの喜びを語り，イヴに惹かれる気持ちを述べる．ラファエルはそれをいさめ，神を優先することを忘れるなといって，天国へ戻っていく．

第九巻
アダムとイヴの諍い．二人は初めて離ればなれになる．一人でいるイヴに，蛇に姿を変えたサタンが近づき，知恵の木の実を食べるとさらに賢くなると誘惑し，イヴはその実を食べる．この実を食べた者は死ぬということを思い出したイヴは，運命をともにしてもらおうとアダムに実を差し出す．アダムは妻への愛に惹かれて，その実を食べる．この結果，人間の原罪が成就する．

第十巻
知恵の木の実の智恵とは，食べた者に，自分が罪を犯したということを知らしめるものであるということに二人は気づく．神の審判が下る．二人は自分の堕落を相手のせいにして罵りあう．しかし最後には仲直りをし，悔い改め，神に許しを請う．

第十一巻
神は許しを与え，将来イヴの裔から救世主が誕生し，蛇を打ち砕くことを約束する．このことを伝え，心安らかに二人が楽園を後にすることができるようにと，天使ミカエルを遣わす．天使ミカエルは人間の未来の

歴史（ノアの方舟まで）を見せる．

第十二巻
さらに人間の未来の歴史（ユダヤ人がローマの支配下に下るまで）を語り，救世主の誕生の約束を確認する．アダムとイヴは楽園を去っていく．

　このように，地獄から天国までの宇宙を背景に，アダムとイヴに迫る悪の誘惑，というように，『失楽園』は息をのむ思いをするほど，実にスケールの大きい作品である．この作品の最初の部分，人間の神への不服従について語るという部分は有名であるが，最後の部分もすばらしい．

The world was all before them, where to choose
Their place of rest, and providence their guide:
They hand in hand with wandering steps and slow,
Through Eden took their solitary way.

世界は彼らの目の前に広がっていた　そこから選んで
安住の地とするのだ　そして摂理が導き手となってくれる
二人は手に手を取ってよろめきながらゆっくりと
エデンを抜けて二人だけの孤独な道をたどっていった

地獄を辿り，天国を経た上で，最後に二人の人間に焦点が絞られているのである．全能の神でもなく，その神に全力を挙げて反逆する悪魔でもなく，弱い人間に．神に与えられていた幸福は今は奪い取られて，しかし神がこれからも見守って下さることを確信しつつ，困難な未来へ向けて歩みだす二人の姿がここにはある．それは人間の歴史を作り出す第一歩であり，彼らのあとに従ってわれわれは現在も歩み続けているのである．
　すべての作品の中で，『失楽園』こそミルトンが最も書きたかったものにほかならない．ミルトンは彼が自分の視力を失ってまでもそのために戦った革命政府が消滅し，王政が復活したことに大きな幻滅を感じたに違いない．人々はなぜ自由を捨ててまで，また奴隷のように軛(くびき)に繋がれたがるのか．そのような人間に失望したであろう．したがって，彼は人間とは何かを突きつめ，神と人間との関係をもう一度考えなければならなかった．そして，『失

楽園』を書くことによって，彼は神の人間に対する愛が自分が考えていたよりもはるかに深く大きいこと，どんなに愚かな振る舞いをしようと，神は悔い改める人間を決して見捨てないという確信を得たのである．この作品の最後の詩行を思い出してほしい．弱く儚げな人間はよろよろと未来に向かって歩み始める．しかし，アダムとイヴは互いにしっかりと手を握り合い，その目を前方に向けているのである．彼らの未来は苦しいものではあろうが，それだけではなく，きっと喜びも待っていると思われる．

　ミルトンの晩年を少しでも知りたいと思われるなら，彼が晩年に住んだ家の一つが現在も残っていて公開されている．ミルトンズ・コテッジ（Milton's Cottage）は，ロンドンの郊外といっても，そうとう西のほうへいったところにある小さな村，チャルフォント・セントジャイルズにある．美しい庭園のあるこの家は，当時の建築物としても一見の価値があるだろう．そこまでは大変だと思われるなら，ロンドンの市内，テムズ河畔に，セント・マーガレット教会という教会がある．ここを訪ねるのはどうだろう．この教会にミルトンに捧げられた窓があり，美しいステンドグラスでミルトン自身と，『失楽園』からのいくつかの場面が表現されている．

III. もう一人のジョンと『天路歴程』

(1) ジョン・バニヤンと信仰への足どり

　もう一つ，清教徒によって生み出された作品を見てみよう．それは『天路歴程』（The Pilgrim's Progress, 1678）である．この作品を書いたのはジョン・バニヤン（John Bunyan, 1628-88）である．彼はミルトンより20歳年下であるので，チャールズ二世の治世の時代を生きたことになるが，ミルトンとは全く違った人生を生きている．それは彼が地方に生まれて，また社会の階級も全く違っていたことが大きな理由であろう．しかし，信仰という点からいえば，ミルトンに劣らぬ深い信仰に生きた人である．

　ところで，『天路歴程』という作品を知っている人は現在の日本にどれだけいるだろうか．ミルトンの『失楽園』でさえ，現代の同名の別の小説のほうしか知られていないのが実状である．『天路歴程』にいたっては，作品のタイトルの意味もわからないものになっているのではないだろうか．かえっ

て，原題のほうが現在の日本人にはわかりやすいかもしれない．それは巡礼者の歩みという意味である．これは一人のキリスト教徒の信仰の歩みを物語の形で語ったものであり，クリスチャンという名前の主人公が天上の都へたどり着くまでの苦難の旅程が語られている．この物語がけっこうハラハラドキドキの，波瀾万丈の物語なのである．そのせいか，この作品もすでに明治時代にいくつかの翻訳が出ている．『天路歴程』という難しいタイトルの訳も明治以来のものである．ミルトンのところでもすでに述べたように，日本の教育に力のあった宣教師の人々やその宣教師から学ぶことによってキリスト教徒となった日本人たちにとって，この作品もまた彼らがキリスト教徒として生きていく上での指針となったに違いない．最も手に入れやすかったものは竹友藻風訳による岩波文庫版であった．復刻版が出されたこともあったのだが，現在絶版になっている．しかし，どこの図書館でも，高村新一訳によるバニヤン著作集のうちの一冊が見つかることと思う．

　もう少し別のことからこの作品を見てみたい．19世紀のアメリカの女流作家，ルイザ・メイ・オールコットの『若草物語』(*Little Women*) はどうだろうか．こちらは映画にも何回かなっているし，もう少しなじみがあるかもしれない．この作品は現在も文庫本で簡単に手に入る．これは裕福ではない牧師の一家の四人の姉妹の物語である．時は南北戦争のころである．冒頭では，父親は従軍牧師として出征中であり，母親と姉妹は協力して父親の留守を守ろうとしている．この物語の第1章は「巡礼遊び」であるが，この章を読めば，この巡礼遊びというのが『天路歴程』の旅程をたどる遊びであることがわかる．両親はこの姉妹が幼いころ，巡礼の姿をさせて，地下室から出発して，上へ上へと登って行かせ，これをこの姉妹は楽しんだのである．母親はこの遊びを今度は毎日少しでも心を磨いていくという生き方で，もう一度やってみようと提案する．そして，今度の旅のガイドブックとして，クリスマスのプレゼントに彼女たちは聖書をもらうのである．

　これと似たことは19世紀のアメリカのごく普通の家でも行われていたに違いない．清教徒たちが信仰の自由を求めて渡っていき，新しい国を作ったアメリカでは，『天路歴程』は信仰の書として，しかも子供たちにも面白く読める作品として，多くの家庭に備えられていたことであろう．それは実はイギリスにおいてもそうであったに違いない．清教徒の書いたものではあっても，この作品はすべてのキリスト教徒にとって楽しめるものであったし，

ジョン・バニヤンの故郷エルストウ．教会も見える．

しかも信仰とは何かを子供たちにもさりげなく教えてくれるものでもあったからである．

　ではあらためて，ジョン・バニヤンの生涯を見てみたい．彼は英国の南東の町，ベッドフォードのすぐそばの小さな村，エルストウというところで生まれている．彼の父親は鋳掛け屋をしていた．彼自身も鋳掛け屋の仕事をしている．鋳掛け屋という仕事を知っているだろうか．現在の日本ではたぶんもうどんなへんぴなところへ行こうと見ることはできないのではないだろうか．30年ぐらい前にはまだその姿を見ることのできる地方もあったであろうが．簡単にいえば，鍋や釜に穴が開いたときその穴を塞ぐのが仕事である．この仕事は鉄の鍋や釜が貴重品であったからこそ存在し得た職業である．鋳掛け屋は町から町へ移動していく．ベッドフォードにはバニヤン博物館があるが，そこにバニヤンの使った，鉄を打つための金床が置かれている．それはいかにも重そうで，これをかついで移動したのかと思うと，バニヤンはきっとがっしりした体格であったろうと思われるのである．

　また，バニヤンは自分の父親は非常に貧しかったと述べている．バニヤンは自分のことを語るとき，常に謙遜した態度をとるので，このことも本当にどの程度貧しかったのかはわからない．バニヤン家はもともと自分の土地を持っている自作農であったようである．そして少しずつ没落していき，彼が生まれたときは，まだ最下層にまでは落ちてはいないものの，確かにかなり貧しい生活をしなければならなかったように思われる．しかし，バニヤンは学校に入学している．彼によれば，すぐにやめてしまったということになっている．そして，習ったラテン語もすべて忘れてしまったといっている．

彼が16歳のときに，母親が亡くなり，続いて妹も後を追うように亡くなる．たいして間をおかずに父親は新しい妻を迎える．このことは彼に精神的な動揺を与える．だが，彼はそれをどのように解決していけばよいかわからない．

エルストウの村にはもちろん教会があったが，そこに彼が宗教的な救いを見いだすということはなかった．父親は国教徒であった．また，彼もピューリタニズムが何であるかも知らなかった．他の若者と少しも変わらない田舎の若者であった．

同じ年，1644年に彼は軍隊に入隊している．時はまさに国王側の軍と議会側の軍があちこちで戦っている最中で，ケンブリッジに近いベッドフォードは議会側を支持していた．彼も地方召集を受けて，議会側の軍に入隊し，ニューポート・パグネルというウェールズの町の要塞に送られたが，実際の戦闘に参加はしていないようである．彼はこの軍隊において，ピューリタニズムにはじめて出会っているかもしれない．急進的な水平派が多かった軍隊においては，聖職者でなくても，平説教者として神への道を説く者たちがいたからである．

除隊の2，3年後に彼は結婚するが，彼の妻の名前は残っていない．しかし，彼女との結婚は彼にとっては大きな意味があった．彼女は2冊の宗教書を持って嫁いできたのである．それは当時よくあった平易に書かれた宗教的指南書であったが，口語的な文体で書かれ，興味深い物語なども採り入れ，読みやすいものであった．バニヤンはこれらを生涯大切に読んだようである．

彼は妻の影響で，宗教的な生活を求めるようになるが，しかし，心の中であれこれ考えても，どのように第一歩を踏み出すべきかはわからないまま，まだ迷いの道にあった．エルストウの教会に通っていたが，それは彼に何の転機も与えなかった．

あるとき，三，四人の貧しい女性たちが，ひなたぼっこをしながら，話をしているところに通りかかる．彼女たちは新しい生命とか，魂に働きかける神のわざといったことを話していたのであるが，彼には理解できなかった．このようにして，彼はベッドフォード分離派教会に出会うことになったのである．

バニヤンは，ベッドフォード分離派教会のバプティストの説教者ジョン・

ギフォードに接することができるようになり，心の指導者を得て，信仰にも目覚めていったと思われる．バプティストは革命期間中に次々と生まれた急進的な清教徒の一派の中でも，非常に多くの信者を勝ち得た派である．社会の階級でいえば，どちらかといえば下層の職人階級の貧しい人々に信者が多かった．幼児洗礼の意味を認めず，真の信仰に目覚め新しい生命を得るために，あらためて川で洗礼を施した．バニヤンもギフォードによって洗礼を授けられている．ベッドフォードの中心を流れるウーズ川においてその洗礼は行われた．ウーズ川へ流れ込む小さな支流の岸を固めた石積みに，そのことを示す小さなプラークがある．

(2)　説教者バニヤン

　神の恩寵を強く信じることを奨励するバプティズムの信仰によって，バニヤンは様々な迷いから解放されたようである．彼が一人で不完全な判断力で悩み続けるのではなく，神の摂理を信じることで，神の力にすべてをゆだねることができたからである．彼はカルヴィニズムを学び，またギフォードの説教を聞くことによって，説得力を持って説教をするにはどうすればよいかも身に付けていったことであろう．

　1655年にはエルストウを出て，ベッドフォードに居を移している．このころ彼は最初の妻を亡くしている．この妻との間には二男二女があった．二番目の妻，エリザベスとの結婚もこの年のことであるらしい．このエリザベスとの間にも二人の娘をもうけている．

　同じく1655年にギフォードも亡くなる．バニヤンには大きなショックであっただろう．しかし，このために彼は会衆の前に立って説教を行う機会を得ることになる．神を見つけるまでに迷い苦しんだ経験を持つ彼の説教は，会衆の心を打ったものと思われる．これを機に，彼の説教の回数は増えていく．彼は自分を神の道具と考え，福音を伝えるためなら，どこへでも出かけていき，場所を選ばず，どこででも説教した．彼の説教者としての名が上がると，それに対する妨害が始まる．神学者や聖職者といったいわゆる正当の説教者たちから，鋳掛け屋風情が鍋釜を修繕するように人の魂を修繕する，などと中傷される．また，クエーカー教徒との論争にも加わることになる．クエーカーも清教徒の中の急進的な一派であるが，各自の内面の光を強調し，神秘主義に傾いていく．このために恩寵の絶対性を主張するカルヴィニズム

第3章　17世紀の文化と文学　　109

から逸脱し，革命政府の時代においても迫害を受けている．それにもかかわらず，めざましい勢いで信者を獲得していく．その信者層はバプティストとちょうど重なるものだったので，バプティスト側は脅威を感じたのである．バニヤンはクエーカーに対する論争の文書を表し，それに対するクエーカー側からの反論をまた受けて立つ．こうして，文筆活動にもエネルギーを注いでいくことになる．

　1660年の王政復古は，バニヤンの身に大きな変化をもたらす．チャールズ二世自身は宗教の自由を宣していたのであったが，国王として王座に就くと，国民の清教徒に対するあまりに大きな反感に，その方針を貫くことはできなくなってしまう．国教会は強化され，教区教会以外の場所での宗教的な集会は禁止されてしまう．

　バニヤンは，ベッドフォード近郊の小さな村での秘密集会で説教をして捕らえられ，入獄することになる．二度と秘密集会で説教はしないと誓えば彼は釈放されたのである．しかし，それは彼の良心が許さないことであった．彼は敢えて牢につながれることのほうを選んだのである．

　彼が監禁生活を送ったのは，ウーズ川にかかる橋のたもとにあった牢であるといい伝えられている．現在，その橋には，そのことを記した銅板がある．しかし，実際はそうではなく，町中にあった別の牢であったらしい．したがって，町の中心を走る道の隅のほうにも同じく，ここにバニヤンが監禁されていた牢があったということを記すモザイクが埋め込まれている．

　1661年には妻のエリザベスが釈放のために奔走するが，それもうまくいかない．一時牢を出ることがあったものの，結局前後12年間の監禁生活を送ることとなる．バニヤンにとっては，一切の生計の手段を絶たれた彼の家

ウーズ川にかかる橋にある，バニヤンが入れられていた牢があったということを示す銅板

族のことが何よりも心配であった．彼は牢の中で房飾り付きレースを作ることで家族の家計を支えている．

　監禁生活といっても，文字どおりのものであったわけではなく，彼は牢の中で説教を行っている．そればかりか，時には牢の外に出て説教することさえあったようである．そして何よりも，彼はたっぷり時間が与えられたことを積極的に利用して，彼の代表作のうちの二つを書き上げることができたのである．一つは，彼の自伝ともいうべき『罪人たちの頭(かしら)に溢るる恩寵』(*Grace Abounding to the Chief of Sinners*)，通常『溢るる恩寵』(*Grace Abounding*) といわれている作品である．われわれが彼の生涯をたどることができるのも，この作品によるところが多い．もう一つの作品が，彼の作品の中で最も人々に親しまれている『天路歴程』である．

　この後もバニヤンは，次章で述べる当時の政治のあり方に翻弄される．非国教徒への迫害が強まればまたもや監禁の憂き目にあう．常に自身にどんな危険が及ぶかもしれないことを念頭に入れつつ，彼は信仰のためには何事もいとわず邁進する．

　1688年のある日，ロンドンへ説教のために赴く途中，レディングに立ち寄り，ある父と息子の喧嘩を調停する．大雨の中をロンドンへ向かい，ずぶぬれでたどり着く．これが原因で高熱を発して亡くなる．議会がジェイムズ二世から，オレンジ公ウイリアムに乗り換え，いわゆる名誉革命によってジェイムズが王位から追われるのはこのあとのことである．

(3) バニヤンと『天路歴程』

　バニヤンの代表作，『天路歴程』は散文で書かれた物語であるが，いわゆるアレゴリー，寓意文学といわれるものである．日本にも寓意文学はあると思うのだが，気軽に手に取るようなものの中にはちょっと見あたらないような気がする．西洋文学では，特に中世においてこの寓意文学というものが盛んであった．それは抽象的な徳や性質や感情が，具体的な形で登場してくるという形式の作品である．英国で最も有名な寓意文学といえば，16世紀の詩人，エドマンド・スペンサーの『妖精の女王』(*The Faerie Queene*) であろう．中世の文学形式の中にルネッサンスの教養と知識を盛り込んだこの作品では，アレゴリーといっても，非常に手が込んでいる．妖精の女王，グロリアーナはその名のとおり栄光を表すが，同時に英国の栄光を担うエリザベ

ス女王をも表す．また，胸に赤い十字を付けた「赤い十字の騎士」は神聖を表すと同時に，胸の赤い十字からイングランドの守護聖人である聖ジョージを表し，さらには英国国教会を暗示する．このようなアレゴリーは一つの言葉が喚起するイメージをすべての人が共有できなければ成り立たない文学である．現代の読者が『妖精の女王』を読んで，注を見ないでグロリアーナがエリザベス女王であることを即座に読みとることはできない．人々の考えが複雑になり，言葉も複雑になっていくにつれて，アレゴリーは人気をなくしていったのである．

そういう意味では，『天路歴程』は，17世紀後半になって，中世の文学形式に先祖帰りした作品なのである．この作品が多くの読者を得たのは，波乱に満ちた旅の物語という形をとりながら，バニヤンが語っているのが彼自身の経験であるからであろう．若いとき，信仰に目覚めながらも，無知のために一人で迷い，時には勝手に有頂天になり，またあるときは絶望に陥る，といったことを繰り返した経験が，一人の旅人が道に迷ったり，困難にぶつかったりという形になって語られる．やがて正しい導き手に巡り会い，心を励ましながら真の信仰に向かって歩み続けることも，旅の喜びとして語られるのである．これは信仰ということが人間の生活の中心にあった時代には，誰にでも共有できる経験であったことであろう．時代が下るにつれて，宗教がだんだん影を薄くしていくが，人間が正しい生き方とは何かということを真剣に悩み続ける限りはこの作品は読者を失うことはないであろう．もし20世紀も終わろうとする現在，『天路歴程』があまり読まれないとすれば，その事実は20世紀とは何かを暗示しているかもしれない．

もちろん，この作品は17世紀的であり，ピューリタン的である．ほとんど一行ごとに注が付いていて，それは聖書のどの箇所を指すということが指示されている．これはその当時のピューリタンの生活をよく表している．彼らは自分たちの生活を現実的な面においても感情の面においても，すべて聖書に結びつけ，反省のための日記を書き，そこに対応する（と彼らが考えた）聖句を付するということが行われていたからである．現代の読者には，これがかえってうるさく感じられるかもしれない．バニヤンの英語は平易である．また，彼の使う比喩は，イギリスの田舎で労働することで彼が経験したことからきた卑近なものである．これもこの作品が誰にでも親しまれ，子供にさえ愛された理由であろう．

『天路歴程』は「わたし」が夢を見るということから始まる．これもまた中世の文学がよく使ったやり方である．「わたし」はこの世の荒野を歩いていたとき，洞穴を見つけ，そこに身を横たえて眠ると，夢を見たという．そして，その夢の中に登場した人物がこの作品の主人公のクリスチャンである．クリスチャン，「キリスト者」という意味の言葉がそのまま主人公の名前となっていることからも，この作品がアレゴリーであることがわかるだろう．そのクリスチャンは背に重荷を背負い，一冊の本を手に持っている．彼はその本を読んで，泣き，震え，「どうしたらよいだろう」と叫ぶ．彼は家に帰って，家族に悩みを相談するが，相手にされない．ますます悩んでいると，「伝道者」（Evangelist）に出会う．「伝道者」は彼の住む「滅亡の都」（City of Destruction）を捨てて，「くぐり門」（Wicket-gate，狭き門のこと）をめざせと教える．彼は妻子も振り捨てて出発するが，早速引き留めにかかったのが，「強情」（Obstinate）と「柔弱」（Pliable）である．この二人とクリスチャンとのやりとりは，三人の会話をそのまま，劇のように書いている．この方法はたびたび使われ，作品を読みやすくしている．

次には，「落胆の沼」（Slough of Despond）に至る．クリスチャンは夢に出てきた「助力」（Help）の助言を得て，ここをやっと通り抜ける．そこへ「世才」（Worldly Wiseman）が現れ，彼を惑わすが，「伝道者」が通りかかり，彼の迷いを解き，道を教える．こうして「くぐり門」にたどり着いた彼は，「好意」（Good Will）に迎えられ，「解説者」（Interpreter）の家に案内される．「解説者」は様々な絵をクリスチャンに見せ，解説し，キリスト教に関する知識を与える．

クリスチャンは再び出発する．山の中腹に至ると，十字架がある．すると自然に彼の重荷は落ちる．三人の輝く姿が現れ，彼の罪が許されたことをつげ，新しい衣を着せ，一巻の巻物を渡す．

山を下り，三人の巡礼者，「無知」（Simple），「怠惰」（Sloth），「自惚れ」（Presumption）のそばを通り，「形式主義」（Formality），「偽善」（Hypocrisy）に驚き，次にクリスチャンは「困難の山」（Hill of Difficulty）に至る．両手と両膝を使ってこの山を登り，引き返して来る「臆病」（Timorous），「不信」（Mistrust）に会ったり，一眠りしたために巻物を忘れ，取りに戻ったりする．やがて，「美の館」（Palace Beautiful）に到達し，「賢明」（Prudence），「愛」（Charity），「敬虔」（Piety），「慎重」（Discretion）という四人の女性に

迎えられる．この女性たちとクリスチャンとの会話には，バニヤンがベッドフォードの集会で女性信者たちと交わした会話が反映されているかもしれない．

　翌日，クリスチャンは全身武装して出発する．行く先には「屈辱の谷」(Valley of Humiliation) と「死の影の谷」(Valley of the Shadow of Death) が待ちかまえている．「屈辱の谷」で彼は大悪魔アポリオンと剣を振るって戦い，負傷しながらも，アポリオンを敗走させる．この具体的な邪悪との戦いに比べ，「死の影の谷」の恐怖は，冒瀆の言葉を囁く悪魔，苦痛を訴える声，追跡されているという意識，ただ覆う闇といったことで表され，かつてバニヤンが抱いた妄想を思わせる．

　「異教徒」(Pagan)，「教皇」(Pope) の洞窟のそばを通るが，もはや両者ともクリスチャンを悩ませる力はない．彼は「忠実」(Faithful) に追いつく．二人が互いに過去の罪と苦難を語り合いながら歩いていると，「饒舌」(Talkative) が現れる，彼はキリスト教の問題で語れないものは何もないのだが，「語る」ことしかしないのである．「伝道者」が三たび現れ，彼らに祝福を与え，次の行き先である「虚栄の市」(Vanity Fair) において，どちらかが殉教に会う可能性を示唆する．

　悪魔によって設けられたこの市では，あらゆる悪徳，虚名，贅沢品が売られている．だが何が売られていようと，二人は真理しか買わないという．このために二人は法を破ったということになり，捕らえられて，「憎善卿」(Lord Hategood) を裁判官とする法廷で裁かれ，二人は有罪となる．「忠実」は殉教を遂げ，クリスチャンはかろうじて脱獄し，「希望」(Hopeful) という新しい道連れとともに先を急ぐ．

　「下心」(By-ends) に出会い，「安楽の原」(Plain of Ease)，「利得の丘」(Hill of Lucre) を過ぎ，ロトの妻が塩の柱に化しているのを眺め，「生命の水の川」(the River of the Water of Life) に至る．緑の木が茂り，果実が実り，美しい牧場が広がっており，すっかり疲労は回復する．しかし，気のゆるみから「横道の牧場」(By-Path Meadow) に迷い込み，巨人「絶望」(Despair) の城，「疑惑城」(Doubting Castle) に繋がれる結果になる．クリスチャンはすっかり絶望してしまうが，「希望」の励ましによって気を取り直し，自分が「約束」(Promise) という鍵を持っていることを思い出し，その鍵によって城を逃れる．二人は「喜びの山」(Delectable Mountains) にたどりつき，

羊飼いたちにもてなしを受け,「晴朗」(Clear) と呼ばれる丘から望遠鏡で「天上の都」(Celestial City) の門を見せてもらう.

ここからは宗教的な議論が長々と続く.このあたりは少し退屈ともいえる.多分,このような議論を集会においてバニヤンは活発に行っていたのだと思われる.前後して付いてくる「無知」(Ignorance) との対話があり,「薄信」(Little-Faith) の挿話がある.「阿諛者」(Flatterer) の網に捕らえられたり,「無神論者」(Atheist) の暴言に驚いたりしたあと,最後の困難,「死の川」(River of Death) を渡る.死の恐怖に打ち勝って,ついに彼は聖人たちに迎えられて,輝く門に入る.

この『天路歴程』は1678年に出版されて,大変好評で,バニヤンは版を重ねるたびに少しずつ手を入れている.スコットランド,ウェールズでも発売され,オランダ語にも訳され,まさに大ベストセラーであった.

すでに何度か触れたように,ベッドフォードにはバニヤンの足跡を示すものがいくつもある.また,何よりもバニヤンゆかりの教会がある.建物は彼がそこで説教をしたものではなく,ずっと新しいが,バニヤンと『天路歴程』の挿話のいくつかを表したステンドグラスを見ることができる.その教会に隣接し,バニヤン博物館がある.前にも述べた彼の金床のほかにも,牢の中で作ったという笛やヴァイオリンも展示されている.バニヤンは音楽も楽しんだのだろう.エルストウは今もその当時の面影を十分に残している村である.彼が生まれてすぐに洗礼を受けた教区教会も残っているし,バニヤンゆかりの建物がほかにもある.毎年6月のはじめには村祭りがあり,当時の衣装を身にまとった村人が,食べ物から手作りの品物までいろんなものを売ってくれる.昔ながらのモリス・ダンスや棍棒術の披露もある.生き生きと棍棒を振り回す少年たちを見ると,若き日のバニヤンもあのようであっただろうと思われるのである.　　　（飯沼万里子）

ベッドフォードの教会のステンドグラスに描かれた,牢で執筆するバニヤン

第4章　18世紀の文化と文学

　18世紀のイギリスは商業が栄え，中産階級が力を持ち始め，20世紀の基礎となった時代といえる．文学史的には新聞や雑誌が次々に出され，小説が誕生し，散文の時代の始まりともなる時代である．本章では，18世紀から今日に至るまでの王室の流れを述べ，次にこの18世紀の社会の様子を当時の風刺画家ホガースやローランドソンの作品から眺めて見，最後に日本でもおなじみのこの時代の小説家ダニエル・デフォーとジョナサン・スウィフト，そして18世紀文壇の大御所と言われているドクター・ジョンソンと彼の友人サー・ジョシュア・レノルズを紹介する．

I. 18世紀の歴史と文化

(1) 王室の流れ
　18世紀の王室はアン女王に始まる（巻頭の王室系図参照）．この女王は名誉革命（glorious revolution）を達成したオレンジ公ウィリアム（William of Orange）の妻メアリの妹であった．名誉革命とは，簡単に言えば，国王ジェイムズ二世（James II）の娘でオランダの国王と結婚していたメアリが，夫とともに自分の父であったイギリス国王ジェイムズ二世を追放するという革命である．この革命によって，国王は神が定める（王権神授説）のではなく，議会が定めるという立憲君主制が始まったのである．
　名誉革命でイギリスの国王となったウィリアムはメアリと共同でイングランドを統治するが，メアリは天然痘で夫よりも先に亡くなり，一方ウィリア

ムのほうは，狩猟中に乗っていた馬がもぐらの穴に足をとられて落馬し，それが原因で亡くなってしまう．そして，彼の跡を継いだのがウィリアムの妻メアリの妹，つまりジェイムズの次女のアンであった．

　1702年に37歳で即位したこの女王の時には，先にも述べたように，王権は神が授けた物ではなくなっていたのだが，相変わらずその神がかりの迷信が残っており，その最後の国王と言われている．というのも，「国王の病気」と呼ばれていた「瘰癧(るいれき)」という病気があり，この病気は国王に触ってもらえば治ると信じられていたのであった．当時の文壇の大御所ドクター・ジョンソンも生まれた頃にその病気を患い，彼の母は息子の病をこのアン女王に触って治してもらおうと，彼をロンドンへ連れて行った．それも医者の指示に従ったというのだから，この時代の様子がうかがわれる．

　アン女王の時代には，万有引力を発見したニュートン（Newton）や，哲学者のロック（Locke）が新しい理論を発表し，『ガリヴァー旅行記』で有名なスウィフト（Swift）が活躍し，またセント・ポール大寺院が再建されたりしたが，最大の出来事は1707年にイングランドとスコットランドが正式に合併し，大英帝国（Great Britain）となったことである．両国の合併はエリザベス一世が亡くなったあと，スコットランドのジェイムズ六世（James VI）がイングランドのジェイムズ一世（James I）となって両国を統治したときに事実上できあがっていたのだが，正式に統合したのがアン女王の時である．両国の合併はジェイムズ一世の紋章にも現れている（紋章参照）．つまり紋章の右側の盾持ちに，スコットランドの盾持ちであるユニコーンが登場したのである．それまではウェールズを表す竜が盾持ちを務めていた．このように紋章は家系や歴史を表しており，ちなみに現在のイギリス

盾持ちはイングランドのライオンとスコットランドのユニコーン

ジョージ一世の紋章．ハノーヴァー家のホワイト・ホースが描かれている．

の大紋章の盾の部分は，イングランドの歩くライオン，スコットランドの立ったライオン，そしてアイルランドのハープから成っており，その盾持ちは相変わらずライオンとユニコーンである．イギリス王室はスコットランドのジェイムズがイングランド国王を兼ねることによって，ヘンリーからエリザベスと流れてきたチューダー王朝（Tudor）が終わり，スチュワート（Stuart）王朝となる．そして，スチュワート王朝の最後の国王となったのがアンである．

　アンは18世紀の初めの1702年から1714年まで君臨するが，17人もいた彼女の子供が1701年にすべて亡くなり，直接の跡継ぎはいなかった．また，ウィリアムとメアリの間には子供がなかったし，弟のジェイムズはカトリック教徒だったので，1689年に議会の作った「英国の国王はカトリック教徒やカトリック教徒と結婚した者は国王になれない」という規定により，事実上国王の継承権を剥奪されていた．したがって，1701年にアンの最後の子供が亡くなると，先の議会の規定により，スチュワート家に最も近いプロテスタントの親戚に次の継承権が与えられていた．それは系図にあるように，ジェイムズ一世の一人娘のエリザベス（Elizabeth）の5番目の娘で，ドイツのハノーヴァー家の創立者のところに嫁いでいたソフィア（Sophia）であった．しかし，このソフィアもアンが亡くなる数か月前に亡くなってしまったので，ソフィアの息子のジョージ（George）に継承権が渡り，彼がアンの跡を継いで国王になったのである．これがハノーヴァー王朝の始まりであった．1714年8月1日のことであった．こうして王室の紋章にはハノーヴァー家のホワイト・ホースが登場する．

　ドイツ生まれのジョージ国王は，あまりイギリスに愛着がなかったようで，おまけに英語も話せなかったので，イギリスにいるよりもドイツにいることのほうが多かったといわれている．このことは力をつけたい議会の思惑どおりになったわけで，この時代に内閣制が始まり，下院の多数党の党首であったロバート・ウォルポール（Robert Walepole）がイギリス初の首相となったのである．

　こうしたハノーヴァー王朝に反対し，スチュアート家のジェイムズを支持する人たちももちろんいた．彼らはジョージ一世の代わりにスチュワート家を復活させようとしてジェイムズ二世（James II）の息子のジェイムズ・スチュワート（James Stuart）をかつぎ出して失敗，さらに1745年にもその孫

をかつぎ出しての反乱を起こすが，それも失敗に終わる．この二人はそれぞれオールド・プリテンダー (old pretender) とヤング・プリテンダー (young pretender) と呼ばれ，この内乱をジャコバイトの反乱 (Jacobite plots) という．ハノーヴァー王朝時代には，このほかにも，アメリカの独立戦争やフランスとの戦争なども起こるが，イギリスはこれらの諸問題に首尾よく対処し，国内は比較的安定し，文化や経済が発展することになる（次章も参照）．

　特に，1760年に即位したジョージ三世はおよそ60年にわたって君臨し，文化，文芸の発展に寄与した．彼は音楽，家具，庭作りにとても興味があり，本のコレクションにも熱心で，これが今日の大英図書館 (British Library) の基本となった．この図書館は以前は大英博物館 (British Museum) の奥にあり，そこにはマルクスが『資本論』を書いたという席もあって，その席を目指して朝早くからこの図書館を訪れる人もいたという．この図書館にはイギリスで発行されたすべての本が収められているものの，その数は膨大なので，実際にはあちらこちらに分散して保管してある．一部の参考書を除いてすべて閉架式で，読みたい本をカタログから探しだして申し込むのであるが，分散しておいてあるので，本を手にするまでには早くても40～50分，場合によっては1～2日かかることもある．それらの本は希望すれば座席まで運んでくれる．同図書館は，現在は新しくセント・パンクラス駅の西側に移築され，本を待つ時間も短縮されて便利になったというが，マルクスファンはどうするのか，他人事ながら心配である．

　大英博物館の設立も18世紀の出来事である．もともとここは17世紀後半に建てられたモンタギュウ伯爵のお屋敷であったが，1753年にハンス・スローン卿ら三人のコレクションを集めてミュージアムが設立され，1759年に一般公開されるようになった．この屋敷の裏手のトテナム・コートあたりは，17世紀後半から1750年頃までは決闘の指定場所としてよく知られていた．現在の博物館は1823-47年にかけて建てかえられたものである．この博物館の日本語版ガイドブックはベストセラーだそうで，いかに多くの日本人が訪れているかがわかる，とイギリスを代表する新聞『タイムズ』は報じていた．

　ジョージ三世は文化，文芸ばかりでなく，農業の発展にも貢献したが，晩年には目が不自由となり，いくぶん判断力も鈍り，狂気の沙汰とも思われる

ような振る舞いも見られるようになった．そこで，長男のジョージが摂政皇太子（Prince Regent）として統治することとなった．それ以後は長いナポレオンとの戦争が始まっていくことになる．摂政は英語でリージェント（Regent）というが，リージェント・ストリートやリージェント・パークはジョージが摂政時代に建築を命じ，国王になってから完成したものである．リージェント・ストリートにはスコッチ・ハウスやバーバリ，リバティなどのブランドもののお店や，『チャタレー夫人の恋人』を書いた D. H. ロレンスや『幸福の王子』を書いたオスカー・ワイルドなどが1階のグリルをサロンがわりに使っていたというカフェ・ロワイアルなどがあり，観光客にも人気の高い通りである．現在のリージェント・ストリートは1920年代に再開発されたものだが，18世紀は歩道にはアーケードがあり，現在と同様にロンドンの最もおしゃれなショッピング街となっていた．

　ジョージの摂政時代に建てられたもう一つ有名な建物に，南海岸の行楽地ブライトンにあるロイヤル・パヴィリオンがある．アラビアン・ナイトの世界を彷彿とさせるこの建物は，1787年から1823年にかけてジョージ皇太子が建てさせたもので，内装は中国風の，これまた異国情緒漂う不思議な空間である．今日でも夏の海水浴場として賑わうブライトンも，行楽地としての始まりは18世紀にさかのぼる．1750年，ラッセルという博士が塩水と海岸の空気が健康によいと発表して以来，上流階級のリゾート地となったのである．現在でもパレス・ピアと呼ばれる大桟橋の上にはゲームセンターや乗り

ブライトンにある
ロイヤル・パヴィ
リオン

物などがたくさんある遊園地があり，多くの観光客で賑わっている．

　ハノーヴァー家のイングランド統治が終わるのはヴィクトリア女王が即位してからである．この女王の時にイギリスはハノーヴァー家から別れることになり，紋章からもハノーヴァー家のホワイト・ホースがなくなる．バッキンガムが宮殿として使われるようになったのも，この女王の時からである．それまではセント・ジェイムズ宮殿が王室の住まいであった．ヴィクトリア女王の夫はアルバートといい，二人の名にちなむ建物に美術工芸品で有名なヴィクトリア・アルバート・ミュージアム（Victoria-Albert Museum）や，夏のコンサートで有名なロイヤル・アルバート・ホール（Royal Albert Hall）などがある．現在の王室はウィンザー家といわれるが，それは第一次世界大戦中の1917年7月にジョージ五世（George V）がドイツの称号をすべて破棄すると宣言してからのことである．ジョージ五世はヴィクトリア女王の孫にあたり，現在のエリザベス二世の祖父である．

(2)　社会の様子と庶民の暮らし

　18世紀のロンドンはヨーロッパの都市の中でも最も栄え，貿易の中心地になりつつあった．商業が盛んになり，物資もあふれるようになり，中産階級が誕生してくる．バーゲンで不要な物まで買い込むという現代風婦人が誕生したのもこの時代で，家の中が狭苦しくなって仕方がないと嘆く夫の投書が『アイドラー』という雑誌に載っている．また，バブル経済を経験したのもこの時代である．日本のバブル経済の語源は，イギリスの南海泡沫事件（South Sea Bubble）という1720年の投機事件に由来するものである．南アメリカと貿易をしていた南海会社（South Sea Company）という会社の株が数か月の間に急騰，暴落して多くの投機家を破滅させた事件である．

　1711年，当時の大蔵大臣であったR. ハリーという人が政府の保証する南海会社という貿易会社を設立し，陸軍や海軍の公債を持つ人にはこの会社の株が提供された．1717年には業績を上げ，国王が総裁に就任し，人気はどんどん上がり，1720年1月に128ポンドほどの株価が3月には330ポンドに，さらに7月には1000ポンドにも値上がりした．そういう中，考えることはどの国も同じようで，2匹目のどじょうを求めて有名無実の似たような会社がたくさん設立された．実体のないペーパー・カンパニー（泡・バブル）である．そこで，南海会社は政府に頼んで，「泡沫会社取締令」を発布させた．

ホガース作
『南海泡沫事件』

　これにより投機熱が急激に冷め，南海会社の株価も124ポンドに急落してしまい，その結果倒産してしまった．そして，債権者からの逃亡，自殺，閣僚の汚職事件などの社会的な大混乱を引き起こすことになったわけである．

　この事件を描いた風刺画にホガースの『南海泡沫事件』という作品があり，これは18世紀の風刺画ブームの火付け役となった．この絵の中心のメリーゴーランドにはスコットランドの貴族，書記，牧師，靴磨き，老婆，売春婦など，投機熱に浮かれたあらゆる階層の人々が乗っている．そのてっぺんには山羊が立っているが，それは「欲望」の象徴である．左上の建物には「夫選びの富くじはここ」という看板があり，女性がたくさん押しかけている．株だけではなく，夫までもくじで選んでいるのではないか，といった皮肉が込められている．その建物の上には鹿の角があるが，これは「寝取られた夫」つまり「妻が浮気をしている」ことを象徴している．左端の中程には「悪魔の店」があり，そこでは悪魔が鎌で「運命」の身体を切断して客に投げつけている．左下ではローマ・カトリック，ユダヤ教，ピューリタンの牧師がいかさま博打をやっている．手前のほうでは車輪に張り付けられた「正直」が「エゴイズム」に痛めつけられ，右端では「名誉」が「悪事」に殴られている．この絵は隅々にいたるまで，人間の利欲と野心を見事に風刺し，イギリス風刺画史上，新しい道を開いた画期的な作品と評価されている．

　さて，商売が盛んになると，それを宣伝する看板がお店に出されることになる．文字の読めない人にもわかるように商売の内容を絵言葉に翻案したり，靴屋が大きな靴を看板にして吊るすというようなことをした．ヨークのカー

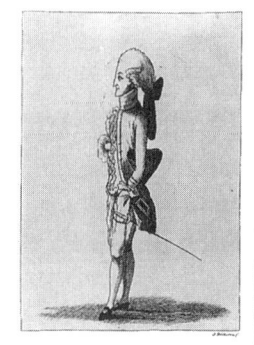

◂大陸旅行帰りのマカロニ男

▾セダンチェア

▴女性の派手なかつら

スル・ミュージアムにはそれを再現した町並みがあるし，その種の古い看板がケンブリッジのカースル・ストリートの民芸博物館（Folk Museum）に展示してある．困ったことに，このような看板が歩行者に落ちかかってきたり，建物の壁ごと落ちてきたりすることもあり，1762年には看板を建物に平らにはりつけることを義務づける法律ができた．

　経済状態が上向き始めると，人々はおしゃれになり，遊びも盛んになる．男性も女性もかつらをかぶり，それもだんだんと派手になっていく．上流階級の男子は家庭教師とともにイタリアやフランスへ，あるいはスイスなどへグランド・ツアーと呼ばれる旅行に出かけ，イタリア風のファッションを真似たマカロニと呼ばれるしゃれ男が登場した．お金持ちはセダンチェアという篭に乗って遊びに出かけた．乗り物には篭のほかに，乗合の馬車もあった．当時の絵を見ると，馬車には幌の上にも人が乗っており，現在の2階建てバス（double-decker）の原点を見るようである．

　ロンドンの上流階級の人々や貴族たちは，夏場にはカントリー・ハウスへ行くものの，遊ぶ相手もなく，退屈な生活に飽きて，社交場を求めた．そんな人々の欲求を満たしたのが，中西部の町バース（Bath）であった．もともとケルト人が雪の降らない地で不思議なわき水を発見し，2000年以上も前

に住み始めたのが始まりのようである．その後ローマ人がやってきて，その地を彼らの女神のミネルバ（Minerva）と結び付けた．ローマが滅ぶと，今度はキリスト教徒がやってくる．ベネディクト派の修道院がこの温泉場を治療の場として運営し，たくさんの人々を引きつけるようになった．17世紀の終わりには教会からシティ・カウンシルに運営が引き継がれ，儲けになる見込みがあることがわかり，市は当時盛んだった賭け事の場所を提供するなどして，観光地にすべく様々な工夫を凝らした．そして1702年，3年と続けてアン王女がその地を訪れ，そのおかげでバースは流行の地となり，18世紀にはお金と時間のある人たちが，夏場にロンドンから社交へ出かけてくる行楽の地となったのである．現在見られるようなパンプ・ルーム（Pump-Room）（1791-95）やアセンブリー・ハウス（Assembly-House）（1768-71），あるいはロイヤル・クレッセント（Royal Cressent）（1767年に着工）などの建物は18世紀の産物である．人々はこの地でトランプに興じたり，ダンスを楽しんだりした．その様子はスモーレットの小説やシェリダンの芝居の中で描かれているし，風刺画家のローランドソンもその地で楽しむ人々の姿を風刺画に残している．

人々は娯楽を求めてバースへ集まってきた（ローランドソン作）

芝居も盛んになり，ディヴィッド・ギャリック（David Garrick）という名俳優が誕生する（p.142の写真参照）．彼は俳優として活躍するばかりではなく，ロンドンのドルアリー・レーン劇場の支配人も務めるし，ストラットフォード・アポン・エイヴォン（シェイクスピアの故郷，p.77参照）のシェイクスピア祭を企画したりと，演劇に大きく貢献した．現在も俳優やその関係者のクラブはギャリック・クラブと呼ばれ，彼の名が残されている．

しかし，庶民の暮らしは紳士的と言うにはまだまだという感じであった．処刑は一種の見せ物だったし，精神病院も一種の観光名所となっていた．人々は安いジンを飲み，中には生活も荒れ放題となる人もいた．売春婦もたくさんいて，ロンドンにあこがれて出てきた若い女性を食い物にするスカウト・ウーマンがいた．チャリング・クロス（ここでは公開処刑も行われていた）から，当時は野菜市場があったコヴェント・ガーデンあたりは売春宿がたくさんあるいかがわしい場所であった．そんな街の女を捕まえて教育をしたのがブライドウェルで，ここに収容された女性たちは麻布づくりなどをやらされた．

衛生状態は悪く，通りには当時の交通輸送の担い手であった馬がたくさんいて，その臭いと排泄物はすさまじかった．トイレの設備はお粗末で，庭に屋外便所があったり，地下室に汚物だめを置いたりした．2階の寝室に寝室用の便器があって，そこで用をたしたあと，その汚物を窓から外の通りに向かって投げ捨てることもあった．通りで女性を内側に歩かせるのは，そのような危険物から身を守るようにする紳士のたしなみとされた．

精神病院も観光名所
（ホガース作）

地方出の娘を持つスカウトウーマン
（ホガース作）

（3） 暦の改革

　ジュリアス・シーザー（Julius Caesar）は紀元前46年に1年の長さが365日，4年に一度366日の閏年（leap year）のある暦を制定した．この暦では2月を除き，1か月は30日の月と31日の月が交互に来ていた．そして，2月は通常29日で，閏年の年は30日であった．この暦の7番目の月には制定者のジュリアスの名にちなんでJulyと名づけられた．7月は彼の生まれた月ということである．

　ジュリアスの後にローマ皇帝となったアウグストゥス（Augustus）は，誤って3年ごとに置かれた閏年を修正した．その後，この皇帝を記念して8番目の月がこの皇帝の名に改称された．これがAugustの由来である．そして，30日だった8月を7月と同じ日数にすべく，2月から1日をとり，8月を31日とし，その結果2月は28日（閏年では29日）となった．これがユリウス暦（Julian Calendar）と呼ばれる暦である．

　ユリウス暦は1年の長さにいくぶん誤差があった．1年に11分と14秒であったが，16世紀になると，その蓄積が10日ほどになった．これを教皇グレゴリウス十三世（Pope Gregory XIII）が1582年に訂正し，10月5日を15日にするように定めた．これがグレゴリオ暦（Gregorian Calendar）で，英国がこの暦を採用したのが18世紀半ばの1752年になってからであった．この時にはグレゴリオ暦とユリウス暦の差は11日に達していたので，1751年に法案が通過し，1752年の9月3日を9月14日にし，新年を3月25日から1月1日に改めた．それまでは，たとえば1700年3月24日の翌日の3月25日が1701年の始まりとなっていた．博物館や美術館では18世紀に関する説明文の中に旧暦（Old Style / OS）とか新暦（New Style / NS）という言葉が添えてあることがあるが，それは以上のようないきさつからである．

　こうして，ようやくイングランドは，ヨーロッパの他の国々と暦の上でも足並みをそろえたのである．それまでは，用いる暦の違いは，ヨーロッパの他の国々と混乱の種になっていた．このエピソードに，今日のヨーロッパ連合でもなかなかメートル法に変えないイギリスの原点を見るような気がする．夏時間の始まりや終わりもまだ大陸とは1～2週間の差があり，これも目下そろえることで検討中である．さらに，つい最近，現在ヨーロッパとの1時間の時差もそろえようとの話があり，冬の夜明けがさらに遅くなるスコットランド方面からさっそく反対の声が上がっていた．

(4) ジャーナリズムの発展と小説の誕生

　中産階級の台頭はジャーナリズムの発展をもたらすこととなった．商人や労働者の中には，コーヒー・ハウスへ行き，各種の新聞や雑誌を読むことから一日を始める者もあった．当時ロンドンを旅行したソシュールは「英国人はおしなべて噂話が大好きだ．労働者の一日は，きまって最新のニュースを読むためにコーヒー・ハウスへ行くことから始まる．靴磨きや彼らと同じ階級の人々が金を出しあって，一ファージングの新聞を買っているのをしばしば目にしたことがある」（『十八世紀ロンドンの日常生活』）と，新聞，雑誌の人気をやや大げさに述べている．今でこそイギリスと言えば紅茶の国であるが，18世紀は紅茶はまだ高級品で，一般にはコーヒーを飲んでおり，あちらこちらにコーヒー・ハウスがあった．1714年のアン女王の崩御以前には，ロンドンにはおよそ3千軒のコーヒー・ハウスがあったという．そして，新聞や雑誌が置いてあることが，コーヒー・ハウスの魅力の一つでもあった．当時は新聞と雑誌の区別は明確ではなく，まとめて定期刊行物と呼ばれることもあるが，その数は，18世紀の初めは60ほどであったが，18世紀の終わりには，約4倍に近い265にも膨れ上がっていた（*British Literary Magazine*）．

　18世紀のジャーナリズムの発展に大きく貢献したのは，『スペクテイター』という日刊紙であった．これは1711年に発刊されたもので，ジョゼフ・アディソンとリチャード・スティールというオックスフォード大学出身の作家の共同発行であった．この新聞の目的は「機知で道徳を活気づけ，道徳で機知を和らげる」ことであり，礼儀作法，道徳，文学を主な話題としていた．それ以前に出されていたものとは違って，政治的な話題は原則として取り扱わなかった．アディソンはここで「スペクテイター・クラブ」という架空のクラブを創設し，商人，軍人，牧師，法律家など，各方面の人物を登場させる．これらの人物描写と，編集者宛てという形式をとった物語がこの新聞の特徴であった．登場する人物の中でもサー・ロジャー・ド・カヴァリーという地方の郷士は重要な役割を果たしている．サー・ロジャーはロンドンの劇場，教会，法廷，あるいは田舎の狩猟等々での奇癖，風習の数々を記し，人々はこの架空の人物を実在の人物と思うようになったほどであった．

　この新聞は好評につき，販売部数を伸ばし，1日に4千部も出た．当時にあっては500部でも成功と考えられていたので，4千という数字は文字どお

りベストセラーといえるものであった．『スペクテイター』10号では，「毎日3千部が配られているとのこと」という記述が見え，「1部につき20人ずつが読めば6万人が読んだ計算になる」とも述べている．先にも引用したソシュールの言葉にもあったように，人々はコーヒー・ハウスで『スペクテイター』を回し読みしていたわけである．

『スペクテイター』の成功に続こうと，次々と類似の新聞・雑誌類が現れた．しかし，『スペクテイター』の貢献はジャーナリズムの世界に限ったことではなく，文学史的にもっと大きな貢献をしたのである．先にも述べたように，当時の定期刊行誌は，たとえば先の『スペクテイター』のサー・ロジャー・ド・カヴァリーのような架空の人物を登場させ，彼らが案内役となって様々な生活の場面を描き出し，読者を楽しませようとしたのである．雑誌の類が多くの架空の人物を作り出し，その人物が織りなす数々の事件を表すという点を小説の登場人物やプロットの原型と見なすならば，これらは小説の誕生の芽生えとなったといえるだろう．

おまけに18世紀の半ばになると，身分の上下に関係なく多くの人たちが文字を読むことができるようになっており，高度ではないにしても教育を受ける機会も増えていた．慈善学校がすでにあちらこちらにあり，日曜学校も現れてきた．これらの学校では，宗教教育が施され，国教会の教義を教えることを主たる目的としたが，それに加えて，読み，書き，簡単な計算なども教えていた．特に人口が増え，経済力も増大するにつれ，教育の必要性も高まり，本を読む層も増えてきた．ドクター・ジョンソンは，その『アイドラー』で，「外国人はおしなべて，イギリスの平民の知識が他のどの国の平民よりも多いと思っている」と述べている．こうして，イギリス18世紀は，小説誕生の土壌が整っていったのである．

このような中で，近代小説の先駆けとなるダニエル・デフォーの『ロビンソン・クルーソー』（*Robinson Crusoe*）が誕生した．

II. 小説の父，ダニエル・デフォー

(1) デフォーの生涯

「イギリス小説の父」とも時に呼ばれることのあるダニエル・デフォー（Daniel Defoe）は，1660年にろうそく屋の息子としてロンドンに生まれた．この年は王政復古（第3章参照）の年である．本当の姓はFoe（「敵」という意味）というが，40歳を過ぎてフランス風のDeをつけてDefoeと名乗るようになった．その理由は彼の気まぐれのせいとか，家柄を誇張するためだとか言われているが，真相は不明である．彼の両親は清教徒で，息子のダニエルをゆくゆくは牧師にするつもりであったようだ．

ダニエル・デフォー

彼は14歳の時にチャールズ・モートンという非国教徒の牧師の経営するニューントン・グリーン・アカデミーに5年間通うことになるが，両親の願いとは違って，牧師の道には進まなかった．卒業後3年ほどはヨーロッパ大陸などを旅行しているが，詳細は不明である．1683年にロンドンの王立取引所の近くで貿易商を始める．そこでは靴下やメリヤスの売買をしていたと言われている．

翌年の1684年，デフォー24歳の時，20歳のメアリ・タフリーという，これまた非国教徒の商人の娘と結婚する．当時は嫁がダウリー（dowry）と呼ばれる持参金を持ってくるのが習わしであったが，彼女もそれに違わず3,700ポンドの持参金を持ってきた．二人の間には七人の子供ができる．

デフォーは商売だけではなく，政治にも関心があり，そのために彼の人生は波乱に満ちたものとなった．結婚した翌年の1685年にモンマス公（Duke of Monmouth）の乱が起こり，デフォーもその反乱に参加した．この反乱は時の国王ジェイムズ二世に対するプロテスタントの反乱であったが，結局これは失敗し，首謀者のモンマスは捕らえられてタワー・ヒルで処刑された．しかし，デフォーは運よく逃れることができたのであった．

1688年の名誉革命とともに彼に好運が訪れる．先述のように，この革命によって国王のジェイムズを追い出したオランダのオレンジ公ウィリアム

が，ジェイムズの娘メアリとともに王位につく．しかし，外国からやって来た国王を快く思わない人たちがいたのである．そこで，デフォーは『真のイギリス生まれのイギリス人』(*The True-born Englishman*) という詩を書いて国王を応援したところ，それが評判となり，宮廷の知遇を得ることとなったのであった．

彼の政治への関心はこれ以後もずっと続き，そのため商売のほうはおろそかになり多くの負債をかかえ，ついに1692年に倒産する羽目になる．破産は当時の非国教徒の商人にとっては一つの罪（sin）と考えられていたので，デフォーはまじめなキリスト教徒として，罪の中にいるという負い目から抜けられなかったのではないかと言われている（宮崎芳三「デフォー」）．

しかし，運に勢いがあるときには，少々問題があっても良い方向へ動いていくものである．1694年には倒産して生じた訴訟問題にも示談が成立し，彼はウィリアム治世の間の1702年までには新たに煉瓦タイル工場の経営に着手し，順調に栄えて行った．しかし，1702年にウィリアムが亡くなりアン女王の時代になると，またもや彼の運命には暗雲が立ちこめてくる．

アン女王の時代になり，トーリー党の非国教徒に対する弾圧が始まると，彼は『非国教徒撲滅の早道』(*The Shortest Way with the Dissenters*) という小冊子を出版した．初めはその題名や内容を素直に受け取ってデフォーを賞賛した国教会側は，実はそれが風刺であることを見抜くと，彼を逮捕し，投獄し，ついにはさらし台にかけたのであった．このさらし台の刑は，ローランドソンの作品にもあるとおり命がけであった．さらしの刑にかけられた人

さらし台の刑（ローランドソン作）

は，通りの群衆に石や泥，腐った卵，野菜を投げつけられ，時によっては犬や猫の死体などを投げつけられることもあった．煉瓦や金属片なども飛んできたというから，時には死刑の宣告に等しいこともあった．しかし，デフォーは運の強い人で，さらし台にかけられたところ，民衆は彼の男らしさに感服し，彼を英雄扱いし，防衛団まで組んで危害から守ったということである（松原巌『英文学物語』）．この経験をもとに，彼は『さらし台への賛歌』(*A Hymn to the Pillory*) という風刺詩を書いて，さらに当局を皮肉ったというから強者である．

この事件のために，今度は煉瓦工場が経営難に陥り，デフォーは2回目の破産を経験することになった．しかし，デフォーという人は本当に運の強い人で，このときもロバート・ハーリー (Robert Harley) というトーリー党政治家の仲介で出獄し，1714年まで彼の政府のために一種のスパイとして情報の収集にあたることになる．

この頃デフォーは，ハーリーとの交換条件であったとも言われている『レヴュー』(*The Review*) という新聞を発行し始めた．1704年2月に創刊された『レヴュー』は最初は週に1回の発行だったが，7号目からは2回になり，1705年の3月からは3回までに増えていった．この雑誌でデフォーは「インタビュー記事」なるものを創設し，また「スキャンダラス・クラブからの忠告」なる今日のゴシップ記事の走りのようなものを作り出した．彼の『レヴュー』は先述のスティール，アディソンらにも影響を与え，イギリス独自のエッセイという分野の発展のきっかけをつくったと同時に，このような新聞の写実表現は，後の写実小説の発展に影響を与えることになったのである．

当時のイギリスはトーリー党とホイッグ党の二大政党の時代であった．トーリー党は主に地主階級と国教会派が支持し，ホイッグ党は反政府派や非国教徒たちが支持した．デフォーはジャーナリストとして様々な記事を書いたが，その態度はトーリー党とホイッグ党の間を行ったり来たりし，どっちの味方かわからないような書き方をした．非国教徒の商人という点からはホイッグ的であったわけだが，実際に活動するのはトーリー的であったりしたという．そんな曖昧な態度のために，またもやデフォーは筆禍を招くこととなった．

アン女王の後の王位継承権については，先述のとおり，ドイツのハノーヴァー家のジョージが跡を継ぐこととなっていた．ところが，いよいよアン女

王の死が迫る頃，名誉革命を認めようとせず，ジェームズ王を絶対視するスチュワート家の支持派と，ドイツのハノーヴァー家を支持するプロテスタントとの間で論争が起こった．デフォーもその論争に加わり，1713年に『ハノーヴァー家の王位継承に反対する』という風刺論文を書いた．しかし，この風刺は理解してもらえず，ホイッグ党に捕らわれて再び投獄されてしまう．もちろん商人であったデフォーは，イギリスの国王はプロテスタントでなければならないと信じていたはずであるが，理解してもらえなかったのである．が，幸運なことに，このときもまたハーリーの仲介で釈放されたのであった．さらに，1714年にも『フライング・ポスト』に掲載された一書簡がもとで扇動罪に問われ，デフォーはまたまた逮捕されてしまう．が，このときも彼は，ホイッグ党のスパイとして表面上はトーリーのために働くという条件で釈放されたのであった．

　デフォーは政治活動をしながら，1690年頃から執筆活動も始め，約40年ほどの間に500点近い著作をなしている．そして，その範囲は政治のパンフレット，歴史，伝記，疫病の記録など，実に多種多様に及んでいる．しかし，小説家としての活動は，晩年の1719年に『ロビンソン・クルーソー』(*Robinson Crusoe*) を出したのがはじめてで，その後の6年の間に，『シングルトン船長』(*Captain Singleton*)，『モル・フランダース』(*Moll Flanders*)，『疫病流行日記』(*A Journal of the Plague Year*)，『ロクサーナ』(*Roxana*) などを次々に書き上げた．

　小説の成功により財をなしたデフォーは，晩年はロンドン北郊外のストーク・ニューイントンで，馬車，庭園付きの大邸宅に暮らしていたが，どういうわけか1726年頃から急に著しく気力が衰え，1729年9月についに失踪，グリニッジを2，3マイル離れたところに隠れたらしい．そして，1731年にロンドンのロープメーカーズ・アレイで71歳で亡くなった．

　デフォーの70年の生涯をこうして振り返ってみると，その多くが政治的な活動に費やされ，波乱に富んだ人生であったことがわかる．破産の憂き目にあっても，トーリーとホイッグという二大政党に翻弄されながらも，デフォーは挫折しなかった．彼の生涯にはどんな困難にも屈しない強い意志と，その困難をも逆手にとって利用し積極的に生きていこうとする強い力が感じられる．そして積極的に生きようとすると，運命も自然に開けてくることを彼の人生は教えてくれる．それは，つまり，孤島の厳しい生活を生き延びて

きたロビンソン・クルーソーの生活にも相通ずるものである．

(2)『ロビンソン・クルーソー』

　私たち誰もが知っているあのロビンソン・クルーソーの物語は，正式には *The Life and Strange Surprising Adventures of Robinson Crusoe of York, Mariner*（ヨークの船員，ロビンソン・クルーソーの人生と奇妙な驚くべき冒険）という長い題名がついている．この物語は2部からできており，*The Farther Adventures of Robinson Crusoe*（ロビンソン・クルーソーのさらなる冒険）という第2部のほうは，日本では一般にはほとんど知られておらず，本国のイギリスでもあまり読まれることはないようである．

　ロビンソン・クルーソーの物語の第1部は大ヒットした．1719年4月に出されると，すぐに売り切れ，5月には2刷りが出され，6月には3刷りが，8月には4刷りが出された．そして，少なくとも二つの海賊版がこの月までに出され，翌年にはフランス語，オランダ語，ドイツ語に訳されたのである（*Five Hundred Years of Printing*）．

　その書き出しは次のようになっている．

> 　私は1632年，ヨーク市の良い家柄に生まれた．土地の者ではない．父親がブレーメン出身の外国人で，初めはハルに住んでいた．父は商売でかなりの財産をつくった後，仕事をやめて，ヨーク市に住みついた．私の母と結婚したためである．彼女の一門はロビンソンと言って，その土地では大変な名門だった．そんなわけで，私はロビンソン・クロイツネルと呼ばれた．だが，イギリス式になまって，今ではクルーソーと呼ばれ，私どももそう言ったり書いたりしている．（荒正人・山川学而訳）

　さらに読み進むと，ロビンソンが三男で，職業教育を受けていないこと，父は彼を法律家にしたかったこと，彼が外国にあこがれていたことなどがわかってくる．このあこがれはとても強く，彼は両親の反対を押し切って，ついに家出をして船乗りになる．18世紀のイギリスでは，何番目の息子であったかが大切であったわけである．船乗りになってから10年間，ロビンソンは何度か危険な目に遭いながらも乗り切っていくが，とうとう難破して無人島へ流されてしまう．

　その運命の船は1659年9月1日に出航し，その目的は奴隷を運んでくる

ことであった．この9月1日は8年前に家出した日と同じであった．ちなみに，難破して助かったのは9月30日で，この日はロビンソンの誕生日であった．物語の中でロビンソンは，「いろいろな出来事は奇妙に日にちが一致していた」と述べているが，デフォーは日時に関して周到に計画し，これが単なる作り話ではなく，真実であるといった印象を読者に与えようとしたのである．写実主義の表れである．

　長い一人暮らしが続き，25年目になってようやく，ロビンソンははじめて人間と出会う．その日は金曜日だったので，彼をフライデー（Friday「金曜日」）と名付けた．'Only Robinson Crusoe could get everything done by Friday'（ロビンソン・クルーソーだけが金曜日までにすべてをなすことができる）という一文が書かれたカードがあるが，この文は「ロビンソン・クルーソーだけが召使いのフライデーにすべてのことをしてもらえる」という意味とをかけた言葉遊びとなっている．ロビンソン・クルーソーに出てくるフライデーの由来を知っている人だけが笑えるカードである．

　無人島でのロビンソンの生活ぶりには，何かと考えさせられるエピソードが多い．たとえば，金曜日に出会ったフライデーにロビンソンが言葉を教える件がある．彼はまず，マスターという言葉を教え，次に「イエス」と「ノー」を教えた．主従関係が言葉の上でもできあがっていくことがわかり，言葉の力を感じさせる一節である．

　無人島に流れ着いたロビンソンは，沖合いの船から生活に欠かせないものを運び，生き延びるために様々なことを行い，それをインクの続く限り日記に書き記す．島の中で食べ物を見つけ，小屋を建て，家具を作る．山羊を飼い慣らし，米や麦も栽培するようになる．傘もつくる．この傘つくりで一番難しかったのはすぼめるようにすることだったと書いてある．そして，動物を殺したあとは，その毛皮を使って帽子や服を作った．無から有への見事な展開である．折しも，イギリスでは商業が栄え，産業も徐々に芽生えていくという活動期に入りつつあった．何かを求めて前進するという時代の風潮と，無から有へ展開していく物語は当時の人々の心を捕らえたことと思われる．

　ロビンソンは結局は，フライデーと知り合って3年後に，イギリスの船に乗り込むチャンスに巡り合い，長い航海の後，実に35年ぶりに大金持ちになって祖国の土を踏むことになる．

　デフォーは，『ロビンソン・クルーソー』の前書きで，「この物語が真実そ

のままを語っていると信じる．作り話めいたものは少しもない」と書いているが，この物語はもちろんデフォーの作り話である．しかし，彼の全くの作り話ではなく，ロビンソンにはアレキサンダー・セルカーク（Alexander Selkirk）というスコットランドの船乗りのモデルがいたのである．セルカークは，1703 年に 96 トンのガレー船で，イギリス南部を出航した．船長はチャールズ・ピカリング（Charles Pickering）であったが，ブラジルに着いたときピカリング船長が亡くなり，トマス・ストラドリング（Thomas Stradling）という海軍大尉が指揮をすることとなった．しかし，セルカークはその新しい船長とはそりがあわず，その船が航海に適しているかどうかについてけんかが絶えなかった．ついに，1704 年 9 月のこと，彼は自分の手回り品と，わずかな生活必需品を持たされて，チリ西方のジュアン・ファーナンデス諸島のマス・ア・ティエラという無人島に降ろされてしまった．その島でセルカークは，1709 年 2 月 2 日にデューク号（The Duke）によって発見されるまでの 4 年半の間，一人で生き延びたのであった．デューク号の船長のウッド・ロジャース（Woodes Rogers）は，セルカークを航海士の資格で乗船させ，イギリスへ連れ戻したのである．

　帰国したセルカークは無人島での生活を自ら書こうとは思わなかったものの，船長のロジャーズや同じ船にいたエドワード・クック（Captain Edward Cooke）らに無人島での暮らしぶりについて大いに話をした．二人は翌年，セルカーク発見の話と 4 年半の一人暮らしの話を刊行した．後にセルカークはリチャード・スティールにも会い，スティールもまた，1713 年に『英国人』（*Englishman*）という雑誌にセルカークの話を載せたのであった．これらの話は広く読まれ，デフォーの筆の力がそれをもとに永遠の冒険物語に作りかえたのであった．

　ウッド・ロジャーズの短い話を読むと，セルカークの持ち物，あるいは動物の毛皮で帽子やコートを作った話など，『ロビンソン・クルーソー』との類似点が多く，いかにデフォーがその話に興味をもち，いかにその事実を見事に不朽の名作に仕上げたかがうかがわれる．

　ロビンソン・クルーソーの生き方は，デフォー自身の不屈の精神にもつながるようにも思える．それは『ロビンソン・クルーソー』が，政治の嵐に揉まれ続けながらもくじけることなく，幾多の困難をくぐり抜けてきた末に書かれたデフォー晩年の作品だからであろう．

『ロビンソン・クルーソー』の後に出された『モル・フランダーズ』の女主人公も，貧困に負けそうになりながらも必死に生き続け，最後は幸福を手にする．確かにデフォーはマーティン・ステーヴンの言うとおり，「生き延びる力」(capacity for survival) を重要な美徳と考えていたようだ．逆境にもめげず人生に希望を失うことがなかったロビンソンの前向きな生き方は，私たちにも生きる勇気と希望を与えてくれる．

III. 人間嫌いのジョナサン・スウィフト

(1) スウィフトの生涯

　18世紀には，もう一人日本でもおなじみの人物がいる．それはルミエル・ガリヴァーである．ガリヴァーとはもちろん架空の人物で，ジョナサン・スウィフト (Jonathan Swift) が書いた『ガリヴァー旅行記』(*Gulliver's Travels*, 1726) の主

ジョナサン・スウィフト

人公である．人生を精いっぱい前向きに生き，孤独な島でも生き延び，監獄で生まれた女性も後には人生の成功者になるような人生を描くデフォーとは違って，スウィフトは人間を醜く描く．

　ジョナサン・スウィフトは，1667年11月30日，アイルランドのダブリンで生まれた．17世紀には，アイルランドはまだイギリスにとっては外国の地であるということは心に留めておかねばならない．彼の両親はイギリス人で，父はこの地で弁護士をしていたが，ジョナサンの生まれる半年前に亡くなった．母は彼を夫の兄に預け，イングランドの実家に帰ってしまった．彼は乳母の家で育てられ，3歳の時から伯父のもとで育てられた．スウィフトの幼年時代は幸福な時代とは言えなかった．

　1673年，6歳のスウィフトはダブリンのキルクニー・グラマー・スクールに入学，さらに15歳になるとダブリンのトリニティ・コレッジに入学する．大学では歴史と古典だけしか勉強せず，試験に落第したこともあり，怠け者のようであった．1688年イギリスで起こった名誉革命の余波がダブリンにも及び，スウィフトは難を避けてイギリスへ渡り，その後の10年間のほとんどを，母方の遠縁にあたるウィリアム・テンプル卿の秘書として過ごす．

その間にアイルランドに戻り，海岸近くの教会の牧師となったこともある．テンプル卿のところに住み込んでいる間に，卿の膨大な蔵書を読み，たくさんの知識を吸収したと言われている．また，テンプル卿の屋敷に出入りする多くの政治家や有力者とも知り合い，自らも政界で活躍したいとの願いを抱くようになったが，それが叶えられることはなかった．

ジョン・ドライデン

スウィフトは初めは詩人になろうと思ったらしいが，うまくいかなかった．遠縁にあたるジョン・ドライデン（John Dryden）という当時のいわば売れっ子詩人，また批評家の元祖から，「君はとうてい詩人にはなれない」と言われたそうである．しかし，彼には別の才能があった．それは風刺の世界であった．デフォーが何度か試して失敗した風刺は，スウィフトの得意とする分野であった．彼の風刺作家としての天分は1704年に出した『桶物語』から始まる．ここで彼は，キリスト教会がローマ・カトリック，英国国教会，非国教会派などの多くの宗派に分かれてしまったことを，三人兄弟の物語にたとえて風刺する．同様に，『書物戦争』という作品では，図書館の本がけんかを始めるいう物語を用いて，学者や学問を風刺したのである．スウィフトの代表作『ガリヴァー旅行記』は，『ロビンソン・クルーソー』同様，幼い頃に誰もが読んだことがあろう．小人の国に流れ着いて，目が覚めるとがんじがらめに縛られていることに気づくガリヴァーの物語は，一見，子供向けの作品のように思われるが，実はこれは大人向けの痛烈な風刺文学なのである．

18世紀がトーリー党とホイッグ党という二大政党の時代であったことは先に述べ，デフォーがロバート・ハーリーの援助で監獄から出してもらい，そのときの交換条件として『レヴュー』紙を発行したことも先に述べたとおりだが，スウィフトもこの二大政党のためにパンフレット書きを行う．彼は初めはホイッグ党を支持するパンフレットを書いていたが，後にロバート・ハーリーに誘われてトーリー党へ鞍替えし，同党の機関誌『イグザミナー』（*The Examiner*）を執筆することとなった．しかし，1714年，アン女王が亡くなるとともに，トーリーの勢力にも陰りが出，スウィフトはアイルランドへ戻り，文筆と教会の仕事に専念することとなるのである．

晩年のスウィフトはメヌエル氏症候群に襲われ，耳なりとめまいに悩まされ，1742年には心身能力喪失者との宣告を受け，1745年10月に亡くなり，ダブリンのセント・パトリック大聖堂に埋葬された．

(2) 『ガリヴァー旅行記』

　スウィフトを一言で，極めて単純化していうとき，「人間嫌いのスウィフト」という表現が用いられることがある．先にも述べたとおり，彼は詩人になろうとして，結局は風刺文学で名を残すこととなった．誰でもが知っている『ガリヴァー旅行記』は，彼の名を不朽にしたが，これはまた風刺文学の傑作である．特に第4部の「馬の国」を読むと，なるほどスウィフトはこれほどまでに人間を嫌っていたのかと考えさせられる．この「馬の国」では，彼は「人間は汚らしい不合理な存在で，馬のほうが人間よりも賢く，清潔である」と述べる．このような場面を作り出すスウィフトは，果たして正気なのか，それともすでに気が狂っていたのかという論争が，作品が世に出されて以来続いている．

　リリパットという小人国（第1部），ブロブディンナグという巨人国（第2部），さらにラピュタ，バルニービなどの国々（第3部）を旅したガリヴァーは，またもや船長として出帆することとなった．第4部のはじまりである．今回の航海の目的は南洋方面のインドと貿易をすることと，できるだけたくさんの発見をしてくることであった．ところがその航海の途中で船員が数人，熱病で亡くなってしまい，それを補充したところ，こともあろうにその船員のほとんどが海賊で，彼らは他の船員を誘惑してガリヴァーをとらえて近くの島に置き去りにしてしまう．その島では，理性的な馬のフウイヌムが野蛮なヤフー族を支配していた．そのヤフーという生き物は，姿形はガリヴァーと極めて似ているのだが，理性も衛生観念もなく，さらに道徳も文化もない野獣であった．

　ガリヴァーはフウイヌムの言葉を少しずつ覚えるが，フウイヌムはヤフーに似た生き物がこんなにも言葉を覚え，理解を示すことに最初は驚きを隠せない．しかし，彼らはやがてガリヴァーが通常のヤフーとは違うことに気づき始め，ガリヴァーから彼の出身地であるイギリスや人間のことについて話を聞くようになり，一方ガリヴァーはこの国におけるヤフーの実態を聞くことになる．

ガリヴァーが聞かされるヤフーの振る舞いは，私たち人間の振る舞いと同じであった．ガリヴァーの主人となったフウイヌムはヤフーについて，5匹のヤフーに50人分ほどある肉片を餌として与えると，たちまち独り占めしようとして争いが起こり，貴重な石を2匹のヤフーが見つけると，「双方で，どちらが正当な所有主だなどと争っていると，いつの間にか第三者がそれにつけこんで，忽ち漁夫の利を占めて攫って行ってしまうのだ」（中野好夫訳）と述べる．

さらに主人のフウイヌムは次のようにも述べる．

> いったいヤフーどもに関して最も不快を感じるのは，草といわず，根といわず，漿果(しょうか)といわず，動物の腐肉といわず，またそれらを一緒に混ぜ合わしたものといわず，それこそ見さかいもなく，手あたり次第に貪り食うあの恐ろしい食欲だと．その上に，家で手に入る遥かによい食物よりも，わざわざ遠方から強奪したり，盗んできたものの方がうまいというのも，実に奇妙な彼ら独特の性癖だと思う．餌(えさ)さえあれば，腹の皮がはちきれそうになるまで貪り食う．そしてその後は，自然がちゃんとある種の木の根を与えているので，それさえ食えば，忽ちなにもかも排泄してしまうのだ．（中野好夫訳）

このようにスウィフトは，ヤフーという野獣を作り上げて，人間の醜い姿を次々と遠回しに私たちの前にさらけ出す．

ガリヴァーは，「馬の国」にきて1年も経たないうちに，すっかりこの国が気に入り，もう二度と人間世界には戻るまいと決心する．この国には「友の不信，裏切りもなければ，陰にも，陽にも，反対者の魔手というようなものもない．賄賂(わいろ)を使ったり，諂(へつら)ったり，あるいは女の媒介(トリモチ)までして，高官やその嬖臣のご機嫌を取り結ぶ必要もない」のであった．つまり，この国には悪徳の手本もなく，誘惑もないので，ガリヴァーはこの国で「徳を修め，善行を積んで，一生を終わりたいと堅く決心した」のである．しかし，ガリヴァーのそんな願いは叶えられなかった．フウイヌムの大会議でヤフー似のガリヴァーは国外退去の処分を下され，カヌーを作らされて海上に流されてしまうのである．

この頃のガリヴァーの歩き方や身ぶりはフウイヌム風のやり方がすっかり板につき，話し方までがフウイヌムと似たようなものになっていた．この

第4章　18世紀の文化と文学　　　　　　　　　　　　　　　139

癖は帰国してからも抜けず，友人から馬のような歩き方をするとからかわれるし，馬の声色を出して馬鹿にされたりするのであった．彼はすっかりフウイヌムになってしまったのであった．彼はヤフーの社会に戻って，ヤフーの政治下に暮らすことを考えるだけでも我慢ならなかった．とにかく，彼はヤフーのものは何であっても毛嫌いした．臭いに我慢がならず，身に付けたものも汚らわしく思い，与えられた衣服も身に付けようとはしない．人間ヤフーを見るのも恐ろしく，助けてくれた船長と会うときにも，鼻には香料をつめて人間の臭いを直接かがないように用心した．彼の悲劇はヤフーを人間そのものと誤解したところにある．

　そんなガリヴァーであったから，フウイヌムの国から追放されたとき，無人島で自給自足の生活を願う．しかし，救ってくれた船長に説き伏せられて，ついにイギリスに帰国し，家族と再会することになる．

　　てっきり我輩を死んだものとばかり思っていた妻子たちは，非常な驚きと喜びをもって迎えてくれた．だが正直なことを言うと，彼らの姿はいたずらに憎悪と嫌悪と侮蔑の念を起こさせるばかりだったし，ことに彼らが近親者であることを思うとよけいにそうだった．．．．我輩の記憶と想像とは，あげて常にあの高潔なフウイヌムたちの美徳の上にあったのだ．しかもその我輩自身が，ヤフー族の一匹と交合して，すでに一人ならず子までなしていることを考えると，恥辱とも，当惑とも，恐怖とも，全く名状し難い気持ちに襲われるのであった．
　　家へ入るやいなや，妻は我輩を両腕に抱いて接吻した．だがなにしろこの数年間というもの，この忌まわしい動物に触られたことなどほとんどなかったものだから，忽ち一時間ばかり気を失ってぶっ倒れてしまった．　（中野好夫訳）

　ガリヴァーは馬を飼い，馬丁が厩から持ってくる香りをかいで心を蘇らせる．帰国後5年経っても，彼はまだ家族にとけ込めず，食事も一緒の席ではできない．家族との同室には耐えられず，飼い馬との会話を楽しんで日々を過ごし，また人間に慣れるために，我が身を鏡に映してながめるのである．

　これほどまでに人間を忌み嫌ったガリヴァーは正気だったのか．ガリヴァーは述べる，「人間一般に対する嫌悪は，我輩できるだけ隠すようにしたものの，それでもたびたび思わず爆発することがある」と．そして，この作品

を書いたスウィフトは正気だったのか．これほどまでに人間の品性を貶める必要があるのだろうか．この問いは発行当時から今日まで延々と続く問いである．子供の時に読んだ『ガリヴァー旅行記』を今度は大人の目で読み返してみると，そこにはたくさんの発見があるし，物質文明に毒された私たちの社会を眺めてみたとき，ガリヴァーの訪れた国々の愚かさを笑えないと思われてくるはずである．

IV． ドクター・ジョンソンとその仲間

(1) ドクター・ジョンソンと『英語辞典』

　18世紀の文学史をひもとくとき，「ジョンソンの時代」としてこの時代をまとめることがある．サミュエル・ジョンソン（Samuel Johnson），通称ドクター・ジョンソンは1709年に生まれ，84年に亡くなったので，ほぼ18世紀全体を生きたことになる．ジョンソンは日本ではデフォーやスウィフトほどには知られていないものの当時の文壇に大きな影響力を持ち，現在でも彼に関する研究会や同好のクラブがたくさんあり，また彼の名言が新聞や雑誌に時おり引用されている．

ドクター・ジョンソン

　サミュエル・ジョンソンは，リッチフィールドというイギリス中西部の小さな町で生まれた．リッチフィールドはコヴェントリやバーミンガムの近くである．コヴェントリはゴディバ伯爵の伝説でも有名である．その伝説とは，ゴディバ伯爵夫人が庶民の免税を認めてもらうために，夫の言いつけに従って裸で馬に乗ってコヴェントリの町を通り抜けたというものである．町の人は皆ブラインドを降ろしてこの夫人を見ないようにしたのだが，洋服屋のトムだけはこっそりとのぞき見したために目がつぶれたと言われている．おまけに「のぞき見のトム」というあだ名をつけられ，後々までその汚名を残すこととなった．つまり，「のぞき見する男」通称「出歯亀」のことを，英語ではpeeping Tom（のぞき見するトム）という．馬に乗った伯爵夫人の像はコヴェントリの町の中にあり，またその姿は，その名のついたチョコレート会社のトレードマークともなっている．

第4章　18世紀の文化と文学

　リッチフィールドの小さな本屋の息子として生まれたジョンソンは，病弱で，王の病気といわれる瘰癧(るいれき)に苦しみ，視神経をひどくやられて片目はほとんど失明状態だったという．先にも述べたとおり，その瘰癧を治してもらうためにロンドンへ出て，アン女王に触ってもらったこともある．

　小さい頃から記憶力は抜群で，母親が祈祷書の一部を暗唱するように言いつけて自室へ戻ろうと上へ上がりかけたところ，彼は彼女が一つ上の階に達さないうちに追いかけてきて暗唱してみせた，という逸話がある．また，感受性も人一倍強く，『ハムレット』の中の亡霊の語る言葉が忘れられず，ひとりぼっちのときに思い出してはおびえた，という逸話も残っている．大人になってもシェイクスピアの悲劇『リア王』の結末はかわいそうに思え，仕事上必要になるまでは読み返す気にはならなかったと述べている．

　地元の学校を卒業したジョンソンは，19歳の時にオックスフォード大学のペンブルック・コレッジへ進学するが，父親の書店経営が悪化し，ついには退学することになってしまう．この頃のこと，ぼろぼろの靴を履いているジョンソンを見かねた友人が，彼の部屋の前にこっそりと新品の靴を置いておいた．その靴を発見したジョンソンは怒ってそれを放り投げたという．ジョンソンという人がいかに自尊心が強く，また独立心の旺盛な人物であったかがうかがわれる逸話である．

　退学後は故郷に帰り，しばらくの間，代用教員などをしながら生活をしているうちに，1735年に2倍も年上のエリザベス・ポーターという未亡人と結婚し，その女性の持参金で一軒の大きな家を借りて私塾経営にのり出した．先述のように，当時は女性が持参金を持ってきたのである．年上の女性と結婚することは当時では格別珍しいことではなかったようで，未亡人との結婚もよくあったとのことである（『イングランド18世紀の社会』）．女性の財産を目当てにした結婚の話題も，18世紀の小説や芝居の中によく出てくる．今でも，イギリスでは結婚式の費用は新婦側が持つというのが伝統的なやり方のようである．

　さて，その学校には生徒はたったの三人しか集まらず，やがて閉校となってしまう．そこで，ジョンソンはロンドンへ出て文人として一旗揚げようともくろむ．わずかな金を持ち，1737年，生徒の一人であったデイビッド・ギャリックを連れてのロンドン行きとなった．ギャリックという人は後に18世紀を代表する大俳優となるが，先生と生徒の二人が18世紀を代表する

大作家と大俳優になろうとは，この時はまだ誰も想像していなかったことだろう．人生とは面白いものだし，人間の出会いとは不思議なものである．この二人の出会いがなければ，ギャリックという俳優が誕生したかどうかわからない．その学校だった建物は現在も残っており，民家となっている．

リチャード三世を演じるギャリック

ロンドンに出たジョンソンは，この時代のほとんどの作家に違わず，雑誌記者として生計を立てる．エドワード・ケイヴ（Edward Cave）という人が発行していた『紳士雑誌』（*Gentleman's Magazine*）の国会担当記者のような仕事をしたのである．この雑誌は当時流行の雑誌で，作家志望者のあこがれの雑誌であった．様々な記事を集めた定期刊行物に magazine という語をはじめて用いたのが，この *Gentleman's Magazine* であった．それまでは journal とか gazette と呼ばれていたのである．

ジョンソンは食うために雑誌記者をしながらも詩人への道を歩こうとし，『ロンドン』（1738）という詩を匿名で発表したところ，大好評で，文人への道が開けてくる．1749年には『人間の願望のむなしさ』という詩を発表する．この二つの詩は彼のオリジナルではなく，ユウェナリスのラテン語の詩を翻案したものである．『ロンドン』はユウェナリスの原詩のローマをロンドンに置きかえ，都市の悪徳と醜悪を指弾したものであり，『人間の願望のむなしさ』は栄誉を求める人間の願いがかなえられることはないということを述べたものである．

1750年，ジョンソンはジョゼフ・アディソンらの『スペクテイター』誌をお手本に，『ランブラー』という雑誌を発行し始める．これは週2回ずつ発行されたエッセイ誌で，内容的には一般に人間の陥りやすい道徳上の誤りを説いたものである．ここでジョンソンは，特に，見栄や他人との比較，あるいは能力以上の高望みが人間を不幸にする大きな原因と述べて，それらを戒めている．『ランブラー』ではラテン語系の長くて重々しい語が用いられ，その文体はジョンソン的（Johnsonese）というあだ名がつけられている．そ

んな重々しくて大げさな文体と話の内容とがあいまって，ジョンソンは気むずかしくて，難解な作家という印象を与えられることがある．

　ジョンソンは『ランブラー』のエッセイを週に2回せっせと書きながら，『英語辞典』の編纂を企てる．自国の言葉の質が堕落しつつあると思い，正しい用法を確立したいというのがその編纂の動機であった．このように自国の言葉を見直し，自国の言葉の正しい使い方の辞書を作ろうということは，それだけ国力が増し，自信がついてきたことの表れである．それまではラテン語でなければ正当な学問ではない，ラテン語ができなければ学のある人ではないと考えられていたが，自国の言葉も捨てたものではないと人々は思うようになってきたわけである．

　ジョンソンは75年の生涯にたくさんの作品を残したが，今日のイギリスでその名が知れ渡っているのは，やはりイギリスで初めての本格的な辞書を作った人物であるということからであろう．それまでにも辞書がなかったわけではないが，それまでの辞書は大まかに言って単にある語を別の語で置きかえるといった，単なる語彙集のようなものであった．ジョンソンは語の意味を現在の辞書にあるようにいくつかに分類し，それに文学作品から例文を引いてきて載せた初めての人であった．ちょっと単純化し過ぎだが，今日誰でもが辞書といえば思い浮かべるあの形の基本を作った人と言ってもよいだろう．

　この辞書にまつわる有名な逸話がある．当時は作品を出すには貴族の援助

チェスターフィールド伯邸の控えの間で待つ人々（ステッキを持っているのがジョンソン）

をとりつけるのが習わしであり，そのような後援者をパトロンといった．ジョンソンもその例に漏れず，チェスターフィールドという貴族に寄付を願い出た．しかし，彼の希望はかなわず，一度10ポンドの援助があったきりで，その後はほとんど無視された状態であった．結局，彼は後援者なしで，この事業を進めることとなった．苦節7年，1755年にいよいよ辞書も完成し，刊行間近になると，そのことをどこで知ったか，チェスターフィールド卿がジョンソンをほめ称え，辞書の賛辞をある雑誌に載せたのである．それを知ったジョンソンは怒って，次のような手紙を出した．

　　閣下，庇護者というものは，水に溺れてもがいている男を風馬牛のごとく眺めていて，その男が岸にすがりつこうとするや，手をさしのべて邪魔をする者ではありますまいか．閣下が小生の労作に注意を向け賜わったことは，もしそれがもっと早い前のことでしたら，ご親切でありました．しかるにそれは時機を失したのです．小生はそれを恩顧と考えず，それを享受することができません．小生は孤独となり，それを伝えることはできません．小生は世に知られており，それを欲しません．御恩顧を受けずと申しても，また世間が，小生の仕事を庇護者に負うものであると考えて欲しくないと申しても，それは大して皮肉な無愛想ではありますまいと存じます．何ら便益を頂いているわけではないのですから，そして神意は小生に命じてこの仕事を独力でさせて下さったのですから．　（福原麟太郎訳）

　これは文学史的にとても有名な逸話で，パトロン制度の消滅を象徴する話としてよく引用される．

　ジョンソンの英語辞典の編纂作業は，ロンドンのゴフ・スクェアにある彼の住居の屋根裏部屋で行われた．ジョンソンはロンドンに住んでいる間にたびたび住居を変わったが，現存する住まいはこのゴフ・スクェアの住居のみである．現在そこは「ジョンソンの家」という記念館として公開され，ジョンソンの遺品をはじめ，彼の多くの友人たちが紹介されている．彼が編集した辞書の復刻版が1階の奥の部屋に置いてある．

　さて，その辞書に取り上げられている単語の定義にも編纂者ジョンソンの個性が出ているものがある．最も有名なのが，「からすむぎ」(oat) の項である．そこには，「イングランドでは一般に馬に与えられるが，スコットラ

第4章　18世紀の文化と文学　　　　　　　　　　　　　145

ンドでは人を養っている穀物」と書いてある．これはジョンソンのスコットランド嫌いをよく表したものと言われ，スコットランド人を馬鹿にしたものと言われるが，賢いスコットランド人たちは「だからイングランドには優秀な馬がたくさん育ち，スコットランドには優秀な人間が育つのだ」とやり返しているようである．

　猫の項には，「ネズミを捕まえる家畜で，博物学者には一般にライオン属の中で最も低い位置と見なされている」とあるが，現在はネズミを捕まえない猫が増えているので，この定義に従うと，猫でない猫がたくさんいることになる．

ジョンソンの辞書とホッジ

　猫と言えば，ジョンソンは猫がとても好きで，ホッジという名の猫を飼っていた．ホッジはジョンソンの胸によくよじ登ったが，そんなときジョンソンは口笛を吹きながら，ホッジの背中をなでたり，尻尾を引っ張ったりして可愛がった，と『ジョンソン伝』の作者のジェイムズ・ボズウェルは述べている．1997年の秋，「ジョンソンの家」の前の広場には，ジョンソンの辞書の上にちょこんと座ったホッジのブロンズ像が建てられた．

　このような功績に対して，後年，彼は国から年金を与えられることになったが，とても躊躇した．その理由は，一つには，自分の書きたいことを制限されるのではないかということ，つまり，おかみに迎合するような物書きにならなければならないのではないかということ，そしてもう一つは彼の辞書の定義によるものであった．彼はその辞書の中で，年金を「ふさわしくない人になされる給金．イングランドでは反逆した国の雇い人に与えられる給金を意味するものと考えられている」と定義し，年金者を「国の奴隷」などと定義したのである．しかし，仲間たちが，その年金はこれまでの彼の文学的功績に対して与えられるものであり，将来の言論を何ら縛るものではないので年金を受け取るように説得した．結局，ジョンソンは仲間の忠告に従い，年金をもらうことにした．辞書を完成して7年ほど後の1762年のことである．生活にもほんの少しゆとりが出てきた．

　詩人，随筆家，辞書編集者などの実績を積み上げ，少しずつ実力をつけてきたジョンソンは，友人も増え，上流階級との交際も始まる．最終的には，

国王に謁見するという栄誉を与えられる．当時の代表的小説家の一人トバイアス・スモーレットはジョンソンのことを「文壇の大御所」(The Cham of Literature) と呼び，また「大熊」(The Great Bear) というあだ名も持つこととなる．いずれの名にも彼の偉大さが表れている．

　晩年には評論家としても大きな功績をあげる．1777年，ロンドンの書店組合が詩集の出版を企画し，それぞれの詩人の評伝をジョンソンに依頼してきたのである．ジョンソンは，書店主側の選んだ48人の詩人に四人を加えて，52人の詩人の評伝を書くこととした．この評伝は後に『英国詩人伝』としてまとめられ，現在でもケンブリッジ大学の英文学の講義で，この詩人伝の中で扱われている詩人を話題にするときにはこの中のジョンソンの言葉が紹介される．ジョンソンは伝記にとても興味をもっており，「思慮分別をもって忠実に書かれれば，どんな人生も人の役に立つ」と，伝記の有益さを説いている．

　若い頃には貧困にあえぎ，負債者監獄に入りそうになったこともあったジョンソンだが，晩年には数多くの友人に恵まれ，旅を楽しみ，そして，病と果敢に闘い，1784年12月に75歳でこの世を去った．彼は今ほかの多くの作家とともにウェストミンスター寺院で眠っている．

(2) ジョンソンの友人サー・ジョシュア・レノルズ

　ジョンソンは自ら伝記をたくさん執筆したが，それ以上に伝記の主人公としても有名である．ジェイムズ・ボズウェル (James Boswell) というスコットランド出身の作家が，彼の伝記を書いたからである．『サミュエル・ジョンソン伝』は，ジョンソンにあこがれていたボズウェルが，彼と知り合いになって以来，その一挙手一投足，あるいは発せられた言葉を一言一句克明に記録して伝記にしたものである．ボズウェルはこの作品で伝記作家として英文学に名を残すこととなり，ジョンソンは彼の伝記を通してなじみの人物となっていったのである．

　18世紀はまたクラブの時代であった．

ジョンソンと歩くボズウェル（右）

各種のクラブがあちらこちらにできたが，ジョンソンのクラブは文学クラブ（Literary Club）として有名である．会員には作家のオリヴァー・ゴールドスミス（Oliver Goldsmith），音楽家のチャールズ・バーニー（Charles Burney），哲学者のエドマンド・バーク（Edmund Burke）など，18世紀を代表する文化人が名を連ねていた．画家のサー・ジョシュア・レノルズ（Sir Joshua Reynolds）もその創立会員の一人であり，ジョンソンとの付き合いも格別に深かった．イギリスの美術館を訪れて，肖像画に接すると，レノルズの名に必ずといってよいほどお目にかかることとなる．ジョンソンの親友，18世紀を代表する画家のレノルズを紹介してこの章の結びとする．

サー・ジョシュア・レノルズ自画像

　サー・ジョシュア・レノルズはジョンソンに遅れること14年，1723年にデヴォン州のプリマス近郊で教師の息子として生まれた．彼は才能においても，また人々が絵画に注目し始めるといった時代的にも恵まれ，急速に成功を収めていく．驚くほど多くの作品を残し，最盛期には年に160もの肖像画を手がけた．彼は当時のほとんどの有名人の肖像画を描いた．ナショナル・ポートレート・ギャラリーやテート・ギャラリーに行けば，彼の作品にたくさんお目にかかることになる．

　レノルズは複製も積極的に認め，自分の絵を量産して儲けるのもうまかったとのことである．1枚描いて200ポンドも稼いだということだが，200ポンドは現在でもそれなりの金額であり，当時にあってはさらに大金である．ジョンソンの伝記には「惨めな思いをせず一人の男がロンドンで暮らすには1年に30ポンドもあれば十分だ」と述べられている．部屋代が屋根裏の安い部屋で週に18ペンス，パンとミルクの朝食が1ペニーとも書いてある．ジョンソンの伝記には「レノルズの年収は6千ポンドにもなった」とあるし，専用の馬車を持てるほどの金持ちになったというから，いかに流行（はやり）の画家で，仕事がうまかったかがうかがわれる．こうして肖像画家として大成功をなした彼は，画家の地位を高めることに力を注ぎ，王立美術院（Royal Academy of Art）の設立に奔走し，その初代院長になる．そのアカデミーは現在はロンドンのピカデリー通りにある紅茶で有名なデパートのフォートナ

王立美術学院前の広場に立つレノルズ

ム・アンド・メイソンの向かいあたりにあって，展覧会も開かれている．入り口前の広場には絵筆をもったレノルズの像が立っている．晩年は目を悪くして制作をやめることになるが，ケンブリッジのフィッツウィリアム・ミュージアムには，彼の最後の作品と言われている *Braddyll Family* という家族の肖像画が展示されている．彼は1792年に亡くなり，セント・ポール大聖堂に埋葬されている．彼はこの栄誉をもらった初めてのイギリス人画家であった．セント・ポール大寺院にはヴァン・ダイク（Van Dyck）という17世紀に活躍した偉大な画家も埋葬されているが，バン・ダイクはフランダースの人だから，生粋のイギリス人ではない．したがって，同寺院に埋葬されるという栄誉に浴した初のイギリス人画家はレノルズであった．

さて，レノルズとジョンソンとの出会いは1755年頃であったと言われているが，もともとこの二人は赤い糸で結ばれていたようであった．1752年，イタリアから帰国したレノルズは著者の名が記されてない一冊の本を手にし，「暖炉に片腕をのせ，立ったままそれを読み始めた．彼はすっかり夢中になり，読み終わるまでそれを手放すことができず，読み終わって動こうとしたとき，腕がすっかりしびれてしまった」とボズウェルは記録している．その本というのは，ジョンソンがまだ無名の頃に書いた『サヴェッジ伝』であった．レノルズがこの著者がジョンソンであるのを知ったのは後のことであるが，この本が二人の関係樹立に一役買ったことはまちがいない．

二人は出会ったとたん，お互いに何か感じるところがあったらしく，す

かり意気投合し，日に日に親密さを増していった．ジョンソンはレノルズのことを「私の友人の中でもなんとしても攻略不可能な人物で，喧嘩相手にまわしても悪態をつくのに一苦労する友人」と常日頃仲間たちに語っていたという．彼はレノルズの絵の才能ばかりか，文才も高く買っており，自分に代わって雑誌の執筆を依頼したこともあったし，彼らの仲間の一人であった小説家のオリヴァー・ゴールドスミスがウェストミンスター寺院に埋葬されることになったとき，その墓碑銘の草稿を送り，その決定を依頼したこともあった．ボズウェルは『ジョンソン伝』を，「あなた以外にはこれを受け取るにふさわしい人はいません」と述べてレノルズに献呈しているが，このことからもジョンソンとレノルズの関係が極めて親密であったことがうかがわれる．

　ジョンソンの辞書の精神は今日でも『オックスフォード英語大辞典』（*The Oxford English Dictionary*）に受け継がれ，またレノルズが設立にかかわり，初代院長を務めた王立美術院は，毎年夏に催される展覧会を200年以上経った今日でも開催している．こうして18世紀の二人の巨匠は今も生き続けているのである．　（江藤秀一）

第5章　ロマン主義時代の文化と文学

I.　ロマン主義時代の社会と文化

(1)　狂王ジョージ三世の長い治世——アメリカ独立革命とフランス革命

　イギリスにおけるロマン主義時代の区分については様々な意見が存在するが，ここでは1780年代後半からヴィクトリア女王の即位する1837年までの約50年として話を進める．この時代は，約半世紀に及んだにもかかわらず，すでに前の章に登場した国王ジョージ三世が，たびたびの狂気の発作にめげず，イギリスの国王中で在位64年のヴィクトリア女王に次いで長く60年ものあいだ君臨したため，この王とその二人の息子ジョージ四世，ウィリアム四世の3王を数えるのみである．

　ジョージ三世の治世の後半は苦難続きであった．まずは，せっかくフランスとの植民地争奪七年戦争で勝利を収めながら，その戦費の借金支払いのために砂糖条例，印紙条例などを発布して，植民地から厳しく税金を取り立てようとしたために，フランスとの戦争に勝利して自立心と自尊心を高めていたアメリカ植民地の人々が立ち上がって，1775年に独立革命が勃発した．翌年にはアメリカ13州が独立宣言をする．長い戦争にイギリスは負けて，結局1783年のパリ条約で独立を承認した．

　だが，一難去ってまた一難．この時アメリカ側に立ったフランスに，アメリカ独立承認からわずか6年後の1789年，バスティーユ監獄襲撃をきっかけとして大革命が起こる．イギリス国内ではこれを支持する急進派と反対する保守派が激しく対立したが，1793年1月に国王ルイ十六世が革命政府に

— 150 —

第5章　ロマン派時代の文化と文学　　　　　　　　　　151

トラファルガー広場を見下ろすネルソン提督記念塔

　よって処刑されると，フランスとの間に戦端が開かれた．やがて，ロベスピエールによる恐怖政治，ナポレオンの皇帝即位を経て，ヨーロッパ中に戦線が拡大するのに伴い，イギリスは反フランス勢力の中心となった．小ピットをはじめとするトーリー党内閣の指導の下で国を挙げて戦った戦乱の時代は，結局，20年以上に及んだ．1815年，流刑地エルバ島から脱出したナポレオンが百日天下をワーテルローの戦いで失うまで，平和だったのは1802年3月から翌年4月までのアミアンの和約による1年少々の間だけだった．

　戦争中，そのワーテルローの戦いを指揮してナポレオンを撃破し，後にトーリー内閣の首相も務めたアーサー・ウェルズリー（ウェリントン公爵）や，たび重なる戦傷により隻眼隻腕(せきがんせきわん)となり，1805年トラファルガー沖の海戦でフランス軍に対する勝利を導きながら，自らは華々しく戦死したネルソン提督などの英雄が現れた．ちなみに，映画『哀愁』（原題 *Waterloo Bridge*, 1940）の舞台となったロンドンの橋の名ウォータールーはワーテルローの英語読みである．この橋は，戦勝2周年の日に開通式が行われ，戦場の名がそのまま名称となった．ロンドン中心部にあるトラファルガー広場(スクエア)もまた戦勝を記念して命名され，そこに立つ高さ44メートルにも達するネルソン提督記念塔が，今もロンドンっ子や世界各地から集まる観光客を見下ろしている．

(2)　**摂政時代(リージェンシー)と放蕩王ジョージ四世**

　こうした激動のなかにあって，国王ジョージ三世はカトリック教徒解放令

が議案に上るのをきっかけとして何度か短期間の狂気の発作を経験し，1811年には完全に発狂した上に盲目となった．そのために1820年に国王が息を引き取るまで，息子の皇太子が王に代わって摂政として国を治めることになった．この10年間を摂政時代（リージェンシー）と呼ぶ．なお，ジョージ三世発狂の経緯を描いた映画として，『英国万歳！』（原題はそのものずばり，*The Madness of King George*, 1994）がある．これは，狂って荒療治を受ける王と，その隙に摂政となって実権を握ろうと画策する皇太子との確執を皮肉たっぷりに描いたもので，当時の英国王室と支配階級の様子を知る上で大いに参考になる．

　この皇太子は手の付けられない遊蕩児で，若い頃から何度となく議会に泣き付いては，遊びのために拵（こしら）えた莫大な借金の清算の金をせびり，父王からも愛想を尽かされていた．こうして，摂政時代は風紀の緩んだ時代の代名詞となった．摂政皇太子が南英にある海浜保養地ブライトンを好み，そこに巨費を投じて東洋趣味のロイヤル・パヴィリオンを建てて足繁く通ったことは有名である（p. 119の写真参照）．当然，女性関係にも慎みがなかった．特に有名なのは，皇太子時代，二度結婚して二度ともすぐに夫と死別した6歳も年上の未亡人，フィッツハーバート夫人にのぼせ上がったことである．しかも，この女性は，16世紀の宗教改革以来イギリス国家体制の敵と見なされてきたカトリック教徒であった．皇太子は狂言自殺まで試みてなりふり構わぬ求愛をし，相手がその執拗さに恐れをなしてオランダへ逃亡すると，今度は使者や書簡をむやみやたらと送り付けて無理やり説き伏せ，父王に内緒で結婚した．しかし，当時の婚姻法により，結局この結婚は無効とされた．それにもかかわらず，二人は同居して夫婦同然の関係を続けたのである．

　1795年に皇太子は，従妹にあたるブランズウィックのキャロライン（ドイツ名ブラウンシェンヴァイクのカロリーネ）と正式に結婚した．キャロラインはドイツ生まれのドイツ育ちだった．ハノーヴァー朝の王家は，全く英語を話せなかったジョージ一世以来3代を経てもなお，ドイツとの繋がりが強かったのである．だが，これはどちらの側にも愛のな

ジョージ四世の皇太子時代の風刺画（1792年）

い結婚であった．皇太子の心は相変わらずフィッツハーバート夫人にあり，結婚の翌年王女が生まれるやいなやキャロラインとは別居した．1820年に父王が亡くなり，皇太子がジョージ四世として即位することになると，1813年以来長く大陸を旅していたキャロラインが帰国して，王妃としての権利を主張した．これに対して新王は，王妃の不義を理由として貴族院において離婚の審理開始を要求した．ところが，証拠不充分の上に，皇太子時代から血税を湯水の如く使って恥じることのなかった王に対する国民の反感は強く，同情が王妃に集まって王は敗北し，国王としての面子丸潰れとなった．その恨みを晴らすかのように，王は翌年行われた戴冠式への王妃の出席を拒み，キャロラインは悲しみの余りそれからひと月も経たないうちに没した．

　こうして醜聞に塗（まみ）れて即位したジョージ四世は国王としてさしたる活躍もせず，父王以来ずっと何とか成立を防ごうとしてきたカトリック教徒解放令が，1829年に発布されるのを許さざるをえなくなった．この国王のもとで王権はますます弱まって，「国王は君臨すれども統治せず」の慣例がいよいよ定着し，トーリー党のリヴァプール内閣が，1812年から1827年までの長期政権を敷いたのである．

(3)　「愚か者ビリー（シリー）」に国王のお鉢

　1830年に兄ジョージ四世が嫡子を残さずに亡くなり，次兄もすでに亡くなっていたために，三男坊に国王のお鉢が回ってきて，ウィリアム四世として即位した．こうして偶然国王となったウィリアムだが，父の命により若くして海軍勤務を経験し，王室の後ろ盾を受けて船長，海軍少将と順調に出世したものの，船を任せるのは危ないとの心配から，無理やり陸上へ引き戻されるような王子だった．後に，周囲は名誉職のつもりでこの王子を海軍大臣の地位に就けたが，無謀にも指揮権を実際に振るって海軍を窮地に陥れかねない事態となってしまった．そこで，兄の国王と首相ウェリントン公爵が強く説き伏せて，辞任に追い込まなければならなかった．

　情けない逸話は，これにとどまらなかった．当時悲劇女優シドンズ夫人と演劇界を二分する評判を取ったアイルランド出身の喜劇女優ドロシア・ジョーダン夫人と，王子は1790年以来愛人関係を続け，合計10人もの子供を設けた末，1811年に離別した．その時，ジョーダン夫人は舞台で大金を稼ぎ続けていたにもかかわらず，貧しい境遇にあった．そのためウィリアムは夫

人に養ってもらっていたのではないかという噂が流れた．噂の真偽はともかく，お金がないために離別したのは本当のようである．そこで，王子は金欲しさに莫大な遺産相続権を持つ女性に求婚して断られたという話が，俗謡に歌われて揶揄されることにもなった．さらに，海軍の歴史以外については全く無知で，「愚か者ビリー」(Silly Billy) という御丁寧に韻を踏んだあだ名まで頂戴する始末だった．また，演説好きなことで知られたが，その内容は時宜も場所も弁えないものであったので，常に周囲をはらはらさせていたという．

　国王に戴くにははなはだ心許ない人物ではあったが，その治世において，ウィリアム四世が王としての影響力を発揮してよい結果をもたらしたことが一つでもあったとすれば，1832年の第一次選挙法改正の折であろうか．選挙法改正については次章でも触れるが，1830年から政権にあったホイッグ党のグレイ伯爵内閣のもとで，選挙法改正案が1831年以来議会に提出されていた．改正案の目的は，人口が激減したにもかかわらず，以前どおり議員を出し続けている腐敗選挙区や，地方有力貴族の統制下に置かれていたポケット選挙区などを一掃することにあった．ところが，この法案は庶民院を通過しても，貴族院ではトーリー党の反対により否決されるという事態が何度か繰り返された．そこで，グレイ首相は国王に事態の打開を願い出，その要請を受ける形で，国王は貴族院のトーリー党員に対して，事態を打開しなければ貴族院議員の数を水増ししてでも成立を図る旨の回状を送りつけた．これが功を奏し，議決の際に大勢のトーリー党議員の欠席を誘い，法案は成立したのである．これ以後，法案をめぐって賛成，反対で激しく争ったホイッグ，トーリー両党は，17世紀以来の伝統的な名称をそれぞれ自由党と保　守　党に脱ぎ代えて，議会での主導権を争うことになる．

　ところで，この王は，子沢山にもかかわらず子供たちは皆庶子だったため，皮肉にも，跡継ぎを残すことだけを目当てに53歳の時に26歳の妻を迎えた．だが，兄王に続いて嫡子に恵まれず，1837年に逝去すると，その跡を姪にあたるわずか18歳のヴィクトリアが継いで，イギリス王室史上もっとも長い治世を迎えることになったのである．

(4)　拡大する植民地帝国と連合王国の成立
　こうして3代の間に王権そのものはさらに弱体化したが，国家としてのイ

ギリスはますます拡大していった．すでに触れた18世紀半ば過ぎの植民地七年戦争に勝利を収めて，フランスからカナダを，スペインからフロリダを手中にしたほか，西インド諸島，西アフリカ，インドでも新たな植民地を獲得していた．その後ジェイムズ・クックが南太平洋を数度にわたり探検して，現在のオセアニアへの橋頭堡を築くと，1788年シドニーを占領しオーストラリアを囚人植民地とした．フランス革命期の対フランス戦争の間にも，1795年オランダから喜望峰を奪取，1800年フランスの手にあった地中海のマルタ島を占領した．さらに，1814年のニュージーランド占領，ケープ植民地領有などによって，ヴィクトリア朝時代の日の沈まない植民地大帝国の基礎を築いていった．

もう少し手近なところに目を向けても，すでに1707年イングランドとスコットランドを合併して大ブリテン王国と称していたが，12世紀ヘンリー二世の親征以来，侵略を繰り返し支配下に置いていたアイルランドを，1801年これに加えて大ブリテンおよびアイルランド連合王国が成立した．この時，現在でもイギリスの国旗となっている連合旗，通称ユニオン・ジャックが制定された．その成り立ちを見ると，連合王国内部の力関係が反映されていて興味深い．すなわち，イングランドの守護聖人の名を冠した聖ジョージの十字（白地に赤の正十字），スコットランドの聖アンドルーの十字（紺地に白の斜十字），アイルランドの聖パトリックの十字（白地に赤の斜十字）の三つが，この順で上から下へ重ねられて，三国間の序列を如実に表しているのである．

今でも，サッカーやラグビーの国際試合でイングランド，スコットランド，北アイルランドが別々の代表として戦う時には，連合旗を分解して，それぞれの守護聖人の十字旗を持って応援する．もう一つ，そうした試合に独立して出場する国というか地域に，ブリテン島西部の出っ張りに位置を占め，ケルト系先住民族を主体とするウェールズがある．ウェールズも，緑と白の地の上に赤いドラゴンを描いた鮮やかな旗を持っているが，イングランドのエドワード一世によって事実上併合されたのが1284年と早かったために，連合旗には加えられていない．

こうして成立した連合王国の正式名称にある大ブリテンは，自民族中心主義（エスノセントリズム）に基づいて命名されたかのような印象を与えるが，実は，あくまでもフランス北西部のブルターニュ地方との比較の上でそう呼

ばれるにすぎない．ブリテン島の語源でもあるケルト系先住民ブリトン族は，5世紀半ば北ドイツ方面から現在のイングランドへ民族大移動を開始したゲルマン系アングロ・サクソン族によって，島の中心部から辺境へと追いやられた．その際，ブリトン族の一部がコーンウォール半島経由でフランスのこの地方に移住し，その部族名がそのまま地名となった．つまり，このブリトン族の小さなほうの領土ブルターニュに対して大きい，という意味で大ブリテンなのである．

なお，併合されたアイルランドでは早くもその2年後に，エメットによるイングランドに対する反乱が起きたが，すぐに鎮圧された．その後も幾度となく反乱を繰り返した末，アイルランドがエール共和国として独立を達成したのはようやく1937年になってからのことであった．ただし現在も，ベルファストを中心とするアイルランド北部は大ブリテン連合王国の一部をなしていて，アイルランド全体として完全独立を果たしていない．そのために，シン・フェイン党とその軍事組織アイルランド共和国軍を中心とした反英闘争が続けられ，大きな政治問題となっていまだに禍根を残している．

(5) 産業革命と社会の変化

さて，この時代には，いま述べたような政治的及び国際的ないくつかの大事件のほかに，近代史における最大の出来事ともいうべきことが経済の分野で起こりつつあった．いわゆる産業革命が，紡績機の改良，ジェイムズ・ワットによる蒸気機関の発明などをきっかけとして，世界に先駆けてイギリスで1760年代から70年代にかけて始まっていたのである．その結果，イギリスは地主貴族階級を中心とする農業国家から，都市の資本家が大量の労働者を使って工場で製品を生み出す近代産業国家へと変貌していった．

その過程で，人口の都市集中による農村の過疎化，貧富差の拡大，女性や未成年の重労働など，近代産業社会が経験しなければならない諸問題に，イギリスはどこよりも早く直面せざるを得なくなった．しかし，その時期はちょうどナポレオン率いるフランスとの戦争と重なったため，内政はないがしろにされ外交にもっぱら重点が置かれて，問題は放置されたままになった．ナポレオンが没落してようやく長く待ち望んだ平和が訪れると，帰還兵たちが労働人口を増やしたにもかかわらず，戦時需要がなくなって製品が売れないという形で不況が続き，1825年には世界で最初の資本主義的恐慌を経験

する．

　そうした産業の発達と平行して起こった都市の荒廃をいち早く詩に描いて痛烈な告発を行った詩人に，ウィリアム・ブレイクがいる．産業革命による社会の近代化の生み出した様々な問題に対して，文学の世界からの最初の反応として産声を上げたのがロマン主義の潮流であったという側面は，いくら強調してもしすぎることはない．いまだにロマン主義の文学が，われわれにとって大きな喚起力を持ち続けているとすれば，それは，現代がこのロマン主義誕生前後に始まった社会・経済体制を大枠において維持し，われわれがその利便性を享受しながら，同時にそれがもたらした不幸によって苦しんでいるからであると言って差し支えない．

(6) 虐げられた者たちの声

　内政問題は為政者によって放置されたため，虐げられた者たちは自ら声を上げざるをえなかった．1810年代には早くも，労働者による機械打壊しのラッダイト一揆や議会改革運動などが起こっている．女性のなかにもメアリ・ウルストンクラフトのように，男性に対して相続，教育などあらゆる面で不平等な扱いを受けている現状に，反発の声をぶつけるフェミニストの先駆者が現れた．また，18世紀までイギリスが先頭に立って行い大きな利益を得てきた奴隷貿易，ひいては奴隷制度そのものの廃止を，ウィリアム・ウィルバーフォースが生涯をかけて議会に訴えた．これもまた，フランス革命精神の感化を受けた社会的不平等是正の動きのひとつであった．イギリスの経済的な発展の傍らで，その繁栄から取り残されたり，そのための犠牲にされた弱者を救うべく，社会的な正義を目指す運動が各分野で活発な声を上げ始めたのも，この時代の大きな特徴であった．

　このように，イギリスは近代産業国家として形を整え，国際的な影響力を増すと同時に，進歩がもたらす社会的な歪みを表面化させつつあった．早くも1807年にロンドンの街頭に点灯したガス燈の投げ掛ける光と，やがて年中どんよりと暗く垂れ込めて「世界の工場」の首府を霧の都と化していく石炭の煤煙の影とが，複雑に交錯し始める時代に，イギリスで生み出された文学とはいかなるものであったのか．時代との関わりを念頭に置きながら考察してゆくことにする．

II. ロマン主義時代の文学

この時代は，サー・ウォルター・スコット，ジェイン・オースティンなどの小説家や，チャールズ・ラム，ウィリアム・ハズリット，トマス・ド・クインシーなどの名散文家も輩出したが，ロマン主義の文学の中心をなしたのは詩であり，六人の詩人を軸に展開した．

1. 孤高の複合芸術家ウィリアム・ブレイク

(1) 権威に反抗する幻視者(ヴィジョナリー)

ウィリアム・ブレイク（William Blake）は，1757年にロンドンの繁華街で洋品と小間物を扱う店の三男として生まれた．幼少の頃から，神や天使の群がる木の幻を見てしまう典型的な幻視者だった．デッサンの学校へ通った後，1772年から7年間，版画家のもとでの徒弟修業を経て，当時の美術の中心施設王立美術院(ロイヤル・アカデミー)に学んだ．しかし，権威的な教育は肌に合わなかったようで，まもなく辞めている．権威に反抗する姿勢はブレイクの生涯を貫くものであった．

ウィリアム・ブレイク

1779年頃から，急進主義的な出版業者ジョゼフ・ジョンソンのために，挿絵用の版画の仕事を始めた．ジョンソンの店で知り合った急進派の知識人と交わり，それを通じてスウェーデンの神秘的宗教家スウェーデンボリに大きな影響を受けるようになった．1782年に市場向け菜園経営者の娘で文盲のキャサリン・バウチャーと結婚，読み書き，さらには版画の印刷方法を教えたという夫婦愛の逸話が残っている．この夫婦は子供を残さなかったが，夫婦協力の産物として翌年最初の詩集を印刷し，1784年には版画店を設立した．しかし，これはたちまち潰れてしまった．1787年，愛する弟が死ぬ際，ブレイクは2週間にわたって寝ずの看病をし，弟の霊が喜びの拍手をしながら天井を突き抜けて昇天するのを見たと言われる．

1789年には，レリーフ・エッチングにより図柄と詩行を印刷した上に水

彩で描き加えて仕上げる独特の彩飾印刷（イルミネイティッド・プリンティング）を用いて絵画と詩を一体化させた『無垢の歌』，続いて『セルの書』を自家出版して，神秘的なヴィジョンを示し，独特の神話体系構築の端緒に就いた．以後，フランス革命への共鳴という政治的な熱狂と幻視的な陶酔を結合させて，次から次へと彩飾印刷による作品を生み出し，18世紀の最後の10年間に旺盛な執筆力を示した．そのなかには独立革命を主題にした『アメリカ』（1793），『無垢の歌』とその正反対の状態を描いた『経験の歌』とを組み合わせた『無垢と経験の歌』，『ヨーロッパ』（いずれも1794），最初の長篇詩『ヴェイラあるいは四つのゾア』（1797）などが含まれていた．

(2) 絶望——不遇の人生

　しかし，この頃からブレイクの本業である版画家としての仕事が次第に少なくなった．そのため，19世紀の最初の3年間ほどは，裕福な素人芸術愛好家の庇護を受け，生涯で一度だけロンドンを出て，イングランド南部，ドーヴァー海峡に面した町フェルパムに隠遁生活を送ることになった．だが，束縛を嫌う反抗心が次第に頭をもたげ，ブレイクは，このパトロンへの憎悪を書き記すことになる．このような鬱々たる精神状態の時，自宅の庭に酔っ払って侵入した兵士を追い出すという事件が起こった．その際「国王なんて糞食らえ，王の臣民もまとめて糞食らえ」という不敬な言葉を吐いたとして，相手に告発された．これをきっかけにロンドンへ戻って，翌1804年に治安妨害罪の裁判を受けたが，結局無罪放免となった．

　その翌年，ある詩集の挿絵を描きながら，出版社の契約違反により金も名声も手に入らないなど不運が相次いで，次第に絶望感を深め，やがてノートに「1807年1月20日火曜日，夕方2時から7時——絶望」と書きつける．決定的だったのは，1809年に16点の作品を展示した生涯でただ一度きりの個展の際，批評家から「個人的には無害なので監禁を免れている狂人」との酷評を浴びせられ，大衆には無視されたことだった．これ以後，ブレイクは世俗的な成功から完全に見放されて，版画家としての仕事を細々と続ける傍ら，独自の神話体系構築を試みる難解にして長大な「預言書」と呼ばれる作品（『ミルトン』，『イェルサレム』）の執筆と改訂に没頭した．やがて，最晩年の60代になると，詩作をやめて版画を含む絵画に力を傾注した．

　その老年を慰めてくれるものがあったとすれば，少数ながら若い画家たち

がブレイクを師として慕い集まってきたことだろうか．弟子の一人から依頼を受けて描いた旧約聖書『ヨブ記』への挿絵（1825）は，晩年における版画家としての最大の収穫となった．ブレイクは，その有り余る才能を考えれば，とても恵まれていたとは言えない人生を1827年69歳で終えた．

(3) 百年早すぎた天才

ブレイクは，当時の絵画の中心，王立美術院（ロイヤル・アカデミー）（p.148の写真参照）に1783年から1808年までの間に何度か作品を展示してもらい，1822年にはわずか25ポンドながら給付金を与えられた．とはいえ，画家として正当な評価を受けていたとは言えず，生涯にたった一度きりの個展も振わなかった．文壇からはさらに冷たくあしらわれて，不遇のうちに孤高の生涯を終えた．同時代人は，たとえブレイクを誉める場合でも但し書きを付けるのが常であった．「この気の毒な男が狂っていたのは疑いなかったが，その狂気にはどこかバイロン卿やウォルター・スコットの正気よりも私を惹きつけるところがある」と述べるワーズワスも，ブレイクの生き方は「病的で常軌を逸し」ていたが，その精神は「偉大で賢明」であったとするジョン・ラスキンも，例外ではなかった．

しかし，ブレイクは19世紀後半から特に詩人たちの間で注目を集め，世紀末には，後にノーベル賞を受賞するアイルランドの詩人W. B. イェイツが，詩集の編纂を行って熱烈な崇拝を献げた．20世紀になると関心は飛躍的に高まり，とりわけ1960年代には反体制を標榜する若者たち，たとえばアメリカではビート世代，イギリスではアンダーグラウンド運動の作家や詩人たちにとって，ブレイクは束縛からの解放を象徴する教祖的な存在となった．今日では，ただ単にイギリス・ロマン主義文学の代表者というばかりでなく，ともすれば敵対しがちな絵画と詩という二つのジャンルを稀有な形で結合した，史上類い稀な芸術家とまで評価されている．

日本でも，ウィリアム・モリスの影響を受けて民芸運動を展開した柳宗悦が早くから注目していたほか，ノーベル文学賞を受賞した大江健三郎が，ブレイクの詩行をモティーフとした作品を若い頃から現在に至るまで書き続けて，その世界的伝播力を証明している．生まれるのが少なくとも100年早すぎた天才芸術家，こういう言葉がブレイクほど相応しい芸術家は，イギリス文学史を見渡してもほかに見当たらない．

(4) 無垢と経験——喜びの子と悲しみの子

さて，ブレイクは生前ほとんど注目されることがない自家印刷という形で，版画に詩行を組み入れた作品を数多く残した．それぞれごく限られた数しか印刷されなかったため，現在では稀少価値が極めて大きくなっている．そのなかで，独自の神話体系を持ち近寄り難い後期の預言書と違って，一般読者にも理解が容易で愛読されているのは『無垢と経験の歌』である．ここには「無垢」と「経験」という「人間の魂の対照的な二つの状態」に映ったこの世の姿が，合わせ鏡のように対をなして呈示されている．無垢の状態の魂に映じた姿は，そこに不正，邪悪，苦しみを内包しているとしても，素朴で牧歌的な言葉で表現されている．同じ世界が経験の状態の魂に映ると，貧困，病気，売春，戦争，おぞましい都市像など，様々な抑圧でがんじがらめにされた醜くも恐ろしいものとなる．

たとえば，無垢の世界に生まれる「幼な子喜び」は，母親の甘い祝福を浴びる．

> 「僕には名前がない．
> 僕はまだ生後たった二日．」
> お前を何と呼んだらいいの．
> 「僕は幸せ．
> 喜びが僕の名．」
> 甘い喜びがお前に降り注ぎます
> 　　ように．

生後二日の赤ん坊は口を利けないという批判もないわけではない．また，事実，喜びそのものの表情を浮かべているに違いない赤ん坊の姿を描こうとすれば，経験の世界への入口である言葉によるしかないのだから，すでに生まれ落ちた時点で，経験がこの子に運命づけられているとほのめかされてもいる．それでもやはりここには，まだ大人の世界によって汚されていない生まれたばかりの赤ん坊

「幼な子喜び」
ブレイクによる彩飾印刷

が，無限の喜びに満ちた存在であることへの憧憬がある．

これに対して，経験の状態にある魂に映った「幼な子悲しみ」は，この世に生まれ落ちたこと自体が父と母に「悲しみ」をもたらす存在，どういうわけか誕生を望まれていなかった子である．子供が無防備で無力な状態でこの世に生まれるやいなや，父と母は手やおむつを使って自由を束縛しようとする．それに対して子供は抵抗を試みるが，「縛られて倦み疲れた僕は考えた，一番いいのは／母さんの胸の上でむずかって拗ねること」という，赤ん坊らしからぬ世知をたちまち身に付ける．この赤ん坊は生まれた時から辛辣な大人である．

(5) 子羊と虎

また，無垢の世界に住む動物が「喜びの衣」を着て，「谷間全体を喜ばせる／優しい声」を持つ「子羊」であるとすれば，経験の世界を象徴する生き物は，ブレイク自身が「あの子羊を作り給いしお方がお前を作ったのか」と疑うほどに恐ろしい「虎」である．

　　虎よ！ 虎よ！ 輝き燃えて，
　　夜の森のなかにいるお前．
　　一体どんな不滅の手あるいは目が
　　お前の恐ろしい対称を作り得たのか．

夜の闇のなかでぎらぎらと燃える虎の目とは，何を象徴しているのだろうか．「夜の森」とはただ単に虎の住む森ということではなく，ある批評家が言うように人間の精神の内なる闇を象徴するのだとすれば，光る虎の目は人間の心に巣食う獰猛さを表しているのか．ここで注意しておかなければならないのは，詩人が力に満ちた虎に対して，恐怖と同時に驚異も感じているということである．この虎は，一方的に否定されるだけの存在ではないし，無垢の世界が一方的に良い世界で，経験が悪とも割り切れないのである．うぶな無垢に憧れるだけでは，所詮ユートピア的な願望にすぎない．経験という無垢とは対立する状態を通り抜けてそれを吸収し，その二つを含みつつ超越する第三の状態を生み出さなければならない．その意味でブレイクの詩学は極めて弁証法的と言える．

(6) 産業社会の告発——「ロンドン」

したがって，ブレイクにとっては，弁証法的な第三の状態へ向けて，経験の魂に映る現世の姿から目を逸らさずに悲惨な実情を知ることも重要になってくる．「経験の歌」に，当時イギリスの置かれていた状況を告発する優れた諷刺詩が多いのも，そうした理由による．とりわけ刺が鋭くブレイクらしいのは「ロンドン」である．

> 勅許を得た通りのそれぞれをさまよい，
> 勅許を得たテムズの流れる近くを行けば，
> 私が出会う顔のうちに認めるのは
> 弱さのしるし，苦悩のしるし．
>
> あらゆる人間のあらゆる叫びのうちに
> あらゆる子供の恐怖の叫びのうちに
> あらゆる声のうちに，あらゆる呪いのうちに，
> 心によって鍛えられた手枷の音を聞く．
>
> 煙突掃除の少年の叫びは
> 黒ずみゆくあらゆる教会の胆を潰し，
> 不幸な兵士の溜め息が
> 血となって王宮の壁を滴（したた）り落ちる．
>
> しかし，とりわけ，深夜の街々に私が聞くのは
> うら若い売春婦の呪いが
> 新生児の涙を枯らし，
> 疫病により結婚の柩車（ひつぎぐるま）を枯らし損なうさま．

これは，産業革命により人口の都市集中が起こって，女性や幼児に過重な労働を強いながら，ますます貧富の差を広げてゆくロンドンの病状を告発する痛烈な詩である．第3連では，既成の宗教，政治体制が，虐げられた庶民の声に耳を塞ぎ，壁を設けている現状をグロテスクに表現している．最終連は，蔓（はびこ）る売春が性病の伝染によって家庭の崩壊を導くという世相を映し出し，この後ヴィクトリア朝期にさらに荒廃して，建前と本音を使い分けていくイ

ギリス社会を早くも予兆しているのである．また，勅許によって都市が管理されることに対する，自由人ブレイクの根源的な反発もうかがえる．そうした抑圧により人間のエネルギーは弱体化してゆく．しかも，「心によって鍛えられた手枷」という語句に示唆されているように，抑圧の手枷はほかならぬ人間の心によって捏造されたものであって，人間の心が自らの罪に気づかない限り，病弊は取り除けないのである．

　皮肉ながら，このように冷静な同時代の観察と諷刺ができたことに，ブレイクが社会の周縁に身を置き，常に客観的な眼差しで世の中を見ることができたという不遇状態が与(あずか)っていたことは疑いない．ブレイクの残した素晴らしい複合芸術の例は，現在ロンドンのテート・ギャラリーやヴィクトリア・アンド・アルバート・ミュージアムで見ることができる．

2.　冷たく迎えられたロマン主義の高らかな宣言：
　　ウィリアム・ワーズワスとサミュエル・テイラー・コールリッジ

(1)　イギリス文学史に残る友情

　英文学史においては，サー・フィリップ・シドニーとエドマンド・スペンサーをはじめとして，第4章で扱ったジョナサン・スウィフトと，アレグザンダー・ポープなど文学者同士の間に結ばれた友情の例には事欠かない．だが，ウィリアム・ワーズワス（William Wordsworth）とサミュエル・テイラ

ウィリアム・ワーズワス（28歳）　　　サミュエル・テイラー・コールリッジ（23歳）

ー・コールリッジ（Samuel Taylor Coleridge）の場合ほど，その出会いがお互いの文学活動に決定的な影響を与えた例はそれ以前になく，それ以後もない．二人の出会いがあってはじめて，イギリスロマン主義文学の喇叭が高らかに吹き鳴らされたのである．二人の出会いの時間と場所については確証はないが，1795年夏ブリストルにおいてだったと言われる．ともにフランス革命に共鳴し，急進的な政治思想を鼓吹していたのが縁であった．ワーズワス25歳，コールリッジはまだ23歳であった．

(2) たぎる血潮——フランス革命と恋

　ワーズワスは，1770年湖水地方北部の町コッカーマスに，その地方の有力貴族の法律顧問を勤める弁護士の次男として生まれた．生家は今も町の目抜き通り沿いにあって，冬場を除く観光シーズンに一般公開されているが，その巨大な2階建ての建物を見る限り，かなり裕福だったと想像される．1778年に母が亡くなったため，1779年から87年まで家を離れて，ほかの男兄弟と一緒に下宿してホークスヘッド・グラマー・スクールに通った．この建物も現存し見物客が絶えない．1787から91年まで，ワーズワスはケンブリッジ大学セント・ジョンズ・コレッジに学んだものの勉学には身が入らず，途中1790年の夏休みを利用して，学友とともにフランスやイタリアを徒歩で旅行した．この時，革命勃発直後のフランスを目撃したのが大学時代の収穫だった．後に，その時の大陸の雰囲気を代表作『序曲』のなかで，「時あたかもヨーロッパが喜びに溢れ，／フランスは黄金の時間の頂きに立ち，／人間の本性が生まれ変わったかと見えた」と描写している．

　1791年，学士号を取って大学を卒業すると，再びフランスへ赴き，翌年歳上のフランス人女性アネット・ヴァロンと知り合って恋に落ち，娘一人をもうけた．だが，この事実は20世紀になってある研究者が暴露するまで，一般には伏せられていた．ロマン主義詩人のなかでは最も謹厳なイメージがあり，事実そのとおりの後半生を送ったワーズワスにも，若い時分にはたぎる血潮が流れていたのである．ワーズワスは革命を支持し，アネットは外科医の娘でカトリックを信じ，王党派に肩入れするという違いを抱えながらも，二人は結婚を考えていた．しかし，滞在資金が尽きたこともあって，1792年暮れにワーズワスはいったん帰国し，1793年に最初の詩集を出版した．ところが，その年の初め英仏間に戦端が開かれて大陸へ渡れなくなり，

アネットとは別れ別れになってしまった．それに加えて，革命が次第に恐怖政治化して，初期の理想を放棄してゆくのに幻滅し，この頃から精神的に落ち込み始める．1794年に，幼年期以来長く離れ離れになっていた妹ドロシーと合流し，翌年秋にイングランド南西部のレイスダウンに二人で落ち着いたワーズワスは，そこで革命に裏切られた傷を妹の存在によって徐々に癒されてゆき，やがてコールリッジとの出会いを迎える．

(3) 大学中退と共産主義的夢想

　一方，コールリッジは，ワーズワスより2年後の1772年，イングランド南西部デヴォンシャーのオタリ・セント・メアリという小さな町の教区牧師の子沢山な家に末っ子として生まれた．古都エクセターから東へバスで30分ほどのこの町の中心部にある教会の壁には，詩人の横顔の浮き彫り銘版に，後に述べる代表作『老水夫の詩』からの有名な一節が刻まれている．9歳のとき父が急死したため，才能があっても経済的に恵まれない子弟を受け入れることで有名だった，ロンドンのパブリック・スクール，クライスツ・ホスピタルへ送られ，寮で寄宿生活を送ることになった．わずか10歳で親許を離れ，夢見がちだった少年が当初激しい孤独を感じたことは，後に書いた会話体詩の代表作「深夜の霜」にも描かれている．だが，早熟で会話の巧みな雄弁家だったコールリッジは，やがて一目置かれるようになり，友人も増え，後に『エリア随筆』を書いてロマン主義時代随一の散文作家となるチャールズ・ラムと，生涯にわたる交友を結んだ．

　コールリッジは学業で優等な成績を修め，奨学金を得て1791年秋ケンブリッジ大学ジーザス・コレッジへ進んだ．ちょうどその夏に卒業したワーズワスとはすれ違いになった．入学後，ギリシア語の詩のコンクールで賞を取るなど才能を顕して，学者としての将来を嘱望されたものの，才能に恵まれ過ぎたためか大学に知的刺激を見いだせず，次第に自堕落な生活を送るようになった．やがて，借金を重ねた上に，クライスツ・ホスピタル時代の友人の姉に失恋して自暴自棄になり，1793年にサイラス・トムキン・カンバーバックという人を食った変名（頭文字はSTCで本名の場合と同じ）で軍隊へ志願，一説には長いイギリス軍隊史上最悪の兵卒となった．

　何としても馬に乗ることができなかったが，兵士の恋文の代筆をして人気を博したという伝説のほか，除隊の経緯についても次のような面白い言い伝

えが残っている．ある晩，将校二人がギリシア語の文法についてあれこれ議論していた．すると，近くにいた一兵卒がたちまちのうちにそれを断固たる口調で解決した．将校たちは驚き怪しんで問い質し，兵卒の哀れな境遇を知ると，同情して除隊の手助けを買って出たというのである．ともあれ，兄に罰金を工面してもらい，形の上では軍務に適さぬ「狂人」の扱いで除隊，謹慎処分を受けた上でケンブリッジへ復学を許された．しかし，すでに心は大学になかった．

1794年暮れ，こうして学位を取らずに中退したコールリッジは，オックスフォードの学生だったロバート・サウジーと意気投合し，「パンティソクラシー」（コールリッジの造語で「万民同権政体」を意味する）の計画に熱中して同志を募った．これは，共産主義的な共同体をアメリカに建設することを目指すものだった．ところが，平等とは相容れないはずの召使いの存在を認めるなど，インテリ学生の呑気な夢想の域を出るものでなく，まもなくこの計画は頓挫した．しかし，その過程でアメリカへの同行予定者として加わっていたフリッカー姉妹のセアラとコールリッジは恋仲になっており，サウジーがその妹のイーディスと結婚するという成り行きから，本人の言によれば「義務を果たす」ために結婚した．これは1795年秋このことで，すでに触れたとおり，その年の夏にコールリッジはワーズワスと初めて出会っていた．

(4) 蜜月時代とスパイ騒動

このような経過を経て出会った二人の詩人は，ワーズワスの妹のドロシーも含めて次第に交わりを深めてゆく．1793年のジャコバン派独裁以降フランス革命の恐怖政治化を見て，コールリッジはブリストル近辺で急進的思想を鼓吹する演説活動をしていたのをいったんやめ，1796年暮れに足許を見詰め直そうと，サマセットシャーの村ネザー・ストウィに移り住んだ．それを受け，翌年夏，その近くに住みたいという理由から，ワーズワス兄妹が3マイル離れたアルフォクスデンに引っ越してくると，完全な蜜月に入った．ちなみに，コールリッジが住んだ2階建てのコテッジは後に手が加えられたが，現在ナショナル・トラストの管理下にあり，一般公開されている．ワーズワスの住んだアルフォクスデン・ハウスは，9寝室だったのが12寝室に拡張され，現在ではアルフォクスデン・パーク・ホテルとして開業している．

ネザー・ストウィのコテッジ．コールリッジが1796年暮れから1798年夏まで住み，詩の代表作のほとんどを執筆した．

　ドロシーを含む三人は，毎日のように近くのクウォントック丘陵地帯を散策しては詩を作り，朗読するという天国のような日々を送った．革命による自由平等社会実現の夢破れた二人にとって，ここでの生活は小規模ながら実現された代償的な理想の共同体だったのかもしれない．しかし，いい年をした若者たちが毎日野山をぶらぶらしている姿は，周囲の目には異様と映ったに違いない．コールリッジが急進的思想の持ち主として名を馳せていた上に，大逆罪で告発された危険人物の訪問を受けていたことも手伝って，何かよからぬことを謀議しているのではないかと疑われ，政府の放ったスパイに付きまとわれることになった．この事件について，コールリッジは約20年後『文学的自叙伝』(バイオグラフィア・リテラリア)のなかで，次のような怪しげな逸話を面白おかしく記録している．ある日，スピノザの哲学について話していると，そのスパイがたまたま鼻が大きかったために，スピノザを「スパイと鼻(ノーズ)」のように聞き違え，自分のことを暗号で呼んでいるに違いないと誤解したというのである．だが，このスパイによる報告が公文書として残っており，当時は笑い事では済まされなかったと思われる．

(5)　冷たく迎えられる『抒情的歌謡集』(リリカル・バラッズ)

　傍目(はため)にはともかく，この蜜月時代は二人の詩人の想像力を刺激し，この時期に多くの詩が生み出された．コールリッジの詩の代表作のほとんどすべては，この時期に属するといっても過言ではない．ワーズワスもすでに詩集を出版していたが（p.165参照），ロマン主義詩人として新境地を開くのはこれ以降である．1798年9月，二人の蜜月時代の成果を集めた『抒情的歌謡

第5章 ロマン派時代の文化と文学

集』が匿名で出版される．その巻頭をコールリッジの最高傑作『老水夫の詩』が，掉尾をワーズワスの「ティンターン修道院」が飾っていた．

ロマン主義の曙と見なされるこの共著詩集は，決まり事を重視する18世紀の新古典主義的な作詩態度に反旗を翻し，良い詩とは「力強い感情の自発的な迸り」であるという新しい原則に立っていた．そうした感情を表現するのに特別に凝った言葉遣いは不要で，一般大衆が日常的に使用する言語を用いるべきだとする，詩的言語の180度転換を提唱する先鋭的な詩集だった．言葉だけでなく詩の題材についても，以前ならば考えられなかった地方の普通の人々，時には下層階級の人々に目を向けることを主張した．その結果，たとえば，兄弟姉妹のうち二人が死んで五人しか残っていないのに，あくまで「私たちは七人」と言い張る少女を登場させ，それまで大人の未熟段階としか見なされていなかった子供の汚れなき眼差しを称えることが可能になった．

このように，言語と主題の両面で伝統から大きく逸脱する要素を含んでいたために，この詩集は出版当初批評家たちに揶揄をもって冷たくあしらわれ，世間に広く受け入れられるには長い年月を要した．おそらく当時の保守的な批評界が冷笑し反発した一因には，そうした詩的言語および主題の大衆化の底に，フランス革命の平等精神と相通ずるものを嗅ぎ取っていたという事情もあるに違いない．現実の革命が恐怖政治化して理想から逸脱していった後，想像力によって理想の世界を描き，あるいは理想から遠い現実を批判して，人々の精神を啓発しようという思いが，この詩集になかったとは言えないからである．

もう一つこの詩集の大きな特徴として，自然に寄せる深い思いがある．18世紀以前にも風景を描く詩は存在したが，それはあくまでも外面的存在としての自然であったのに対し，ここに描かれているのは，人間の精神と強く結び付き，治癒力を内包した恵み深い自然であった．「ティンターン修道院」によれば，幼児は自然と一体化しているために，内と外の区別がつかない状態にある．やがて幼児は自然から分化するが，青年期までは自然に対して時に陶酔を引き起こす「痛いほどの喜び」を感じ，成人するとそうした激しい自然との結びつきは薄れてゆく．しかし，その代わりに「人間性の奏でる悲しい音楽」を聴くことによって思慮深さを得て，その喪失は償われる．その結果，「自然を愛する者の心を／自然が裏切ったことは一度もなかった

とわかる」のである．

(6) コールリッジの超自然詩

　ワーズワスがそうした自然と人間との関わりを中心にしたとすれば，コールリッジは超自然的な主題を扱うという役割分担があった．『老水夫の詩』は，かつて悪夢のような航海をした老水夫が，その物語を婚礼の客に無理やり語り聞かせるという形で始まる．水夫が理由もなく阿呆鳥を射殺したために，船に様々な災難が降りかかり，犯人の自分以外の船員が死んで，船は動かなくなり，飲み水も無くなった絶体絶命の状況（「至るところ水また水，／だが飲むべき水一滴とてなし」）に陥る．その時突然，水夫は腐った海にとぐろなす凶凶しい海蛇を，美しいものとして讃美する．

　　ああ，幸せなる生き物たちよ！　誰の舌にもせよ
　　その美しさ尽くすあたわざらん．
　　愛の泉わが心より迸り出で，
　　われ知らず蛇どもを祝福せり．
　　げに，わが優しき聖者われを憐れみ給いしなるか，
　　われ知らず蛇どもを祝福せり．

ここに『抒情的歌謡集』が詩の理想として掲げる「力強い感情の自発的な迸り」の実例が見られる．この力強い自発的な祝福の言葉は，鳥の命を軽んじた罪の償いを部分的にせよ果たしたようで，水夫は窮地から解放され故国へ帰還する．しかし，喜びも束の間，水夫はその後も「夜のごとく地から地へと」放浪して，自分の犯した罪の物語を語り続けなければならない．その水夫が最後に聞き手に語る教訓には，当時二人の詩人が信じていた博愛主義的な世界観が反映されている．

　　最もよく祈る者は最もよく愛する者なり，
　　大いなるも小さきも万物を．
　　とは，われらを愛し給う愛しき神
　　全てを作り給い全てを愛し給うゆえ．

　これが，コールリッジの生まれた町の教会の壁の浮き彫り銘板に刻まれている一節である（p.166参照）．

(7) ドイツ滞在と多産なダヴ・コテッジ時代

『抒情的歌謡集』が出版された時，ワーズワスとコールリッジはドロシーとともにドイツへ渡っていた．途中，ワーズワス兄妹は，コールリッジと別れて，二人きりで周囲からは訳ありの愛人関係ではないかと疑われつつ，ゴスラーでの長く孤独な冬を過ごした．その間にワーズワスは，『抒情的歌謡集』第2版に収められる不思議な「ルーシー詩群」を書いたほか，代表作『序曲』に取りかかるなど，文学的には実り多い冬だった．1799年5月に帰国，その年の暮れに生まれ故郷の湖水地方グラスミアにあるコテッジに落ち着いた．ここは，手狭になって同じ町の別の家へ移る1808年までの住まいとなり，詩人として最も多産な時期を迎えたワーズワスが，『序曲』を執筆した記念すべき場所である．その後，ここはダヴ・コテッジと呼ばれるようになり，現在は記念館として公開され，当時の質素な生活ぶりを偲ばせている．夏の間このコテジは，湖水地方詣での中心の観をなして観光客で賑わう．すぐ近くにはワーズワス博物館があって，ロマン主義詩人たちにちなんだ様々な展示物がある．一例を挙げれば，当時流行った楽器で，コールリッジの詩の題材となったことでも知られる風琴（イオリアン・ハープ）が置いてあり，風にかき鳴らされる弦の音色をイヤホンで聴けるような工夫がされている．

このコテジからワーズワス一家が移住した後は，ワーズワスとコールリッジを慕う若者トマス・ド・クインシーがその跡を継いで長く住むことになる．1807年に初めてここを訪ねた時，22歳のド・クインシーは，ワーズワスが自作の有名な句「質素なる暮らし，気高き思い」を実践していることに

ダヴ・コテッジ．ワーズワスが1799年から1808年まで住み『序曲』などの代表作を執筆した．

深い感銘を受けている．この若き崇拝者は，それから約30年後，湖水地方における詩人たちとの交遊を雑誌に連載した．だが，その時点では詩人たちへの崇拝の気持ちが冷めていたこともあって，誹謗中傷の類いを書き付けて物議を醸すことになる．それはド・クインシー著『湖水地方と湖畔詩人の思い出』に詳しい．

(8) 天賦の才能の衰え——コールリッジの「失意」

　ドイツでの観念論哲学と文学の勉強に興が乗って滞在が延び，帰国が遅れたコールリッジは，ワーズワスの近くに住むため，1800年にグラスミアから13マイル北にあるケズィックのグレタ・ホールに家族を連れてゆく．だが，行きがかり上結婚してしまった妻とはそもそも相性がよくなかった上に，ワーズワスの妻となる女性の妹セアラ・ハッチンソンに宿命的な恋をして，ド・クインシーから後に，妻の名も，妻との間に生まれた娘の名もセアラで，コールリッジには三人のセアラがいると揶揄される原因を作った．恋の相手セアラが，姉を頼ってワーズワス家に同居していたという事情もあり，コールリッジは自宅よりもワーズワス家に起居することが多く，寄宿人のような有り様になった．南部生まれでリューマチ持ちのコールリッジには，湖水地方の厳しい気候が合わず，鎮痛剤としてアヘンを常用するというおまけまで付いた．

　一方，ワーズワスは1802年に遅れ馳せながら結婚をする．10年前娘まで設けながら，戦争のためフランスに残してきた恋の相手アネット・ヴァロンのことはいまだに気にかけており，結婚前に妹ドロシーを伴って，アミアンの和約による休戦期間を利用して渡仏し，アネットと娘に会うという誠意を見せている．同じ頃コールリッジは，すでに詩人としての才能が枯渇したのを感じて，「失意のオード」を書いた．そのなかで，「外界の形から情熱と生命を得ることを／求めてはならないのだ，その泉は内側にある故に．／……われわれは自分で与えるもののみ受け取る．／そして，われらの生命のうちにのみ自然は存する」と断じ，「持って生まれた天賦の才能は衰えてゆく」と嘆いている．まもなく，コールリッジは，詩から哲学や批評へと活動の中心を移してゆく．妻との関係はますますうまくゆかなくなり，健康状態が悪化したこともあって，1804年から2年にわたり，単身地中海のマルタ島へ転地療養に出かけた．

(9) ワーズワスの精神の叙事詩『序曲』

　コールリッジのマルタ島滞在中の1805年，ワーズワスは自分の精神の成長を辿った長篇詩『序曲』を完成させた．これは，ミルトンの『失楽園』以降で最大の13巻からなる叙事詩である．そのなかで詩人は，幼年時代から大学を経てフランスに滞在し，革命に幻滅しながらそこから立ち直るという自分の半生を振り返り，最初は自然愛に導かれ，後にはそれに人類愛が加わって，いかに想像力が形成されてきたかを考察している．最初の計画では，これだけでも十分長大な詩を「序曲」として，後に本篇たる一大哲学詩『隠者』が続くはずだったが，結局この壮大な企図は果たされずに終わった．

　この長詩の結び近くを読むと，革命に裏切られた後，ワーズワスが（そしてコールリッジも）何を拠り所に詩を書いていたかがよくわかる．

　　自然の預言者として，われわれは人々に向けて語るのだ，
　　永続的な霊感を，理性と真理とによって
　　浄化された霊感を．われわれが愛したものを
　　やがてはほかの人々も愛し，われわれがその方法を教え，
　　伝えられるかもしれない，人間の精神がいかにして
　　大地よりも一千倍も美しくなるのかを，
　　人間が住む大地よりも．

「われわれ」と複数形で言っているのは，この詩が一貫して盟友コールリッジ（と時には妹ドロシー）への呼びかけになっているからである．ここには，現実の革命が新しい理想の世を作れないなら，その代わりに精神の革命によって間接的に理想を実現しようという，ロマン主義者らしい心意気がうかがえる．

　しかし，この詩の本当の魅力は，こうした預言者として大衆を導くという鼻につきかねない公式的な見解よりもむしろ，幼年時代に自然のなかで生じた不思議な体験を語るところにある．とりわけ，第1巻にあるいくつかの場面は印象的である．岩場の鳥の巣を取ろうとして，崖っ縁に一人宙ぶらりんになって風を感じ，この世のものとは思えない空の様子と雲の動きを見た時の驚き．夜，羊飼いのボートを盗んで漕ぎ出すと，突然山が盗みを咎めるかのようにぬっと現れて，逃げても逃げても追ってきて，後々まで夢に現れて悩まされた怖さ．夕暮れ時，スケートをしながら仲間から離れて一人くるく

る滑っているのを突然止めても，周囲の景色は回転し続けて，それが地球の自転そのもののように感じられた壮大なる錯覚．いずれも，英文学史上でも空前絶後の迫力と神秘とを備えた忘れ難い場面となっている．

ワーズワスにとっては，そうした幼年時代でなければ味わうことのできない親密な自然との交流の記憶こそが，詩を書く源であった．そして，その記憶が生々しい体験として記憶されている間は，詩人として書き続けることができた．しかし，1807年に2巻本の詩集を出版し詩人としての絶頂を迎えた後は，そうした根源的な体験の記憶が年齢とともに急速に風化して，詩の源泉は枯渇してしまった．思想的にも若い頃の革命への傾倒が嘘のように保守化し，バイロンばかりでなく，シェリーからも「もう存在するのをやめたほうがいい」となじられ，キーツには「自己中心的な崇高さ」と揶揄されることになった．

（10） ハイゲイトの賢人——コールリッジの晩年

マルタ島から帰ったコールリッジは，転地療養どころかさらにアヘンへの依存を強め，その姿はドロシーを嘆かせるほど変わり果てていた．妻の家へは戻らずにワーズワス家に居候を続け，次第にワーズワス一家にとってさえ厄介者となった．二人の共通の友人がその事実をふとコールリッジに漏らしたことから，1810年にワーズワスと喧嘩別れして，2年後に和解するものの，もはや以前の状態に戻ることはなかった．コールリッジはこれ以後，妻子を義弟であるサウジーに預けて湖水地方に残したままロンドンへ向かい，友人や支持者の間を転々とする．ようやく1816年になって，ロンドン北郊にあるハイゲイトの外科医宅に寄宿者として居を定め，以後死ぬまでそこに暮らし，寄宿舎での少年期と同じように孤独な晩年を過ごした．

マルタから帰還後約10年の暗黒時代を経て，1816年にコールリッジは20年近く前に書いた二つの詩を出版した．その一つで，中世の城のお姫様が魔物の化身らしい美女に魅入られるという，ゴシック仕立ての長篇『クリスタベル』は，読者の想像力を大いに掻き立てながら惜しくも未完に終わっていた．もう一つは，アヘンを服用して眠りに落ちた時に見た夢を書きとめた「忽必烈汗」で，元朝皇帝フビライ汗の作った歓楽宮と，自分が夢に見たアビシニアの少女の奏でる楽の音とを結び付けた，意味と無意味の境界に立つ作品である．これら旧作を出版したものの，もはや新たな傑作詩を書くこと

はなく，保守派の論客として散文作品に活路を見いだしていった．

　1817年，コールリッジは散文としての代表作となる『文学的自叙伝(バイオグラフィア・リテラリア)』を出版した．これは，本来，自作詩集の序文として書き始めながら，執筆途中で構想が広がってというよりは，むしろ構成が行き届かなくなって2巻本に膨張したものだった．内容はごった煮の様相を呈し，ドイツ観念論哲学，想像力と空想の相違に基づくロマン主義詩論，ワーズワスの詩についての批評などに滑稽な語り口の自伝を交えていた．だが，そうした構成の不統一にもかかわらず，この書は，間欠的に現れる数々の鋭い洞察によって，ロマン主義文学批評の原点として高く評価されている．

　コールリッジ後期の著作は，とりわけ知識人階級に深い影響を残した．ヴィクトリア朝時代を代表する思想家ジョン・ステュアート・ミルから，コールリッジは功利主義哲学者ジェレミー・ベンサムとともに「当代イギリスの胚芽的精神の双璧」であると，最大級の讃辞を捧げられている．詩から散文に足場を移すことが，年齢に伴う詩的感受性の枯渇の問題に対して，コールリッジが出した解答であった．

　こうして「ハイゲイトの賢人」となったコールリッジを慕ってこのハイゲイトの寄宿を訪ねる者が絶えず，遠くアメリカからもラルフ・ウォルドー・エマソンなどの文学者が表敬訪問に訪れた．この近くの小道で散歩中のコールリッジに，若き詩人ジョン・キーツは1818年に偶然出会って，1時間ほどの間に千もの話題について話すのを聞いたと，うれしそうに手紙に書いている．現在もこの家は残り，壁面にコールリッジが晩年を過ごしたことを印す銘版が埋め込まれている．

(11)　桂冠詩人(ポエト・ローリエト)ワーズワス

　ワーズワスは，1813年思い出の詰まったグラスミアを去って，隣村のライダル・マウントへ移住，ここが終(つい)の住み処となる．この家は，現在やはり記念館として公開されており，グラスミアからアンブルサイドへ向かう道の左手のかなり急な坂の途中にある．移転したこの年，ウェストモアランド地方の印紙販売業総元締という公職に就いた．かなりの収入を伴うとはいえ名誉職にすぎないこの収税吏の職が，ワーズワスが生涯に就いた唯一の職であった．しかし，25歳の時友人が残してくれた遺産を皮切りに，父の貸金の返済，妻の親戚の遺産などが，家族が増えてまさに必要という時に次々と転

ライダル・マウント．ワーズワスが1813年から1850年に没するまで長く住んだ．

がり込んできて，ワーズワスは経済的に何不自由なく詩人としての生涯を全うできた．この幸運を，借金取りから逃げながら売文稼業を続けざるをえなかったド・クインシーは，はしたないほどに羨んだ．

　1828年夏，ワーズワスは娘のドーラを伴い，コールリッジとともにベルギー，ドイツ，オランダを訪問し旧交を暖めた．すでに二人の喧嘩も20年近く昔の思い出になっていた．1830年代には，妹ドロシーがアルツハイマー病で寝たきりになった．人目を憚（はばか）ってドロシーが起居していた部屋を，ライダル・マウントの2階に見ることができる．1834年にはコールリッジが没する．1843年ワーズワスは73歳にして桂冠詩人となったが，桂冠詩人としての仕事をほとんど果たすこともないまま1850年に没し，その死後すぐに『序曲』が出版された．これは1805年に完成してから，約半世紀の間に次第に保守化する思想に歩調を合わせて改訂を重ねたため，フランス革命への共感は弱められ，アネットとの経緯を間接的に述べた伝承物語は削除され，大きく姿を変えていた．もとの1805年版は1926年になるまで陽の目を見ることはなかった．

(12)　ロマン主義と「老い」

　ブレイクは同時代にはほぼ無視されていたため，ワーズワスとコールリッジの共著『抒情的歌謡集』がイギリスロマン主義文学の最初の公式の宣言となった．だが，すでに述べたとおり，18世紀の新古典主義に代わる新しい

詩作方法というだけでなく，おそらくはフランス革命の平等の理想と相通ずる政治的な新しさをこの詩集が秘めていたせいもあって，二人の詩が受け入れられるには長い時間を要した．

ド・クインシーによれば，「1820年までは，ワーズワスの名は足で踏みつけにされていた，1820年から1830年まではその名は戦闘に従事していた，1830年から1835年までその名は勝利に酔って」いたということである．しかしながら，皮肉にも，待ち焦がれた勝利の時，ワーズワスはとうの昔に詩人としての最盛期を過ぎ，若い頃の詩に改訂を加えては急進的な思想の面影を少しでも薄くするという作業に従事していた．ロマン主義詩人の老いの問題を身をもって生きていたのである．

ワーズワスやコールリッジの新しさが広く受け入れられるには，フランス革命の熱い風が冷めるのに伴って，詩人たち自身の熱い思いも冷めるだけの年月が必要だったのかもしれない．

3. 若くして異郷に命を散らすロマン派第二世代の詩人たち

夭折とコズモポリタニズム　これまでに触れてきた三人のロマン主義詩人たちは，ブレイクが69歳，病気の巣窟のようなコールリッジさえも61歳まで生き，ワーズワスに至っては80歳の長寿を全うしている．詩人は長生きをすると，どうしても老化と感受性の衰えというロマン主義文学にとって宿命的な問題に直面せざるを得ない．ワーズワスが出した答えは，感受性の喪失を深い思考の獲得によって補うというものだった．だが，人間としてはそれが補償となり得ても，詩人としてはそれが優れた詩を書き続ける保証とはならなかった．それは，1805年35歳以降の急激な詩的才能の枯渇が証明しているとおりである．

これから述べる三人の第二世代のロマン主義詩人たちは，最も長命のバイロン36歳，シェリー29歳，キーツに至ってはわずか25歳で人生を終えている．夭折は惜しいが，老いの問題に直面せずにロマン主義の純粋性を貫き通せた点では幸せであった．しかも，この三人には，出国の事情は異なっても，終焉の地がいずれも外国，しかも南欧という共通点もある．第一世代の臨終の地はいずれもイングランドであったのとは対照的である．こうした二つの共通点が，若々しいコズモポリタンとしての第二世代像を作り出し，第

一世代との対照を生み出していることは間違いない．

とはいえ，既成の体制への反逆精神，遠いもの昔のもの限りなきものへの憧れ，美への執着など，両世代が共有している要素も少なくない．そうした先行世代との共通性と差異とを念頭に置きつつ，三人の生涯と代表作に触れてゆきたい．

〈バイロン卿ジョージ・ゴードン〉
(1) 爵位継承と東方旅行

　　ジョージ・ゴードン・バイロン（George Gordon, Lord Byron）は，バイロン男爵家に連なる貴族で「気違いジョン」の異名を取る女たらしの浪費家を父として，1788年ロンドンに生まれた．富裕なスコットランド貴族の娘である母キャサリン・ゴードンは，ジョン・バイロンの二度目の結婚相手だった．父はその前に侯爵夫人と駆け落ち結婚してすぐに娘を設けたものの，すぐに夫人を亡くしていた．かくして妻という金蔓を失った父にとって，二度目の結婚は純粋に金銭目当てのものであり，贅沢をして後妻の財産たちまち食い潰し，土地を売り払っても追いつかなかった．借金取りに追い回されることになった二人はいったんフランスに逃げ延び，その後，妻一人がロンドンに帰ってお産の床に就いた．そうして生まれたのがバイロンだった．産後まもなく母は息子を連れて，近親者を頼りにできるスコットランドのアバディーンに移り，父も合流した．しかし夫婦喧嘩が絶えず，やがて父は一人でフランスへ出奔し，バイロンが3歳の時に貧窮のうちに自殺してしまった．

　金銭的な困窮のなか，気性が激しく何事にも極端な母と二人で，バイロンは10歳までアバディーンで過ごした．この当時，8歳の頃に早くもいとこの女性に熱を上げ，父親譲りの女好きの片鱗を見せている．ところが，1798年大伯父の第5代バイロン男爵が亡くなり，継承順位上位の親戚もすでに絶えていたため，ジョージ・ゴードンは第6代バイロン男爵となり，アバディーンを去って，男爵家代々の領地ノッティンガムシャーのニューステッド・アビーに移ることになった．そうして，1801年，貴族の子弟が多く通うロンドン北西部の名門パブリック・スクール，ハロウ校に入学し，やがて1805年にケンブリッジ大学トリニティ・コレッジへ進んだ．だが，勉学には身が入らず，馬術，水泳などのスポーツと放蕩に耽った．スポーツへの

執着は,生まれながらに右足が不自由だった身体の障害(club foot)を跳ね返そうとする意志の表れだったとも言われる.学ぶ熱意も在籍期間も足りなかったが,バイロンは大学当局に無理やり頼み込んで修士の学位を得て,1808年に大学を卒業した.

1807年ケンブリッジ在学中に抒情詩集を出版していたが,『エディンバラ評論』誌に酷評され,その仕返しに18世紀新古典主義詩人の代表アレグザンダー・ポープに範を取って,英

バイロン卿ジョージ・ゴードン

雄詩体二行連句を用いた諷刺詩『イングランドの詩人とスコットランドの批評家』を1809年に出版した.その中で,バイロンは自分を批判したスコットランドの批評家たちだけでなく,ウォルター・スコット,ワーズワス,コールリッジなど先輩詩人をも揶揄した.この年,成年に達して貴族院に議席を持ち,ホイッグ党に加わる.その夏,大学時代の友人とともに2年に及ぶ東方旅行に出かけ,ポルトガル,スペイン,マルタ,アルバニア,ギリシア,小アジアをめぐる.ギリシアでバイロンは,後に臨終の地となるミソロンギに立ち寄っている.また,小アジアでは,ヘレスポント(今のダーダネルス)海峡を泳ぎ渡り,それを詩に書いて生涯の自慢とした.

「セストスからアビュドスへ泳いだ後に書き付けた詩」のなかで,バイロンは,海峡横断の成功を古代ギリシアの伝説的主人公レアンドロスの物語と対比させている.レアンドロスは対岸に住む恋人ヘーローに会うため夜な夜なヘレスポント海峡を渡っていたが,ある夜,導きの燈火が風に消されて溺死してしまう.それを踏まえてバイロンは次のように書く.

> 向こう[レアンドロス]は骨折り損の草臥れ儲け,こっちはいつもの冗談も出なくなった.
> というのも,あっちは溺れ死んで,こっちは悪寒に見舞われちまってね.

このように,本来自分の偉業を称えるはずの詩が皮肉に溢れた口調になっているのは,この詩人がロマン派でありながら,資質的には諷刺に向いた古典主義的な傾向を備えていたことの顕著な表れである.

(2) 「目覚めれば有名人」と相次ぐスキャンダル

　1811年に東方旅行から帰国するとまもなく，バイロンは母を亡くした．翌1812年，貴族院で処女演説を行って，ノッティンガムシャーで機械を破壊した職工たちへの極刑求刑の不当性を熱弁したほか，カトリック教徒解放の大義にも賛同し，進歩的な政治姿勢を明らかにした．同年，東方旅行を題材とした叙事詩『チャイルド・ハロルドの巡礼』第1篇，第2篇を出版すると熱狂的に迎えられ，バイロンは一夜にして文壇と社交界の寵児になった．その折の「私はある朝目覚めると有名になっていた」という言葉は，英文学史上に名高い．

　『チャイルド・ハロルドの巡礼』は架空の巡礼者，貴族の御曹司(チャイルド)ハロルドによる外国旅行見聞録であるが，第3篇（1816）を経て，第4篇（1818）に至ると，巡礼者の仮面は脱ぎ捨てられて詩人自身が語り出すことからもわかるとおり，主人公にはバイロン自身の姿が色濃く投影されている．罪と歓楽の生活に倦み疲れ，憂鬱を抱えた反抗的なはぐれ者という，いわゆる「バイロン的主人公」の原型がこの作品においてできあがったのである．以後，それは，物語詩『海賊』，その続篇『ラーラ』，劇詩『マンフレッド』へと引き継がれてゆく．

　脚は不自由だったものの，若いアポロのような美貌を誇ったバイロンは，社交界の女性たちにちやほやされて，相次ぐ色恋沙汰を引き起こした．まずは，派手好きで奇矯な貴族夫人レディ・キャロライン・ラムと愛人関係を結んだ．次いで，それとは対照的にうぶでお堅く数学を愛するアナベラ・ミルバンクに求婚したが断られると，また別の貴族夫人と不倫関係になった．そのあいだも，バイロンを諦め切れないキャロライン・ラムはしつこく付きまとい，やがて逆上してバイロンの眼前で刃傷沙汰に及んだ．それでも懲りないバイロンは，異母姉ですでに人妻のオーガスタ・リーとも関係を持って娘を設けた．この泥沼状況から抜け出すために，再びアナベラ・ミルバンクに求婚し，今度は受け入れられて1815年に結婚した．しかし，オーガスタがピカディリーにあるバイロンの新婚家庭に同居する異常事態が続いた上，家賃も払えず，差し押さえの役人たちが自宅にたむろする経済的苦境に新妻は耐え切れず，ついに1816年初め，生まれたばかりの娘を連れて家出してしまった．こうした醜聞に借金苦も加わって，イギリスに居づらくなったバイロンは，その年4月亡命さながらに大陸へ渡り，以後死ぬまで故国へ帰

第5章　ロマン派時代の文化と文学　　　　　　　　　　　　181

ることはなかった．

(3) 大陸放浪と創作意欲

　大陸へ渡ったバイロンは，前年にナポレオンとの決戦が行われたばかりのワーテルローの戦場見物をした後，スイスのジュネーヴに到着した．そこで，旅行中の詩人 P. B. シェリー，メアリ・ゴドウィン（後のシェリー夫人），その義理の妹クレア・クレアモント（メアリの父ゴドウィンの後妻の連れ子）と合流した．バイロンとクレアはイギリスにいるうちから関係を持ち，すでにクレアは子種を宿していた．この夏にレマン湖畔にバイロンが借りたディオダーティ山荘で，時間潰しのために皆でした怪談話から途方もない副産物が生まれたのは，文学史上名高い逸話となっている．この時の怪談をもとにして，メアリ・シェリーは2年後の1818年に，ゴシック小説の傑作『フランケンシュタイン』を出版するのである．

　バイロンはその冬ヴェネチアへ移り，1817年初めにはクレアとの間に娘アレグラが生まれた．ヴェネチアではそれまで以上の放蕩生活を送り，200人以上の女性と関係を持ったとバイロン本人が算定している．祖国を離れていたとはいえ，バイロンは1811年から20年までの「摂政時代」の緩みきった風紀を象徴するような生活を送っていたのである．しかし，この時期はまた文学的にも多産だった．1817年には，劇詩『マンフレッド』を出版した．主人公マンフレッドは「バイロン的主人公」の典型で，近親相姦の罪に悩みつつ，忘却や死を求めても得られず，悔い改めを拒否して悪魔たちにあの世へ連れ去られてしまう．1818年には皮肉な口語調の物語詩『ベッポ』を，そして，翌年さらにその調子を受け継いだ『ドン・ジュアン』第1篇，第2篇を出版した．

(4) 新たな恋とイタリア解放運動

　1819年，バイロンは，愛情生活でも新たな局面を迎えていた．ヴェネチアのサロンで知り合ったラヴェンナのテレサ・グィッチョーリ伯爵夫人と熱烈な恋に落ちたのである．テレサはまだ10代末で，40歳も年上の金持ち伯爵と結婚したばかりだった．ラヴェンナへ移ったバイロンは，夫との別れを決意したテレサとのあいだに珍しく安定した関係を築き，それは，バイロンがギリシアへ発つまでの数年に渡って続いた．

この恋愛はまた，政治的大義への傾倒という副産物をバイロンにもたらした．テレサの父ガンバ伯爵と弟ピエトロがともに愛国的自由主義者で，オーストリアの支配下にある北イタリア解放を目指す秘密結社カルボナリ党の中心的な活動家だった．このため，テレサを通じて二人からの影響を受けたバイロンは，イタリア解放運動の支援に熱を上げたのである．しかし，1821年，蜂起を目論むカルボナリ党に対して，オーストリア軍がイタリアへ侵攻して叛乱を未然に鎮圧し，党は壊滅状態になった．かくて謀反人となったガンバ親子は，ラヴェンナを追放され，ピサへ亡命した．これに伴ってバイロンもピサへ移り，そこで再びシェリーと合流する．

(5) 長篇諷刺詩『ドン・ジュアン』

　1822年春，バイロンは北イタリアの修道院にいた娘アレグラを熱病のために失う．続いて，その夏，シェリーがヨットで遭難して溺れ死に，バイロンはその水死体を焼くのに立ち会った．秋にはテレサを含むガンバ家とともにジェノアに移り，この頃から『ドン・ジュアン』の続篇に力を傾注する．シェリーが生前絶賛していたこの作品は，1823年までに14篇が次々に出版されたが，著者の死により16篇までで未完に終わった．

　この詩の主人公ドン・ジュアンは，伝説的な色男ドン・ファンをモデルとする16歳の若者である．ジュアンは，色恋沙汰でスペインを追放され，ギリシアで海賊の娘と恋に落ちる．ところが，その海賊によって今度はトルコの女スルタンに売り飛ばされる．さらに，そこからロシアへ行きエカテリナ二世の寵愛を得て，イギリスへ使者として送られる．筋立てからすれば，この作品は青年主人公の波瀾万丈の生き方を描く叙事詩だが，真の目的は当時の社会，とりわけ自分を追放したイギリス社会を徹底的に諷刺することにあった．

　総じて誠実に語ることに重きを置いたロマン主義詩人のなかにあって，バイロンは古典主義詩人ポープを評価し，機知や皮肉に長けており，異質な存在だった．そうした詩人の特質が余すところなく発揮されて，『ドン・ジュアン』は，この時代には類い稀な長篇諷刺詩となっている．諷刺の対象にはワーズワスやコールリッジなどの先輩ロマン主義詩人，軍人政治家ウェリントン公爵などが含まれていた．真面目なことを語っているかと思うとたちまち冷笑に取って代わる語り口や大胆な性愛描写のために，この作品は最初批

第5章　ロマン派時代の文化と文学　　　　　　　　　　　　　183

評家から強い反発を買ったが，次第に読者の人気を博していった．ゲーテの
賞讃を得て，一部がゲーテ本人によってドイツ語に訳されてもいる．

(6)　ギリシア独立運動への献身と埋葬拒否

　そうしてバイロンは旺盛な創作意欲を見せていた．だがその一方で，カル
ボナリ党の崩壊によりイタリア解放の夢破れた後，オスマン・トルコに15
世紀以来併合されていたギリシアが1822年に独立宣言したのを知って，翌
年夏頃には，いま大事なのは詩よりも行動であると感じるようになった．バ
イロンはその思いを実行に移し，死の予感を懐きつつテレサの弟を伴ってギ
リシアへ向かい，1824年1月にミソロンギへ到着した．同月22日，36回目
の誕生日を記念して作った詩「この日われ齢三十六に達す」には，死を覚悟
して独立支援に臨もうとするバイロンの心意気が表れている．

　　お前が過ぎ去った青春を悲しむのなら，なぜ生き永らえるのか．
　　名誉ある死に相応しい土地が
　　ここにある．──戦場へ赴いて，
　　　　　　命を差し出すのだ！

　　求めよ──求めずして見いだす者が多いとはいえ──
　　兵士の墓を，お前にとって最善の．

　すでにギリシアへ向かう時に感じていた虫の知らせどおり，バイロンはこ
の地で命を落とす．だが，残念ながら，この詩に描かれているほど華々しく
英雄的に散ることはできなかった．軍務経験がないにもかかわらず，バイロ
ンは私財を投じてギリシア人義勇兵団を組織したが，武器も満足になく，兵
たちは反抗的でまとまりに欠け，レパントのトルコ軍要塞を攻撃するという
所期の目的を果たせないまま，いたずらに時間ばかりが過ぎていった．バイ
ロンは，こうしたままならぬ状況に苛立ち，疲労を蓄積させた上に，湿地で
雨の多いミソロンギの気候風土にもたたられて，熱病の発作に襲われ，4月
にあっけなく病没してしまったのである．

　しかし，この死は一見すると犬死にとしか思えないものの，ギリシア全土
で直ちに追悼の儀式が開かれ，独立へ向けて結束の気運を生み出したばかり
でなく，全ヨーロッパからギリシア独立支援を取り付けるきっかけともなっ

た．こうして，1829年の独立達成へ向けて間接的に大きな役割を果たしたバイロンは，ギリシアでは現在も独立の英雄と仰がれている．一方，故国イギリスでは生前の不品行から，ウェストミンスター寺院への埋葬を拒否されるという対照的な扱いを受けた．

(7) 死後の人気暴落と現在の評価

　そうした道徳面での批判にもかかわらず，生前から本国において，バイロンの作品はロマン主義詩人のなかでは群を抜いて人気があり，国内だけでなく全ヨーロッパに大きな影響を与えた．異国情緒に富んだ物語詩が読者たちの血潮を掻き立てたのは疑いないが，それ以上に主人公に色濃く投影された詩人自身の姿，ギリシア独立運動への献身と死という生き方が大きな共感を呼んだのである．バイロンの自己イメージ作りとその利用の仕方は巧みで創意に富み，それ自体が創造的芸術の一面であったと指摘する批評家もいる．

　しかし，時代が下るにつれ，ロマン主義が一つの文学潮流として捉えられ始めると，他の詩人たちとの際立った違い，皮肉な諷刺的資質にばかり注目が集まってロマン派中異端の扱いを受け，20世紀には詩人としての評価は加速度的に下がっていった．ところが，近年そうした要素を積極的に評価して，優れた諷刺詩人として捉え直す流れが起こり，『ドン・ジュアン』を傑作として高く評価する声も小さくない．

　生き方において最もロマン派的，詩作の態度において最も非ロマン主義的という不思議な分裂を生きた詩人，それがバイロンであった．

〈パーシー・ビッシュ・シェリー〉

(1) 名門の反逆児

　パーシー・ビッシュ・シェリー（Percy Bysshe Shelley）は，1792年サセックス州で国会議員を父とする富裕な旧家に生まれた．幼少から華奢で，態度は奇矯，スポーツを大の苦手とし，屈強な少年たちから容赦なく苛（いじ）められて，不正と圧制に対する反発心を培った．学校生活は地獄だった．1804年から10年まで学んだ名門パブリック・スクール，イートン校では，厳格な校風

パーシー・ビッシュ・シェリー

に馴染まず，読書や科学的な実験に耽って友人とも交わらなかったため「気違いシェリー」のあだ名を付けられた．だが，すでにイートン校卒業の頃に，ゴシック小説や詩集を自家出版する早熟ぶりを示した．

　1810年，シェリーはオックスフォード大学ユニヴァーシティ・コレッジに入学した．ところが，こともあろうに，イギリス国教会の牙城の一つであるこの大学で『無神論の必然性』なるパンフレットを配って，入学後わずか半年で放校処分となってしまう．そのため，シェリーはロンドンへ出て，そこで妹の友人で当時16歳のハリエット・ウェストブルックと知り合い，父親の迫害から救おうとして駆け落ちした．結婚という制度にシェリー本人は反対していたにもかかわらず，エディンバラでハリエットと結婚した．その後二人で各地を転々とし，1812年にはアイルランドで急進的政治活動に従事し，イングランドからの独立，カトリック教徒解放を主張するパンフレットを配付するが，効果なく終わった．

　この年の初めから，シェリーは，若い頃のワーズワスやコールリッジに大きな影響を与えた無政府主義的思想家ウィリアム・ゴドウィンと文通を始め，やがて顔を会わせることになった．ゴドウィンはイギリス最初のフェミニスト，メアリ・ウルストンクラフトが命と引きかえに残した子メアリの父親でもあった．イングランドやウェールズを放浪する生活を続けながら，シェリーにとって最初の重要な作品で預言的政治詩『妖精女王マブ』を1813年に自家出版した．その中でシェリーは，共和制が王制に取って代わる必然性と，その目的達成のため外部からの力による制度改革の必要性，自由恋愛などを主張し，1790年代の革命的精神の直接的な後継者として名乗りを上げた．この詩は後に労働運動の急進主義者たちに大きな影響を与え，1840年までに廉価版で14刷を重ねた．

(2) メアリとの駆け落ちと最初の妻の自殺

　シェリーは自由恋愛を主張するだけでなく実践に移した．一男一女を設けたものの妻ハリエットとの仲は冷却し，代わりにゴドウィンとウルストンクラフトの娘メアリを愛するようになって，1814年，当時まだ17歳のメアリと駆け落ちしたのである．二人は，メアリの義理の妹クレア・クレアモントを伴って大陸へ旅行し，秋に帰国した．やがて，シェリーとクレアの間にも男女の関係があるとの噂が立ち，世間は眉をひそめた．

1815年，シェリーの祖父サー・ビッシュ・シェリーが死んで遺産が入ったものの，そのほとんどはゴドウィンへの財政的援助などに消えてゆく．1816年初め，メアリとの間に長男ウィリアムが誕生，春に非政治的長篇詩『アラスター』を出版した．その中で，主人公の詩人は孤独の霊に突き動かされて，家庭の愛も人間的共感も顧みずに，自分の理想の愛の幻をアラビア，ペルシア，コーカサスの異郷に求めてさまよい，ついには思い叶わずひとり孤独に死んでゆく．極めてロマン派的なこの探求の物語は，到達不可能としか見えない理想に憧れ続けた詩人の一面をよく表している．こうした憧れを，シェリーは晩年の詩でも「星を求める蛾の願い，／朝を求める夜の願い，／われらの悲しみの星から捧げる／遠く隔たりたるものへの献身」と呼んで称え，終生失うことがなかった．

　その後すぐ，メアリ，クレアと再び大陸に旅行し，ジュネーヴでバイロンに初めて出会った．秋に帰国後シェリーは，急進的な週刊紙『エグザミナー』を発行する詩人で批評家のジェイムズ・ヘンリー・リー・ハントと親交を結んだ．摂政皇太子に対する誹謗中傷記事により，2年間投獄された反骨の人であると同時に，新しい文学の支援者でもあったハントを介して，新進気鋭の詩人ジョン・キーツ，批評家ウィリアム・ハズリットとも知り合った．

　ところが，1816年暮れに，妻ハリエットが他人の子を身籠もったまま，ハイド・パークの蛇池（サーペンタイン．その形が蛇（serpentine）に似ていることからこの名があり，ボート遊びができる大きさで，今もロンドン市民の憩いの場となっている）で入水自殺した．その遺体が発見されてからわずか20日後に，シェリーはメアリと結婚したが，翌年ハリエットの残した二人の子の親権を相手方の親と裁判で争って敗れ，大きな痛手を蒙った．

(3)　イギリス出国と放浪，「西風に寄せるオード」と「雲雀に寄せて」

　1818年3月，債権者に追われ，健康を害し，先妻の自殺直後の再婚に対して社会的な非難を浴びせられる状況に耐え切れず，シェリーは妻子とクレア母子を連れてイギリスを離れ，バイロン同様二度と再び戻ることはなかった．大陸では主にイタリアであちこちを転々として，落ち着きのない生活を送った．この年の秋に長女が病死したのに次いで，翌年長男をも失い，妻メアリが無気力症に陥ってシェリーも意気消沈した．

　しかし，この1819年夏から翌年にかけて，シェリーは文学的に驚くほど

多産な時期を迎え，代表作を次々に執筆，出版した．ここでそのうちのいくつかを見ておこう．まずシェリーの中・短篇詩の最高傑作に挙げる人も多い「西風に寄せるオード」の中で，詩人は，地上，空，海の三界に激しく吹きつけて，冬をもたらすと同時に春への備えもする「破壊者にして保護者」の西風に向かって嘆願する．自分にも吹きつけて風琴（イオリアン・ハープ）のように言葉を搔き鳴らしてくれ，そうすれば今のところは誰も耳を貸さない自分の死んだ思想を世界中に撒き散らして，人類を目覚めさせることができるのだから，と．結びの有名な言葉「冬来たりなば春遠からじ」には，現状は冬のようだとしても，いずれは理想の春が到来するはずだから，希望を失うなと自らに言い聞かせる悲痛な切迫感が漲っている．

「西風」と甲乙つけがたく，愛唱者も多い「雲雀に寄せて」では，天高く昇り姿を見せずに鳴き声だけを響かせる雲雀に，詩人はあやかろうとしている．何とかして自分の声を聞いてもらいたいという，悲痛な願いは「西風」と同じである．また，姿を見せずに鳴く鳥には，イギリスの読者の前に現すことのできない自分の姿が重ね合わされてもいる．だが，この不可視性には否定的な面ばかりではなく，「地を軽蔑する者よ」という鳥への呼びかけに見られるように，シェリーらしい手の届かぬ高さへの憧れも含まれている．さらにもう一つ，この詩に極めてロマン主義的な生彩を添えているのは，詩人が理想とする雲雀の喜びの鳴き声を表す，「調和の取れた狂気」というハーモニアス・マッドネス矛盾語法オクシモロンである．ロマン派的な願望とは常に，二律背反の不可能性や，実現を永遠に先延べする要素をその中に含んでいるものでなければならない．そうした二律背反は，「破壊者にして保護者」という「西風」にも認められるものである．

(4) 平等な社会の希求――『プロメテウス解放』

シェリーの長篇を代表するのは，ギリシア神話とアイスキュロスの悲劇に基づいた4幕物抒情詩劇『プロメテウス解放』である．プロメテウスは，人類に火をもたらしたために圧制者ジュピターに罰されて，コーカサスの岩場に縛りつけられている．しかし，度重なる脅迫や懐柔にも屈服せず，抵抗を貫き通しながら敵を憎まず暴力にも訴えない．やがて，ジュピターは運命によって自然に没落し，プロメテウスは解放されて，「平等で，階級も，部族も，国家もなく，／畏怖も，崇拝も，程度もない」世界が到来する．

この政治的寓意劇は，台詞が長く劇的な動きもないため，ロマン主義詩人による詩劇の多くがそうであるように，上演には向かない．思想的には，真の革命は憎悪に根ざした暴力ではなく，愛と寛容によって成し遂げられるという認識に，フランス革命の失敗に学ぶ姿勢がうかがえる．その点は，声高に革命を訴えていた『妖精女王マブ』と比べて進歩が見られるところだが，愛に基づく真の革命の実現の困難さを考えると，理想到来を言祝いで歌い踊る第4幕はあまりに楽天的と思わざるをえない．

(5) 搾取と疎外状況の告発——イングランド人民のために

一方でシェリーは，この時期にもっと直接的な政治詩も書いている．「1819年のイングランド」は，その年に故国のマンチェスターで起こった労働運動弾圧事件を伝え聞いて作られた．ピータールー事件と呼ばれるこの事件は，11人の死者と数百の重傷者を出した．その詩の中でシェリーは，ジョージ三世を「老いて，狂った，盲目の，見下げ果てた王」と激しく罵る．さらに，国民に吸いつく蛭のような支配階級と，「自由殺戮」を任務とする軍隊，「キリストなき宗教」，「金塗れ，血塗れの法律」，議会などの権力維持機構を，容赦ない言葉で攻撃している．

同じ年に書かれた「歌『イングランドの人々』」の第3連と第5連は次のとおりである．

　　イングランドの働き蜂たちよ，鍛えるのは何故か，
　　多くの武器を，鎖を，鞭を，
　　この針もない腰抜けの雄蜂どもに
　　無理強いされた君たちの労働の産物を略奪して下さいとばかりに．

　　種を蒔くのは君たち，刈り取るのはほかの人．
　　富を見つけるのは君たち，手にするのはほかの人．
　　衣装を織るのは君たち，着るのはほかの人．
　　武器を鍛えるのは君たち，使うのはほかの人．

ここに描かれているのは，「雄蜂」資本家の「働き蜂」労働者に対する搾取であり，あと30年もすればカール・マルクスが，資本主義社会における労働者の疎外状況と名づけるものにほかならない．

この簡潔な詩行のなかに，事態の本質を抉(えぐ)るシェリーの並々ならぬ眼力の鋭さを見ないわけにはゆかない．この詩には後に旋律が付けられて，イギリス労働運動の聖歌として歌い継がれ，「西風」や「雲雀」に見た自分の声を聞いてもらいたいという詩人の願いが満願叶った一例となる．しかし，もちろんそれはシェリー亡き後のことである．

(6) あっけない最期

シェリーの人生に話を戻すと，1820年初めピサへ移り，バイロン，エドワード，ジェイン・ウィリアムズ夫妻ほかと親しく交わる．このジェインには強く惹かれたようで，死ぬまで優れた抒情詩を捧げ続けることになった．1821年，文化の進歩につれて詩は衰退すると主張する友人の作家トマス・ラヴ・ピーコックへの反論として，散文による『詩の弁護』を出版し，シェリーは詩的想像力の優位とその道徳的機能を主張した．その最後を，「詩人は世界の非公認の立法者である」という有名な言葉で締めくくって，詩人としての心意気を示している．シェリーは散文の名手でもあって，『プロメテウス解放』ほかの長詩に付けた序文も，簡潔にして要を得た名文である．

その年の冬に，ローマで結核の転地療養中のジョン・キーツが客死したと聞くと，シェリーは，「静まれ，静まれ！ 死んではいない，眠ってもいない——／人生という夢から覚めたにすぎぬのだ」と，その若すぎる死を悼む詩『アドネイイス』を書いて出版した．またこの年の春，トルコに対するギリシア独立戦争が始まったのを受けて，それを支援する詩劇『ヘラス』を1822年の春に出版した．結果的にこれが生前刊行された最後の完成作品となった．その夏，イギリスから家族を連れてやってきたリー・ハントの待つリヴォルノへヨットで赴いたシェリーは，そこで，バイロンも交えて新しい雑誌

オックスフォード大学ユニヴァーシティ・コレッジにあるシェリー溺死像

『自由主義者(リベラル)』発行の相談をした後，レリチの自宅目指して船出したが，途中激しいスコールに遭い転覆し，あまりにもあっけなく29歳で生涯を閉じたのである．しばらくして浜辺に打ち上げられた遺体の上着ポケットには，ハントから借りたキーツの最後の詩集が，開かれたまま入っていたという．

　遺体はバイロン，ハントの立ち会いのもとで焼かれ，遺骨は後にローマのプロテスタント墓地のキーツと幼くして逝った長男ウィリアムの近くに葬られた．この年の春から書き始められた『現世の凱旋』は，理想を踏みにじる現実の強力さに目を向け，新境地を開きつつあったのかと期待させるものだったが，未完のまま絶筆となった．シェリーとは縁の浅かったオックスフォード大学に，どういうわけか溺死姿の大理石裸像記念碑が祭られている．

(7) 終始一貫ロマン主義

　シェリーは，修辞的効果を追求するあまり一人よがりな表現に走る，あるいは自分の知性を恃(たの)むあまり傲慢であるなど，とかく批判を受けやすく，心酔者とともに敵も多い詩人である．20世紀にはとりわけT. S. エリオットが激しい嫌悪を示した．しかし，自己の感受性を重視するあまり陥りがちなそうした否定しがたい欠点も，既成の行動規範への反逆も，到達不能にもかかわらずというよりも，むしろそれゆえに遠くの理想を激しく憧れ求める精神も，自由恋愛も，一気呵成(かせい)に駆け抜けた人生の短さも，すべてが極めてロマン主義的であった．好むと好まざるとにかかわらず，作品と実人生の両方において，シェリーほどロマン主義を貫いた詩人はほかにいないのである．

〈ジョン・キーツ〉

(1) 医師資格放棄と文学の新大陸

　ジョン・キーツ（John Keats）は，1795年ロンドンの貸馬車屋でトマス・キーツの五人の子供の長男として生まれた．父は馬丁頭から出世して，主人の娘と結婚し店を継いで商売繁昌していた．息子のジョンは，成人してからも150センチをわずかに越える程度で背は低かったが，騒ぐのが好きで活発，勇敢な子だった．1803年ジョン・クラークの学校へ進み，文学，特にエドマンド・ス

ジョン・キーツ

第5章　ロマン派時代の文化と文学　　　　　　　　　　　191

ペンサーに目を開かされる．1804年父が落馬により死亡し，そのわずか2か月後に母親が再婚したため，子供たちは母方の祖父母の家へ移った．しかし，まもなく1805年に祖父が亡くなり，1810年には母親も結核に倒れた．1811年キーツは学校を卒業し，外科医・薬種商のもとに徒弟修業に入る．詩作に初めて手を染めたのは1814年，10代の終わりのことで，詩人としては遅い出発だった．病院で医学修業を続け，1816年に薬種商・外科医の資格試験に合格するが，キーツは詩にすべてを捧げるために結局医者の道を断念した．

　その決定には，同じ1816年に知り合った詩人で批評家のリー・ハント（pp.186, 189参照）の影響が大きく作用した．急進的な週刊紙『エグザミナー』を主宰し，編集するハントを通じて，批評家ウィリアム・ハズリット，詩人シェリーや画家ベンジャミン・ロバート・ヘイドンなどと知り合うとともに，その年『エグザミナー』に自作詩をはじめて掲載してもらったのである．掲載第2作のソネット「はじめてチャップマン訳のホメロスに目を通して」はすでに堂々たる秀作だった．そこでキーツが描くのは，「歌の神アポロに忠誠を捧げた歌人たちが支配する」様々な文学の「黄金郷」や「王国」を旅した後で，ギリシア語を読めなかったためにジョージ・チャップマンの英訳を通して，ホメロスの「清らかに澄んだ空気」にはじめて触れた時の衝撃である．それは，「鷲の如き目」で太平洋を発見した時，声も出なかったコルテスの驚きにも等しかった．歴史的事実からすれば，太平洋の発見者はバルフォアだが，この際そんな指摘は野暮というものである．これほどの感激があったからこそ医者の道を捨て得たのだ，と思わせるに十分な力強さがこの詩にはある．

(2)　酷評される「ロンドン下町派（コックニー・スクール）」

　1817年キーツは最初の詩集を出版したが，保守的な『ブラックウッズ・マガジン』誌で酷評を受け，リー・ハント，ハズリットとともに「ロンドン下町派」のレッテルを貼られた．キーツが生前芳しい評価を下されなかった背景には，文壇から黙殺されたブレイクの場合もそうであるが，大学にも行っていないのに詩歌など分不相応という，出身階級に対する暗黙の軽蔑が潜んでいたのかもしれない．詩とは紳士階級（ジェントルマン）が作って紳士階級（ジェントルマン）が読むものという固定観念が抜きがたくまだ存在していたのである．

翌1818年に『エンディミヨン』を出版した．この4部からなるキーツ最長の作品は，ギリシア神話に題材を取った物語詩である．若い美男の羊飼いエンディミヨンは，月の女神シンシアに象徴される理想の美を求めて地上，地底，海底，天空の四界を探し回っている．その途中で出会った地上の美女フィービに心惹かれて，エンディミヨンは己の二心に悩むが，やがてフィービこそがシンシアにほかならないとわかって，一緒に天上界へ昇ってゆく．この物語を通して，キーツは冒頭にある「美しきものはとこしえの喜びなり」という認識を示そうとしているようなのだが，若さに任せた筆は滑って難解なところがあり，再び雑誌から激しい批判を浴びせられた．本人は深く傷つき，後にキーツは批評家によって殺されたという風評の生まれるもとになった．

　1818年夏，キーツは友人と湖水地方，スコットランド，アイルランドへの旅に出た．しかし，じめじめとした寒い気候に苦しめられ，慢性的な喉の痛みを悪化させてロンドンに戻ると，弟トムの結核の症状が重くなっていた．付き切りの看病をした甲斐もなく，年の暮れに弟を失った．辛い経験ではあったが，この看病の間にキーツにとって宿命の女性，当時18歳のファニー・ブローンとの出会いがあり，恋心を募らせていった．年末にキーツは，ロンドン北郊ハムステッドのウェントワース・プレイスに部屋を借りた．この家は現在キーツ・ハウスとして一般公開されており，ほぼ当時のままの居間や代表作を執筆した庭などを見ることができる．

キーツ・ハウス——ロンドンのハムステッド，ウェントワース・プレイス．建物正面中央にある扉を境にして，左半分にキーツの部屋があり，右半分には後にブローン一家が入居する．

(3) 物語詩——妖美と宿命の女(ファム・ファタル)

　1818年秋からの約1年間は，詩人キーツにとって「驚異の年」となり，次々と傑作を書いた．物語詩では「イザベラあるいは目箒(めぼうき)の鉢」，「聖アグネス祭前夜」，「つれなき美女(ラ・ベル・ダム・サン・メルシ)」，「蛇女レイミア」．「偉大なオード」と呼び習わされる「小夜鳴鳥(ナイチンゲール)に捧げるオード」，「ギリシア古瓶についてのオード」，「秋に寄せて」．そしていずれも未完に終わったが，ギリシア神話に取材した叙事詩『ハイピアリオン』，『ハイピアリオン没落』．詩人キーツの名声を支えるほぼすべての作品が揃ったかのような豪華さである．

　「イザベラ」は，ボッカチオの『デカメロン』に題材を求めた猟奇的な悲恋物語である．金持ちの家に妹を嫁がせようとする強欲な兄たちに，家に住み込みで働く恋人ロレンゾを殺された女性イザベラは，その亡骸(なきがら)を掘り出し首だけを切り離して，目箒(めぼうき)の鉢に埋めて可愛がる．「聖アグネス祭前夜」は『ロミオとジュリエット』を思わせる恋物語で，仇敵同士の家に生まれた男女が手に手を取って駆け落ちする姿を，彩り豊かな表現で描く．

　「つれなき美女」では，諸国漫遊の中世騎士が草原で妖精のような貴婦人に洞窟へと招かれ，「甘き呻(うめ)き声」と「熱に浮かされし妖(あや)しの目」に酔って「四度の口づけ」をして眠りに落ちる．目が覚めると，そこは冷たい丘の中腹，武者たちが口々に「つれなき美女／汝を虜(とりこ)にせり！」と叫んでいた．哀れ，この騎士も魔性の美女の新たな犠牲者となって，菅も枯れ鳥も鳴かぬ湖の岸辺を永劫(えいごう)さまよい続ける運命．この女はヴィクトリア朝から世紀末にかけての文学で流行する「宿命の女(ファム・ファタル)」の原型である．

　「蛇女レイミア」もまた宿命の恋を描いている．魔法によって蛇から絶世の美女に姿を変えたレイミアは，真面目なコリントの若者リシアスを愛す

ウィリアム・ホルマン・ハント作『イザベラと目箒の鉢』(1867)．イザベラが愛しそうに抱える鉢のなかに，強欲な兄たちに殺された恋人ロレンゾの首が埋められている．

る．リシアスもまたレイミアを人間と思い込んで，その美貌の虜になって恋に落ち，友人たちを呼んで正大な結婚披露宴を催す．しかし，レイミアが老賢者アポロニウスに本性を見破られ姿を消すと，リシアスは「脈も息もなし，／婚礼の衣装にその重い身体をば包み込めり」．この詩に籠められた寓意的な意味合いは，「すべての魅惑が消え去るわけでもあるまい，／冷たい悟りの心にわずか触れただけで」の問いに集約される．ここにキーツを悩ませ続けた夢と現実との関係の主題を読み取ることもできる．夢幻の快楽と美が現実と相容れがたいことは，ここに引用した最終行の婚礼衣装と遺体の皮肉な結びつきに，鮮やかな形で浮き彫りにされている．

(4) 「美は真理，真理は美」——ギリシア古瓶の絵

　こうした物語形式は，ロマン的な恋物語やこの世ならぬ美に焦がれて破滅する恋を描くには適していたが，さらに一歩進んで，キーツが詩人としての自分に引きつけて夢と現実の問題を語るには，制約が多すぎたようである．叙事詩『ハイピアリオン』2作は途中で書けなくなり，「美において筆頭たる者，力においても筆頭たるべし」という主題を究めることはできなかった．代わりにキーツは，約束事がほとんどなく，内面の感情を自由に吐露できる点がロマン主義詩人たちに好まれたオード形式によって，そうした主題を十全に展開した．

　「ギリシア古瓶についてのオード」では，表題どおりギリシアの古い瓶に描かれた光景を見詰める詩人が，その世界に没入してゆく．逃げる乙女たちを追いかける神々，木の下で「耳に聞えぬ調べ」を奏でる笛吹き，恋人に口づけを迫り永遠に一歩手前で留まる男，また，祭壇へ若雌牛を捧げるために住民総出で空っぽの町．そして詩人はその瓶に向かって叫ぶ，

> ……冷たき牧歌的風景よ！
> 老齢がこの世代を衰弱させる時至りても，
> 汝はわれらの悲しみとは異なる悲しみの
> 真っ只中に残る，人間の友として．人間に向かいて汝は言う，
> 「美は真理にして，真理は美なり」と．——それのみが
> 汝等のこの地上で知りたるもの，またそれのみが汝等の知るべきもの．

　芸術作品たる瓶は，われわれ死すべき人間の営みと違い永遠に残って美を伝

え，それを見る者は自己滅却によって，束の間永遠の世界に身を置くことができる．だが，それは，ごく限られた特権的な瞬間にのみ可能なのである．また，その老いることなき永遠の美には，疼くような現実の恋の激しさに欠ける恨みもある．キーツはそうした問題があることを知りつつ，複雑な気持ちで最後の2行を瓶に語らせて，何とも言えない余韻を漂わせている．

なお，この詩でキーツの奔放な想像力を羽ばたかせるもとになったのは，エルギン卿が1806年に，アテナイのパルテノン神殿からイギリスへ持ち去った大理石の彫像とフリーズ彫刻である．1816年にそれは政府によって買い取られて，大英博物館にエルギン・マーブルとして展示されていた．それを鑑賞して詩の霊感を得たキーツは，イギリス植民地主義による文物掠奪の恩恵に浴していたことになる．文学がこのような形でも時代との接点を持っているのは興味深い．ひとこと付け加えておくと，エルギン・マーブルは，1980年代以降のギリシア側からの返還要求にもかかわらず，現在も大英博物館の呼び物として陳列されている．

(5) 夢か現実か——小夜鳴鳥(ナイチンゲール)の歌

もう一つの傑作オード「小夜鳴鳥に捧げるオード」において，詩人は夜に美しい声で鳴く鳥の囀(さえず)りに聞き入り，非現実的な感覚美の世界へと引き込まれてゆく．「香(かぐわ)しい闇」のなかで樹木の甘い匂いを嗅ぎ分けていると，安らかな死が半ば恋しくなる．「今ではかつてないほど死が贅沢に思われるのだ，／真夜中に乗り上げて痛みもなく生きるのを止めることが．／お前がその心のありったけを注ぎ出して／そのような忘我状態に浸っているあいだに」．だが，このような夢想から，孤独な独り身の現実へと引き戻される時が来る．それはまるで死を告げる鐘だ．鳥の鳴き声も遠ざかる．

> あれは幻だったのか，それとも白日夢だったのか．
> 楽の音は消え去った．……僕は目覚めているのか，眠っているのか．

古い瓶の絵を見詰めた時と同じように，小夜鳴鳥の鳴き声に耳を傾けることによって，詩人は痛ましい現実から束の間解放される．しかし，その甘美な夢から覚めた後は，対照によって現実は却って一層辛いものとなる．リシアスや「つれなき美女」の夢から覚めた騎士の場合と同じように．詩人自身も，この詩の最終行において，鳥の声が夢だったのか現実だったのかわから

ないままである．ロマン主義的な白日夢と日常的な現実の冷たい経験の世界の，どちらにより大きな真実があるのか，詩人は決めかねているようにも見える．

似通った主題を持つこの二つのオードとは違い，「秋に寄せて」は，豊かなイメージとユーモラスな擬人法を交えて，落ち着いた眼差しで成熟の季節を描いている．だが，そこには秋がまた冬への移行の季節であるとの認識も読み取れる．キーツの人生もまた，急速に冬へと向かいつつあった．

(6) ローマに客死

1819年春，ファニー・ブローン一家がキーツの借りていた家の隣半分へ引っ越してくる（p.192の写真参照）．同じ頃，ハイゲイト近くの小道で偶然コールリッジと出会っている（p.175参照）．1年間根詰めて詩作に励んだことが災いしたのか，キーツは秋に病気になったが，ファニーへの愛の手紙は書き続け，遅くとも年末までに婚約を内密に取り交わし，ガーネットの指輪を贈った．ファニーがキーツの死後40年以上に及ぶ生涯ずっと，身につけていたというこの婚約指輪は，キーツ・ハウスに展示されている．

しかし，その喜びも束の間，年が明けた1820年2月キーツははじめて激しい喀血(かっけつ)をし，以後数か月に渡って病床に就いた．その夏，前年までに書いた代表的な作品を集めた詩集を出版し，今回は酷評もなく前二作と比べれば批評家受けは良かったが，売れ行きは芳しくなかった．これが，生前刊行された最後の詩集となった．もうこの頃には，リー・ハント，次いでファニーとその母の看病を受けねばならない状態だった．

病状を知ったシェリーから，イタリアで冬を過ごすよう勧める手紙をもらい，キーツは画家の友人ジョゼフ・セヴァーン（p.190にあるキーツの肖像画の作者）を伴って，9月にイタリアへ出発した．しかし，シェリーのいるピサには寄らず，ナポリを経てローマへ赴き，ピアッツァ・ディ・スパーニャ26番地に部屋を借りた．ここは現在キーツ・シェリー記念館として公開されている．11月30日，現存する最後の手紙を友人に宛てて書いた．その痛ましい結びは，以下のとおりだった．「手紙でさえ，君にさよならを言う力が残っていない．僕はいつだって，別れの会釈をするのが下手くそだったね．君に神の恵みがありますように！　ジョン・キーツ」

翌1820年2月，キーツは結核のために息を引き取り，ローマのプロテス

第5章　ロマン派時代の文化と文学　　　197

タント共同墓地に埋葬された．墓碑銘には本人の希望により，名を記さずに
「その名を水に書かれたる者ここに横たわる」と刻まれた．早世する第二世
代のロマン派のなかでも群を抜いて若く，享年わずかに25，短距離走者の
ように全力疾走で駆け抜けた人生であった．

(7)　珠玉の書簡集

　キーツの詩人としての第一線での活動はわずか5年足らずだったが，とて
もそうは思えないほど落ち着いて成熟した詩を残した．その生前は保守派か
らあらぬ批判を浴びせられ，一部の同志からのものを除けば評価は低かった．
しかし，次のヴィクトリア朝時代になるとテニソンやマシュー・アーノルド
らの詩人から絶讃を博し，さらに審美主義的な一面と鮮やかな視覚的イメー
ジが，ラファエル前派の詩人と画家の心を惹きつけた．その後はロマン派詩
人の中でも，ワーズワスと並んで最も安定した，批評的な浮沈のない地位を
保つことになった．その一因として，キーツの場合，表立った政治的な主張
が，ほかの5詩人の誰よりも希薄だったという事実を挙げることができよう
が，1848年と1878年に出版された書簡集の力によるところも少なくない．
　この書簡集に対しては，ロマン派を敵視した T. S. エリオットでさえ，「英
詩人が書いたうちで最も著名で重要」と称讃を惜しまなかった．そこには，
ファニー・ブローンへの熱い思いだけでなく，重要な詩論がいくつも述べら
れている．たとえば，文学に必要不可欠のものとして「不安，不可解の念，
疑念に囚われながらも，気短に事実や理屈を求めないでいられる」能力を挙
げている．これをキーツは，「消極的能力（ネガティヴ・ケイパビリティ）」と呼び，芸術創造においては，
対象への感情移入を通して自我を滅却し，論理や倫理などの日常的規範に縛
られないで，自由に美を追求する必要があることを示唆している．それを実
践に移した結果が，「ギリシア古瓶」にほかならなかった．
　また，キーツは人生をたくさんの続き部屋がある大きな屋敷にたとえてい
る．人間が最初に足を踏み入れる部屋は，「幼児あるいは無思想の部屋」と
呼ばれ，そこにいる限り物を考えることはない．思考の原理が心中に芽生え
ると，人は第2段階である「処女思想の部屋」へと進む．ここでは，眩（まばゆ）い光
と雰囲気とに圧倒されて酩酊し，心地よい驚き以外何も目に入らず，そんな
楽しい状態に永遠に留まりたいと願う．しかし，思考を重ねるうちに，人間
の本質についての洞察が鋭さを増して，世間には悲惨，苦痛，病などが渦巻

いていることを知る．すると，この部屋は次第に翳（かげ）りを帯びてゆき，暗い通路へとつながる扉が四方に開かれ，それを見ると靄（もや）に包まれたような不可解な気持ちになる．キーツ自身まだこの段階に留まっており，その先にある暗い通路や部屋の様子は語れないと認めざるをえない．

　だが，謎めいたこの寓話はここまで聞いただけで，どこかブレイクの無垢と経験の世界に相通ずる点があるように思われる．二人の間に面識はおろか影響関係もなかったことを考えると，この偶然の一致は興味深い．残念なのは，その暗がりの先に何があるのかを探る時間が，キーツには残されていなかったことであろう．

ロマン主義文学と時代精神

　シェリーは『プロメテウス解放』の序文で，詩人は哲学者やほかの芸術家と同じように，時代の産物であると同時に時代の創造者でもあると述べている．18世紀後半から19世紀の初めにかけて，フランス革命と産業革命を中心とする激動によって醸成された時代精神の影響を受けながら成長したロマン主義詩人たちは，その過程で形成された自己の思想をやがて詩に書いて世に問うた．それによって今度は，詩人たちが時代に対して影響を与え，次なる時代精神を生み出す原動力となっていった．

　ただし，その影響の浸透の速度には大きな違いがあった．バイロンのように若くしてたちまち人気を博し，巧みに演出された自己像を色濃く反映した主人公を通じて，ヨーロッパ中の読者の心を激しく揺さぶったものの，死後にいったん急激に影響力を失ってしまった場合もある．ワーズワスやコールリッジは，斬新な主張をしても最初は冷笑で迎えられ，20年もかけて文壇の大御所となった時にはすでに昔日の面影をなくしていた．シェリーやキーツは夭逝（ようせい）したこともあって，生前には詩人としてさほど影響力を持たなかったが，死後まもなく急速に読者層を拡大していった．ブレイクに至っては，風変わりな絵描き詩人との嘲（あざけ）りを含んだ捉え方が改められて，真にその才能に見合うだけの影響力を持ちうるのに100年以上を要した．

　しかし，この詩人たちが現在でも程度の差こそあれ，現代に直接つながる産業資本主義社会の成立直後に誕生して以来，いまだに大きな声として社会の隅々に響き渡っているロマン主義的思考の源泉として読み継がれ，時代に影響を与え続けていることは間違いない．　　（藤巻　明）

第6章　19世紀の文化と文学

　イギリス史をひもといてみれば，繁栄した時代とは，どういうわけか，女王様の時代であることがわかる．エリザベス女王一世（第2章参照）のエリザベス朝（1533-1603）とヴィクトリア女王のヴィクトリア朝（1837-1901）がそれである．19世紀とはまさにヴィクトリア女王の治世であり，彼女のもとで世界に冠たる大英帝国が築かれた時代であった．もちろん，国政の実権は議会にあったが，ヴィクトリア女王が大英帝国のシンボルであったことに間違いはない．さらに，1877年には，時の首相ベンジャミン・ディズレイリにより，彼女はインド女帝の地位にもつき，イギリスの植民地支配のシンボルともなった．ロンドンにある大英博物館は，この時代のイギリスの力を知るための絶好の場所である．

I.　19世紀の歴史と文化

（1）　大英帝国の成立

　ウィリアム・シェイクスピアが活躍した時代の，生涯独身であったエリザベス女王とは異なり，ヴィクトリア女王はドイツから迎えた夫君のアルバート殿下との間に九人の子供を成した．ヴィクトリアを中心としたこのロイヤル・ファミリーは，イギリス国民，とりわけ中産階級の理想の家族像でもあった．現在でも女王夫妻の名前の残るヴィクトリア・アルバート・ミュージアムや，夏のプロムナード・コンサートで有名なロイヤル・アルバート・ホ

理想の家族ヴィクトリア女王とロイヤル・ファミリー（1846年）

ールなどがロンドンにある．

　19世紀のイギリスの最も大きな変化は，農業国から工業国へと変身したことである．そのような社会変化の中で，中産階級の経済界での活躍があり，政治における権利請求が成されていくのである．このような中産階級の存在を誕生させたものこそ，世界に先駆けて成功した産業革命による富の蓄積であった．

　19世紀のイギリスの繁栄の始まりは，まさに産業革命により獲得された富とテクノロジーによるものであった．1851年にロンドンで開催された第1回万国博覧会とは，そのようなイギリスの国力と技術力の誇示の場であった．アルバート殿下の指揮のもと，ハイドパークにガラス張りの展示場が誕生する．ジョゼフ・パクストンの設計によるクリスタル・パレスと名付けられたこの展示場を，国の内外から600万余りの人々が訪れた．入場料も会期中のフリーパス有り，期間限定の割引有り，土曜割引有りで，労働者階級の人々も参加することのできた一種の国家的イベントであった．

　展示参加国はフランス，ドイツ，ロシア，ベルギーなどのヨーロッパの国々のみならず，アメリカ，メキシコなど34か国に上る．展示品は，テクノロジーの粋を集めた産業機械や輪転機から，四輪馬車や目覚まし時計まであり，見せ物小屋の楽しさであった．観客動員には，1825年にストック

ジョージ・クルックシャンクの描く活況を呈するクリスタル・パレス

ンとダーリントン間に開通して以来，イギリス全土をおおった鉄道網が有効な輸送手段となったのである．

　現在われわれがイギリスやヨーロッパ旅行でお世話になる赤い表紙の列車時刻表で有名なトマス・クックとは，この時代にできた旅行会社であり，万国博の旅客動員で実績を上げた鉄道旅行の貢献者であった．

　万国博覧会が19世紀のイギリスの輝かしい国民統一のシンボルであったとすれば，1832年に始まる選挙法の改正は上流階級，中流階級，労働者階級に分裂した階級間の対立の表れであった．選挙法改正以前の有権者数が約50万人と言われており，第三次選挙法改正以後のそれは440万人と言われ，その6割が労働者であった．つまり，1832年，1867年，1884年と改正を重ねるにつれて，有権者は上流階級から中流階級そして労働者階級へと着実に広がっていったことになる．国政への参加の門戸はまずは中流へ，そしてやがては労働者階級へと開かれていった．しかし，その歩みは決して速やかでも滑らかでもなかった．

　チャーチスト運動とは，そのような遅々として進まぬ民主化，自由化の変革への労働者階級の怒りと渇望の表現であった．その労働者運動はイギリス中に広がり，1830年から40年にピークとなった．労働者たちは，(1)男性普通選挙，(2)議会の毎年改選，(3)無記名投票，(4)議員の給与支給，(5)議員になるための財産資格の廃止，(6)選挙区の平等などの人民憲章（チャーター）の実現を目指して運動を展開した．このほかにも，1830年代，40年代には，救貧法改正や穀物法の廃止，工場法や公衆衛生法の成立などの

様々な改革が目白押しであった．

　それらは，いまや世界の工場となったイギリスに余儀なくされた変革の嵐でもあった．そのような社会の変動とその実態の認識のために，文学も鋭敏に反応したのである．たとえば，この時代の社会小説がそれであった．1830年代，40年代には，作家たちはこぞって同時代の社会問題に積極的に取り組んだのである．

(2) 社会問題と小説

　19世紀のイギリスはいわゆる上流階級，中流階級，労働者階級の3階級により社会が構成され，それらの階級間の利害の相違を身をもって知った初めての時代であった．それまでの支配階級であった貴族・地主階級も，紡績業などの工業化による富の蓄積で台頭してきた中流階級の政治への参加要求や，加えてそれらの工場で働くために農村から都市へと流出してきた労働者階級の抱えた新しい社会問題に無縁でいることはできなかった．つまり，19世紀のイギリスの抱えた社会問題とは，イギリスがそれまでの農業国から工業国へと他国に先駆けて変身したことによるものと考えられる．

　たとえば，1825年にストックトンとダーリントン間に敷設された鉄道は，この時代のイギリスのテクノロジーの先進性を示すものである．そして，その後50年足らずの期間での国内鉄道網の急速な整備は，イギリスの国力を語ると同時に地方都市の発展を示してもいる．農業と土地を中心に営まれていたイギリス社会は，工業化と都市化により変動していったのである．

　そのような急激で広範な社会変革は，当然のことながら様々な社会問題を生じさせた．飢餓の40年代を中心に，多くの作家たちがそのような社会問題を積極的に文学の中で扱った．たとえば，チャールズ・ディケンズの『オリヴァー・トゥイスト』(1837-39) や，エリザベス・ギャスケルの『メアリ・バートン』(1848)，トマス・カーライルの『チャーチズム』(1839)，そして後の首相ベンジャミン・ディズレイリの『コニングズビー』(1844)，『シビル』(1845) などがすぐに思い出される．

　これらの文学作品が扱っているのは，1834年の救貧法改正により悪化した救貧院の問題であり，1832年の第一次選挙法改正の問題であり，広範な労働者運動であるチャーチズムであり，貧富の格差や価値観の相違による階級間の対立と抗争などの極めて19世紀的な社会問題のかずかずである．こ

第6章　19世紀の文化と文学

れらの同時代の社会問題を文学の主題と据えることで，作家たちはこれらの問題の解決に寄与したのである．それはどのようにしてなされたのだろうか．

それらの社会問題とは前世紀までのイギリスでは経験されたことのないものであり，同時にいずれの問題も放置すれば国を揺るがすほどの深刻で切迫したものでもあった．作家たちが着手したのはそのような社会問題の現状を国民に広く知らせ，これらの問題の認識を国民が共有することであった．それは，つまり文学がそのような社会問題の告発に関して有効であったということでもある．

そのような役割を，この時代のイギリス小説は担っていたのである．『オリヴァー・トゥイスト』の中の救貧院で空腹に苦しむ子供たちやその後のオリヴァーの人生は，この時代の救貧院が決して貧者や弱者を救済する場所としては機能していないことを告発している．1834年に行われた救貧法の大改革は，産業革命後の社会変化に合わせてこの法を現実的に機能させるためのものであった．しかし，その結果は貧者や弱者により厳しいものとなり，法は改悪されたのであった．

おかわりを求めるオリヴァー

なぜなのだろうか．そもそもこの救貧法の改正は貧しい労働者の側にたったものではなく，救貧税を負担している側からのものであった．なぜなら十分な生活費を稼げない労働者に部分的に生活費を補う院外救済は，中産階級以上の人々の救貧税の負担を重くしていたのである．それゆえ新救貧法により，働くことのできる労働者には生活費の給付は打ち切られた．さらに劣等処遇の原則により，救貧院内の生活は院外の労働者の最低生活に劣る水準と定められた．したがって救貧院に入ることは，院外での最低生活を越えない悲惨な生活が待っていた．労働者たちは救貧院に入るにしても，外で働くにしても最低限の生活にあえぐことになる．ディケンズの視点は終始この制度の中で苦しむそのような弱者の側にあった．

ディズレイリの『シビル』やギャスケルの『メアリ・バートン』もチャーチスト運動を中心に労働者の問題を扱った社会小説である．

ディズレイリは『シビル』を出版したときすでに国会議員であり，後に保

ベンジャミン・ディズレイリ

ロンドンの郊外，ハイ・ウィカムに今も保存されているディズレイリの屋敷，ヒューエンドン・マナー．

守党の党首としてイギリスの首相となる最初のユダヤ人である．『シビル』の中で，北部の工業都市を舞台として描かれる労働者たちの惨状は，上流階級の権力闘争と対比的に表現される．過酷な状況の改善を求めてチャーチスト運動へと向かう労働者たちと，この国の政治を支配している貴族たちとは本来密接に関係しているべきである．ところが，この二つの階級の間には共通理解が全くないのである．『シビル』の副題が「二つの国民」となっているのも読んでいくと頷ける．貧困層と富裕層の二つの全く異なる価値観と生活をする二つの国民に，いまやイギリスは分裂してしまっているということだ．

　もっとも，ディズレイリの提示したその解決策は，支配階級が現在の無責任な利己主義を捨てて，ノブレス・オブレージつまり支配階級としての義務感に目覚め，貧困層を救済することであった．これは保守的な彼の政治信条からすれば当然だが，時代錯誤の解決策といわねばならないだろう．

　しかし，エリザベス・ギャスケルの『メアリ・バートン』でもやはり，チャーチスト運動へと向かわざる得ない労働者たちの状況の改善策はやはり示されはしない．しかし，工場労働者たちの劣悪な労働条件や，彼らのスラム化した住居などの過酷な日常生活を読者たちは初めて知らされるのである．このようにして，19世紀の小説はこの時代の社会問題に対して国民が共通認識をもつ基盤を形成したのである．

　それでは，そのような社会変動の激しい19世紀を，女性たちはどのように生きていたのだろうか．

(3) 家庭の天使から新しい女へ

　ヴィクトリア朝の理想の女性像とはどのような女性だったのだろうか．それは，コヴェントリ・パットモアの英詩『家庭の天使』に代表されるような自己犠牲的聖女像であった．結婚愛と婚約者であり後に妻となった女性への讃歌であるこの詩は，イギリスのみならずアメリカでもベストセラーとなり，25万部が売れた．これはパットモアが新しい女性像を創ったというよりは，時代の女性像をうまく言い当てたというほうが実状であった．

　産業革命後，女性たちは次第に家庭の中に囲い込まれていくことになる．公的な仕事や実業の分野は男性の領域となり，女性の領域は家庭ということになっていく．ジョン・ラスキンの講演「女王の花園」は，男は仕事，女は家庭というそのような性別役割分担を明確にした上で，外界の危険や悪に冒されやすい男たちを，家庭という聖域で癒し守る聖女の役割を女性に求めた．女性は家庭という花園を守る守護神であり，同時にその花園の女王に祭り上げられた．しかし，そのような女性への過剰な期待は，生身の女性に多大な自己犠牲を求めることになる．さらには，女性の自己啓発や自己発展を抑制し，自己実現を否定しかねない危険があった．

　現在から見れば抑圧的とも言えるそのような「家庭の天使」像を，文学も再生産してきた側面を否定できない．そのような理想の女性像が，ディケンズのような男性作家の作品には極めて肯定的に描かれて登場する．一方，ジョージ・エリオットやハリエット・マーティノーらの女性作家の作品では，自制や自己犠牲を女性の美徳とすることへのジレンマが語られるのである．

　この「家庭の天使」の対極にあるのが「転落した女」である．「転落した女」とは，家父長制の規範が求める女性像から逸脱した女である．家庭という女の聖域を守れぬ女，自制を知らず自らの欲望に負けた女ということになる．愛人や娼婦がそれにあたり，彼女たちは社会規範の外に位置づけられた．しかし，その相手となる男性のほうは，家庭を持ちつつ愛人をかこってもぬくぬくと社会規範の中で生きていくことができた．これがヴィクトリア朝社会の性のダブル・スタンダードであった．性によって異なる基準で行動規範や社会規範が適用されたのである．

　しかし，一方では，そのような男性の求める理想の女性像の呪縛を克服して，女性自身が自ら求める生き方の模索が始まる．社会が求める理想の女性像と女性自身が求める生き方との間での女性自身の苦悩や動揺を，この時代

「過去と現在」(オーガスタス・エッグ作).不倫から家庭崩壊へ.

「見つけられて」(ダンテ・ガブリエル・ロセッティ作).娼婦に身を落とした妻を見つけた夫.

の女性作家の作品は扱っている.なによりも女性作家自身が,作家であることと女であることとの両立に苦しんだ時代なのである.女性作家自身のそのような経験や人生が,作品のヒロイン像に投影されることも少なくなかった.シャーロット・ブロンテの『ジェイン・エア』や,『ヴィレット』,ジョージ・エリオットの『フロス河畔の水車小屋』などはその例になろう.女性作家の作品については後に詳述する.

19世紀も後半になると,社会の求める女性像とは異なり,女性自身が自己実現をできるような女性の生き方が現れてくる.家庭のみに女性の人生を囲い込むことが難しくなってくるのである.この傾向を加速したのは,結婚しない女性が増加したことである.19世紀の後半のイギリスの人口比は,1851年の国勢調査で女性のほうが50万人も多く,しかも中流階級の男性は晩婚傾向にあった.いわゆる「余った女」の時代の到来である.彼女たちは「家庭の天使」になれるどころか,自らの生計を立てるのも心許ない状況であった.このような独身女性の増加は,男は仕事で女は家庭という性別による役割分担の形骸化を引き起こした.中流階級の女性が就職するという考えが希薄であったヴィクトリア朝社会では,彼女たちは職業教育や職業訓練を受ける場もなかったのである.たとえば,彼女らが自立する必要に迫られたときに,就ける仕事は家庭教師であった.年収にして30～40ポンドもあれ

ば幸運なほうで，それでも老後の蓄えをするには少なすぎる収入である．ここにもやはり新しい変革の必要が生まれていたのである．

　男女の教育の平等，特に女性のための高等教育や職業教育の必要，選挙法の改正で置き去りにされていた女性の選挙権の要求，つまりは性によるダブルスタンダードの撤廃などを求めたフェミニズム運動が生まれてくるのは，19世紀後半の以上述べてきたような社会背景においてである．もっとも，フェミニズムという用語は20世紀のものである．女性に関する様々の社会問題は，女性問題と総称されていた．「新しい女」の出現はそのような社会現象の象徴でもあり，19世紀末の小説に頻出したヒロイン像であった．

　ジョージ・ギッシングの『余った女たち』に登場するローダ・ナンや，トマス・ハーディーの『日陰者ジュード』におけるスー・ブライドヘッドなどが，まさに19世紀後半のイギリス小説に登場する新しい女の典型であろう．『余った女たち』のローダが，家庭教師は自分に合わないといってタイピストとして働いて自立していくくだりは，まさにそれまでの女性の生き方とは異なる女性の自立宣言であった．彼女は自分と同じように自立を必要としながらも，その方便を知らぬ女性たちに，職業教育を提供していこうとする．そして名前（ナン＝尼僧）通りの黒尽くめの尼僧のようなローダ・ナンの魅力は，彼女の新しい生き方にあり，彼女の知性にある．

　家庭の外に活動の領域を求め，男性に劣らぬ知性と思考の持ち主である新しい女性像の魅力は，ハーディーのスー・ブライドヘッドにも通じていく新

家庭教師の孤独と惨めさを描いた「家庭教師」（リチャード・レッドグレイヴ作）

しいヒロイン像である．スーは，知的に解放された女性であったのみならず，性的にも開放された自由な女性であった．19世紀末にいたり，家父長制に対して，ヴィクトリア朝社会が抑圧し続けてきた女性たちからもついに変革の矛先が突きつけられたのである．19世紀末のフェミニズム運動が要求したイギリスの女性が参政権を得るのは，1918年のことである．

最後になったが，19世紀の文学と文化を考える上で欠くことのできない大きな変革は，読書という娯楽が国民全体に普及したことである．

(4) 娯楽としての読書

読書が国民一般の娯楽となったのも，このヴィクトリア朝の時代であった．それまでは本を読むことや雑誌を読むことは，ごく限られた有閑階級のみの楽しみであり特権であった．それではなぜ読書の楽しみは，国民全体が享受できるものとなったのだろうか．

それにはいくつかの理由が考えられる．まず第一は，産業革命による印刷技術の進歩である．蒸気機関を用いての輪転機の開発で大量印刷が可能となった．この輪転機は1851年のロンドン万博の呼び物の一つでもあった．

第二は教育の普及である．国教会のみならず非国教会などの宗教団体による民間の教育は，1833年から国庫助成を受けてイギリスの初等教育を支えたのであった．これに加えて，1870年の初等教育法により，国による初等教育が始まる．一方，1826年に設立された有用知識普及協会や，1850年の公立図書館法などは，この時代の教育熱の高まりを感じさせるものである．この時代のイギリスの識字率の高さはよく言及されるが，しかし同時に余り定かではない．なぜなら，結婚登記簿に名前を自著できるか否かで，識字率の根拠とされることが多いからである．自分の名前を書けることと，本や雑誌を読めることとは必ずしも一致しない．それでも，19世紀後半には文盲率も激減し，着実に読者層が育ちつつあったことは間違いない．

娯楽としての読書を実現した第三の理由は，余暇の広がりと貸本業の盛況であろう．1867年に工場での土曜半日制が導入されたように，労働者の労働環境が整備され，労働時間が次第に短縮され，多くの人々がともかくも余暇を持つことが可能となったのである．19世紀を通じての日曜新聞の発行部数の着実な増加は，労働者階級の余暇と読書の関係を考える上で興味深い．日刊の『タイムズ』などは金も時間もなくて読めないが，週に一度の日曜紙

を労働者たちは楽しんだのである．日曜紙の内容はセンセーショナルな記事と絵で埋められており，低俗な小説も付き物であった．また，中産階級の人々の余暇活動は，スポーツや読書に加えて，この時代に始まった鉄道旅行などがあった．

　ここに本を読む能力を持ち，余暇を持つ多くの人々の存在があった．需要のあるところに商売は誕生する．1843年のイギリス最大手の貸本業者である，ミューディーの誕生があり，その後も W. H. スミスなどがこの業界に参入した．W. H. スミスは，現在ではイギリス各地に広がる書店兼文具店である．その始まりは鉄道の駅に開かれた書店であり，貸本屋であった．貸本屋自体は前世紀からあったが，ミューディーや W. H. スミスのような大規模な貸本業はやはり読者層の厚くなった19世紀の産物である．この時代の本は依然として多くの国民にとり高価であったので，貸本業の需要は極めて高かったのである．

　ミューディーや W. H. スミスが中流階級を主に会員とする貸本業者であるとすれば，労働者階級のための貸本業者もあった．それは非会員制で，1冊いくらで本を借り出せる兼業の貸本屋であった．さらに，コーヒー・ハウスにも貸本があった．18世紀のコーヒー・ハウスはジェントルマンの交流の場であったが，19世紀にはむしろ労働者の憩いの場となったのである．

　娯楽としての読書を支えた第四の理由は，雑誌などの定期刊行物による出版形式の多様化である．1824年の『ウェストミンスター・レヴュー』，1832年の『ペニー・マガジン』，1841年の『パンチ』，さらに1842年には絵入り

貸本業，ミューディーの盛況，開店パーティに集う人々

週刊誌『イラストレイティッド・ロンドン・ニュース』が創刊された．そしてその後も，硬派の『サタデー・レヴュー』，『コーンヒル・マガジン』，『フォートナイトリー・レヴュー』などが次々と創刊され続けた．定期刊行物によるジャーナリズムの時代の到来であった．とりわけ，『パンチ』はこの時代の雑誌ジャーナリズムの旗手であった．

19世紀の小説家の多くがこのような定期刊行物の仕事に手を染めている．とりわけ，チャールズ・ディケンズと雑誌の関係は深く，自ら『ハウスホールド・ワーズ』などの週刊誌を刊行しているほどである．ディケンズは自分の小説を雑誌連載や，分冊出版の形式で読者に供給し，大成功したのである．小説の分冊出版は彼が最初ではなかったが，読者層の育った19世紀であったからこそ，ディケンズのように大規模な成功が可能となったのである．ヴィクトリア朝小説の一般的な出版形式は3巻本といわれるものであった．これはハードカバーの高価なもので，購買者数には限界があった．小説を読みたい読者は育っていたが，本が高すぎたのである．雑誌連載や分冊で出版することにより，小説はより身近な安価な存在となったのである．ジョージ・クルックシャンクなどによる挿絵入りのディケンズの小説は，それまでの小説読者とは異なる人々を小説に招き入れたのである．小説の大衆化，あるいは民衆化における，ディケンズの功績は大きい．

ディケンズのみならず19世紀の作家の多くが，作品の雑誌連載や分冊出版の形式を採り入れている．この出版形式には読者の反応に作家が応じられるという特徴があった．これは，結局，読者を小説に取り込んでいく武器であり魅力でもあったが，同時に作品としての統一性を崩すという短所や，次回まで読者の興味を繋ぎ留めるために，連載ごとに分冊ごとに見せ場を創らねばならないという創作上の縛りもあった．しかし，小説の読者はこのようにして小説を身近な存在として楽しむことを経験し，育っていったのである．

『パンチ』(1888) の挿絵．当時の日本への関心がうかがえる．

このように幅広い読者層を獲得することにより，19世紀の小説は，この時代の社会に大きな影響を持ちうる存在となったのである．

本章では，このような19世紀を代表する作家として，ジェイン・オースティン，ブロンテ姉妹，ジョージ・エリオット，そしてチャールズ・ディケンズ，オスカー・ワイルドを取り上げる．

19世紀とはまさに小説の時代とも言えるのだが，女性作家の時代でもあった．そこでイギリス小説の確立者オースティン，そのオースティンを否定して新しい自立する女性像と新しい自己表現としての小説を書いたブロンテ姉妹，そしてオースティンを模範としながらも，その安定した豊かなイギリスから切り離されて不安定ながらも自己探求する人間像を描き，イギリス小説の内実を高めたエリオットを，この章では論じることにする．オースティンは，実は他の作家とは異なり，前世紀の生まれである．しかし，19世紀の女性作家とともに論じることで，彼女の偉大さと彼女に続く女性作家への影響と相違が明らかになると考えられるのでこの章で扱うことにした．

一方，当代きっての人気作家であるディケンズ，そして同性愛者として不幸な最期を遂げたにもかかわらず現在では名誉回復し時代を超えて読者と聴衆を魅了しているワイルドもあわせて紹介したい．　（松本三枝子）

II. チャールズ・ディケンズ
―――底抜けに明るく，底知れぬ深層をもつ作家―――

(1) 人気作家の出発点

チャールズ・ディケンズ（Charles Dickens, 1812-1870）は，彼の生きたヴィクトリア朝で最も広く愛読された作家である．彼は初等教育もそこそこに終えると，15歳で，法律事務所の小使い少年として働かされた．いや，その前に，父親が借金のためにマーシャルシー監獄に投獄され，初等教育半ばで6か月ばかり，少年労働者としていきなり学校から工場へ引きずり落とされた経験もある．幸いにも，チャールズ少年はまた学校にかえって初等教育を終えると，法律事務所で働きながら速記術を独学で身につけ，ついに報道員として議会での速記者席入りを果たした．19歳の時のことであった．ついで，23歳の時には『モーニング・クロニクル』紙の報道員となり，こ

の間，見たこと聞いたことを迅速かつ正確に書き留めるという，報道員として必須の技術を身に付けたのである．彼はまた，地方とロンドンの間を行き来する目まぐるしい取材活動の合間に，ちょっとした小品を書き，密かに出版社に投稿したところ，それが活字となって現れた．その時の感激を，「嬉しさと誇らしさで目には涙がいっぱいで，…」と後年回想している．こうした小品をいくつか掲載するうちにボズという署名を使い始め，[1] 有名な『ボズのスケッチ集』(1836) が生まれたのである．彼の初期の作品は，活力と機知に溢れ，何よりも，それまでほとんど顧みられなかった，都市下層社会の無数の人々を愛情をもって描いたので，新しい文学として，その清新さが当時の人々にアピールし，たちまち押しも押されぬ第一級の作家となってしまった．

チャールズ・ディケンズ

(2) ディケンズの町，ロチェスター

　この天才作家チャールズ・ディケンズは，1812年，南イングランドの軍港のある町ポーツマスに生まれた．父親は当地の海運局の下級官吏であって，チャールズが生まれてまもなく，一家は父親の転勤でロンドンに移り，ついで，同じく南イングランドのチャタムの造船廠勤務となった父親と共にそちらへ移った．チャールズが美しい大聖堂と古城の在るロチェスターに隣接するチャタムで過ごした4歳から9歳までの間は，彼の生涯でおそらく最も幸福な時期であった．

　それでは，まず，ロンドンのヴィクトリア駅からドーヴァー行きの準急（有名なカンタベリー大聖堂へは同じ線で，こちらは急行）に乗って45分，ロチェスターの小さな駅を降りて町の中央を走るハイ・ストリートへと向かう．すぐに道の片側に「ピクウイック」というパブが見え，ビヤだるのよう

　1．ボズとは18世紀の小説家オリヴァー・ゴールドスミス（?1730-74）の『ウエイクフィールドの牧師』(1766) に出てくる人物モウゼスがなまったものであり，ディケンズはそれを自分の末弟のニックネームにもしていた．ヒューマニズムの色濃いゴールドスミスがディケンズに与えた影響は大きいと考えられる．

第6章　19世紀の文化と文学　　　　　　　　213

ロチェスターのハイ・ストリートにあるブティック「リトル・ドリット」

なお腹のピクウィック氏のシルエットが看板に描かれている．その少し先には「リトル・ドリット」というブティックが目につく．あるいは，昔風の面白い造りの家だと思ってよく見ると「パンブルチュック伯父さんの家」と書かれた立派なプレイトが正面にぶら下がっている．『大いなる遺産』（1861）の主人公ピップ少年は種物問屋のパンブルチュック伯父さんの店先から通りを覗き見する．

　　…私はつぎのようなことに気づいた．つまり，パンブルチュックさんは，街の向こう側の馬具商を見ながら商売をし，馬具商はまた馬車製造屋に目をむけながらかれの商売をやり，馬車製造屋は馬車製造屋で，ポケットに両手をつっこみ，パン屋のことを考えながら暮らしをたて，パン屋はパン屋で，腕組みしながら，食料品屋をじろじろ見てい，食料品屋はまた戸口のところにつったって，薬屋を見てあくびをしていた．ただ時計屋だけが，この大通りで自分の商売に専心しているように思えた．彼はいつも一方の眼に拡大鏡をはめて，小さな机を穴のあくほどのぞきこんでいた．それを，長い上っぱりを着たひとかたまりの人間が，店の窓ガラス越しに，穴のあくほどのぞきながら，しょっちゅうながめているのである．（『大いなる遺産』山西英一訳）

今もハイ・ストリートには，何となく19世紀的なのんびりとした雰囲気がある．幼いチャールズが眺めるのが好きだったという通りに突き出た大時計もそのまま残っている．この地は，彼が人生の大半を過ごしたロンドンとと

もに彼のいくつかの重要な小説の舞台となっており，小説家ディケンズに，生涯にわたって大きな影響を与えている．ディケンズの第二作『ピクウィック・ペイパーズ』(1836-37) において，ピクウィック氏が人生の冒険旅行の出発地とするのは，ほかならぬロチェスターであり，すでに紹介した，ディケンズ後期の最大傑作と言われている『大いなる遺産』の最初の 19 章も，ロチェスターとその周辺の村が舞台となっている．また，ディケンズ最後の未完の小説『エドウィン・ドルードの謎』(1870) の舞台もロチェスターであって，小説ではクロイスタラムと呼ばれ，大聖堂がでてくる．主要人物ドルードを殺害したと推測される（小説が未完のため確証するページが欠けている）ジャスパーは，大聖堂の聖歌隊長をしていたので，今も大聖堂の門番小屋には「ジャスパーの部屋」というプレートが掛かっている．大聖堂に入って正面奥の中央祭壇のさらに奥の上に見える 2 階の小暗い聖歌隊席は，謎の殺人者にして，嫉妬心の渦巻く芸術家，音楽家のジャスパーを連想させる場所である．

　ハイ・ストリートの中央どころにディケンズ・センターがある．古い煉瓦の建物で，『エドウィン・ドルードの謎』の女子修道院とトゥインクルトン女子学院であって，ドルードのフィアンセ，ローズ・バッドが寄宿生としてあずけられていた．ディケンズ・センターでは，今は，一年中，彼の有名な作品について，さわりの場面がミニアチュアで再現されていて，ボタンを押すと人形が動きだし，名場面のせりふが流れるというとても楽しい館である．最近，こうした名場面の締めくくりとして，晩年ギャッズ・ヒル邸の書斎で

ロチェスターのハイストリートにあるディケンズ・センター．右奥に一部見えるのはギャッズ・ヒルより移築した，ディケンズ執筆のスイスシャレー．

第6章　19世紀の文化と文学

行列に参加した一人，ハイストリートに立つ．右上は大時計．

ロチェスター大聖堂

　自分が創作してきた世界を瞑想するディケンズのスクリーンが付け加えられ，本センターはなかなか充実したものになっている．とにかく，ロチェスターはディケンズの町である．町全体がそれを意識し，誇りとしていると言える．5月末のディケンズ・フェスティバルには，近隣はもとより，全国から，あるいは，全世界からディケンズ愛好者が押しかけ，その多くは思い思いにヴィクトリア朝の衣装を付けて，ハイ・ストリートのディケンズ・センター前から通りの外れにある城跡まで，古式ゆかしく正装した市長さんを先頭に行列をする．凝った人は，フェイギンなどディケンズの有名な人物の仮装をして練り歩く．こうした趣向は彼の作品が大衆の中に浸透し，生きているのでなければ，とうてい実現しがたいことであろう．

　晩年，ディケンズはロチェスターの近郊グレイヴゼンドにある豪邸ギャッズ・ヒルを購入し，10年余をそこで過ごし，その生涯を閉じた．[2]この家については，次のような逸話がある．4歳のチャールズ少年は父親に手を引かれて散歩の道すがら，その家を目にして以来，その家が大層気に入り，散歩のたびにその家を見にいくことを父親にねだっていたので，父親は彼に言ったという，「おまえだって，どんなことにもくじけないで，一生懸命努力すれば，いつかここに住めるようになる．」父親の言葉は，彼の胸深く刻み込

　2．ギャッズ・ヒル邸は，今は小学校となっているが，ディケンズの書斎は，ほぼ同じままに保存されている．明るい光を好んだディケンズが造らせたというコンセルヴァトールもそのまま残されている．

まれて,ついに半世紀後に実現したというのである.

(3) ディケンズの小説とロンドン

　チャールズ10歳の時,父親の転勤で,一家は再びロンドンに移る.ロンドンの家は,この前よりもさらにむさ苦しいキャムデン・タウンのベイアム通りにあった.ロンドンの場末の貧民街,いわゆるイースト・エンドに住まったのである.後年,有名な『クリスマス・キャロル』(1843)のなかで,ディケンズは,スクルージの書記,ボブ・クラチットの貧しい一家をここに住まわせている.

　　そして書記は,彼の白い襟巻きの長い端を腰の下迄たらし,(彼には見せびらかすような外套がなかったから),クリスマス・イーヴを祝うために,子供たちの列のはしに何回となくくっついて,コーン・ヒルの凍った道を歩き,それからできるだけいそいで,<u>キャムデン・タウンの方へ走って行った</u>——(『クリスマス・キャロル』安藤一郎訳(下線筆者))

　寒風に吹かれ,外套もなく,街の中心部から遠くキャムデン・タウンまで子供たちとふざけながら走っていくボブの姿は,その昔のチャールズ少年そのままであろう.コーン・ヒルは地下鉄バンクを下りたところの大通りで,近くにはマンションハウス,王立取引所,イングランド銀行と,有名な建物が並び,シティの中心部の一つである.

ベイアム通り,キャムデン・タウン

ディケンズが少年労働者として働いた靴墨工場,ハンガーフォード・ステアズ

父親のジョンは人の好い紳士ではあったが，経済観念に乏しく，母親もそれを補うことのできない人であった．とうとう借金が払えなくなって，父親は負債者のためのマーシャルシー監獄に投獄されてしまった．チャールズ12歳の時のことで，すでに冒頭で触れたように，彼はウオーレン靴墨工場で少年労働者として働いた．このことは，鋭敏で，学問で身を立てようと考えていた少年に，筆舌に尽くし難い苦悩と絶望感を与えたのであった．四半世期の後，彼はこれを有名な『デイヴィッド・コパフィールド』(1850)の中で，主人公デイヴィッドの体験として語っている．

> 私は今では，世の中がよく分って，どんなことにも，ひどく，驚くだけの能力は，ほとんど，失ってしまっているのだが，あのぐらいの年齢で，あんなに，易々と放り出されてしまうとは，今だって，多少驚くべきことである．秀れた才能を持ち，観察力が強く，敏捷で，熱心で，上品で，肉体的にも，精神的にも，すぐにも，害われようとする子供でありながら，誰も，私のために，一向，構ってくれなかった…で，私は十歳で，マアドストーン・グリンビイ商会に使われる，下回りの小僧となったのである．

> マアドストーン・グリンビイ商会の倉庫は川岸にあった．それは低くなったブラックフライヤーズにあったのだ．…それは川の方へ，坂を曲がりくねって下りていく，狭い街の突き当たりにある，最後の家で，…がたがたの，古い家で，潮が満ちて来ると，水につき，潮が退くと，泥濘へつくのであって，文字通り，鼠が横行していた．まさに，百年間の埃と煙で，色の褪せた，鏡板を張った，その部屋べや，その壊れかかった床と階段，酒蔵の中で，白ちゃけた古鼠が，ちゅうちゅうと，騒ぎ廻る音，その場所が埃だらけで，腐っていること，こうしたことは，私の心には幾年も前の物ではなく，たった，今の物と映ずるのである．ぶるぶると，震える手をキィニオンさんの手に預けて，初めて，その中に，はいって行った，あの厭な時と同じに，それは皆，私の眼の前にあるのだ．
> (『デイヴィッド・コパフィールド』市川又彦訳)

このとき受けたディケンズの傷痕(トロウマ)は，心に付きまとって離れなかったのを，小説に書くことによってのみ彼は克服したのである．彼はこの事実を友人の

フォオースターに漏らしたのみで，自分の妻子にさえ生涯秘密としたのであった．幸いにもこの辛い経験は，父親に遺産が入り，6か月で終わった．チャールズは再び勉強することができたのであった．しかしながら，エドマンド・ウイルスンはじめ，多くの学者が指摘するように，ディケンズの受けた，終生消えることのない傷痕(トロウマ)は，彼自身とその作品に一大方向性を与えたのだった．すなわち，父親を訪ねたマーシャルシー監獄のこと，そこで会った人々について，チャールズは異常なまでの関心を示し，『デイヴィッド・コパフィールド』，『リトル・ドリット』(1857) その他多くの作品にこうした世界が，人間の内的世界の象徴性を伴って，リアルに，かつ克明に，ペンによって再現されたのである．今日，ロンドンのサザークに監獄の煉瓦(れんが)塀の一部が残されているが，それには立派な真鍮のプレートが下がっており，

「マーシャルシー監獄跡：
故チャールズ・ディケンズの良く知られた
『リトル・ドリット』により有名となった」

マーシャルシー記念プレート

と刻まれている．

　本作品については，後述することにして，話の本筋をディケンズの作家としての歩みに戻すと，処女作『ボズのスケッチ集』に次いで，『ピクウィック・ペイパーズ』が刊行され，これは，ピクウィック氏の従僕サム・ウエラーの登場によって，爆発的人気を呼んだ．生き馬の目をも抜くといった詐欺(ペテン)師や悪党のうようよするロンドンの巷(ちまた)で，善良そのもののピクウィック氏に仕え，危険から護っていく，機知とユーモアに溢れた，いわば，ディケンズの分身ともいえるサムの縦横の活躍が人気の秘密であった．ピクウィックの笑いの次に，ディケンズが人気を博すために盛り込んだものは，涙とペーソスであった．人々は『骨董屋』(1841) の少女ネルの可憐な姿と死に涙を搾った．日本でも最近ミュージカルでお馴染みになった『オリヴァー』(1838)

も好評で迎えられた．これは，笑いとペーソスに，ディケンズ自身幼少期より抱いていた痛烈な社会批判が盛り込まれている．

　日本でのディケンズ受容史を振り返ると，坪内逍遥，夏目漱石，そして，ラフカディオ・ハーンなどによって，明治・大正時代より，文壇にも大学にも推奨されてきたわけであるが，おそらく，日本の読者に最もよく知られているのは，『クリスマス・キャロル』と『二都物語』(1859) であろう．特に前者は，クリスマスとなると，いまだに全世界で放映される．強欲な守銭奴スクルージがクリスマスの前夜，過去・現在・未来の三人のクリスマスの幽霊によって，自分の純情だった心が物欲により頑(かたく)なになる過程，また，誰一人看取る者もなく死んでいく未来の自分の陰惨な姿をまざまざと見せつけられるなどによって，一夜で改心するという話である．この改心物語が，このように世界的人気を博しているのはなぜであろうか．なによりもきびきびとした，ディケンズ独特のユーモラスな文体と，誇張はあるがすべての人間に共通な心の問題を基盤としていること，そしてそれがクリスマスの精神とされる隣人愛に繋(つな)がって，読者の心をほのぼのとした世界に連れていくところにあると考えられる．書記のクラチット一家の，貧しいなかにも優しい，愛情にみたされた一家団欒(だんらん)の世界，いたいけなティム坊やの死など，ペーソスが滑稽(こっけい)と諧謔(かいぎゃく)に隣り合って，読者の快い涙を誘うのである．

　『二都物語』の前に，ロンドンの法曹界を背景とした，中後期の傑作『荒涼館』(1853) の地理的背景をぜひとも見なければならない．イギリスは，議会政治を他のヨーロッパ諸国に先駆けて実施したことは，よく知られているが，司法制度の構造も，中世以来の歴史的積み重ねの重層的強固さがあると言える．たとえば，この小説のなかで，たびたび言及される「大法官」(Lord Chancellor) は司法界の最高責任者であって，11世紀から存在していた．もっとも，本書では彼と彼が鎮座する大法官裁判所，リンカーンズ・イン (Lincoln's Inn) は腐敗した傀(かい)儡(らい)機構であって，「有害きわまりない老無頼漢」と罵倒されている．今世紀も1925年に

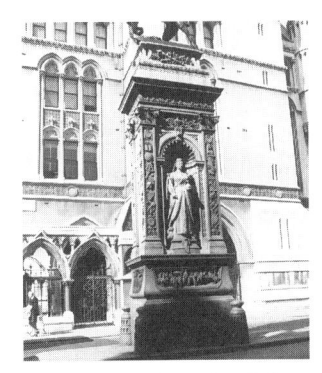

フリート・ストリートにある，テンプル・バー跡の記念碑．背景となっている建物は中央裁判所．

なって，やっと裁判は，中央裁判所（Royal Courts of Justice）に移ったのである．だから20世紀はじめまでは，ここで，実際に大小様々の裁判が行われていたのである．いずれにせよ，フリート・ストリートにある，中央裁判所の堂々たる巨体はイギリス法曹界を象徴するかのように通りを睥睨している．また，今はバリスター（barrister）と称ばれる法廷弁護士の養成機関となっている，リンカーンズ・インを含む，ミドル・テンプル，インナー・テンプル，グレイズ・インの四つの残存する法曹学院の歴史的建造物と広大な敷地は一見の価値がある．いずれも，フリート・ストリートを挟んで散在している．リンカーンズ・インは，テンプル・バー跡を記念する女神の彫像の手前，中央裁判所の横を折れて，チャンサリー・レーンに入っていく．この通りには，裁判官の法服を造る仕立屋とか，法律用書類専門の紙屋があるのも興味深い．ほどなく，左手に陰気な高い屏が続き，リンカーンズ・インの裏門がある．昔は，そっと入り込むことができたが，おそらく，観光客の激増のためか，門は関係者以外立ち入ることができなくなっている．さらに，道を進むと，リンカーンズ・イン・フィールドという広いスクエアに面した表門の前にでる．この門の巨大さ，色と形のエキゾティックな配合をはじめて目撃するのは驚きであり，イギリス法曹界の偉大な存在を間違いなく感じさせるものである．

　リンカーンズ・イン・フィールドも，もともとは美しい緑地であったが，

リンカーンズ・インの正門

ディケンズ作『骨董屋』を記念する店

近年はホームレスが寝袋などをもってたむろしているのを見かけたりした．残念なことである．スクエアを取り囲む道には立派な建物が並び，ディケンズの親友で，最初の伝記作家となった，ジョン・フォースター（John Forster, 1812-76）の住んでいた家とか，『荒涼館』の，レスター・レッドロック卿の腹黒い顧問弁護士タルキングホーンの家のモデルとなった家だとか，イングランド銀行を建てた建築家ソーンズの，今は博物館となっている面白い家などがある．このスクエアの端から西へ向かうとポーツマス・ストリートの角に，「ディケンズによって不朽となった骨董屋」と金色の文字も鮮やかに記された店がある．ディケンズの『骨董屋』とはかかわりがないということであるが，中に入って，売っているものを冷やかしてみるのも一興である．この辺りは地下鉄の駅ホウボンからかなり近いところである．

ミドル・テンプル，インナー・テンプル，グレイズ・インはいずれも，フリート・ストリートのチャンサリー・レーンとちょうど反対側の小道を入っていったところにある．ミドル・テンプルの途中には，エリザベス女王一世によって開かれたというミドル・テンプル・ホールがある．『大いなる遺産』で，ロチェスターから上京してきたピップがハーヴァードと住むのもこの辺りであり，その他，ディケンズの作品に関連することの多いシティの重要部分であるが，紙数の関係で後一つだけ取り上げることにする．

それは，『二都物語』に出てくるテルソン銀行である．この銀行のモデルは，フリート・ストリート一番地にあるイギリスで最も古い銀行，チャイルド・バンクである．本文では，

> テンプル・バーわきのテルソン銀行は，1780年にあってさえひどく古風な建物だった．…これはまたなんともいえぬちっぽけなひどい店．小さな勘定台が二つあり，…その窓がまた，四六時中フリート街から吹き込む土埃を浴びるうえに，窓そのものに取り付けてある真っ黒な鉄格子と，テンプル・バーの落とす重苦しい影とで，いっそう暗くなって見えた．（『二都物語』中野好夫訳）

テンプル・バーは，シティ（旧市内）の西端にあった正門で，ロンドンは自治都市としての権限を持っていたから，国王といえどもシティに入るためには，ロンドン市長から許可を受ける必要があった．江戸時代の関所にもあたる．このため地方からやって来た者は門外のストランドやテムズ河の対岸，

サザックに一夜を過ごすことにもなったので，このあたりには旅籠屋(はたご)が多く，いわゆる宿場町の趣があった．また，当時は処刑された罪人(ざいにん)の首をテンプル・バーの上に並べて晒(さら)し首としたので，テンプル・バーの落とす影は陰惨・不気味であったわけである．

　『二都物語』は，ディケンズには珍しい歴史小説であるが，史実に密着しているわけではない．小説の舞台は，ロンドンとパリの二都である．革命の血生臭い混沌と狂乱の渦のそと，ロンドンのソーホーの一郭で，愛するルーシイと平穏な家庭生活を営むフランスの亡命貴族ダーニイは，その先祖の悪業のためにフランスへ帰ることをよぎなくされ，捕えられ，断頭台に送られることになる．ルーシイを心密かに恋してきたシドニイ・カートンは，外貌がダーニイに瓜二つであることを利用して，身代わりとなって断頭台の露と消える．筋書からいえば，大衆受けのする，美しくはあるが鼻もちならないロマンスである．このため，文壇からは冷たい評価を受けてきたわけであるが，微に入り細をうがつディケンズならではの叙述の妙と，徹底した修辞法の二分法(デイコトミイ)で貫かれた文体と主題は，この物語の尽きない魅力となっている．

　たとえば，第一巻，第一章「時代」は：

　　それはおよそ善(よ)き時代でもあれば，およそ悪(あ)しき時代でもあった．知恵の時代であるとともに，愚痴の時代でもあった．信念の時代でもあれば，不信の時代でもあった．...（『二都物語』中野好夫訳）

といった具合に，一連の見事な対句で始まる．また，全編に錯綜(さくそう)する大小様々な主題が，文体以上に見事な対比をなして描かれている．貴族は人を人とも思わない横暴さと，捕えられて断頭台で処刑される哀れな末路を辿(たど)るという二つの面を持ち，それに対して，民衆は貴族に踏みにじられる虫けらのように惨めであり，また革命の波にのって貴族を断頭台へと曳(ひ)き摺って行く，おぞましい吸血鬼と化した二つの面が描かれている．この小説の取り扱う二分法(デイコトミイ)の主題で圧巻となっているのは，「死」と「蘇(よみがえ)り」という対比概念であろう．貴族の横暴により，バスティーユの牢獄に18年間幽閉されていたルーシイの父，マネット医師が，解放された後に示す生ける屍(しかばね)さながらの姿は，今世紀になってフロイト，その他の心理学者により，はじめて学問としてのメスが入った，人間の無意識の世界の不可解さ，神秘さを絶妙な筆使いで大担に詳述し，医師が生ける屍から人間らしさの意識を取り戻しては，ま

第6章 19世紀の文化と文学 223

◀聖ジョージ殉教者教会
▼リトル・ドリットのステンド・グラス（聖ジョージの足許）

た，屍に近い状態へと逆戻りするといった，精神的生と死の狭間(はざま)を彷徨(ほうこう)する深層心理探究についての野心作でもある．シドニイ・カートンが復活を信じながら断頭台へ上って行くところは，現代の人々には安っぽい信心と映るかもしれないが，ディケンズとしては，おそらく，全編に流れる生と死の主題に繋がったものとして描いていると考えられる．

『リトル・ドリット』は，先に触れたように，マーシャルシー監獄が小説の大きな部分を占めている．登場人物の多くが，物理的に，あるいは，精神的に，閉じ込められた囚人なのである．ディケンズ一家はロンドンの，いわゆる，イースト・エンドに住んだのであるが，この小説はそうした貧しい地域と，テムズ河の河向うのマーシャルシー監獄のあったサザックを舞台としている．ヒロインのリトル・ドリットは，父親入獄中に産まれた．彼女自身は，拘留の対象とはなっていないので，監獄から下働きの女として，働きに出ることができ，そこで，アーサー・クレナムに出会い，その境遇の違いにもかかわらず，彼女のなかにある小さな王女のようなすばらしい心によって，紆余曲折の後，アーサーと結ばれる．結婚式は二人だけで，監獄の隣りにあるセント・ジョージ・ザ・マーター教会（聖ジョージ殉教者教会の意味）で行うところで小説は終わっている．すでに述べたように，マーシャルシーは今はないが，教会のほうは今も堂々として建っており，毎日曜の礼拝も行われている．ここに，小説の主人公リトル・ドリットのステンド・グラスがあ

るとのことで，筆者はそれを見に行った．すぐに見つけらなくて，信者さんに尋ねると，中央祭壇の前に連れていかれた．それでもなおきょろきょろ見回している筆者に，その人は親切に指差してくれた．「ああ，あれ！」と言うと，リトル・ドリットは聖人ではないので，本当は祭壇のステンド・グラスには入れられないわけだから，小さいのだと説明してくれた．教会の守護の聖人聖ジョージの足許に，とても小さい，でも，彼女らしい姿があった．とにかく，ディケンズの小説は，それくらい一般庶民に親しまれていたのである．

『デイヴィッド・コパフィールド』は，すでに何回か言及したように，自伝的要素の濃厚な，それゆえ，ディケンズを語る上で，看過できない作品である．ディケンズ自身，彼の数ある作品の中で「わたしの最高にお気に入りの子」と言っていた．彼は多作のなかにも新しい構想を練った結果，一人称で書くことに着目し，その前に断片的に書き上げていた自伝を打ち切って，それを生かした生涯の物語を書いた．そこには，すでに指摘したように妻や子供にも洩したことのない幼少時代の経験が書かれている．ミコオバア夫人に頼まれてデイヴィッドが質屋通いをするのも，ディケンズの実際の経験である．父親のジョンは，不朽のミコオバア像となった．

> とうとう，ミコオバアさんの苦しいのも，せっぱ詰まってしまって，或る朝早く，捕縛されてボロオ…にある，キングス・ベンチ刑務所へ連れて行かれた．彼は家を出る時に，日の神さまは，今はもう，自分には，沈んでしまったのだ，といった——で，私はあの人の胸が裂け，また，自分の胸も，裂けたように，ほんとに，思ったのだ．だが，後で聞くと，先生，正午前に，九柱戯の試合を愉快そうにやっていたそうである．（『デイヴィッド・コパフィールド』市川又彦訳）

ミコオバア氏

むろん，ミコオバアは創作上の人物とはなっているが，「日の神様云々」は本当に父親が言った言葉であるという．また，ディケンズが，マライア・ビードネルという銀行家の娘に恋をして，失恋の苦汁を嘗めたことはよく知ら

れているが，ここでは，ドオラという妖精のように可愛い女性に一目惚れをする．ドオラのために昼も夜もうつつを抜かすデイヴィッドの姿は，そのままマライアに恋したディケンズの姿である．小説ではドオラとめでたく結婚するが，結婚生活でデイヴィッドは大変な苦労をする．ドオラは家政のことは何一つできず，しようともしなかった．二人の滅茶苦茶な生活はこの上なくリアルに描かれている．招待した友人の前に供される生同然の肉，食卓の上を，ドオラの愛犬ジップがべたべたと歩く．しかし，ドオラは夜遅くまでペンを走らせるデイヴィッドをじっと眺めて起きている．どんなに勧めても決して彼より前に寝につくことはない．それがドオラのひたむきの愛の表れなのである．ドオラの愛の前にただ脱帽するデイヴィッド——．その他，無数の人物が登上し，人と人との微妙な繋がりが全編を貫いている．結末が甘いという欠点はあるが，ディケンズの代表作としてふさわしいものである．批判も多いが，彼の作品の根底には通俗倫理の世界が本当に生きているのである．

　ディケンズの生涯と作品の流れを見てきて，最後になってしまったが，ロンドンでディケンズゆかりの地として必見の地は，いうまでもなく，ダウティー・ストリート48番地のディケンズ・ハウスである．地下鉄ラッセル・スクエアの裏手を走るギルフォード・ストリートを10分ばかり進むと右手にダウティ・ストリートが延びている．1837年から，39年の暮までの2年半を，前年に結婚したばかりのディケンズが家庭を持ったところで，ここで，『ピクウイック・ペイパーズ』を完成し，ついで，『オリヴァー・トゥイスト』，『ニコラス・ニックルビー』などが書かれた．また，その次に書かれた『骨董屋』のネルとか，『デイヴィッド・コパフィールド』のアグネスの，オリジナルと考えられている妻キャサリンの妹メアリが17歳で急死し，ディケンズに『オリヴァー・トゥイスト』の執筆を一時中止させたほどの強い衝撃を与えたのもこの家でのことであった．現在，ディケンズ・ハウスは，ディケンズの博物館であり，図書館であり，かつ，イギリスはもとより世界各地に50以上の支部を持つディケンズ・フェロウシップの本部である．ディケンズの書簡，ギャッズヒル邸より移された家具，愛用の品々，彼の想像力を限りなく刺激したホガースの版画，初版本や登場人物の挿絵などなど，様々な遺品が展示され，地上3階地下1階のヴィクトリア朝住居には尽きない興味がある．

ディケンズは20代ですでに国民的作家となり，彼の一生は，苦労もさることながら，一世を風靡(ふうび)する寵児(ちょうじ)として人生を駆け抜けていった．ただ，彼は己の才に任せて，あまりに多くのことを手がけたために，58歳というまだ人生の脂ののったところで不帰の人となってしまった．そして，ジョージ・オーウェル（第7章参照）がいみじくも言ったように，大衆作家にして，しかも偉大な芸術家であった彼は，ウエストミンスター寺院の詩人たちのコーナーに葬られた．死後その人気が衰えた時期があった．世紀末から20世紀にかけて，新しい小説理論が盛んになり，インテリ作家たちはディケンズのずさんな構成や，センティメンタリズムなどを攻撃したのであった．しかし，1930年代から，ディケンズ再評価の気運が高まり，彼は単なる陽気なクリスマス気分に溢れた大衆作家ではなく，彼の小説は，人間や社会に対する深い洞察から生まれた，象徴性豊かな芸術であると評価されるようになった．近年とみに，彼の特徴である強烈な視覚的イメージが着目され，映画，テレビ，ミュージカルなどが，競って彼の作品を取り上げている事実は，彼の恐るべき現代性を立証している．ディケンズが様々な意味で今なお国民的作家であることは，10ポンド紙幣に彼の肖像が印刷されていることからもわかるであろう．　（大　京子）

ロンドンからパリに出かけるディケンズ（1868年）のカリカチュア

III.　ジェイン・オースティンと楽しきイギリス

(1)　イギリス人に愛され続けるジェイン・オースティン

1995年の『サンデー・タイムズ』の調査によれば，ジェイン・オースティン（Jane Austen, 1775-1817）はイギリスで最も人気のある作家である．世界中で翻訳され，映画化された彼女の作品は，いまやイギリスのみならず，日本を含めて世界中にファンがいる．いまやジェイン・オース

ティンは時代と国境を越えた人気作家である．

『分別と多感』の映画化である『いつか晴れた日に』では，エマ・トンプソンがエリナ役を演じ，彼女の恋人役はヒュー・グラントであった．エマ・トンプソンはこれによりオスカー女優となっている．オースティンの円熟期の作品である『エマ』も最近映画化されて人気を博した．

イギリスの冬は暗くて厳しい．確かにそのとおりである．一日の日照時間が数時間という時期もあり，午後3時にはもう街に灯がともる．しかし，それは夏のガーデニングと対照的に室内での楽しみの季節の始まりである．秋から冬にかけてが，イギリスではコンサートやバレエそして演劇の季節である．なかでも，BBCの名作劇場とでも名付けたいイギリス小説のドラマの放映は，冬の夜の手軽な，しかし心温まる楽しみの一つである．

ジェイン・オースティンの『説得』や『高慢と偏見』がBBCで放映されたとき，私はケンブリッジに滞在中であった．1回1時間ほどで，数週間にわたって放送された．ダーシー役を演じたコリン・ファースは人気を呼び，彼にまつわる番組などもつくられ話題となっていた．ところが帰国してみると，そのBBC版の『高慢と偏見』はNHKの衛星放送で再び見ることができた．BBCのこのシリーズは時代考証にも定評があり，イギリスでも人気がある．

それでは，そのようなイギリスはもちろん世界の人気作家となったジェイン・オースティンの生涯とは，どのようなものだったのだろうか．

オースティンは，ハンプシャーのスティーヴントンの教区牧師の八人兄弟の7番目に生まれた．特に，二つ違いの姉のカサンドラとは仲が良く，ジェインの書簡の多くはカサンドラに出されたものである．『分別と多感』のエリナとマリアンヌの姉妹，そして『高慢と偏見』のジェインとエリザベスの仲の良い姉妹は，オースティン自身の姉とのシスターフッドを思い起こさせるものである．もっとも，現実のオースティン姉妹と上記の二つの小説の姉妹との最大の違いは，ジェインもカサンドラも独身で生涯を終えたことである．

ジェイン・オースティンが生涯独身であったことは，彼女の小説の特徴を考えると興味深い．なぜなら，彼女の小説は，登場人物のなかで最も魅力的な男と女が互いの欠点を克服し成長することにより，幸福な結婚を手に入れる物語と言えるからである．時代を超えて世界中でオースティンが愛されて

いる秘密もこのあたりにあるようだ．読者はより良い，そしてより幸福な世界を体験できるのである．

しかし，それが陳腐で凡庸な物語に終わらないのは，なぜであろうか．それはオースティンの人間観察の的確さであり，そのウイットに富んだ表現力の卓抜さにあるといって良いだろう．彼女はなによりも自分の能力をよく知っていた．彼女は「田舎の村に住むいくつかの家族があれば，小説の材料にはもってこいなのです」と自ら書いている．階級的には自分の属したジェントリーの階層で，オースティン自身が熟知していた人々であった．

歴史的にはフランス革命やナポレオン戦争などの時代であるが，オースティンが描きたかったのは，そのような社会や歴史のなかに生きる人間というよりは，人間そのものであった．そのような彼女の人間へのつきぬ興味と愛情は，いまもって彼女の小説の魅力の最大の武器である．

しかし，そのようなオースティンの小説も最初から順風満帆であったわけではない．『高慢と偏見』の原型である『第一印象』は出版交渉したが，断られている．後に推敲して『ノーザンガー寺院』となる『スーザン夫人』も同様の憂き目にあった．つまりオースティンの小説は，『分別と多感』，『高慢と偏見』，そして『ノーザンガー寺院』のいずれも出版の日の目を見るまでに，著者による十分な推敲がなされたということである．

いったん出版されると，彼女の小説はいずれも好評を博した．しかし，彼女は生前はすべて匿名で出版したので，彼女が小説を書いていることを知る者はごくわずかであった．それは彼女の晩年のチョートンの自宅での有名な

オースティンの愛したチョートン・コテッジ

エピソードにも重なる，オースティン像である．いまも残るこのチョートン・コテッジと呼ばれる家は，決して広くはないが，オースティンにはバースよりもずっと気に入った場所であった．華やかな社交の街バースよりも，この緑陰の田舎の村チョートンが気に入ったようで，彼女の執筆活動は最後の仕上げに入ったのである．

　しかし，彼女に書斎があったわけでもなく，彼女の執筆は居間で来客の目を忍んで行われた．ドアのきしむ音で人の出入りを知り，筆を止めたり，吸い取り紙の下に原稿を隠したりしたという．そのような状況でいまも変わらぬ人気小説を書き上げたというのは，驚きである．チョートン・コテッジのドアはいまもきしんでいるだろうか．私が訪れたのは随分前であるが，むかえのティールームで食べたクリームティーともども忘れられない思い出の場所である．

　生まれ故郷のスティーヴントンそしてこのチョートンというハンプシャーの田舎，ヴィレッジこそ，オースティンの愛してやまない場所であり，安らぐことのできた場所であった．それはイギリス人のヴィレッジ嗜好と相まって，いかにもイギリス的な嗜好と言える．それでは次にオースティンの代表作であり，最も人気の高い『高慢と偏見』を見ていこう．

(2)　『高慢と偏見』

　1797年に『第一印象』として書き上げられるが出版を断られたため，その後推敲を重ね『高慢と偏見』として1813年に出版され，好評を博した．この小説は，ベネット家の五人の姉妹のうちのジェインとエリザベスが生涯の伴侶を得るまでの物語である．美しく聡明なジェインと機知に富む魅力的なエリザベスは，舞踏会でビングリーとダーシーに出会う．ダーシーは年収1万ポンド，ビングリーも5，6千ポンドはある，申し分のない結婚相手である．ジェインとビングリーは互いに一目惚れし恋に落ちるが，エリザベスとダーシーの結婚への道のりは険しいものであった．

　エリザベスとダーシーは何よりも，相手の最初の印象に左右されてしまう．名門貴族を叔母に持ち，上流社交界を知っているダーシーは，田舎の舞踏会を馬鹿にして，誰とも踊ろうとしない．そんなダーシーの高慢さを揶揄しながらも，踊りの相手を拒否されて，エリザベスの自尊心もいたく傷つけられてしまう．物語の最初のクライマックスは，様々な紆余曲折の後にそのよう

なダーシーがエリザベスに求婚する場面であろう.

「抑えようとしたが無駄でした」と言うダーシーの情熱的な愛の告白は,エリザベスにはあまりに唐突であり,同時にダーシーとは身分違いの結婚であることを思い知らされることにもなる.つまり,ダーシーはエリザベスの家族や身分の低さを考えれば,とうてい自分に相応しい相手とは考えられないと言うのである.彼の理性と分別はそう説くのだが,エリザベスへの彼の愛情はそれを越えていかんともしがたいと告白するのである.ところが,このような資産と家柄を笠に着た高慢きわまりないダーシーの求婚は,エリザベスには我慢がならなかった.彼女の返答は次のようなものであった.

「こうした場合には,告白なさったお気持ちに,十分のお返しはできないまでも,義理を感じていると申し述べることは,定まった作法だと私は信じております.義理を感ずるのは自然ですものね.なおそのうえ,もし私が感謝を感ずることができますなら,私はいまあなたにお礼を申すのですけど.でもだめなんです――私はあなたに好意を持っていただきたいと思ったこともありませんし,あなたもまた確かに嫌々ながら好意をお示しになったんですもの.」

(34章,以下『高慢と偏見』富田彬訳より)

驚いたのはダーシーである.身分違いの結婚を決意して愛情を告白したあげくに,彼は完膚なきまでに打ちのめされてしまったのである.このエリザベスの頑な(かたく)とも言える態度は,ダーシーが姉とビングリーの結婚をじゃま盾したことへの怒りと,ダーシーの幼なじみであるウィカムへの不当な扱いに対するエリザベスの義憤から生じたものであった.

ダーシーは,ウィカムが財産目当てにダーシーの妹と駆け落ちしようとしたことを洗いざらい告白し,エリザベ

ダーシーの屋敷ペンバリーのモデルとなったチャッツワース

スの誤解を解こうとする．このダーシーの率直な手紙を契機として，エリザベスも自らの短慮に気づいていくことになる．最初の求婚を予想外に拒否されたダーシーの自尊心は傷つくが，エリザベスへの思慕を断ち切れずにいる．そんな二人は再びダーシーの屋敷ペンバリーで偶然出会うことになる．このダービーシア一の美しい広大な屋敷の主に相応しい紳士的態度で，ダーシーはエリザベスの前に姿を現し，彼女をもてなしたのである．互いの高慢や偏見を乗り越えてダーシーとエリザベスが再び互いを許し合うにはあと一歩であった．

　二人の結婚を実現させたのは，意外な人物であった．それはダーシーの叔母である，キャサリン・ド・バーグ令夫人であった．彼女は甥とエリザベスの結婚の噂を耳にして，この身分違いの結婚を取りやめさせようと，エリザベスの家に乗り込んでくる．実はキャサリン令夫人の娘とダーシーとは婚約した仲であると言うのである．

　「口を出さないで下さい！　黙って，お聞きなさい．娘と甥とは，お互いのためにつくられているのです．母方のほうでは，二人は同じ高貴な血筋から出ているんですし，父方のほうでは，爵位こそなけれ，ちゃんとした名望ある，古い家族から出ているのです．身代は，双方ともたいしたものなんです．二人は，それぞれの家庭の全員の賛成で，一緒になる運命にあるのに，何がいったい二人を引き離そうとするのですか？　たかが家柄も縁故関係も身代もない若い女の成り上がりものらしい手詰めの催促じゃありませんか．そんなこと我慢ができるでしょうか？　いいえ，そんなことがあってはなりません，そうはさせません！　あなたがもしご自分のためということを御存じなら，それまで育てられてきた環境を去りたいなんて，思わないでしょうにね」（56章）

このようなキャサリン令夫人の高飛車な口出しに黙っていられないのが，エリザベスである．この時点ではエリザベスとダーシーは婚約はしていないのだが，彼と自分とは身分違いの結婚などではないとエリザベスは主張する．なぜならダーシーが紳士であるように，自分も紳士の娘であるのだから，二人はその意味では同等であるとエリザベスは令夫人に反論する．大胆不敵とも言えるエリザベスの返答に腹を立てた令夫人は，義務や恩義というものがないのかとエリザベスに詰め寄る．それに対するエリザベスの答えは次のよ

うなものであった.

> 「義務も対面も恩義もいまの場合は私になんにも要求する権利はありませんわ．私がダーシー氏と結婚したからと言って，どの一つの原則も破られるようなことはありますまい．それからあの方のご家族のお腹立ちとか，世間の憤りとか言うことですけど，あの方が私と結婚なさるために，万一ご家族が腹をお立てになるとしても，私はいっこうに平気でございますし——また世間のみなさんは存外お利口ですから，まさか束になってあの方を侮るようなこともいたしますまい．」(56章)

　ジェイン・オースティン自身が最も好きだというエリザベスの面目躍如の場面である．叔母であるキャサリン令夫人から事の次第を伝え聞いたダーシーは，エリザベスに脈ありと見て彼女に再び求婚して受け入れられることになる．ジェインとビングリーそしてエリザベスとダーシーの二組の望ましい幸福な結婚で物語は大団円を迎えることになる．

　このように『高慢と偏見』を読み終わると，エリザベスとダーシーの結婚生活はどんなものになったのだろうと，思いを馳せずにはいられない．そんな読者の期待に応えてくれるのが，エマ・テナントによる『ペンバリー』である．テナントはこれまでにもトマス・ハーディーの『テス』のフェミニズム版を書いて成功している．現代女性作家の視点からの後日談である『ペンバリー』はダーシーの過去の女性などが話題となり興味深いものとなっている．執筆から200年ほどたった現在でさえその続編が書かれるほどの魅力と包含力のある物語を，極めて限られた材料でジェイン・オースティンは書いたのである．

IV.　ブロンテ姉妹とムーアのハワース

(1)　牧師館での短い生涯

　夏にハワースを訪ねると，ブロンテ姉妹の人気を今さらのように知らされることになる．この小さな村が，夏の間まるでロンドンのように混み合っている．目当てのハワース牧師館は今はブロンテ博物館となっていて，当時のブロンテ一家を偲ぶ場所である．エミリ (Emily Brontë, 1818-48) が最後ま

第6章　19世紀の文化と文学　　　　　　　　　　　　　233

ハワースのムーア．ブロンテ姉妹が好んで散歩した．

で医者の治療を拒み息を引き取った部屋はどこだろうかなどとのぞきこみながら，シャーロット（Charlotte Brontë, 1816-55）の手袋の細さや帽子の小ささに驚きながら，充実した一時を過ごす．しかし，『ジェイン・エア』のシャーロット・ブロンテ，『嵐が丘』のエミリ・ブロンテ，そして『アグネス・グレイ』を書いたアン・ブロンテ（Ann Brontë, 1820-49）は，もはやこの喧噪のただなかに居るとはとても思えない．

　あの暗い情熱を抱え込みながら，短すぎる生涯を終えた彼女たちはどこにいるのだろう．そんな彼女たちに触れたくてハワースを訪れた人々は，現在のハワースには少し落胆するだろう．しかし，牧師館を出て，ブロンテ姉妹が好んで散歩したというヘザーの咲き誇る紫に染まるムーアの中を数時間歩き回ってみるといい．風の吹きすさぶブロンテ・カントリーは，華奢で病気がちであった姉妹の自然と自由への渇望を共感させてくれるだろう．

　ブロンテ姉妹はこのムーアに抱かれたハワースの片田舎でどのような生涯を送ったのだろうか．シャーロット，エミリ，アンは，六人兄弟であった．シャーロットの上の二人の姉は寄宿学校での栄養不良と寒さがもとで，二人とも結核で亡くなっている．ブランウェルはただ一人の男の子であったが，画才を頼みにロンドンに出るが挫折してしまう．その後31歳で肺結核で亡くなるまで，彼はこの挫折を克服できずに放蕩の中で生涯を閉じている．

　子供時代からシャーロット，ブランウェル，エミリ，アンの兄弟は仲が良かったようで，最初はグラスタウン物語，やがてシャーロットとブランウェ

ルはアングリア物語を，そしてエミリとアンはゴンダル物語を創作している．これはその後の彼女たちの詩や小説の創作への一種の習作時代となっている．

　経済的に決して豊かでなかった一家を支えるため，シャーロットは家庭教師になっている．このときの惨めな経験は，『ジェイン・エア』の中でも書かれているが，彼女はむしろ姉妹で学校を設立しようと計画する．エミリとともに外国語の能力などに磨きをかけるため，ブリュッセルで修行を重ねる．しかし，この学校設立の計画は結局一人の生徒の応募もないまま失敗に帰すことになったのである．

ブロンテ姉妹

　しかし，わずかずつであるが光明の射したところもあった．ベルギーから帰国したシャーロットは，妹たちも詩を書いていることを知り，三人の詩集を出版することにする．自分たちのプライバシーを守るため，また女性による詩集として軽く扱われることを避けて，女性であることを隠したペンネームを用いての自費出版であった．1846年に出された *Poems by Currer, Ellis and Acton Bell* が，それである．カラ，エリス，アクトンのペンネームは三人の姉妹の実名の頭文字から生まれたものである．この詩集は書評はされたものの，実際に売れたのは2部のみであったという．しかし，姉妹は今度は小説の出版に乗り出すことになる．いくつもの出版社に断られたあげくに，エミリの『嵐が丘』とアンの『アグネス・グレイ』は何とか出版の目処がつくが，シャーロットの『教授』は拒否されてしまう．

　50ポンドの前金を支払ってではあるが，『嵐が丘』と『アグネス・グレイ』は1847年に日の目を見ることになる．シャーロットはいったん『教授』は諦め，『ジェイン・エア』の出版を打診し，スミス・エルダー社より1847年に出版する．『嵐が丘』は書評家たちを当惑させ，『アグネス・グレイ』は無視されるが，『ジェイン・エア』は大成功であった．出版社の勧めで，シャーロットは『シャーリー』を1849年に出版する．これにより彼女は，同時代の女性作家，エリザベス・ギャスケルや，ハリエット・マーティノーたちと親交を結ぶことになる．

　シャーロットは上の二人の姉を失い，弟ブランウェルに続きエミリ，アン

も結核で亡くなってしまう．33歳で六人兄弟の中でただ一人生き残った彼女の辛さと寂しさはどのようなものだったのだろうか．そして，シャーロット自身も，妊娠中の身で40歳に手が届かずに亡くなっている．しかし，彼女は『ヴィレット』(1853) という傑作を残している．

『ヴィレット』は『ジェイン・エア』同様に極めて自伝的要素が強い作品である．シャーロットのベルギーでの恋愛体験がその核になっているが，彼女は，『ヴィレット』では女主人公に無批判に同化せず，距離を置くことに成功している．そしてこれが彼女の最後の小説となったのである．

彼女の処女作である『教授』は，結局，彼女の死後の1857年に出版される．同じ時期に出版されたのが，エリザベス・ギャスケルによる，『シャーロット・ブロンテ伝』である．これはシャーロットに死後様々な誤解や中傷があって，彼女の夫や友人の求めに応じてギャスケル夫人が書いたものである．シャーロットを弁護するために書かれたものであり，ヴィクトリア朝の社会通念を考慮しての内容となっているので，現在から見れば，重要な部分が省かれており十分とは言えない．しかし，この『ブロンテ伝』は，そのような限界はあるもののイギリス文学史上最も優れた伝記の一つとなっていることは間違いない．

ギャスケル夫人とシャーロットとは，ヴィクトリア朝の女性作家に特有なシスターフッドがあった．彼女たちは男性批評家により，互いにライバルにされてしまうのを避けている．読者を奪い合うことを避けて，『ジェイン・エア』が出版された翌年にギャスケルの『メアリ・バートン』が出ている．ギャスケル夫人は創作上の悩みをよくシャーロットに相談していた．また，シャーロットが『ヴィレット』をギャスケル邸で書いたともされている．ギャスケル夫人は，ユニテリアン派の牧師の妻として子供たちの母としての務めを果たしつつ，小説を書いた．シャーロットも気むずかしい父親の世話をしつつ，妹たちを思いやり，夫の面倒を見るなど，家庭を守り家政を司り，同時に小説家でもあった．

女性の聖域は家庭であるとするヴィクトリア朝的社会通念は，女性が作家であることを極めて困難にした．ギャスケル夫人もシャーロットも女の義務を果たした上で，作家であったのである．彼女たちが感じた苛立ちや焦り，そして孤独はどのようなものであったろう．『シャーロット・ブロンテ伝』は，そのような同じ辛酸を体験した女性作家同志のシスターフッドの緊密さ

と深さとを感じさせてくれる伝記である.
　それでは,次にシャーロット・ブロンテの『ジェイン・エア』について述べよう.

(2) 『ジェイン・エア』

　1847年に出版されたシャーロット・ブロンテの『ジェイン・エア』は出版後すぐに大成功をおさめる.これによりヴィクトリア朝の読者は全く新しいヒロイン像に出会い,それを受け入れたのである.それが不器量な孤児ジェインであった.読者はジェインの意志の強さや情熱の激しさに翻弄されつつも惹かれていくのである.このジェインの姿には作者であるシャーロットの姿や経験が重なっている.冬の厳しい寒さの中を戸外に出されて手足の凍傷に苦しみ,その一方では育ち盛りであるのに十分な食べ物も与えられず病人が出る寄宿学校,ローウッドの描写は,シャーロットや姉たちの寄宿学校での経験から書かれている.ジェインはそこで無二の親友を失い,シャーロットは姉たちを亡くすのである.

　しかし,ジェインはローウッドでの過酷な境遇を生き抜き,そこで身につけた教育から家庭教師になり,自立していくことになる.彼女の雇い主であるロチェスターとの運命的な出会いが,勝ち気なジェインに女性であることを目覚めさせることになる.一方,ロチェスターもジェインの性格の魅力に惹きつけられ二人は結婚式を挙げようとするのだが,彼には実はすでに妻があり,彼女は屋敷の屋根裏部屋に幽閉されていることがわかる.

　ジャマイカ生まれで,夫に見捨てられ,いまは狂女となったロチェスターの妻バーサは,20世紀のフェミニズム批評により発見され再評価された最もヴィクトリア朝的女性と言えるかもしれない.なぜなら,イギリス中心的,男性中心的ヴィクトリア朝社会の中で,バーサは人種とジェンダーにより二重に抑圧され隠蔽された存在であるからだ.サンドラ・ギルバートとスーザン・グーバーの『屋根裏の狂女』と題された19世紀女性作家の研究書は,そのようなバーサの存在に光を当てることにより,フェミニズム批評の金字塔となっている.

　ロチェスターとの別れにより,死の苦しみを味わうことになるが,生まれ変わったジェインは突然叔父から2万ポンドの遺産を送られ,教区牧師のセント・ジョン・リヴァースから求婚されることになる.インドへの布教に妻

として同行して欲しいと言うセント・ジョンに対するジェインの答えは実に率直である．セント・ジョンは次のように言う．

> 「神と自然は，あなたを宣教師の妻にすることに決めたのです．あなたは容姿の美しさではなく，知的，精神的能力を持っている．あなたは愛するためではなく，働くために生まれてきたのです．宣教師の妻にならなければなりません——宣教師の妻になりなさい．私の妻に．私があなたを要求する．私の好みというよりも，私の神に仕えるために．」
> （34章，以下『ジェイン・エア』田部隆次訳より）

この神を後ろ盾にした，愛のない彼の求婚を，ジェインはきっぱりと次のように断る．

> 「私は女の心を持っていますが，それはあなたとは関係ありません．あなたに対してはただ同僚としての信義，お望みならば戦友としての正直，忠実，友愛を差し上げます．新参が古参に対する尊敬と服従を誓います．それだけですからご心配には及びません．」（34章）

セント・ジョンのもとを去り，ジェインが向かったのは，妻の放火で屋敷は焼失し，妻を失い，自らも盲目となり傷ついたロチェスターのもとであった．20歳も年上の盲目の体の不自由なロチェスターとの結婚の幸せを，ジェインは次のように表現している．

> 「私はこの世で一番愛している人のためにまたその人と一緒に暮らすことに全生涯を捧げることはどんなものだかわかっている．私はこの上もなく幸福——言葉では言い表せない程幸福だと思う．どんな女性でも，私以上にその夫に接近し得たものはあるまい．私程，夫の骨の骨であり，夫の肉の肉であるものはない．」（38章・結末）

『ジェイン・エア』の結末で述べられるこのジェインの真情の吐露を聞いていると，シャーロット・ブロンテがなぜジェイン・オースティンを否定したかがよくわかる．

19世紀の女性作家にとってジェイン・オースティンの存在は大きかった．女性作家の理解者であり，ジョージ・エリオットの生涯の擁護者でもあったG. H. ルイスの勧めでシャーロットは『高慢と偏見』や『エマ』読んだ．そ

して，シャーロットは自らの文学の本質がそこにはないことを次のように明言している．

　「オースティン嬢は，上品なイギリス人の生活の上っ面を実にうまく描いています．しかし，激しいもので読者の心を騒がすことも，深遠なものでそれをかき乱すこともありません．姿は見えないが激しく鼓動するもの，血が駆け抜けていくもの，生命の見えざる王座，死の敏感な標的——こういうものをオースティン嬢は無視しているのです．」

（1850年4月13日書簡）

V. ジョージ・エリオットとイギリス社会

(1) 男性ペンネームの作家

　ヴィクトリア朝の女性作家たちの中には，自らの性を隠して男性ペンネームを用いて作品を発表した人々がいた．ブロンテ姉妹の処女詩集が，カラ，エリス，アクトン・ベルのペンネームにより出版されたのもそのような例である．これから論じていくジョージ・エリオット（George Eliot, 1819-80）も，実はそのような男性ペンネームを用いた女性作家であった．女性作家が男性名で作品を発表する背景には，当時の文学界，批評界の中の性によるダブルスタンダードがあった．女性作家と男性作家とは異なる文学領域を持ち，女性作家の作品は初めから男性作家の作品より低く位置づけられた．二流の文学に位置づけられるのを嫌って，女性作家たちは匿名や男性ペンネームで作品を公にしたのである．

　イギリス中部の都市であるコヴェントリーには，ジョージ・エリオットの銅像や彼女に関する資料が展示された図書館がある．1995年には，この近くにあるウォリック大学で，ジョージ・エリオット協会による国際学会が開かれた．バーバラ・ハーディーをはじめとするエリオット研究家たちとの意見の交換はもちろん充実したひとときであったが，忘れられないのは，ジョージ・エリオット・カントリーとも呼べるこの地域のエリオットゆかりの場所をめぐるツアーであった．参加者はエリオットの研究家ばかりでなく，エリオットの小説の愛読者も加わり和気あいあいとしたものであった．私はこ

第6章　19世紀の文化と文学　　239

ジョージ・エリオット　　エリオットの生まれた家，アーベリー・ファーム

の時に，エリオットの『ミドルマーチ』がBBCで放映され，いまはビデオになっていると聞かされたのであった．実に有益な楽しいひとときであった．1997年秋には，このエリオット協会の日本支部を兼ねた，日本ジョージ・エリオット協会が設立され，70名余りの出席者があった．定期的な研究の交流の場が確保されて，日本におけるエリオット研究もますます活発になるであろう．

　ヴィクトリア朝を代表する女性作家ジョージ・エリオット（メアリ・アン・エヴァンズ）の小説家としてのデビューは38歳の時であり，かなり遅い出発である．彼女はむしろ当時のドイツ神学の先駆的研究書である，シュトラウスやフォイエルバッハの翻訳や，『ウエストミンスター・レヴュー』の編集などで，文筆家としての実績を積んでいた．そのような彼女に小説を書くように勧めたのが，G. H. ルイスであった．ルイス自身も多才な人物であったが，女性作家論を書くなど女性作家への理解者であり，擁護者でもあった．そのようなルイスとの出会いは，小説家エリオットの誕生の産婆役となり，同時にメアリ・アン・エヴァンズが生涯にわたって求めた精神的支柱を得ることにもなった．もっとも当時ルイスには別居中の妻があり，正式の結婚をルイスとエリオットはできなかった．それゆえに，彼ら二人は当時のヴィクトリア朝の社会通念からは決して許されぬ関係であった．ドイツへの逃避行からイギリスへ戻った二人を，人々は冷たくあしらった．しかし，そのような社会通念や規範を乗り越えるだけの小説家としての才能に，ジョー

『フロス河畔の水車小屋』
の挿絵

『サイラス・マーナー』の一場面
（オリヴァー・ブラウン作）

ジ・エリオットは恵まれていたのである．そして，そのような才能を育て守り続けたのがルイスであった．二人の関係はルイスの死まで続いた．

　牧歌的な中部イングランドを背景に子殺しを犯してしまった娘ヘティ・ソレルと彼女を愛するアダム・ビードの物語，『アダム・ビード』(1859)，エリオット自身の自伝的色合いの濃い，『フロス河畔の水車小屋』(1860)，そして無垢な職人が共同体から村八分にされるが，子供により人間愛を回復する物語，『サイラス・マーナー』(1861) などを次々に出版し作家としての地位を築き読者を獲得していく．そして，作家としての円熟期に『ミドルマーチ』(1871-72) を書き上げ，ジョージ・エリオットはイギリス文学史上に輝かしい名を残すことになる．彼女の代表作の『ミドルマーチ』を見ることにより，彼女の小説の特徴についても考えていこう．

(2) イギリス社会のパノラマ小説『ミドルマーチ』

　舞台は第一次選挙法改正時代のイギリスの地方都市であるミドルマーチである．多様な価値観と様々な階級とが織りなすこの田舎の共同体が，『ミドルマーチ』の主題でもある．この小説は，ヴィクトリア朝小説の典型と言える複数のプロットで構成されている．主要なプロットは二つあり，ドロシア・ブルックとターシアス・リドゲイトがそれぞれ中心に位置づけられる．それに土地管理人の娘である，メアリ・ガースのプロットと，銀行家バルス

トロードのプロットが加わり，19世紀前半のイギリス社会とそこに生きる多様な人々をパノラマのように表現した小説と言える．ドロシア，リドゲイト，メアリ，そしてバルストロードの四つのプロットは異なる四色の糸のように織り合わされて物語は進行し，『ミドルマーチ』と言う一枚のタペストリと成る．

「すべてが相互に関係し合い，無駄なものはない」と言うエリオットの小説らしく，これら複数のプロットが相互に関係し合い，マイナーな人物にも必然的な存在感が与えられている．それではドロシアとリドゲイトのプロットを中心に物語を見てみよう．

ドロシア・ブルックはまだ成人前の美しい娘である．両親を亡くし，妹のシーリアとともに叔父のブルック氏の世話になり，何不自由ない生活をしている．聖テレサのような社会改革への熱情に燃えるが，世間知らずのドロシアは，学究肌の牧師であるカソーボンに一目惚れし，周囲の反対を省みずに結婚する．父親ほども年の違うカソーボンとの結婚をドロシアが望んだ理由には，当時の女子教育に対する彼女の不満があった．それは自らの受けた教育に起因したドロシアのコンプレックスでもあった．

> しかし彼女［ドロシア］がラテン語やギリシア語を知りたかったのは，未来の夫に献身的に仕えたい一心からとばかりは言えなかった．男性に限られたこの知識の分野は，真理のすべてを他のどこから見るより真実な相において，とらえ得る立脚点である，と思われたからである．ありていに言えば，彼女は自分が無知であると感じているため，自分の推論に絶えず疑いをもっていた．
>
> （7章，以下『ミドルマーチ』工藤好美・淀川郁子訳より）

古典語であるギリシア語，ラテン語は当時はパブリック・スクールからオックスブリッジへと進学する紳士の教育の根幹をなすものであった．一方，女性たちは，フランス語や音楽そしてダンスなどの社交的な科目に加えて，裁縫に刺繍などを家庭教師や近隣の女子塾で身につけた．パブリック・スクールも大学などの高等教育機関も，19世紀の前半ではまだ女性に門戸を開いてはいなかったのである．教育は性により明らかに差別があったのである．ドロシアのコンプレックスはそのような自らのお粗末な教育への不満と疑心から生まれた．それゆえ彼女がカソーボンに惹かれたのは，彼の容貌ではも

ちろんなく，長年の研究成果である『神話学大全』に集約されようとしている彼の学識にあった．

それゆえに，結婚後のドロシアとカソーボンの夫婦の不和が，彼の学識へのドロシアの不信から端を発するのは当然のことであった．当時のキリスト教神学の先端的研究はドイツ神学に負うところが大きかった．それにもかかわらず，カソーボンはドイツ語ができなかったために，その研究分野に全く無知であったのである．そのようなカソーボンの研究の盲点をドロシアに示唆したのは，カソーボンの親戚であり，彼が世話をしてやっている美しい若者ウィル・ラディスローであった．

ドロシアとラディスローの仲を疑ったカソーボンは，失意と嫉妬にさいなまれ病に倒れ突然死してしまう．ドロシアの結婚は失敗であった．彼女が夫の学識により，新しいヴィスタを獲得し世界を新しい光の中で見ることを夢見た期待は裏切られ，彼女はかえって薄暗い日の射し込むことのない迷路に閉じこめられてしまったのである．

そのような彼女を救ったのがラディスローであった．しかし，二人の仲を裂くためにカソーボンは，遺言状で妻への遺産相続に条件を付ける．ドロシアはラディスローと再婚しない条件で遺産を相続できるとする遺言をカソーボンは遺したのである．しかし，ドロシアはそのような亡き夫の妨害にもかかわらずラディスローとの再婚に踏み切り，この田舎の町ミドルマーチを出ていき，物語は結末を迎える．

長年の研究に疲れ，その研究成果への評価に疑心暗鬼となり心身ともに朽ち果てていった病身のカソーボンの主治医が，ターシアス・リドゲイトであった．ロンドンやパリで医学教育を受けた彼は，ミドルマーチで開業医となり，科学者としても成功しようと大望に燃えていた．しかし，彼の新しい医学の知識と薬をむやみに処方しない独自の方法は，この田舎の開業医たちの嫌悪と妬みの的となる．

そのようなミドルマーチでリドゲイトが心を許し恋に落ちた女性が，ロザモンド・ヴィンシーであった．財産のないリドゲイトは，医者としての地位を確立し資産の目処(めど)の立つまでは結婚しない決意であった．しかし，ロザモンドの魅力に負けて結婚してしまう．このロザモンドの魅力は，前述したドロシアと対照的にリドゲイトには感じられた．彼にはドロシアの知識欲は家庭を守る妻としては疎ましく，ロザモンドの魅力は仕事に疲れた夫を癒(いや)すも

のと感じたのである．この地方の名門レモン女史塾の華と謳(うた)われたのが，ロザモンドであった．美しい容姿に恵まれ，歌に優れ立ち居振る舞いも申し分のない彼女は自らの魅力を十分に承知していた．そんな彼女に新来の医者であるリドゲイトは申し分のない結婚相手と思われた．

　しかし，工場主であり市長でもある父親のもとで気ままに育てられた彼女の浪費癖は，開業間もないリドゲイトの収入ではとても支えきれるものではなかった．理想と研究心に燃えるリドゲイトは，開業医仲間から阻害され，収入もおぼつかなくなってしまう．彼が借金をしたのは，新設病院の後援者である銀行家バルストロードであった．しかし，宗教心あふれる，町の篤志家バルストロードには実は暗い過去があったのである．

　その隠された過去から亡霊のようにバルストロードの前に現れたのが，ジョン・ラッフルズであった．バルストロードの財産は実は盗品の売買から得た汚れた金で築かれたものであった．ラッフルズはバルストロードの過去をネタに彼ににつきまとい強請り，金を手に入れる．過去が明るみに出ればバルストロードのミドルマーチでのすべてが崩壊してしまう．ラッフルズを何とかミドルマーチに近づけないように，自分につきまとわないようにバルストロードは彼に口止め料を支払う．ところが，荒れた生活と酒浸りのためにラッフルズはアルコール中毒から病に倒れてしまう．彼の譫言(うわごと)から事件が発覚するのを恐れたバルストロードは，ラッフルズを屋敷に引き取り自ら介護してやる．そのときラッフルズの治療にあったたのが，リドゲイトであった．

　ラッフルズはバルストロードの屋敷で亡くなり，バルストロードの過去がミドルマーチで噂となり，ラッフルズの死へのバルストロードの関与がミドルマーチで糾弾されるようになる．ラッフルズの死についてはリドゲイトは潔白であったが，彼のバルストロードからの借金がリドゲイトをバルストロードの共犯者とみなされる証拠になってしまう．パリやロンドンでの医学教育を基礎に科学者としての未来に燃えていたリドゲイトは挫折してしまう．世俗にまみれた開業医を軽蔑していたリドゲイトであったが，浪費家のロザモンドを養っていくには彼も世俗にまみれるしかなかったのである．自らの夫婦の危機を経験したドロシアは，リドゲイトとロザモンドに救いの手をさしのべる．ここにいたりリドゲイトはドロシアの人間性に気づき，自らの評価の誤りを知ることになる．

ドロシアの結婚もリドゲイトの結婚も失敗であった．リドゲイトは医者として成功し，邸宅を構えたが，科学者として野心のあった彼自身は生涯自らを失敗者とみなしていた．一方，ドロシアを直接は知らぬ後世のミドルマーチの人々は，彼女を望ましい女性としては語らなかった．しかし，物語は次のような一節で閉じている．

> 彼女の繊細な精神は，ひろく人目につかないとはいえ，微妙な実を結んだ．彼女の豊かな人となりは，ペルシアのキューロス大王によって水をさえぎられた河のように，この地上にはほとんど名をとどめないいくつもの小さな流れとなって終わった．しかし彼女の存在が周囲の者に与えた影響は，数えきれぬほど広くゆきわたっている．なぜなら，この世界の善が増大するのは，一部は歴史に記録をとどめない好意によるからである．そして世の中が，お互いにとって，思ったほど悪くないのは，その半ばは，人目につかないところで誠実な一生を送り，死後は訪れる人もない墓に眠る人が少なくないからである．（終章）

ドロシアやリドゲイトの生涯は，叙事詩に詠われる英雄のような人生ではなかった．ドロシアの人生は，その情熱や知識欲にもかかわらず，彼女が望んだ社会改革へ寄与したものではなかった．そして，科学者としてのリドゲイトの大望も挫折をすることになった．ドロシアもリドゲイトもミドルマーチの英雄でさえなかった．しかし，社会は英雄により支えられてきたのではない．むしろ，ドロシアやリドゲイトのように，過ちを犯しやすい普通の人々により支えられてきたのである．ジョージ・エリオットはそのような普通の人々の人生に光を当てることにより，読者一人一人の存在の意味を語ったのであった．そのような自己認識の中に隣人への共感を見出そうとしたのが，ジョージ・エリオットであった．　　（松本三枝子）

VI. オスカー・ワイルド
―――時代の寵児から下獄，そしてフェニックスのごとく―――

(1) 世紀末の才人

オスカー・ワイルド (Oscar Wilde, 1854-1900) は，没後1世紀，再び世

紀末の今，本国イギリスはもとより極東の日本でもますます脚光を浴びてきている．19世紀末の1895年に自ら起こした訴訟に破れ，2か年の懲役と重労働の判決をうけて，悲惨と恥辱のどん底に落ちたワイルドが，そのちょうど1世紀後の1995年には，ロンドンのウエストミンスター寺院の詩人たちのコーナーに入れられ，イギリス詩人として最高の栄誉を授与されるという画期的な出来事が起きた．その翌年，1996年には彼の戯曲『真面目が肝心』(1895)がロンドンのウエスト・エンドでロング・ランとなり，すこぶる好評であった．1997年は，同じく彼の『理想の夫』(1895)が上演された．

アメリカに出かける直前のオスカー・ワイルド（1881年）

　日本におけるワイルド受容には，明治の日本の国力増進の後の人々の自由，頹廃への欲求の風土が必要であったと見られている．具体的には大正の反体制思想の温床をはらみつつあった明治末期から，新しいタイプの文学として紹介されている．『ウィンダミア卿夫人の扇』が岩野泡鳴訳で明治42年に『早稲田文学』に，同年に『熱心の大切な事』のあらすじがやはり泡鳴によって紹介され，小林愛雄訳『悲劇サロメ』，森鷗外訳『サロメ』とあいついで刊行されるなど，目覚ましいものがあった．戦後半世紀が過ぎた今日の日本においても，彼の没後百周年とも相俟って，ワイルド・ブームは一層の高まりを見せている．

　世紀末の才人，逆説・ウイットの達人，オスカー・フィンガル・オルラハティ・ウィルズ・ワイルドは，アイルランドのダブリンで生まれた．父ウイリアム・ワイルド卿は著名な医師であり，かつ考古学にも興味をもった人であった．母ジェーンF.エルジーは豊かな文才に恵まれ，「スペランザ」のペン・ネームで知られ，ワイルド家のサロンは文人，芸術家，名士などの寄り集う華やかな社交の場であった．ダブリンのトリニティ・コレッジを卒業し，ついでオックスフォードのモードレン・コレッジに進み，古典学を修めた．ギリシアやラテンの古典においては常に最優秀の成績をとったという．モードレン・コレッジ時代にすでに詩を発表し，コレッジ全学生にとっての最高の栄誉であるニューディゲイト賞を受けた．このことは彼の詩人としての将来を約束するものでもあった．また，在学中よりジョン・ラスキン（1819-

1900) とウォールター・ペーター (1839-94) を尊敬し, 特に後者からは芸術至上主義, 唯美主義の洗礼を受け, 彼の『ルネッサンス』(1873) はこれなくしてワイルドはありえなかったであろうと考えられるほどの絶大な影響を彼に与えたのであった.

(2) 芸術至上主義者

学生時代から唯美主義運動に身を投じ, きざなダンディの衣裳に, 向日葵(ひまわり)を胸につけて世紀末ロンドンの大路を行くなど, 彼の言動は学生仲間や時の文壇の内部にどどまらず, 人々の好奇心と敵意を煽(あお)る社会的事件となっていたようであった. というのは, その頃, 1881年, ワイルドと彼の芸術至上主義運動を風刺した『ペイシャンス』という芝居が上演されて, その中で彼は嘲笑の的となった. ワイルドの芸術至上主義とは, たとえば, 彼の『真面目が肝心』のなかで, グウエンドリンとアルジャノンの台詞が明瞭に示している.

> グウエン： 重大問題の場合には, 物の言い方が美しいか美しくないかってことが大切なんですものねえ. 本当か嘘かなんて問題じゃないわ.
>
> アルジャ： 何もしないってのは, なかなか骨が折れるね. しかし骨の折れる仕事も僕はいやじゃないがね, 別にこれといってはっきりした目的がない場合は. (『真面目が肝心』厨川圭子訳)

すべて, 美しいかどうかということが第一で, 何か他の目的があってするのではない, つまり芸術美のためのみの創造にワイルドは創作の意味があるとしているのである. ついでに, ここでイギリスにおける唯美主義の歴史に触れると, 審美的とか, 美学的, という言葉は, ギリシア語の 'aesthetic' から来ており,「美」, 特に「芸術における美の科学」といった意味である. ドイツ人バウムガルテン (Baumgarten, 1714-62) が *Aesthetica* (美学) と題する著書を1750年に公にして以来, この言葉の意味が明確になり, イギリスにも伝わったとされている. 一方, チェルムシェヴスキー (N. G. Chermshevsky, 1828-89) はワイルドとほぼ同時代であるが, *Life and Aesthetics* (人生と美学) という論文を1853年に発表し, この中で「創造物である芸術は現実における美に劣る」と述べ, 芸術至上主義に真っ向から反

対している．これは，ワイルドが下獄の恥辱と苦悩を経験した後「芸術には才能を，生きることに天才を」と言っていることと符号する．ただし，チェルヌィシェフスキーがイギリスとヨーロッパに紹介されたのはずっと後の1935年になってからのことであった．ワイルドは，下獄という想像を絶する奇しき体験によって，晩年この真理に到達したということはさらなる驚きであることを記しておく．

話を19世紀イギリスの唯美主義運動に戻すと，有名な雑誌『パンチ』誌上で，文壇およびワイルドらに代表される芸術家たちのあるグループを風刺するためにこの「唯美主義」という言葉を用いたのが始まりで，やがて，ダンテ・ガブリエル・ロゼッティらの「ラファエル前派」などの芸術上のグループや流派などを総称する名称となったのである．

瞑想に埋没したO. ワイルド．1881年カリカチュア．

1882年，すでにその前年に処女詩集 Poems を刊行しているワイルドは講演旅行のためアメリカに渡った．ワイルドを迎えるニューヨークの桟橋は報道陣で溢れ返っていた．わずか26歳のワイルドは詩人・文人としてはほとんど知られていなかった．にもかかわらず，彼らが詰めかけたのは，『ペイシャンス』の主人公バンソーンのモデルと信じられていた，「唯美主義者」なるものの実物を見ようとしたのであった．彼は1年間の滞在中に60回以上の講演をした．しかし，結局，彼はアメリカと喧嘩別れをしている．ワイルドはアメリカとアメリカ人を「俗物的実用主義者」として嘲った．それに対して，アメリカ側は彼のダンディズムと軽薄な態度を攻撃した．歓迎の嵐の中に第一歩を印したものの，結局は彼は二人の友人に見送られて寂しくアメリカを去って行ったという．

その後，彼はパリに滞在した．フランス語を愛し，かつ堪能であったので，有名な『サロメ』は最初はフランス語で書かれたほどであったが，やがて金に窮してロンドンに帰っていった．しかしながら，彼の言動は依然として若い崇拝者にとって憧れの的であり，大きな魅力であった．1884年，弁護士の娘コンスタンス・メアリ・ロイドと結婚する．二児をもうけ，幸せな家庭生活であったという．しかし，雑文で生活費を稼がなければならなかった．

(3) 『幸福の王子』から『ドリアン・グレイの肖像』まで

1888年，息子のため，最初の短編集『幸福の王子・その他』を書き，出版した．これに続いて，『石榴(ざくろ)の家』などが刊行された．ワイルドの短編は日本でも広く愛読されているが，これらはすべて寓話的な物語であり，崇高な悲愛の世界を示した美しい物語としてよく知られている．自分の書いた物語を息子に読んでやりながら，涙を流しているのを息子に指摘されたという．このエピソードに，ワイルドの秘められた本性が見られる．傍若無人，快楽の限りを尽くしたワイルドが書いた，「幸福の王子」の物語の王子こそワイルド自身ではなかったであろうか．王子はこの世に苦しみが存在することさえ知らなかったが，貧苦に苦しむ人々を見て，自分の体に着けていた金箔や宝石をすべて与えてしまって，乞食同然の惨めな姿となる．そして，溶鉱炉に投げ入れられ，一層惨めにな姿となった王子の中にあるハートこそ，この世で最も尊いものとして神の前に天使によって運ばれる．あるいは，一人の苦学生のために，自分の血をばらの花に与え尽くして死んでいくナイティンゲールの物語「ナイティンゲールとばらの花」など．彼の何処からこうした物語が生まれてきたのであろうか．それはワイルドその人自身のミステリーであるともいえよう．それからたった数年後，名声の絶頂にあったワイルドはクウィンズベリー侯との訴訟に破れ，2年間の禁固・重労働の刑を言い渡され獄に繋(つな)がれることになるのである．侯爵の息子ダグラスとの同性愛，彼の芸術観，人生観が法廷で問題とされ，かくして時代の寵児ワイルドは，一夜にして，奇しくも「幸福の王子」の王子と同じ運命を辿(たど)ることになったのである．

1891年，ワイルドの唯一の長編小説『ドリアン・グレイの肖像』が刊行される．上に述べた，侯爵の美貌の息子ダグラスをモデルとしたものであるが，これは，発表と同時に不道徳な作品として非難された．主題は人間の善と悪，美と醜，朽ちるものと朽ちないものといった二面性の問題で，これらを対比して描いたものである．すなわち，並外れた美貌の青年ドリアンに魅かれた画家バジル・ホールウォルドは彼の肖像を描く．それは入神

ペイシャンスのモデル○ワイルド

の技とも見える出来映えとなり，モデルのドリアンに与えられる．バジルの友人，享楽主義者ヘンリー卿はドリアンに言う，「君の若さもあと2，3年のことだ…青春を失ったらこの世界にはなにひとつ残らない…」老醜を忌み嫌うドリアンは，ついに自分の魂と引き換えに老醜から逃れようとする．その結果，不道徳な行為からくる醜さはすべて肖像に刻まれて，彼はいつまでも若く，無垢の美しさを保つことになる．ただし，享楽に明け暮れた18年の歳月が流れるなかで，彼はいかなる瞬間においても，屋根裏部屋に秘めた自己の肖像の存在を忘れることができない．肖像は彼の犯す一つ一つの罪の行為を正確に口元の忌まわしい皺(しわ)として刻み付けていく．肖像は彼の分身，良心として，彼の心から離れることがない．ドリアンはついに内的軋轢(あつれき)に耐えかねて，ナイフで己の良心である肖像を抹殺しようとする．しかし，屋根裏部屋に押し入った人々が発見したものは，美しいドリアンの肖像の前に倒れているぞっとするような醜いドリアンであった．ドリアンの思想・行為は美と快楽を至上とし，そのためには殺人すら厭(いと)わないといった不道徳なものであった．しかし，小説の根底には上に見てきたように，倫理性・宗教性が厳然として存在する．それはワイルドの短編と無縁の世界ではない．

(4) 喜劇の成功と寂しい最期

　ワイルドの最盛期は彼の喜劇によって招来された．1892年の『ウィンダミア卿夫人の扇』上演の成功に続いて，翌1893年には『取るにたらぬ女』，その他が上演された．1895年の『真面目が肝心』は特に大成功であった．冒頭のところで述べたように，この劇は一世紀を経た現在も大成功を博している．ワイルドの劇が世に享ける秘訣はどこにあるのであろうか．本喜劇の筋書きは，人を喰った奇天烈(きてれつ)なものである．家庭教師ミス・プリズムは考え事をしているうちに手提げの中に自分の書いた原稿を入れたつもりで赤ん坊を入れ，ヴィクトリア駅の手荷物預かり所に預け，乳母車に小説原稿を入れたまま，その乳母車は行方不明となる．28年後，セシリーを恋慕するジャックこそかつて手荷物預かり所から受け出された男の子であり，その男の子なら，アーネスト（真面目という意味）という名で洗礼を受けていたということが判明し，彼はいう，「僕は今にして悟ったんです，なんてったって，『アーネストであることが肝心』ですからねえ．」プロットが要のところで押さえられているところにおかしみがある．作者ワイルドはこの劇の背後にあ

る人生観を次のように述べる．

人生のあらゆる馬鹿げたことを真面目に扱い，人生のあらゆる真面目なことを真剣にしてかつ慎重な馬鹿さかげんで扱うべきだ．

また，ある評者はいう，「作者は軽薄さの奥にある泥沼の深さを見透かしている」と．前に取り上げた『ドリアン・グレイの肖像』にも，冒頭の華やいだ雰囲気とは裏腹に人生の逆説が鏤められていて，作品の魅力を増している．たとえば，「ものごとを外観によって判断できぬような人間こそ浅薄なのだ．この世の真の神秘は可視的なもののうちに存しているのだ．」など，その一例である．

すでに言及したように，1895年，時代の寵児ワイルドは訴訟に破れ，またダグラスとの頽廃的享楽の生活の結果として破産宣告をも受け，ウオンズウオース監獄，ついでレディング監獄で重労働の2年間を送った．銀の匙より重い物を持ったことのないワイルドにとって，獄舎での生活は想像を絶する激しい苦悩の連続であったに違いない．彼の自伝，『深き淵より』，[3] 邦訳『獄中記』は語る：

…もって生まれた性質の中から物狂おしい絶望がやって来た．はたの見る目も哀れなほど悲嘆にくれた．…ぼくはありとあらゆる苦悩の中を通って来た．

しかし，絶望と苦悩のどん底で彼は発見する：

…苦悩こそとりわけ意味の深いものだと告げる何物かがぼくの性質のどこかに潜んでいるのに気がついた．…ぼくの性質に潜んでいた或る物とは，…謙虚というものなのである．

『レディング牢獄の唄』1924年版のイラスト．フランツ・マセソールの木版画．ちなみに，O. ワイルドの囚人番号は33番であった．

---

3. 親友のロバート・ロスがつけたラテン語の原題 'De Profundis' は旧約詩篇中からとられたもの．激しい苦悩の中にあって，神に呼びかけることを表している句である．

…ぼくはどこまでも快楽を追及した．ぼくが追及しなかった快楽などありはしない．…笛の音に足をあわせて桜草咲く道を歩いて行った．…だが，もしそのままの生活をずっと続けていたとしたら，それはまちがっているにそういない．…ぼくはこれを通りこして行かねばならなかった．庭園の反対のがわもまた，ぼくにとってかずかずの秘密をもっていたのだ．もとよりこのことはすべてぼくの著作のうちに前兆として現れ，予想されてはいた．あるものは『幸福の王子』のなかに，あるものは『若い王様』のなかに，とりわけ司教が跪いている少年にむかって「惨めさをおつくりになった神様は，おまえよりも賢いおかたではないか」と語るくだりにも見えている，…また紫の糸のように『ドリアン・グレイ』の織目のなかを走る悲運の調べのなかにも秘められている…

　私はさきにキリストは詩人のあいだに伍すると言った…しかしキリストの全生涯はまた詩のうちで最も驚嘆すべきものである．

　以上の引用からも，冒頭の部分ですでに述べたように，ワイルドの唯美主義は，もはや芸術のための芸術ではなくて，人生を美的に生きることこそ最高の美とするにいたっている．そして，最も驚嘆すべき人生を生きた人は，ワイルドにとってはキリストなのである．彼は獄中生活の沈思のなかで，キリストの全生涯を彼自身の天才をもって倣おうとしたとも言える．2年間の監禁生活の後，釈放された彼はイギリスにはもはや場所がなく，フランス，イタリアを転々として，その間に『レディング牢獄の唄』を最後の作品として，パリで寂しく亡くなった．（大　京子）

第7章 20世紀の文化と文学

　20世紀における最大の世界的な出来事は，第一次世界大戦と第二次世界大戦，ロシア革命，民族主義の台頭であろう．19世紀から20世紀に持ち込まれたものは，「資本主義の輝く時代」であった．ヨーロッパにおける資本主義の列強諸国（英，米，独，仏など）は，自国の経済基盤を確保するための植民地化にほとんど成功していた．また，19世紀は科学万能の合理主義の時代で，神は人々と一定の秩序のもとに存在していた．しかし，20世紀になると，神は不合理な存在となり，力が論理を粉砕できる時代になった．イギリスに目を向ければ，民族主義による大英帝国の植民地解放，それに伴う経済成長の低下ともいえようか．本章では20世紀のイギリスをとりまく世界の歴史と文学の流れを概観し，イギリスで最も権威ある文学賞のブッカー賞を紹介する．

I. 20世紀の歴史

(1) 第一次世界大戦と経済不況

　1901年，ヴィクトリア女王は死去したが，当時のイギリスは，まだ世界で最も力のある国だった．帝国は地球の隅々まで広がり，海軍は海上を支配し，繁栄は続いた．1902年には日英同盟が成立して，日本とイギリスの関係は密接になった．イギリス国内では，失業問題，労働問題が複雑化して，経済，社会上の諸問題は，解決されなかった．

バルカン半島では，ロシアとドイツの対立が激化し，ついに1914年，ボスニアのサラエボでは，オーストリアの皇太子が，セルビアの青年に暗殺され，第一次世界大戦が始まった．オランダ，スイス，スペインなどは，中立国だったが，ドイツ，オーストリア側に立つ「同盟国」と，イギリス，フランス，ロシア側に立つ「連合国」が，世界を二分して戦った．資本主義体制の下，相互の利害の「せめぎあい」が第一次世界大戦を引き起こしたといってもよい．大量殺戮の戦場を見て，人々は死の恐怖と不安におののいた．

確かに19世紀は，イギリスの栄光の時代であった．しかし20世紀になると，それは過去のものになった．二つの大戦の間で，詩人たちも様々な形で，祖国の苦闘に参加した．T. S. エリオット（p. 273参照）は，スペイン内乱から大戦にかけての期間中，『四つの四重奏』(1935) に没頭することで，魂の内奥の凝視を続けた．第一次大戦後の西欧文明の崩壊と荒廃，荒涼たる精神的風景を豊かなイメージでとらえたのが，『荒地』(1922) で，彼は今世紀最大の世界的詩人として登場した．*Ash Wednesday* (1930) や『四つの四重奏』などで，彼はキリスト教の信仰による精神的秩序を回復しようとした．ロングランのミュージカル *Cats* も，彼の *Old Possum's Book of Practical Cats* (1939) がもとになっている．

エドマンド・ブランデン（1896-1974）は，第一次大戦後，彼自身の従軍記 *Understones of War* (1928) を出版した．その巻末，32編の詩は，戦争詩として不滅のものであろう．

シーグフリード・サスーン（1886-1967）は，第一次大戦に出征して，戦争のむなしさ，幻滅を感じ，反戦的気持ちで戦争詩を書いた．*The Old Huntsman and Other Poems* (1917) や *A Soldier's Declaration* (1917)，*Counter Attack and Other Poems* (1918) などは，特にすぐれている．

第一次世界大戦後，精神的よりどころを失って悩んでいた人々の不安と絶望を文学に結晶させようとする傾向が強くなっていった．多様な心理分析の深化により，ジェイムズ・ジョイス（1882-1941）やヴァージニア・ウルフ（1882-1941）の「意識の流れ」の手法が文学に導入された．19世紀までの小説の基本原理だった「テーマ」や「プロット」，「性格」は，第二義的意味

シーグフリード・サスーン

になり，新しい小説は，「内なる」世界で「外なる」世界を表すという新しい芸術形式をとった．つまり，「写実主義」の破綻(はたん)といえようか．D. H. ロレンス（1885-1930）は，性問題を中心に，人間性の復活を見出そうとする「生命主義」を唱えた．西欧文明の未来に対する強い懸念は，空想未来小説への道へ向かわせるようになった．H. G. ウェルズ（1866-1946）は，『タイム・マシン』（1895）や『透明人間』（1897）のような空想科学小説を書き，科学小説の元祖となった．

1917年3月，ロシア革命が起こり，11月にボルシェヴィキが政権をとった．今までの資本主義とは異なる価値観（社会主義）が生まれた．ここから資本主義と社会主義の対立が始まる．ヨーロッパの僻地のロシアでは，皇帝の政治体制が危機に陥り，社会主義が成功した．ロシア革命は，抑圧された労働者階級を救い，プロレタリアは解放された．これはイギリスの知識人に，大きな思想的影響を与えた．1918年3月，ロシアは対独講和を結んだ．1924年，イギリス初の労働党内閣が誕生した．それはイギリス産業の不振，不況，経済の破綻による失業者の増加によるものだった．1926年，炭坑ストライキは6か月に及んだ．1931年には，失業者が300万人に達し，失業保険の支払いによる政府の累積赤字は，すさまじくかさんだ．

1918年の第四次選挙法改正により，30歳以上の女性に参政権が与えられた．さらに，1928年の第五次改正で，婦人参政権が認められ，女性は男性と平等になった．1929年，ニューヨークで株価の大暴落が起こり，「世界大恐慌」が生じた．この年，イギリスでは第二次マクドナルド労働党内閣が誕生したが，生産と貿易の大幅な縮小，恐慌による輸出の減退，失業者の激増が続いた．1921年，アイルランドは，Irish Free State として自治領になり，1937年，独立してエール（Eire）と改称した．1949年，アイルランド共和国（The Irish Republic）となる．

アジアにおいては，新しく頭をもたげていた日本が，1905年，巨大なロシアとの「日露戦争」で勝利を果たし，アジアの新興国家の地位を固めた．1912年，中国では孫文が清朝を倒して「中華民国」を創った．

(2) 第二次世界大戦の勝利と「ゆりかごから墓場まで」

1936年7月，フランコ将軍が反乱を起こし，スペイン内乱が起きた．1930年代，人々は次の大戦におびえていた．ファシズムの勢いとロシア革

国会で演説するヒトラー

ポーランド侵攻の独戦車隊

命後の共産主義の成り行きが不気味になり，スペイン内乱で，この二つの巨大な勢力が正面衝突した．ヘミングウェイが実戦に参加して『誰がために鐘は鳴る』を書いたように，知識人たちは，社会情勢に参加することを真剣に考えた．ジョージ・オーウェル（1903-50）は帝国主義支配の醜い現実，政治悪を告発し，ソビエト共産主義に真正面から戦いを挑んだ．

スペインの内乱（1936）は，西欧民主主義とファシズムの最初の対決であり，世界の知識人に強い衝撃を与えた．ドイツは，苛酷な条件を強いられたヴェルサイユ体制の枠組みの中で，息がつけなくなった．経済崩壊の危機に陥り，軍備拡張によって強力なファシストが生まれ，ナチズムが台頭した．1933年，ヒトラーによるナチス政権が誕生した．ファシズムに乗じて，ヒトラーはイタリアの独裁者ムッソリーニと結び，ドイツ，イタリア，日本が三国同盟を結成し，英，仏，米などとの間に第二次世界大戦（1939-45）が起きた．

1939年9月の第二次世界大戦勃発により，イギリスは最大の危機に直面した．40年5月，ウィンストン・チャーチルが首相になり，「勝利」を唱えて，国民を鼓舞した．

W. H. オーデン（1907-1973）は，イギリスからアメリカへ帰化した詩人で，第二次大戦中から戦後にかけて，*New Year Letter*（1941）や *The Age of Anxiety*（1947）を書いた．1956年，オックスフォード大学の詩学教授として故国へ戻った．

1939年9月1日，ナチス，ドイツがポーランドに侵攻した．この知らせを

ニューヨークで聞いたオーデンは，この繰り返される悲劇を，それまでの10年にわたり，事前に阻止できなかったことを反省する．そして死に直面した世界情勢と暗い時代を次のように歌った．

> わたしは五十二丁目の
> あやしげな場所で腰を下ろし
> おぼつかなく気懸りな想いに沈む．
> 低劣で不正直だった十年間の
> こざかしい希望のどれもが消えてゆく．
> 怒りと恐怖を伝える電波が
> 地上の明と暗に分けられた
> 国という国を経めぐり
> われわれの私的な生活につきまとう．
> それを名指しえぬ死の匂いが
> 九月の夜を不快にしている．
>
> （W. H. オーデン「1939年9月1日」(1939)）

ロンドンは何度も空襲を受け，T. S. エリオットは防空監視員としての体験を「リトゥル・ギディング」で歌い，北部の工業都市は破壊された．チャーチルは「英国魂」の決意と勇気の象徴となり，国民はあらゆる困難を乗り越えて，一致団結して耐えぬいた．ヒトラーのポーランド侵入，対ソ攻撃(1941)に対して，イギリス，フランスは，ドイツに宣戦布告した．一方，

第二次世界大戦の戦勝パレード

日本は真珠湾を攻撃し，米英に宣戦布告した．1945年5月に，ベルリンが陥落したあと，ドイツは連合国に無条件降伏し，ヨーロッパでは大戦が終わった．イギリスでは，5月8日をVE（Victory in Europe）Dayとして，今日でも勝利を祝い，当時の苦しみをしのび，また亡くなった人々に哀悼の意を表する催しが行われる．アジアでは，8月の広島と長崎への原爆投下，14日のポツダム宣言受諾後，日本が連合国に無条件降伏して，第二次世界大戦は終了した．

　1945年，イギリスでは，労働党のアトリー内閣が誕生し，石炭，電力，ガスなどの天然資源と，放送，鉄道，航空，イングランド銀行は国有化された．それ以後，イギリスは，鉄鋼を皮切りに，産業の国有化や医療の無料化などの社会保障制度を実現させ，「自由主義福祉国家」への道を歩んだ．議会では自由党がだんだん勢力を失い，労働党と保守党の二大政党時代の幕開けとなった．1946年の国民保険法（National Insurance Act）で，イギリスの人々は，「ゆりかごから墓場まで」の最低生活が保障されるようになった．しかし，戦後の経済建て直しは急務であり，戦時中からの物資の統制や配給制度の強化は必然だった．また，焼失による住宅不足も深刻だった．1951年には，鉄鋼の国有化も行われたが，国家財政はきびしく，旧ソ連の脅威や朝鮮戦争（1950）に備えて，多額の金を再軍備に使わねばならなかった．「冷戦下」の1949年，北大西洋条約機構も設けられ，1951年にチャーチル保守党内閣が成立し，鉄鋼業は民営化された（1953）．

(3)　エリザベス女王二世と香港の中国への返還

　1952年，エリザベス女王二世が即位した．イギリスの過去の大いなる栄光の時代は，エリザベス女王一世（第2章参照）とヴィクトリア女王（第6章参照）の時代であり，気分一新を求める国民は，若き女王を期待と賞賛をもって迎えた．しかし，彼女の前途は多難であった．第二次大戦後，世界中で民族独立運動が盛んになり，独立への強い欲求は不可避的に地域間の戦争につながっていった．大英帝国の旧植民地は，それぞれ自治領や独立国となり，インド，パキスタン，セイロン，オーストラリア，カナダなどの諸国が誕生した．

　インド（植民地）との関係を書いたR. キプリング（1865-1936）は，19世紀の作家だが，20世紀ではE. M. フォースター（1879-1970）が，異文化

間の理解を絶望的に困難であると感じ，*A Passage to India*（1924）では，東洋と西洋の人間どうしの信頼の課題を模索した．

グレアム・グリーン（1904-1991）は，現実世界が不条理であるが故に，生きるに値するとし，宗教的立場から奇跡の可能性もあると信じて，すぐれた作品を書いた．

やがてイギリスは斜陽国家になり，経済成長は低下した．政府の福祉国家政策にもかかわらず社会状勢は依然として混迷を続けた．「イギリス病」と呼ばれた状況は，日本でも一時話題になった．一方，独立したオーストラリア，ニュージーランド，カナダなどは，イギリス連邦としてエリザベス女王を首長としているものの，更なる自立と発展をめざした．

イギリス連邦になった後，大英帝国時代に海外に出た多くのイギリス人は，様々な植民地から帰国するようになり，イギリスは大量の移住者を受け入れることになった．これらの「新しいイギリス人」は，1960年代から70年代にかけての経済の低下したイギリスにとっては，深刻な問題になった．バーミンガムに隣接するウルヴァーハンプトンやロンドン南のブリクストンのような有色人種労働者が集中する居住区は社会問題と化した．

ファシズムと西欧民主主義との対決が，民主主義の勝利で終わろうとしていた頃，30年代の左翼思想を通しての社会参加は，40年代には時代遅れの様相を示していた．それゆえ，40～50年代の詩は，内面に沈潜する個人的な詩にならざるをえなかった．ディラン・トマス（1914-1953）の詩的関心は，彼自身の魂の宇宙，独特の神秘主義であり，それを詩に書いたが，若くして自殺した．

テッド・ヒューズ（1930- ）は，*The Hawk in the Rain*（1957），*Lupercal*（1960），*Crow*（1970）で，動物を中心とした原始生命のすばらしさを歌った．

アイルランドでは，シェイマス・ヒーニー（1939- ）が，自然を現代的視点で歌った．*Death of Naturalist*（1966），*Door into the Dark*（1969），*Wintering Out*（1972）などは代表的作品といえよう．1995年にノーベル文学賞を受賞している．

1950年代から60年代にかけての文化面での大変革は，高等教育の充実と拡大であろう．労働党政府が実施した福祉国家政策の目的は，社会的不平等をなくすことにあった．教育の機会均等主義と奨学金の充実，従来の専門学

ベルリンの壁の崩壊

校昇格のほかに，60年代には19の新しい大学が誕生した．公開大学，成人教育など幅広い教育活動が行われ，公立図書館の充実，地域の情報センターの設立も盛んになった．

　戦後の不安と動揺，科学の進歩による人類破壊，核兵器の開発による恐怖など，様々な問題が現在でも残されている．その中でも，東西ベルリンの統一（1989），ソ連の共産主義の崩壊（1989）などは，世界の歴史上の大きな変革と，言わねばならないだろう．1997年，大英帝国の最後の植民地「香港」は，ついに中国に返還された．こうして「ユニオン・ジャック」は香港から永久に姿を消したのである．

II. 伝統からの脱皮

(1) カウンター・カルチャーとしての若者文化

　1960年代とは，イギリスを支えてきた伝統的な価値観や社会通念などを明確に否定する新しい文化が，様々な領域で一斉に誕生した時代であった．それはカウンター・カルチャーの時代であり，この社会的かつ文化的な現象の担い手は若者と女性であった．たとえばファッションの世界では，新進気鋭のデザイナーのマリー・クワントがミニスカートを発表し，最初は十代の女性に人気となった．しかし，ツィギーのはいたミニスカートは世界中の女

性たちのあいだに瞬く間に広まった．裾広がりのジーンズや長髪などは若者たちの絶大な支持を得た．

　音楽の分野では，ビートルズに代表されるブリティッシュ・ロックの誕生した時代であった．リヴァプールの下町出身の彼らの音楽は，イギリスの若者たちだけでなく世界中の若者たちに熱狂的に受け入れられた．彼らは外貨獲得の功績で，MBE勲章をエリザベス女王から授与されている．

ビートルズ（1964）

　麻薬の常用，空き家の不法占拠，性風俗の解放などが，若者たち，とりわけ伝統的階級社会の中で虐げられてやり場のない不満を持っていた労働者階級の若年層に広まっていった．しかし，MAKE LOVE！ MAKE PEACE！という彼らのスローガンは，やがてイギリスのみならず日本を含む世界中の若者たちのものとなっていった．

　70年代には若者たちの文化はさらに先鋭になり，反社会的になった．モヒカン刈りやぼろぼろのTシャツ，安全ピンを耳や鼻にぶら下げたり，鎖をアクセサリーとして身に付ける，パンク・ファッションの時代であった．それは60年代の生温い反抗に飽きたらない強烈な自己主張でもあり，社会への挑戦でもあった．しかし，これらの反社会的若者たちのメッセージは，やがて時代とともに矮小化され，社会への影響力を失っていった．

　イギリスの演劇は，1950年代半ばから大きく変化する．当時の世相に対する強烈な反抗意識を土台にした反体制作家たちが，出現したのである．従来の上流階級の「風刺喜劇」とは違って，イギリスの伝統の殻を破る独特な主人公や，労働者階級の生活を題材にした庶民の言葉や方言で書かれたものが多くなった．戦後の傑作とされるジョン・オズボーン（1929- ）の *Look Back in Anger*（1956）は，「怒れる若者たち」の宣言ともなった．

　戦後のヨーロッパ知識人が考えていたことは，「自分の基盤は何か」ということだった．ヤスパース，ハイデッガー，キルケゴールなどの実存主義の文学が生まれ，イオネスコの不条理劇が，イギリスにも強い影響を与えた．

　ハロルド・ピンター（1930　）は，*The Caretaker*（1960）が認められて

不条理を描き出す反体制作家としての地位を確立した．作品では，日常生活の中にある孤独や不安，心的葛藤をとりあげることが多い．個々の出来事の関連については書かず，出来事はただ提示されるだけである．*Old Times*（1971），*No Man's Land*（1975），*The Betrayal*（1978）などの問題作を次々と発表するかたわら，俳優，映画の台本作家としても活躍している．

　不条理劇の特徴は，行動に重点をおき，沈黙の効果と，言葉で表現しないサスペンスであろう．人間存在の空しさ，作品の言葉は意味を表すのではなく，無意味を表す目的で使われる．サミュエル・ベケット（1906-89）の*Waiting for Godot*（1952）は，不条理劇の傑作であり，今でも全世界で上演されている．

(2) 女の時代とサッチャーの登場

　また，1960年代末から70年代にかけて「ウーマン・リブ運動」が世界的となり，1980年代から90年代になると，多様性を含む思潮としての「フェミニズム」が盛んになった．

　1979年，日本でもなじみのマーガレット・サッチャーがイギリス初の女性首相になり，政治，外交に大いに活躍した．女性として男女平等を自己実現し，男女同権を最高権力のレベルで実現させたイギリス史上はじめての女性である．彼女はイギリスの経済を上向きに回復させ，外交（対米，対ソ）に，大きな成功をもたらした．

　70年代から80年代には，インフレがすさまじく，中産階級は自信を失い，労働者階級は失業で

マーガレット・サッチャー

苦しんだ．スエズ運河問題による出兵，キプロス島での軍事行動，北アイルランド問題，フォークランド島紛争など，すべてイギリス帝国主義の残存物の処理を続けなければならなかった．

　そんな中，サッチャーはイギリス経済の立て直しを計った．そのやや強引ともいえる手段により「鉄の女サッチャー」という異名をもらうこととなった．しかし彼女はその功績を認められ，1992年に一代限りの男爵位を授与されている．

　1997年，サッチャー，ジョン・メイジャーと長い間続いた保守党政権に

国民はあきたのか，トニー・ブレア率る労働党が総選挙で圧倒的な勝利を得，政権交代となった．

20世紀は，戦後の東西問題，南北問題（民主主義と社会主義，先進国と後進国との関係）など，多くの問題が残存している．また，民族主義と国際資本の関係も，将来の大きな課題であろう．一国を中心とした市場ではなく，どこの国にも所属しない世界全体を市場と考える多国籍企業も多く見られるようになった（IBM, General Motors, TOYOTA, HONDA, MATSUSHITA など）．

資本主義成長の基盤の一つは，情報産業であろう．通信ネットワーク，コンピューターの発展がそれを証明している．つまり，国が生きてゆくには，世界と密着していないとやってゆけない．個々の国が孤立するよりも，世界の諸国が連携していたほうが得だという考えが生じたのである．イギリスもEU諸国の一員として，伝統を守りながらどのように他国とつき合っていくべきかを模索中である．

III. 意識の流れとジョイス，ウルフ

先述のように，20世紀には，「意識の流れ」という新しい小説技法が用いられるようになった．従来の小説は，論理の流れ，あるいは表現の流れと言ってもよい．それは主語と述語，あるいは修飾の関係が，修辞学と文法の規則に立脚している．「意識の流れ」は，それらの制約から自由である．つまり「文」に要求される主語と述語の分離すら明確にしない．言い換えれば，主客未分化，混沌，融合こそが「意識の流れ」である．この技法を巧みに使った代表的な作家がジェイムズ・ジョイスであり，ヴァージニア・ウルフであった．

(1) ジェイムズ・ジョイス

ジェイムズ・ジョイス（James Joyce, 1882–1941）は1882年2月，ダブリン市南部の郊外，ラトガーの町で15人の兄弟の長男として生まれ

ジェイムズ・ジョイス

た．1888年クロンゴウズ・ウッド・コレッジに入学．禁欲と従順を強いられる孤独な寮生活を送った．そこでは厳しいカトリシズムの伝統を否応なしに教え込まれることになる．抑圧と不安で彼の心は苦しみ，この経験から僧職を断念，宗教の否定につながる．1891年6月，父が収税吏の職を失い，学費が払えず退学．9歳のとき，アイルランド独立の闘士で国民的英雄パーネルの死を悼み，詩を書いた．一家はダブリンへ移住．

1893年，彼と弟スタニスラウスはイエズス会の経営するベルベデール・コレッジに学費免除の奨学生として入学．成績は常にトップであった．1898年にユニヴァーシティ・コレッジに入学．在学中，ラテン語，イタリア語，フランス語，ノルウェー語を学び，イプセンに心酔し，1900年，評論「イプセンの新しい劇」を発表．

1902年，卒業後，医学専攻のためパリへ赴く．1903年母危篤のため帰国するが母は死亡．1904年，ゴールウェイ出身のノラ・バーナクル（フィンズ・ホテルの客室係）と出会い，10月に結婚．アイルランドを去り，以後ヨーロッパを転々とする．彼は偏狭な愛国主義に反抗し，自分の目指す芸術のためには，目をヨーロッパへ向けるべきだと再認識した．ベルリッツ語学学校への紹介状をたずさえて，チューリッヒへ向かうが，職はなく，トリエステに回されるものの，そこにも職はなく，ポーラという町で職を得る．経済的，精神的不安から弟を呼び寄せる．飲食と浪費にあけくれながら，1914年，第一次世界大戦勃発のため英語教師としての生活手段を失い，チューリッヒに移る．

1917年8月，持病の白内障の第一回目の手術をし，アルプスの保養地ロカルノに転地療養．『ユリシーズ』の連載が始まり，1920年12月，裁判で発禁の判決が出た時にはすでに作品の半分が掲載されていた．1922年パリで『ユリシーズ』を完成．シルヴィア・ビーチの経営する書店「シェイクスピア・アンド・カンパニー」から『ユリシーズ』が出版される．「意識の流れ」の新しい手法や独特の文体，自ら考案した新しい用語など，現代文学に多大な影響を与えた．同年『フィネガンズ・ウェイク』に着手し，39年に出版される．10数回にわたる眼疾の手術により，ほとんど失明の状態になる．悪化する眼疾と長女ルチアの精神病の発作の看病で苦しむ．1941年，十二指腸潰瘍から腹膜炎をおこし，チューリッヒの赤十字病院で58歳で死亡．

『ユリシーズ』の舞台になった，ダブリン近郊サイティコウヴの
マーテロー・タワー

(2) ジョイスの作品

　1997年はジョイス・ブームであった．『ユリシーズ』(1922) の翻訳がいくつか出され，『ユリシーズ』に関する事典も出された．『ユリシーズ』は，古代ギリシアの『オデュッセイ』を下敷きにして，現代風にアレンジした彼の代表的な作品である．1904年のある日の朝から夜半に至るまでの平凡な一人のユダヤ人のダブリンでの生活を描いた．新聞の広告取りをしているレオポルト・ブルームを主人公に，彼の潜在意識をたどる．3部18挿話から成る長編．ブルームと不貞な妻で，歌手のモリー・ブルーム，息子の教師兼作家のスティーヴン・ディーダラスを中心に，父を求める放浪の旅．時間と場所の統一，内的独白 (inner monologue)，用語，構成，様式などあらゆる新しい要素が盛りこまれている．彼の「意識の流れ」の手法は，現代文学に新しい進路を開き，世界中の作家たちに多大な影響を与えた．
　「意識の流れ」とは「20世紀初めウィリアム・ジェイムズが機能的心理学を唱えたことに始まる文学手法である．人間の意識は一つの流れのように刻々と変化して止まるところを知らないが，この流れは持続する．こうした意識の流れを丹念にたどって人間の真実をとらえようとするのが〈意識の流れ〉という手法である」(*A Dictionary of Literay Terms*)．3部から成るこの作品を読み通すには，楽しいが難解であり，根気がいる．
　同じく，ダブリン市民を主人公にした『ダブリン市民』(1914) があ

1904年頃書かれた15編の短編集で，「死」「愛」「宗教」「政治」などをテーマとして，ダブリンの人々の無気力，空虚で麻痺した生活を自然主義的リアリズムの手法で描いた作品である．特に，「姉妹」「アラビィ」「イーヴリン」「痛ましい事件」などがすぐれている．「死者たち」では，クリスマスのダンスパーティを舞台に主人公ゲィブリエルの心の動きを中心に，潜在意識の世界を描き，自然主義と象徴主義を見事に融合させた．ジョイスのよく用いた技法の一つに，「エピファニイ」がある．これはもともとギリシア語でrevelation（啓示）の意で，キリスト教では御公現を意味する．それは人が本質を見出す瞬間——突然の精神的顕現——であるとした．つまりそれは，本質を知覚する微妙な瞬間であり，自分の本性，立場を突然洞察する．彼は作品の中でこの技法を取り入れ，象徴的な効果を与えた．

『フィネガンズ・ウェイク』（1939）は，1922年から1939年までかかって書かれた最後の作品である．ジョイス自身の造語を使い，複雑な象徴と百科全書的知識で書かれ，「意識の流れ」の手法が巧みに展開されている．第1部はダブリンで居酒屋を経営するイアウィッカーという男の前歴を様々なエピソードで語り，第2部は彼が妻アンナと寝室に入って夢見る未来図，第4部は朝になり，夢が破れ，輪廻(りんね)が新しく始まる．

人間は生まれ，戦い，死に，新たに復活するという破滅と回復が主題になっている．言葉のもつ音楽的要素，別々の語をつなぎ合わせて直截(ちょくせつ)的なイメージを伝える方法を考案した．彼は「言葉の魔術師」とも呼ばれ，言葉に秘められた可能性を極限まで引き出した．

その他，『若き芸術家の肖像』（1916）がある．主人公スティーヴン・ディーダラスが，青春期に信仰と愛と芸術の葛藤に悩みながら，芸術家になる決心をするまでの精神的発展を描いた自伝的な長編である．

(3) ヴァージニア・ウルフ

ヴァージニア・ウルフ（Virginia Woolf, 1882–1941）は1882年1月25日，ロンドンのケンジントンに，『英国人名辞典』の編纂や文芸批評で著名なレズリー・スティーヴンの次女として生まれる．母ジュリアは，芸術を愛好するフランス貴族の出

ヴァージニア・ウルフ

身であった．ウルフは典型的な上層中産階級の家庭で育ち，ケンジントン公園の南にある自宅には，文人，知識人の出入りが激しかった．夏には毎年一家で，コーンウォールの保養地セント・アイヴィスの別荘に出かけた．正規の教育を受けなかったが，父の豊富な蔵書に囲まれ，ロンドン図書館に入りびたり，兄のケンブリッジの友人たちを中心とした文化サロン「ブルームズベリー・グループ」などがウルフの知的基盤であった．

典型的なヴィクトリア朝の上層中流階級の家庭生活は，知的な娘にとっては，抑制をうけることも多かった．13歳のとき，母ジュリアの死去により最初の精神的な異常をきたす．22歳のとき，父レズリー・スティーヴンが死去．2度目の精神病の発作に見まわれ，自殺を企てる．ハイド・パーク・ゲイトからゴードン・スクェアに移る．雑誌に書評を書き始め，勤労者のための夜学，モーリ・コレッジで週1回教え始める．

ブルームズベリーでの「木曜の夜の会」始まる．1906年，兄弟たちがギリシアから帰国後，兄トウビイがチフスにかかり死亡．1907年，姉バネッサがクライヴ・ベルと結婚．ヴァージニアは1912年，レナード・ウルフと結婚．レナードはケンブリッジを出たあと，セイロンへ行政官として赴任していたが，結婚のためこの職を辞し，帰国して二人とも文筆で生計を得ることを決心する．

1914年，第一次世界大戦始まる．1915年，リッチモンドの「ホガース・ハウス」に移る．最初の小説『船出』出版．1917年「ホガース・プレス」を始める．自分たちの著作を自分たちの手で印刷，出版できるようにした．1918年，イギリスで30歳以上の女性に参政権が認められる．1919年，『夜と昼』出版．うつ状態，不眠，幻覚，拒食などの病状が悪化し，自殺を企てる．レナードは妻の健康と生活を管理する看護人兼パートナーとなる．執筆の合間にも，友人との交際やパーティに出席した．『オーランドー』の主人公のモデルになった女流詩人ヴィタ・サックビル・ウェストとの同性愛とも思われる親密な交際は有名である．「意識の流れ」の手法，女性らしい感受性，詩的情緒と知性，繊細な心の動きと美的文体にすぐれた面を見せ，外界が人間の心理に投げかける光と影の交錯をとらえた．小説理論家としては，『ベネット氏とブラウン夫人』(1924)，『コモン・リーダー』(I, 1925; II, 1932) などの作品や評論集の中で鋭い批評を行い，因襲的な技法を批判して，アーノルド・ベネット，ジョン・ゴールズワージーなど，当時の大作家

ウルフの晩年の家
モンクス・ハウス

の作品をやり玉にあげた．彼女は「存在の瞬間」(外面的なことではなく，瞬間の言葉や動作に，その人が現れること）の重要性を説いた．1920年後半には女性をテーマにした評論を書き，『自分だけの部屋』(1929)で「女性が小説を書くためには500ポンドの金と鍵のかかった自分だけの部屋」が必要だと主張した．それは当時の若い女性に大きな反響となり，女性の自立にもとづく講演が増えた．『作家の日記』(1953)は夫レナードの編集，出版で，彼女の作品を知るのに役立つ．第二次世界大戦中，ヨーロッパの情勢は刻々と悪化し，ウルフ夫妻はロンドンを離れ，ロッドメルで状況を見守る．西洋文明の崩壊，崩れゆく幻想，自己の空洞化――作家としての危機感，暗黒な現実，切迫する不安――を感じ，彼女は疲れを感じていた（夫レナードはユダヤ人なので，ナチスの侵攻を何より恐れていた）．彼女は狂気の前兆を感じ，遺書をしたためた．1941年3月28日，モンクス・ハウスの近くのウーズ川で入水自殺した．

(4) ウルフの作品

『ダロウェイ夫人』(1925) は，国会議員の妻で，52歳のダロウェイ夫人の人生を「意識の流れ」の手法で描いた代表的作品．第一次世界大戦から5年後の1922年6月のある水曜日の朝から夜半近くまでの一日の出来事をとりあげ，感受性豊かな内面独白を，抒情詩のような美しい文体で描いた．

パーティのために花を買いにボンド・ストリートを歩き，さわやかな朝の空気にふれながら，30年前の青春時代を回想する．もう一つの挿話である，大戦で神経を冒されたセプティマスの自殺も，「生と死」，「正常と異常」に

立ち向かうこの作品の価値あるテーマであろう．

『燈台へ』(1927)は，スカイ島の燈台を舞台にラムジー夫人を中心にして，様々な人物たちの意識の世界を描く．燈台は夢の世界だが，現実の燈台への旅は，天候が悪く不可能になる．時が過ぎ，10年後，燈台への旅がやっと実現して，燈台へ船を出すときは，ラムジー夫人はすでに亡く，人々もそれぞれ変化している．幻想と現実の交錯した象徴的な作品．3部から成り，1部は第一次世界大戦前の9月のある日の午後から夜にかけて，2部はその10年後のある日，3部はさらにその10年後の9月の朝から正午までが描かれている．

『オーランドー』(1928)は，エリザベス朝時代，16歳の少年が性転換して女性になり，現代の36歳の女性詩人になるという5世紀にわたる詩人，オーランドーの生涯の幻想的な伝記小説．両性具有の性の見事な展開をウルフは小説で実験した．サックヴィル・ウェストが「オーランドー」のモデルといわれている．

『波』(1931)は，六人の男女の少年時代から，青年時代を経て中年に至るまでの人生を，内的独白のモノローグ形式で語り，友人の一人の死が，生き残った人々に与える影響が描かれている．この作品は弦楽六重奏曲のように組み立てられ，詩的，劇的，音楽的である．第二次世界大戦が始まって間もなく，彼女が川に身を投じて死んだように，ウルフの作品には，「水」のテーマがよく見られる．

IV. 多様化する20世紀の作家たち

20世紀にはこの他にも数多くの作家が生まれる．そのすべてを述べきれないがジョージ・オーウェル，H. G. ウェルズ，マーガレット・ドラブルなどはそれぞれ，時代を象徴する作家といえよう．政治と文学のかかわりあいから，20世紀の政治寓話を作りあげたオーウェル，科学の発展と未来世界を予言したウェルズ，新しい視点から様々な女性像を描いた女性作家の代表ドラブルを見てみよう．

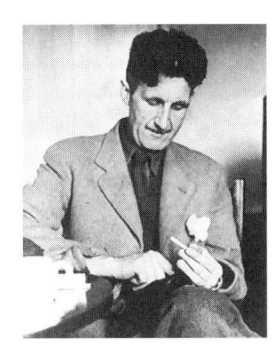

(1) ジョージ・オーウェル

ジョージ・オーウェル（George Orwell, 1903–1950）は，1903年6月25日，インドのベンガル地方の町，モティハリで生まれた．父はインド総督府アヘン局の役人であった．4歳のとき母に連れられて本国イギリスへ帰り，ヘンリー・オン・テムズに住む．激烈な受験戦争を勝ち抜いて名門イートン校の奨学生になる．卒業後，大学に進まず，大英帝国の植民地ビルマで警察官を5年つとめ，植民地支配の圧制に怒りと植民地への同情を覚え，イギリスへ帰る．パリで皿洗いやレストランのボーイとして働き，ロンドンでは乞食をして下層階級や浮浪者の仲間入りをし，彼らの暖かさを知った．三流の私立学校の教師，本屋の店員をしながら，小説を書き続けた．

ジョージ・オーウェル

1936年に勃発したスペイン市民戦争にPOUM（マルクス主義統一労働党）の部隊に義勇兵として従軍．資本主義および帝国主義の圧政に反抗．労働者たちが打ち立てた政権がスペインで危険に瀕していた．ソ連の指示を受けた共産党の裏切りを目撃するとともに前線で「頚頭部貫通銃創」という重症を負った．第二次世界大戦が始まると，ファシズムから祖国イギリスを守るために軍隊に志願したが，健康上の理由で拒否され，BBCのインド向けの放送をしたりした．『動物農場』（1945），『1984年』（1949）により世界的ベストセラー作家となった．作家として成功したが，1950年，肺結核が悪化，大量の喀血の後，47歳で急死した．

『ビルマの日々』は，イギリスの植民地インド帝国の警察官としての5年間の体験を描く．イギリスの植民地支配の実態とビルマの風物の美しさを賛美した．イギリスの帝国主義，白人天国——このような圧政の手先になっている自分に嫌気がさし，自責の念から職を辞し，帰国した．『パリ・ロンドン放浪記』は，ロンドンのイースト・エンドにあるスラム街での生活を描いたもの．パリでの浮浪生活，ホテルでの皿洗い，労働者居住地区の貧しい一室を借りて執筆していた．『カタロニア讃歌』（1938）は，前述のオーウェルのスペイン参戦の報告である．オーウェルの参戦はスペイン人民戦線政府に対する共感からではなく，弱者への共感によるものだった．

『動物農場』（1945）は，ナチでファシストのヒトラーと手を結んだボル

シェヴィキが一転して同盟国側に寝返ったいきさつを描いたもの．「英雄的ロシア人民」の変貌をイギリス国民の前にさらけ出し，全体主義の御都合主義を暴露した．ナポレオン（スターリン），スノーボール（トロツキー），ジョーンズ氏（ロシア皇帝），番犬（国家警察），スクイーラ（プラウダ），ボクサー（ロシア人民），ピルキントン（チャーチル），フレデリック（ヒトラー），風車（ソ連の5か年計画）など歴史的事実とともに独裁政治に対する風刺的な寓話．専制政治→革命と希望→権力争い→新しい独裁者の出現といった政治権力のメカニズムの本質を描いた．『1984年』(1949) は，未来小説の形で全体主義社会に対して痛烈な批判をした．全体主義の到来により奪われる「人間らしさ」，「自由」，「友愛」，「愛国心」の喪失に対する警告をした．民主社会主義者，愛国者，反全体主義者，上層中産階級出身のオーウェルは人間の個を尊重して，いかにしてよりよく，生きやすく，平等な社会を創り出してゆくかを絶えず考えた．彼の社会主義は理論から生まれたものではなく，彼の体験と社会通念から生まれたものだった．ソヴィエト・ロシアの解体，ベルリンの壁崩壊後，東欧諸国も自由化と民主主義の道を歩み始め，東南アジア，ヴェトナム，中国にも自由の波は押しよせている．彼の死後，オーウェルへの関心は高まり，オーウェル崇拝の念は強まっている．

(2) H. G. ウェルズ

H. G. ウェルズ (H. G. Wells, 1886-1946) は，ケント州ブラムリーに生まれる．父親はプロのクリケット選手であったが，ウェルズは年少にして徒弟奉公に出される．ミッドハースト・グラマー・スクールの校長によって才能を認められ，奨学金を獲得してロンドンの科学師範学校に進学し，T. H. ハックスレーの下で生物学を学ぶ．教員となり，科学的知識を応用したフィクションを書き S.F. の元祖となる．代表作の『タイム・マ

H. G. ウェルズ

シン』(1895)，『透明人間』(1897) はいずれも，科学的知識と想像力を駆使して書かれた傑作である．後に彼の関心は社会改革に向けられ，1903年にはフェビアン協会に入会して，社会活動に携わった．『キップス』(1905)，『アン・ヴェロニカ』(1909) は現代文明批判の社会小説であり，作者の社

会思想が表明されている．

『タイム・マシン』では，タイム・マシンを完成させた飛行家が，その性能を試すためにマシンに乗り込み，未来に進路をとる．ついに紀元802,701年の未来世界にたどりつく．未来世界は楽園のようで，科学の進歩により平等の世界，ユートピアが実現されているように思われた．しかし彼のマシンが盗まれると，未来の恐るべき現実が現れる．飛行家がマシンを取り戻そうと戦う中で，二つの種族のいまわしい関係を知るようになる．飛行家が3千万年後の世界にさらに進んで行ったとき，そこには人間の姿は見られず，得体の知れぬ生物がいずりまわっていたのだった．

文明の終末というテーマにウェルズは『タイム・マシンシ』以来，取りつかれ，晩年まで彼は，終末意識，文明の崩壊の意識を持ち続けていた．「この世界は病んでいる」という観念は，彼の確信で，彼のS.F.小説の多くは，日常性の破壊，現実からの脱出，未来への夢が主題となっている．科学と大衆の時代の到来を予見して，人類の文明の危機をくり返し警告し続けた．第二次世界大戦の勃発により，ウェルズの予見は現実のものとなった．

(3) マーガレット・ドラブル

マーガレット・ドラブル（Margaret Drabble, 1939- ）は，弁護士を父にヨークシャーのシェフィールドで生まれた．ケンブリッジ大学で英文学を学び，優等で卒業した後，演劇を志し，ロイヤル・シェイクスピア劇団に入り，俳優クライブ・スウィフトと結婚した．三人の子供の母となったが，のち離婚した．彼女はイギリス女性作家の伝統（オースティン，ブロンテ，エリオット）の流れをくむ作家である．彼女のテーマは「女性

マーガレット・ドラブル

の自立」，「愛の挫折」，「未婚の母」であり，特に女性の細やかな心理描写がすぐれている．現代の知的な女性の生き方や，結婚と仕事の両立に焦点を合わせ，新しい視点で現代の女性像を創りあげている．因習的な生き方に反抗し，様々な貴重な体験をした後，自ら人生の真の意義に目覚めてゆく女性たちが描かれている．結婚か職業かの選択の問題を超越して，女性がどう生きてゆくか――彼女たちの強烈な自我を通し，人生に勇敢に立ち向かう姿が描

かれている．家族や両親からの独立，自分の専門職をもつことの意義，職業面でも自己を充実させ，つねに成長してゆく女性たちの姿を浮かび上がらせている．結婚と職業の両立に失敗した女性が，その後の自分の人生をどう生きてゆくか——人生の選択の問題に彼女は様々な形で解答を与えている．

『夏の鳥かご』(1963) は，両親のもとを去って自立する女子大生が描かれている．世間知らずの娘が様々な経験を経て成長し，強烈な自我意識をもって人生に立ち向かう姿を描いている．「結婚」は夏の庭におかれた「鳥かご」のようなもので，外にいる鳥はやっきとなって中に入りたがり，一方「かご」の中の鳥はもはや外に出られないのではないかと絶望する．姉のルイーズは結婚して「かご」の中に入り，妹のセアラは「かご」の外から「かご」の中の生活を観察する．結婚とは何なのか．ついに姉は「結婚」という「かご」から外へ出てしまう．『碾臼(ひきうす)』(1965) は「未婚の母」がテーマになっていて，女主人公ロザモンドはケンブリッジ大学を卒業し，エリザベス朝の詩人を研究していて，将来は大学で職を得ようとしている知的な女性である．彼女は何人かの男性と交際しているのだが，そのうちのひとり，ジョージ (BBC のアナウンサー) とたった一度の関係で妊娠してしまう．結婚により自由を失うことを恐れ，また相手も束縛したくないという気持から，結婚せずに子供を産もうと決心する．出産後，彼女は生まれた子供を抱きながら，この子を自分だけの手で育ててゆこうと決心する．彼女は女性として成長し，母親として目覚めてゆく．精神的にも経済的にも自立している彼女は，誰の「重荷にもなりたくない」と主張し，子供との絆だけを通して生きる人間へ，強い母親へ，より広い社会へと飛び立ってゆく．彼女の「結婚を人生の中心として重大に考えない」という決意が，この作品の新しい視点であろう．現代の女性にとり，新しい生き方として関心があるのは，「他者との接触の回避」であり，他の人々とのかかわりあいを避けて，未婚の母として力強く堂々と社会へ出てゆく彼女の姿は，今までにない新しい女性の姿を象徴しているように思われる．

『黄金のイエルサレム』(1967) では，中年の離婚女性が，因習的な母親に反抗し，子供を自分の手で育ててゆく．中産階級の俗物的な既成道徳を鋭く批判して，それに対決する姿が描かれている．『滝』(1969) や『氷河時代』(1977) も同じようなテーマで書かれている．自立した知的な現代女性たちが，様々な苦悩や困難の中で，どのように生きてゆくか．20世紀

現存女性作家たちのテーマ——愛の挫折，結婚形態の崩壊，孤独，不倫，同性愛，未婚の母——は今後も続いて取りあげられるであろう．　（芦原和子）

V．T. S. エリオットの密なる世界——個性・共同・媒介——

(1)　個人的体験，リトゥル・ギディングへ

　アメリカ生まれのイギリス作家，T. S. エリオット (Thomas Sterns Eliot, 1888-1965) も，詩人として，また批評家として20世紀の文学界に多大な影響を及ぼした．その思想形成の跡をたどってみることにする．

T. S. エリオット

　1996年2月11日の午前2時頃のことであった．筆者はケンブリッジのセント・オールバンスの家のベッドで寝そべっていたのであるが，ある光景が目に映ってきた．キングズ・コレッジの客員研究員のY先生が地面にしゃがみこんでしきりに何かの石を調べているのである．Y先生が「この家は二種類の石でできている．ということは...」と仰ったとたん，その光景はこつ然と消え去り，筆者の耳に教会の鐘が「からーん，からーん」と大きな音で鳴り響くのであった．それと同時にぐぐっとのしかかってくるものがあり，筆者の体はいわゆる金縛りにあったのである．家の近くには鐘が聞こえてくるような教会はない．「一体これは何を意味しているのか」と当然疑問に思ったが，さっぱり見当がつかなかった．しかし，それが何であったはそれから11日後にわかることになった．

　2月22日に筆者はT. S. エリオットの『四つの四重奏』の第4部「リトゥル・ギディング」で謡われた「祈りの地」であるリトゥル・ギディングを，ケンブリッジにほぼ20年在住の女性とY先生御夫妻，そして筆者の家族とともに訪れたのである．その女性とは数か月も前からこの地を訪問することは取り決めてあったが，なかなか日取りが決まらず，4，5日前にようやく決定したのであった．以前にエリオットの研究者がこの地を訪れ，とても感動していたので，是非行ってみたいとのことであり，筆者もエリオット研究の末席に連なるものとして，せっかくケンブリッジに住んでいるのだから車

で1時間半くらいの距離にあるこの地を訪れないということはないと考えていたのである．しかし，Y先生御夫妻が同行することは当日までは知らなかったのである．ちなみに，Y先生の専門は宗教哲学である．

　リトゥル・ギディングは，1626年にニコラス・フェラが彼の一族とともに創設したプロテスタントの共同体があった場所である．フェラの人生には学者的側面，商人的側面，政治家的側面，宗教家的側面があるが，最終的には宗教家として人生を終えた．その共同体での生活は修道士の生活と世俗に住まう信徒の生活とを融合したような性格を備えていた．パンと葡萄酒をキリストの肉と血として頂く聖体拝領が重視され，英国国教会祈祷書に従って日常の祈りが捧げられた．やがて，さらに「寝ずの祈り」が捧げられるようになり，聖書索引がいくつも手作りされ，チャールズ一世（第3章参照）にも献上された．この小教団は，豊かに飾られた教会内での礼拝式を好むハイ・チャーチの傾向が強かったし，カトリックに対しても寛容であった．詩人のジョージ・ハーバートも数マイル離れたところで同様の宗教生活を行い，彼らは常に協力関係にあった．やがて，カトリックとなる詩人のクラショーも1630年代には頻繁にここを訪れ，「寝ずの祈り」にも参加した．清教徒革命の際の1646年5月2日，戦いに破れたチャールズ一世がここに一晩の休息を求め，その翌日に捕われたことから，リトゥル・ギディングは議会派軍の掠奪を受けたが，その後11年間はこの共同体はひっそりと，しかし厳格に維持された．しかし，その後は細々と妥協した形態で維持されてきたと言えよう．1936年5月21日，晴れた日にエリオットがこの地を訪れたことが「リトゥル・ギディング」の詩作へと至るきっかけとなった．1947年には，エリオットも加わって「リトゥル・ギディング友の会」が設立された．設立者はケンブリッジ大学モーダリン・コレッジのライブラリアン，アラン・メイコックであり，彼とエリオットの関係からモーダリン・コレッジにはエリオットの肖像画の掛けられた部屋があるそうである．

(2)　エリオットの生涯

　エリオットについて話をしてみたい．T. S. エリオットの祖先は，1066年のヘイスティングズ（イースト・サセックス州のイギリス海峡に臨む港市）の戦いでハロルド二世（p. 9参照）を破ったノルマンディー公ウィリアム（ウィリアム　世）に従って渡英したフランス系イギリス人のウィリアム・

ド・アリオットであると言われている．また，サー・トーマス・エリオット（?1490-1546）という人文主義者の外交官も彼の先祖の一人であるそうである．カルヴァン主義者のアンドリュウ・エリオット（1627-1704）の代にイングランドを去りアメリカへ移住した．6代，19代の米国大統領とも遠い縁戚にあたり，彼の祖父の従兄であるチャールズ・エリオットはハーヴァード大学の総長であり，彼の家系はアメリカでは名門に属すると言える．

　エリオットはミシシッピー河に面するセント・ルイスに1888年9月26日，水圧プレス煉瓦会社の社長であるヘンリー・ウェア・エリオットを父とし，非常に知力に優れ，文学的才能にも恵まれた，博愛主義者のシャーロット・シャンプ・エリオット（旧姓スターンズ）を母として呱呱の声を上げた．四人の姉と二人の兄（一人は乳児の頃に死亡）がいた．生まれつきの二重ヘルニアで虚弱な体質であったと言われている．しかし，アイルランド出身の乳母のアニー・ダンのそばでは相当の茶目っ気を発揮していたようである．彼の祖父であるウィリアム・グリーンリーフ・エリオットは，三位一体に反対しイエスの受肉を否定し神のみを主張するプロテスタントの一派であるユニテリアン派の牧師であった．この祖父は人道主義的社会事業に精力的に取り組み，ワシントン大学の総長も努めた．彼はエリオットの生年の前年に逝去していたが，墓の中から息子とその息子たちを隠然と支配するような存在であったと言われている．エリオットはこうした環境の中で育ち，その少年期には抜群の学力を持っていたと言われる．1906年の秋にはハーヴァード大学に入学し，文学と哲学を中心とした幅広い教養を身につけることになったのである．

　大学時代の彼は勉学におおいに勤しむ一方，詩作にも励み，フランスのサンボリズムとの遭逢もこの頃のことである．1910年には学部を終え，秋10月より「ロマンティックな一年」をパリで過ごした．1911年の秋学期には帰国し，哲学専攻の大学院生となった．この頃の女性の友人としては，エミリー・ヘイルという，いつ彼の結婚相手となっても不思議ではない，堅実で賢い，彼の人生の最後まで友情が維持された人物がいたことがわかっている．13年の6月にはやがて学位論文の研究対象となるF. H. ブラドリ（Francis Herbert Bradley, 1846-1924）の『仮象と実在』を購入した．14年にはシェルダン奨学生として1年間のオックスフォード大学留学が決まる．同年7月には新カント派の中のマールブルク派の拠点であるマールブルク大学の夏期

講座に出席予定であったが，8月に勃発する第一次世界大戦の直前にイギリスへと渡ったのである．ハーヴァードの大学院は16年にその課程を終えるのであるが，15年にオックスフォードを去る頃には，イギリスに留まることを決意し，32年までアメリカに帰ることはなかった．彼の博士学位論文は16年4月に完成をみるが，弁明のために母校を訪れることはなかったために学位は授与されることがなかった．15年6月26日に彼は社交界でダンスの名手と言われたヴィヴィアン・ヘイウッドと電撃的な結婚を行ったが，神経症を病んでいた彼女との生活はその後悲惨を極め，1932年の9月には別居へと至り，38年の夏には彼女は精神病院へと収容され47年1月22日に死亡した．この間の経緯を題材にした『トムとヴィヴ』という題名の劇と映画（邦題『愛しすぎて――詩人の妻――』）とがある．彼女との結婚当初は，エリオットはハイゲート・ジュニア・スクールの準教員の職，講演，書評により生計をたてたが，生活は苦しく，17年にはロイド銀行に勤めることになった．早朝には『エゴイスト』誌の編集を行い，日中は銀行の事務，夜には創作の筆を握るということで自分の本分を遂行した．25年にはフェイバー社の重役として迎えられ，創作と編集とに専念できる状態になった．エリオットは27年6月29日にコッツウォルドのフィンストック教会で洗礼を受け，英国国教会会員となり，さらに同年11月2日にはイギリスへ帰化した．33年の暮れから40年の秋まではケンジントンのグレンヴィル・プレイス9番にあるエリック・チータム神父の司祭館内およびその近辺に居住し，一信徒として宗教活動に従事した．39年に勃発した第二次世界大戦の初期の頃には，自分の住むケンジントン地区の空襲警備員として奉仕した．日本の降伏後に行われた様々な公式祝賀行事には全く参加せず，技術中心主義という「何世紀にも渡る野蛮」な時代が継続するという見通しを抱いた．45年から12年間は筋ジストロフィーのため車椅子生活をする愛書家のジョン・ヘイウォードとチェルシーのカーライル・マンションズ19号室で共同生活をした．1910年代の半ばから詩作と批評において活動し，30年代半ばからは劇詩という創作活動と文明批評とを展開．47年にはハーヴァード大学より名誉学位を受け，48年1月にはメリット勲位，11月にはノーベル文学賞を受賞した．57年1月10日には秘書のヴァレリー・フレッチャーと再婚，幸せな晩年を過ごした．肺気腫と気管支炎の悪化による肺炎と心臓の衰弱により1965年1月4日に逝去した．彼の遺灰はサマーセット州イースト・コウカー

のパリッシュ・チャーチの床の下にまかれた．

(3) エリオットの世界観

　一般にイギリスの作家たちはドイツの作家たちと違い，世界観らしい世界観を持つことがないと言われているが，青臭い世界観などに頓着しないその分だけ大人の文学であるとも言われている．しかし，エリオットは一なる世界を信じ，いわゆる近代的二元論の克服を課題としたのである．

ヘーゲルとの対決

　現代思想はヘーゲル哲学をどのように超えるかというところから始まったと言われている．エリオットの思想もそうした特徴を持っており，この点において彼の思想は正しく現代的と言えよう．エリオットの根本思想は，彼が1916年にハーヴァード大学の哲学科へ提出した博士学位論文『F. H. ブラドリの哲学における認識と経験』(*Knowledge and Experience in the Philosophy of F. H. Bradley*, London, 1964) からうかがい知ることができる．この論文は，ヘーゲル哲学を大局的に見たときに確定できる「有の方向にのみ発展する認識」と「認識の絶対性」を特色とする彼の弁証法に対決し，認識が有と無との中間に常に留まる独自の弁証法を提示している．これに際し，エリオットはブラドリ哲学の「経験」と「主客の度合いを持った連続性」という考え方のみを発展させ，この考え方に反するブラドリの他の部分は切り捨てて，真理は「有」の方向のみにあるのではなく，有と同時に実存主義的な「無」の方向にもあることと，認識の相対性と限界性とを主張している．

経験・直接経験・感情・認識の相対性

　エリオットにとっての「絶対的真理」は「経験」(experience) である．「経験」は精神的生のすべての段階を通して根底に「無」として隠れているとともに，それらの段階をすべて包み込みつつ，それらを判断する「有」でもあるとされる．これに対し「感情」(feeling) は経験の一段階における主客未分の局面と主客成立後の存在者の純粋存在局面を示すものである．したがって，「感情」は総体的「経験」の一部分としての全体的「体験」であるとも言えよう．主客未分の「感情」ないし「直接経験（思惟以前の経験）」という考えは，経験世界の意識以前の無的主観世界に関するエリオットの根本

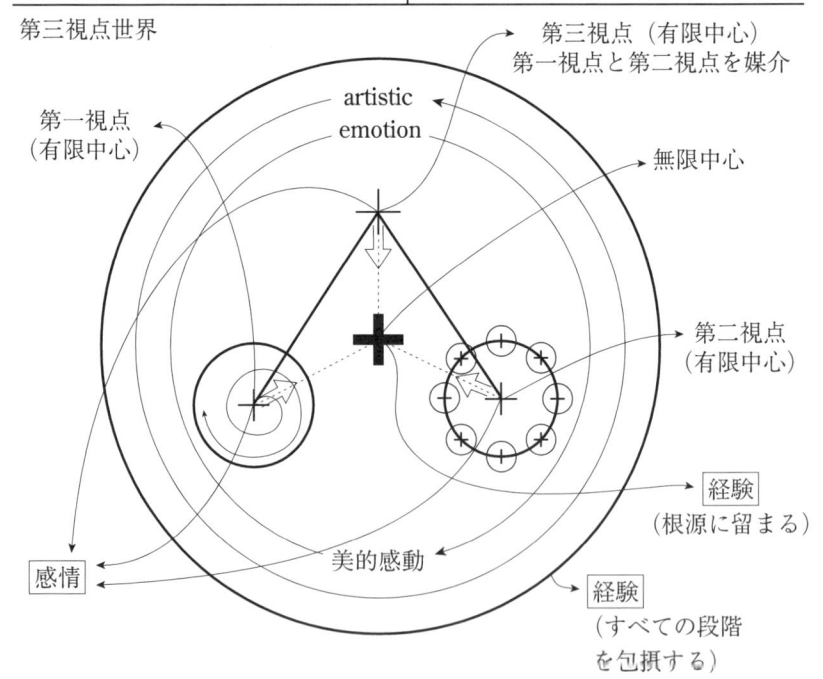

第一視点世界（真主観の世界）

① 主客未分，観念と実在未分の直接経験の世界
② 判断は成立せず（主語も述語もない）
③ 個人の孤立した全世界，（私）と（あなた）とは交わらない
④ 形而上的無の世界
⑤ モニスムの世界
⑥ 実存主義

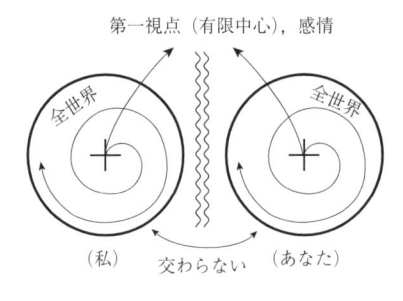

第一視点（有限中心），感情

全世界　　　　　　全世界

（私）　交わらない　（あなた）

第二視点世界（対象の世界）

① 主客分離，観念と実在分離の世界
② 「主語＋述語＝判断」の成立
③ 諸個人が交わる．共同もあればバラバラもある
④ 対象的有の世界
⑤ プルーラリズムと「同一連関」の世界
⑥ 社会的，実践的

第二視点（有限中心），感情
対象の純粋存在局面，主語性（これ性）

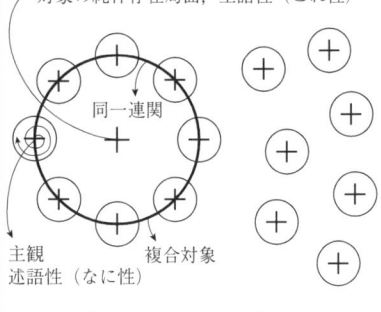

同一連関

主観
述語性（なに性）　　　複合対象

「我々」　　　「あなた方」

第三視点世界

第三視点（有限中心）
第一視点と第二視点を媒介

第一視点
（有限中心）

artistic emotion

無限中心

第二視点
（有限中心）

経験
（根源に留まる）

感情　　　美的感動　　　経験
（すべての段階を包摂する）

エリオットの世界観

原理となっているのである．

　さて，ブラドリは「直接経験」を理性でもって半分ほど把握できるとするのであるが，エリオットにとっては，それは私たちの意識や理性をもってしても到達できるようなものではないのである．エリオットによれば，私たちの認識は相対的であり，絶対的認識は存在しない．もし絶対的真理に私たちが到達するとすれば，それは絶対者ではなく，私たちに「あい対して」くる相対者となってしまうのである．ところがロマン派はこの絶対的真理に理性的に到達できると考えており，この点でエリオットはロマン派とは決定的に異なるのである．エリオットが文芸批評においてロマン主義を非難し，印象批評に反対するのも，彼が認識とは相対的な有効性しか持ち得ないと考えているからである．

同一連関

　ブラドリにならいエリオットは，「感情」は「主客分離以前，ないし分離後の存在者の純粋存在である」という仮説を立て，そこから対象世界における対象の「あり方」を考察した．彼によれば，対象は「同一連関」（identical reference）されているのである．「同一連関」とは次のような考えによる．「私たちは通常は意識のもとにあって生活し，様々なものを主観的であると判断したり，客観的であると判断している．［一つのあるもの］（事態や出来事を含む）が，あるときには主観的であるとされ，また別のときには客観的であると意識的に判断されるのである．こうした判断は意識においてなされるのであり，意識されたものは対象である．したがって，主観的と判断されたものは，実は対象（客観）なのである．このような意識された主観ではない［認識以前の真の主観］は意識以前であり，それは判断された主観（対象）ではない．このように考えると，客観的と判断されたものも，主観ならぬ客観と比較された客観であり，判断の根拠は全く薄弱となる．こうした判断はせいぜい実践的で相対的な判断に過ぎなくなる．本来は一なるものであるにもかかわらず，主観的と判断されたり，客観的と判断されたりするわけだが，そんな矛盾する二つの判断を同時に感じることによって，本来の対象が得られる」という考えに基づくのである．この方法が「同一連関」なのである．「主観」と「現実存在」（色や音），「現実存在」と「本質存在」（論理的関係や大小といった数学上の比較）といった重層的存在者は「同一連関」され，

連続し，循環しているのである．この「同一連関」という考え方は，経験世界の意識的有的対象世界におけるエリオットの一大原理となっている．

第三視点における媒介
　エリオットは「経験とは総体的経験を通して根底に無として留まり，かつ総体的経験の諸段階のすべてを包摂し判断する有である」という仮説に基づき，さらに「経験世界の意識以前の無的主観世界」と上記の「経験世界の意識的有的対象世界」との融和同一を主張し，「第三視点における媒介」という考えを提出した．いずれか一方の世界だけでは十分ではないのである．ここで比較されるものは，上記のような「主観的と判断された［対象］」と「客観的と判断された［対象］」とではない．比較されるものは「認識以前の真の［主観］つまり感情」と「同一連関された［対象］」なのである．前者を第一視点世界と呼び，後者を第二視点世界と呼ぶならば，両視点を視野に納める「第三視点」において「第三視点世界」は視て感じられるのである．このことをエリオットは「第三視点における二視点の媒介」と呼んだのである．ヘーゲルの如く第三視点が再び即自（自らに留まることで，意識された姿ではない）として意識されると，その人はすでに第四視点にあり，再び第一視点と第二視点とが自己を主張するのであるから第三視点世界の同一性は崩れ去ることになる．したがって，エリオットにあっては，第三視点を意識することなく感じたままで維持することが重要なのである．認識は，ヘーゲルのように全体として有の方向へのみ一方的に密度を高めて行き，最終的には形而上学(けいじじょう)が個人の経験を凌駕(りょうが)してしまうのではなく，常に有と無との中間に留まって，経験の内に包摂されるのである．そして認識は最終的に絶対者（無限中心）へと至るのではないのであって，我々は第三視点での媒介が暗示する無限中心を「信じる」ほかにないのである．先に述べた「感情」と「同一連関」とはこの「第三視点での媒介」の理論に包摂されるのであるから，要するにエリオットのすべての思索の枠組みは，この有無の全体面における「第三視点での媒介」から成りたっていると言えよう．

宗教観
　以上のことから，エリオットの世界観はいわゆるカントなどの二元論的実在論ではなく，意識以前の無的世界と意識後の有的世界とが渾然(こんぜん)一体となっ

円形をしたエリオットの墓碑．イースト・コウカーのパリッシュ・チャーチの中にある．「わが始めにわが終わりあり，わが終わりにわが始めあり」の碑文．

た一元論（モニスム）的実在論であると言え，この意味合いでは近代的二元論の克服とも言い得る．このような世界観から導き出される結果は，彼の宗教観にも表れる．エリオットの「神」は「第三視点における媒介」たる「三位一体」の神である．第一視点における意識以前の無的世界は，神の形而上的世界であり，「即自的」世界である．第二視点における意識後の有的世界は，神の世界から降りてきて，現実的社会と交わるキリストによって象徴される「対自的」（主観と対象に分裂した）世界である．第三視点における，これら二つの世界の比較は，神とキリストとを媒介する聖霊に対応し，その世界は「即自かつ対自的」世界である．そしてこれら三者が示す一点に真理は存在すると信じねばならないのである．つまり，ある意味合いでは絶対者が一つではなく三つあるのである．エリオットの神は，通常考えられているような，この世と全く分離した神ではない．彼の神は，単に有の方向に超越しているのではない．それは超越にして内在であり，始めであって終わりであり，どこにでも有りどこにも無いのである．この点に，三位一体を否定して神の超絶性のみを認めるユニテリアンの家系に生まれたエリオットが，アングロ・カトリックへと改宗せねばならなかった理由があると言えよう．

文芸観

　有無二世界の同一はまた，エリオットの文芸観にも表れている．作者も読者もそれぞれ独自の第一視点世界を有している．第一視点どうしは絶対的に孤立しており，互いに通じ合うことはない．互いに通じ合うには，対象的な

第二視点世界を通じてしかありえない．したがって，作者が作品を創るときには，彼の態度は詩的構造を作成するという意味合いでは批評的で対象的である．「作品を書くときの作者の仕事の大半は大抵の場合は批評の仕事である．選り分けたり，組み合わせたり，構成したり，削除したり，訂正したり，試してみたりといった仕事なのであり，この不愉快な労苦は創造的でもあり批評的でもある」(「批評の働き」)のであり，「(批評と創作という)感受性のこれら二つの方向は相補的なのである」(「完全なる批評家」)．創作と批評とは「第三視点」において合一しているのである．しかしこうして創られた第二視点世界は，読者においては彼の第一視点世界に連続しており，読者が作者の作品を読むならば，作者が彼の第二視点で集中している対象自体を，読者もまた彼自身の第一視点世界で想像することになる．「(作者が創作した)一連の出来事は…(観客の)美的経験に変質して終わらねばならない…これらの出来事が与えられると(観客の)感動 emotion が直ちに呼び起こされるのである」(「ハムレット」)．これが「対象的相関」(objective correlative)としてエリオットが提出した理論なのである．このようにエリオットは文芸を創作と批評との「第三視点での媒介」において考えた．

あの「四月は最も残酷な月」という一節で始まるエリオットの代表作『荒地』(*The Waste Land*)においても，タイレーシアスという両性具有で盲目の預言者を第三視点とし，第一視点世界と第二視点世界との諸外面を融合し，感動的で一なる真の世界を暗示しようとしているのである．そして，彼の最も完成された詩と評される『四つの四重奏』(*Four Quartets*)では，第三視点において，弦楽四重奏が奏でられるかのように「空気」と「土」と「水と火」とが矛盾即一し，時が無時間によって贖(あがな)われることが謡(うた)われている．

(4) リトゥル・ギディングでの経験

詩「リトゥル・ギディング」は『四つの四重奏』の中の最後の一篇であるが，その中で，リトゥル・ギディングの教会は次のように謡われている．

　　あなたがさんざしの花咲く頃にこの辺へとやって来るとするならば，
　　あたりの生け垣が五月に官能の喜びに満ち足りた甘さを放ちながら再び
　　白い王党色に染まっているのをあなたは知るであろう．
　　旅の終わりも同じであろう，あなたが夜に廃位された王のようにやっ

第7章　20世紀の文化と文学　　　　　　　　　　　　　　283

リトゥル・ギディングの教会とその前にあるフェラの墓．教会は正面と他の側面とが別種の石でできている．

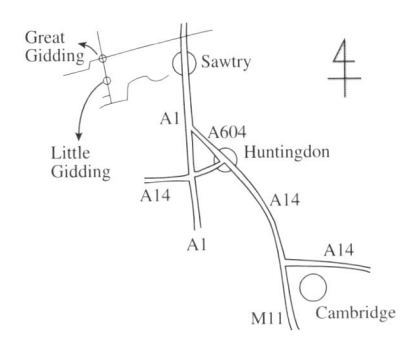

リトゥル・ギディングへの順路

て来るなら，何のためにやって来たかを知らずにあなたが昼にやって来るなら，同じことであろう．あなたは悪路（苦難の道）を外れて豚小屋の後を廻り，教会の物憂く古さびた正面と墓碑のところに至るのである．

エリオットはリトゥル・ギディングの教会にあって，本質存在するチャールズ一世と現実存在する白く咲き誇るさんざし（記号）とが連関することを感じたのである．そして「あなた」にあっても，第一視点と第二視点が媒介され，「私」エリオットと読者たる「あなた」とが個性と共同と媒介の同一世界にあることを望んだのである．…このことをエリオットは旅の終わり（目的）として見たのである．

話は元へ戻るが，ケンブリッジからリトゥル・ギディングへは一級道A14をハンティンドンまで行くが，道はそのままA604と成り，すぐにA1へと合流する．A1をそのまま北上しソートリを越えてすぐにグレイト・ギディングへと至る十字路があり，これを左へ行く．グレイト・ギディングまで来るとまた十字路があり，これを左に曲がるとすぐにリトゥル・ギディングに至る．

ここには他にも何軒かの民家があるのであろうと思っていたら，コミュニティのいくつかの棟だけであった．駐車場に車をとめると，30を少し過ぎたくらいの男性がこちらまで迎えに来てくださり，すぐに教会を案内してく

れた．ところが，その教会の西の正面は石造りであり，会堂の他の三面は赤茶けた煉瓦(れんが)でできていたのである．つまり，第二視点から見たその会堂は「二種類の石」でできており，入り口を入るとすぐ左手に「鐘」を鳴らすためのロープが垂れ下がっており，2月11日の第一視点における幻影で告げられた内容とある意味合いでは同一だったのである．エリオットの密なる世界は，筆者の訪問以前にすでに筆者の脳髄に不可思議なるメッセージを送り，筆者たちの到来を歓迎してくれていたのであろうか．　（今村温之）

VI.　ブッカー賞と現代小説

(1)　ブッカー賞について

　ブッカー賞（Booker Prize）は，1968年，ブッカー・マッコーネル社により設立された．この賞は，広くイギリス（The United Kingdom），イギリス連邦（The Commonwealth），アイルランドの作家にも及ぶ．対象は，英語で書かれイギリスで出版された最もすぐれた長編小説で，イギリスで最も権威ある文学賞である．毎年，読書界に新鮮な話題を提供することで，イギリスのみならず，世界中に広く知られている．

　ブッカー賞は，イギリスの National Book League により管理されている．1969～1992年までの受賞リストの作品分析によれば，Jonathan Cape や Chatto & Windus や Faber and Faber のような少数の限られた出版社が独占していたことがわかる．これらの出版社を考慮すると，どのようなタイプの小説，どのような作家がブッカー賞を受賞しているかがある程度わかる．

　出版社は毎年1月～11月までに予定された出版データ目録から作品をエントリーするように要請される．候補リストは9月末か10月初めに提示され，エントリーの締切は6月30日とされている．授賞式はロンドンのギルド・ホールで行われ，賞金の2万ポンドは，10月末か11月初めに授与される．

　ブッカー賞にノミネートされた作品の売り上げデータの調査によると，1980年代に Sales Boom が生じていることがわかる．それはベスト・セラーの順位表の中のブッカー賞作品の売り上げを調べてみればわかる．

　1996年以降の受賞作品の作家歴は様々で，出身地もイギリス本土以外の

カナダ在住の作家が二人（そのうちの一人はインド出身）で，北アイルランドの作家も見受けられる．受賞作家の男女のバランスもとれていて，審査員たちの苦心のほどがうかがわれる．

最近の傾向として，作品の主筋は現代であっても，過去に目を向けている作家たちが多い．19世紀半ばを舞台にした作品や，1970年代のインドを扱った作品もあり，「回顧調」が特色になっていることも目立つ．1996年度の受賞者はケンブリッジ大学出身の Graham Swift 氏で，10月29日，2万ポンドの賞金が授与された．

ブッカー賞受賞直後のアルンダティ・ロイ

1997年の受賞者は，インドの女性作家 Arundhati Roy で，The God of Small Things に対して賞が与えられた．ブッカー賞の受賞作は日本語にも訳され，日本でも多くのファンを魅了している．

(2) ブッカー賞受賞作家および受賞作品について

(a) The Sea, The Sea（『海よ，海よ』）(1978)　　Iris Murdoch（1919-　）

アイリス・マードックは，1919年，アイルランドのダブリン生まれ．イギリスに渡り，ロンドン，ブリストルで育ち，オックスフォード大学のサマヴィル・コレッジで，ギリシア，ラテン文学，哲学，古代史を専攻した．第二次世界大戦後から2年間，国連救済復興機関に加わり，イギリス，オランダ，オーストリア各国で，難民の救済活動に加わる．ブリュッセルに滞在中，実存主義に関心をもち，帰国後ケンブリッジ大学，ニューナム・コレッジで哲学の研究に専念する．1948年から1963年までオックスフォード大学で哲学を講じながら，小説執筆に没頭した．

『海よ，海よ』(1978) は，何物かに憑かれた人間の自我剥離と現実への覚醒を主題にして微妙に変化する海景と，嫉妬という人間の業の織りなす異様な美しい世界を描いている．我執に毒された海と，生命回帰，真実の光を放つ母なる海との対比．海辺の屋敷から人生の嵐のあと，ひとり静かにロンドンへ戻る主人公チャールズの回想記となっている．

(**b**)　*Midnight's Children*（『真夜中の子どもたち』）（1981）

Salmon Rushdie（1947-　）

　サーモン・ラシュディはボンベイ生まれのイギリス人作家．裕福なイスラム教徒の家庭に育ち，イギリスのパブリック・スクールで学んだ．その後もケンブリッジ大学に進学して歴史学を専攻した．卒業後は広告代理店に勤めながら小説を書き続けた．第2作の『真夜中の子どもたち』がブッカー賞を受けて世界的にも注目され，出世作となった．

　『真夜中の子どもたち』（1981）では，超能力をもつ真夜中の子供たちの会議（**MCC**）が結成され，共通の目的を探ろうとする．出来事や背景の細部は，現実的に描きながら，全体としては幻想的かつ象徴的な手法をとっている．インド=パキスタン戦争，ダッカ侵攻など，実際の事件を背景に，よりどころのない出来事の連鎖を，複雑に入り組んだプロットにより，激動の現代インドに生きた若者の数奇な一生涯を描いた．

(**c**)　*Hotel du Luc*（『秋のホテル』）（1984）　　Anita Brookner（1928-　）

　アニタ・ブルックナーはロンドン生まれ．両親はポーランド系ユダヤ人．1968年にケンブリッジ大学のスレイド・プロフェッサーに就任し，71年から88年までコートールド美術研究所の教授を歴任した．81年に処女作を発表以来，毎年一作のペースで作品を出版してきた．ブッカー賞受賞作は第4作目にあたる．どの作品のなかでも清冽な文体を用いた好妙な心理描写が際立っている．

　『秋のホテル』（1984）は，ロンドンでの結婚式から逃れてやってきた女性作家イーディス・ポープがスイスの湖畔に立つわびしいホテルに到着したところから始まる．秋深い静かなこのホテルには，人生に疲れ，傷を負った人々が，ひっそりと避難している．淋しい余生を送る孤独な未亡人，亡父の遺産で買い物にあけくれる日々を過ごす母娘，夫や息子夫婦から見棄てられて，わびしい生活を送っている貴婦人などが登場する．イーディスはこのホテルに滞在中の金持ちの実業家に出会い，求婚されるが，再びこれも拒絶し，新たな小説の構想に没頭するために，ロンドンへ帰る決心をする．晩秋の湖の情景と女主人公の後ろ向きの生き方——受動的にしか生きない態度——が，女主人公の微妙な心理を通して美しく描かれている．

(d) *The Remains of the Day*（『日の名残り』）(1989)

Kazuo Ishiguro（1954－　）

　カズオ・イシグロは長崎県の生まれ．1960年に一家でイギリスに移住した．1978年にケント大学を卒業後，ソーシャル・ワーカーとして働いた．その後，イースト・アングリア大学の大学院でマルカム・ブラッドベリーの指導を受ける．最初の長編小説『丘の淡い眺め』(1982)は長崎での被爆女性を語り手とし，第二作『浮世の画家』(1986)も舞台が日本で主人公も日本人である．1983年には国籍をイギリスに移した．

　『日の名残り』(1989)は，イギリスの「貴族の館」が舞台になっている．スティーヴンが執事として35年仕えたダーリントン卿がダーリントン・ホールで3年前に亡くなり，この館の女中頭のミス・ケントンも今は結婚して西部地方で暮らしている．彼女から不幸な生活をほのめかす手紙を受け取り，彼女に復帰してもらおうと，彼女の意志を確かめるためにスティーヴンは車で旅に出る．旅の途中，目に入るイギリスの自然の美しさ，敬愛していたダーリントン卿への思い，優れた執事だった父の思い出，ミス・ケントンへのほのかな思い，自分の老い，戦争などが，社会の変動との関連で語られてゆく．

　常に「理想の執事」であるように心掛けてきた語り手は，階級制に縛られた古きイギリス社会の象徴でもある．彼のドライブ旅行の「現在」とそこで出会う人々，回想によって引き出された「過去」とその出来事と人々を通して，イギリスの一面を克明に描き出している．

(e) *The Ghost Road*（『ザ・ゴースト・ロード』）(1995)

Pat Barker（1943－　）

　パット・バーカーは，1943年，ソーナビー・オン・ティーズ生まれ．ロンドン大学経済学部卒．歴史と政治学の教師になる．ダラムで夫と二人の子供と暮らしている．

　『ザ・ゴースト・ロード』(1995)は，第一次世界大戦の戦場が舞台で，人生と死が主題になっている．戦争文学を書くのに，祖父の第一次世界大戦についての回想録と，夫の人類学の知識がきっかけになっている．受賞作の前に *Regenaration* (1991) と *The Eye in the Door* (1993) があり，ともに戦場が舞台になっていて，この作品とで3部作になっている．戦争の人間に及

ぽす悲惨さ，戦場における残酷な死，メラネシアのエーディトン島の部落のhead-huntingの儀式やskull house，現地人たちとの体験が描かれている．戦場場面での赤裸々なsexの冒険や，実在の詩人（OwenやSassoon）が登場するのも興味深い．

(f) *Last Orders*（『最後の注文』）（1996） Graham Swift（1949– ）

グレアム・スウィフトは，1949年，ロンドン生まれ．ケンブリッジ大学，クィーンズ・コレッジで英文学を専攻．1980年に第一長編小説 *The Sweet Shop Owner* を出版．1983年の第三長編 *Waterland* がブッカー賞の最終候補リストに残り，1988年 *Out of This World* を出版．第六作目の *Last Orders* で，1996年度のブッカー賞を受賞した．

グレアム・スウィフト

『最後の注文』は，死を通してそれぞれの人物の失われた人生（過去）が明らかにされ，過去と現在の交錯を通して語られる回想記．「遺体の灰を海にまく」という遺言を実行するために，息子の運転する車で，故人と親しかった老人たち，三人の男がロンドンのBermondseyからMargate Pierまで日帰りの旅に出る．風雨のはげしい海に向かって，男たちが遺体の灰をまく場面は圧巻である．

(g) *The God of Small Things*（『小さきものたちの神』）（1997）

Arundhati Roy（1960– ）

アルンダティ・ロイは，インド南西部ケララ州出身の女性作家．キリスト教徒の母とヒンズー教の父のもとで育つ．*The God of Small Things* で，1997年度のブッカー賞を受賞．

『小さきものたちの神』では，ケララ州での政治騒動を背景に双子のラヘルとエスタの物語が，子供の自由で奔放な想像力を通して描かれる．歴史に抵抗した一族の悲劇の物語が徹底したユーモアで語られている．処女作が受賞作となった．

(h)　*Amsterdam*（『アムステルダム』）（1998）　　Ian McEwan（1948- ）

　イアン・マキューアンはハンプシャー生まれ．サセックス大学を卒業後にイースト・アングリア大学大学院の創作科に進み，作家マルカム・ブラッドベリーの指導を受ける．受賞作の『アムステルダム』では，著名な作家クライヴ・リンリーと新聞の編集長ヴァーノン・ハリデイの二人の友情の真価が試されることになる．二人のかつての愛人であったモリー・レインの死をきっかけに物語は始まる．クライヴの芸術家としての孤独な生活と販売部数競争に追われるヴァーノンの分刻みの生活とが対比的に描かれていく．モリーが撮った女装した外務大臣の写真を契機に，クライヴとヴァーノンの友情は揺らぎ結末を迎える．題名のアムステルダムとは二人の友情の証の場所となるはずだった地名である．

(3)　ブッカー賞受賞作品一覧

　　1998　Ian McEwan, *Amsterdam*
　　1997　Arundhati Roy, *The God of Small Things*
　　1996　Graham Swift, *Last Orders*
　　1995　Pat Barker, *The Ghost Road*
　　1994　James Kelman, *How Late It Was, How Late*
　　1993　Roddy Doyle, *Paddy Clark Ha Ha Ha*
　　1992　Michael Ondaatje（co-winner）, *The English Patient*
　　1991　Ben Okri, *The Famished Road*
　　1990　A. S. Byatt, *Possession*
　　1989　Kazuo Ishiguro, *The Remains of the Day*
　　1988　Peter Carey, *Oscar and Lucinda*
　　1987　Penelope Lively, *Moon Tiger*
　　1986　Kingsley Amis, *The Old Devils*
　　1985　Keri Hulme, *The Bone People*
　　1984　Anita Brookner, *Hotel du Lac*
　　1983　J. M. Coetzee, *Life and Times of Michael K.*
　　1982　Thomas Keneally, *Schindler's Ark*

1981 Salman Rushdie, *Midnight's Children*
1980 William Golding, *Rites of Passage*
1979 Penelope Fitzgerald, *Offshore*
1978 Iris Murdoch, *The Sea, The Sea*
1977 Paul Scott, *Staying On*
1976 David Storey, *Saville*
1975 Ruth Prawer Jhabvala, *Heat and Dust*
1974 Nadine Gordimer, *The Conservationist*
1973 J. G. Farrell, *The Siege of Krishnapur*
1972 John Berger, *G*
1971 V. S. Naipaul, *In a Free State*
1970 Bernice Rubens, *The Elected Member*
1969 P. H. Newby, *Something to Answer for*

(芦原和子)

参 考 文 献

　本文中に引用した文献を中心に，その他，本書との関連で参考にすべき文献を挙げた．

第1章

青山吉信（編）．『イギリス史1：先史＞中世』山川出版社，1991年．
クラウト，ヒュー．『ロンドン歴史地図』中村英勝監訳，東京書籍，1997年．
厨川文夫．『中世の英文学と英語』研究社，1951年．
——（訳）．『ベーオウルフ，フィンズブルフの戦』岩波文庫，1941年．
コグヒル，ネヴィル．『チョーサー』安東伸介訳，研究社，1971年．
富沢霊岸．『イギリス中世史：大陸国家から島国国家へ』ミネルヴァ書房，1988年．
——．『イギリス中世文化史：社会・文化・アイデンティティー』ミネルヴァ書房，1996年．
トレヴェリアン，G. M.『イギリス史1』大野真弓監訳，みすず書房，1973年．
——．『イギリス社会史1』藤原浩，松浦高嶺共訳，みすず書房，1971年．
桝井迪夫．『チョーサーの世界』岩波新書，1976年．
——（訳）．『完訳：カンタベリー物語（上・中・下）』岩波文庫，1995年．
バーバー，リチャード．『アーサー王：その歴史と伝説』高宮利行訳，東京書籍，1995年．
ブルック，クリストファー．『中世社会の構造』松田隆美訳，りぶらりあ選書，1990年．
Benson, Larry D. (general ed.). *The Riverside Chaucer*. Third Edition. Oxford: Oxford University Press, 1989.
Brewer, Derek. *Chaucer*. Third Edition. London: Longman, 1973.
——. *Chaucer and His World*. London: Eyre Methuen, 1978.
Brown, Carleton (ed.). *English Lyrics of the XIIIth Century*. Oxford: Clarendon Press, 1932.
Crow, Martin M. and Clair C. Olson. *Chaucer Life-Records*. Oxford: Clarendon Press, 1966.
Freeborn, Dennis. *From Old English to Standard English*. London: Macmillan, 1992.
French, W. H. and C. B. Hale (eds.). *Middle English Metrical Romances*. New York: Prentice Hall, 1930.
Gilbert, Martin. *The Dent Atlas of British History*. Second Edition. London: J M Dent, 1993.

Hussey, Maurice. *Chaucer's World: A Pictorial Companion*. Cambridge: Cambridge University Press, 1967.
Jenner, Michael. *Journeys into Medieval England*. London: Mermaid Books, 1991.
Klaeber, Fr. (ed.). *Beowulf and The Fight at Finnsburg*. Third Edition. Boston/New York, et al.: D.C. Heath and Company, 1941.
Loomis, Roger S. *A Mirror of Chaucer's World*. Princeton: Princeton University Press, 1978.
Myers, A. R. *London in the Age of Chaucer*. Oklahoma: University of Oklahoma Press, 1972.
Pearsall, Derek. *The Life of Geoffrey Chaucer*. Oxford: Blackwell, 1992.
Ravensdale, Jack. *In the Steps of Chaucer's Pilgrims*. London: Souvenir Press, 1989.
Rickert, Edith, C. C. Olson and M. M. Crow (eds.). *Chaucer's World*. New York: Columbia University Press, 1948.
Robertson, Jr., D. W. *Chaucer's London*. New York/London, et al.: John Wiley & Sons, 1968.
Schmidt, A. V. C. and N. Jacobs (eds.). *Medieval English Romances*. London/Sydney, et al.: Hodder and Stoughton, 1980.
Sorrel, Alan (ed.). *Reconstructing the Past*. London: Book Club Associates, 1981.
Woods, William. *England in the Age of Chaucer*. London: Hart-Davis, MacGibbon, 1976.

第2章

[時代背景]

青山誠子.『シェイクスピアの民衆世界』研究社出版,1991年.
石井美樹子.『イギリス・ルネッサンスの女たち』中公新書,1997年.
石川敏夫.『図説「英国史」』nci, 1987年.
今井宏.『イギリス史2』山川出版社,1990年.
櫻庭信之・井上宗和.『イギリスの歴史と文学』大修館書店,1977年.
トレヴェリアン,G. M.『イギリス史2』大野真弓監訳,みすず書房,1974年.
ヒバート,クリストファー.『図説イギリス物語』小池滋監訳,東洋書林,1998年.
ブラウン,ヒュー.『英国建築物語』小野悦子訳,晶文社,1980年.
Briggs, Asa. *A Social History of England*. London: Weidenfeld and Nicolson, 1994.
Cannon, John (ed.). *The Oxford Companion to British History*. Oxford: Oxford University Press, 1997.
Frazer, Anton (ed.). *The Lives of the Kings and Queens of England*. London: Futura, 1975.
Guy, John. *Tudor England*. Oxford: Oxford University Press, 1988.
Halliday, F. E. *A Concise History of Englnad*. London: Thames and Hudson, 1964.
Lotts, Norah. *Ann Boleyn*. London. Orbis Publishing, 1979.

McDowall, David. *An Illustrated History of Britain*. Essex: Longman, 1989.
Morgan, Kenneth O. (ed.). *The Oxford Illustrated History of Britain*. Oxford: Oxford University Press, 1984.
Oxford University Press. *Shakespeare's England*. Oxford: Oxford University Press, 1916; rpt. Japan: Meirin Shuppan, 1984.
Ridley, Jasper. *The Tudor Age*. London: Constable, 1988.
Trevelyan, G. M. *English Social History*. New Illustrated Edition. New York: Longman, 1978.
Wells-Cole, Anthony. *Art and Decoration in Elizabethan and Jacobean England*. New Haven: Yale University Press, 1997.
［シェイクスピア関係］
大場建治．『シェイクスピアへの招待』東書選書，1983年．
小田島雄志（訳）．『シェイクスピア全集』全7巻．白水社，1973-80年．
シェーンボーム，S．『シェイクスピア』川地美子訳，みすず書房，1993年．
中野好夫．『シェイクスピアの面白さ』新潮選書，1967年．
福田恆存（監修）．『シェイクスピアハンドブック』三省堂，1987年．
Andrews, John F. (ed.). *William Shakespeare: His World, His Works, His Influence*. 3 vols. New York: Scribner's, 1985.
Campbell, Oscar J. and E. G. Quinn (eds.). *The Reader's Encyclopedia of Shakespeare*. New York: Crowell, 1966.
Evance, G. Blackmore (ed.). *The Riverside Shakespeare*. Second Edition. Boston: Houghton Mifflin, 1997.
Onions, C. T. *A Shakespeare Glossary*. Revised by Robert D. Eagleson. Oxford: Oxford University Press, 1986.
Schmidt, Alexander. *Shakespeare Lexicon: A Complete Dicitonary of all the English Words, Phrases, and Constructions in the Works of the Poet*. 2 vols. 1874-75; rpt. New York: Dover, 1971.
Wells, Stanley. *Shakespeare: An Illustrated Dicitonary*. Revised Edition. Oxford: Oxford University Press, 1985.
——— (ed.). *Shakespeare: A Bibliographical Guide*. New Edition. Oxford: Oxford University Press, 1990.
［ロンドン劇場案内インターネットアドレス］
Albemarle of London's West End Theatre Guide — what's on in London Theatre
http://www.albemarle-london.com/

第3章

［時代背景］
今井宏（編）．『イギリス史2』山川出版社，1990年．
トレヴァリアン，G. M．『イギリス史2』大野真弓監訳，みすず書房，1974年．
森護．『英国王室史話』大修館書店，1986年．

Wedgwood, C. V. *The Trial of Charles I*. London: Penguin Books, 1983.
［ミルトン関係］
平井正穂.『ミルトン』研究社, 1958年.
ミルトン, ジョン.『失楽園（上・下）』平井正穂訳, 岩波書店, 1981年.
Milton, John. *The Poems of John Milton*. Ed. John Carey and Alastair Fowler. London and New York: Longman, 1968.
Parker, William Riley. *Milton: a Biography I*. Oxford: Clarendon Press, 1968.
［バニヤン関係］
シャロック, ロジャー.『ジョン・バニヤン』バニヤン研究会訳, ヨルダン社, 1997年.
中野好夫.『バニヤン』研究社, 1934年.
バニヤン, ジョン.『天路歴程 第一部』竹友藻風訳, 岩波書店, 1951年.
――.『バニヤン著作集』全5巻, 高村新一訳, 山本書店, 1969年.
Bunyan, John. *Grace Abounding to the Chief of Sinners*. Ed. W. R. Owens. London: Penguin Books, 1987.
――. *The Pilgrim's Progress*. Ed. James Blanton Wharey. Oxford: Clarendon Press, 1960.

第4章

シュウォーツ, R. B.『十八世紀ロンドンの日常生活』玉井東助・江藤秀一訳, 研究社出版, 1990年.
スウィフト, ジョナサン.『ガリヴァ旅行記』中野好夫訳, 集英社, 1981年.
デフォー, ダニエル.『ロビンソン・クルーソー漂流記』荒正人・山川学而訳, 平凡社, 1971年.
福原麟太郎.「散文, 随筆, ジャーナリズム」(『英米文学史講座』第5巻) 研究社出版, 1961年.
――.『ヂョンソン』研究社出版, 1972年.
ボズウェル, ジェイムズ.『サミュエル・ジョンソン伝』全3巻, 中野好之訳, みすず書房, 1981-83年.
ポーター, ロイ.『イングランド18世紀の社会』目羅公和訳, 法政大学出版局, 1996年.
宮崎芳三.「デフォー」(『英米文学史講座』第5巻) 研究社出版, 1961年.
森洋子.『ホーガスの銅版画――英国の世相と諷刺』岩崎美術社, 1981年.
Defoe, Daniel. *Robinson Crusoe*. Ed. Guy N. Pocock. Everyman's Library, London: Dent, 1906, rpt. 1945, 1966.
Delderfield, Eric R. *Kings and Queens of England and Great Britain*. Newton Abbot: David & Charles, 1966.
Steinberg, S. H. *Five Hundred Years of Printing*. Penguin Books, 1955; revised by John Trevitt. London: The British Library and Oak Knoll Press, 1996.
Stephen, Martin. *English Literature, A Student Guide*. Second Edition. London and

New York: Longman, 1991.
Sullivan, Alvin (ed.). *British Literary Magazine. The Augustan Age and the Age of Johnson, 1698-1788.* Connecticut and London: Greenwood Press, 1983.

第5章

[時代背景とロマン主義全般]
五十嵐武士・福井憲彦．『世界の歴史21　アメリカとフランスの革命』中央公論社，1998年．
ウルストンクラフト，メアリ．『女性の権利の擁護：政治及び道徳的問題の批判をこめて』白井堯子訳，未来社，1980年．
高山宏（編・訳）．『夜の勝利　英国ゴシック詩華撰』全2巻，国書刊行会，1984年．
松島正一．『イギリス・ロマン主義事典』北星堂書店，1995年．
バーク，エドマンド．『フランス革命の省察』半澤孝麿訳，みすず書房，1978年．
ベート，W. J.『古典主義からロマン主義へ』青山富士夫訳，北星堂書店，1986年．
Dictionary of National Biography. Oxford University Press.
Abrams, M. H. (general ed.). *The Norton Anthology of English Literature.* Sixth Edition. The Major Authors. New York: W.W. Norton, 1996.
Bloom, Harold and Lionel Trilling (eds.). *The Oxford Anthology of English Literature: Romantic Poetry and Prose.* New York: Oxford University Press, 1973.
Butler, Marilyn (ed.). *Cambridge English Prose Texts: Burke, Paine, Godwin, and the Revolutionary Controversy.* Cambridge: Cambridge University Press, 1984.
Dabundo, Laura (ed.). *Encyclopedia of Romanticism: Culture in Britain, 1780s-1830s.* New York and London: Garland Publishing, 1992.
Drabble, Margaret (ed.). *The Oxford Companion to English Literature.* Revised Edition. Oxford: Oxford University Press, 1995.
Holmes, Richard. *The Romantic Poets and Their Circle.* London: National Portrait Gallery Publications, 1997.
Ousby, Ian. *Blue Guide: Literary Britain.* Second Edition. London: A & C Black, 1990.
Varlow, Sally. *A Reader's Guide to Writer's Britain.* London: Prion, 1996.
Wordsworth, Jonathan, Michael C. Jaye and Robert Woof. *William Wordsworth and the Age of English Romanticism.* New Brunswick and London: Rutgers University Press, 1987.

[ブレイク関係]
ブレイク，ウィリアム．『ブレイク詩集』寿岳文章訳，彌生書房，1968年．
──．『ブレイク詩集』土居光知訳，平凡社ライブラリー，1995年．
──．『ブレイク全著作』全2巻，梅津濟美訳，名古屋大学出版会，1989年．
潮江宏三．『銅版画師ウィリアム・ブレイク』京都書院，1989年．
Blake, William. *The Complete Poetry and Prose of William Blake.* Newly Revised

Edition. Ed. David V. Erdman. Garden City. New York: The Anchor Press, 1982.
——. *Songs of Innocence and of Experience*. With an introduction and commentary by Sir Geoffrey Keynes. Oxford: Oxford University Press, 1970.

［ワーズワス，コールリッジ関係］
コールリッジ，サミュエル・テイラー．『コウルリジ詩選』斎藤勇・大和資雄訳，岩波文庫，1955年．
ド・クインシー，トマス．『トマス・ド・クインシー著作集Ⅳ　湖水地方と湖畔詩人の思い出』藤巻明訳，国書刊行会，1997年．
ミル，ジョン・ステュアート．『ベンサムとコウルリッジ』松本啓訳，みすず書房，1990年．
ワーズワス，ウィリアム．『ワーヅワース詩集』田部重治選訳，岩波文庫（改版），1966年．
——．『ワーズワース詩集』前川俊一訳，彌生書房，1966年．
——．『対訳ワーズワス詩集　イギリス詩文選（3）』山内久明編，岩波文庫，1998年．
——．『序曲』岡三郎訳，国文社，1968年．
ワーズワス，ウィリアム，サミュエル・テイラー・コールリッジ．『抒情歌謡集』宮下忠二訳，大修館書店，1984年．
Coleridge, Samuel Taylor. *Samuel Taylor Coleridge: The Complete Poems*. Ed. William Keach. London: Penguin Books, 1997.
——. *The Collected Works of Samuel Taylor Coleridge: Biographia Literaria, or, Biographical Sketches of My Literary Life and Opinions*. Ed. James Engell and W. Jackson Bate, 2 vols. London: Routledge & Kegan Paul; Princeton, N.J.: Princeton University Press, 1983.
Wordsworth, William. *The Oxford Authors: William Wordsworth*. Ed. Stephen Gill. Oxford: Oxford University Press, 1983.
——. *The Prelude: The Four Texts (1798, 1799, 1805, 1850)*. Ed. Jonathan Wordsworth. London: Penguin Books, 1995.

［バイロン関係］
バイロン卿，ジョージ・ゴードン．『バイロン詩集』阿部知二訳，新潮文庫（改版），1967年．
——．『バイロン詩集』小川和夫訳，白鳳社，1975年．
——．『ドン・ジュアン（上・下）』小川和夫訳，冨山房，1993年．
Byron, George Gordon, Lord. *The Oxford Authors: Byron*. Ed. Jerome J. McGann. Oxford: Oxford University Press, 1986.
——. *Don Juan*. Ed. T. G. Steffan, E. Steffan and W. W. Pratt. Harmondsworth: Penguin Books, 1973.

［シェリー関係］
シェリー，パーシー・ビッシュ．『シェリー詩集』上田和夫訳，新潮文庫，1984年．
——．『シェリー詩集』高橋規矩訳，渓水社，1993年．

―――.『縛を解かれたプロミーシュース』石川重俊訳,岩波文庫,1957年.
Shelley, Percy Bysshe. *Shelley's Poetry and Prose*. Ed. Donald H. Reiman and Sharon B. Powers. New York: W. W. Norton, 1977.
［キーツ関係］
キーツ,ジョン.『キーツ詩集』岡地嶺訳,泰文堂,1979年.
―――.『詩人の手紙』田村英之助訳,冨山房百科文庫,1977年.
Keats, John. *John Keats, the Complete Poems*. Third Edition. Ed. John Barnard. Harmondsworth: Penguin Books, 1988.
―――. *Letters of John Keats. A Selection*. Ed. Robert Gittings. Oxford: Oxford University Press, 1970.

第6章

［時代背景］
高橋祐子・高橋達史.『ヴィクトリア朝万華鏡』新潮社,1993年.
北条文緒・クレア・ヒューズ・川本静子（編）.『遙かなる道のり』国書刊行会,1989年.
村岡健次・木畑洋一（編）.『イギリス史3』山川出版社,1991年.
村松昌家・川本静子・長島伸一・村岡健次（編）.『英国文化の世紀1-5』研究社出版,1996年.
Applebaum, Stanley and Richard Kelly (ed.). *Great Drawings and Illustrations from Punch 1841-1901*. New York: Dover Publications, 1981.
Dickens, Charles. *Oliver Twist*. Harmondsworth: Penguin Books, 1966.
Mayhew, George and George Cruikshank. *1851*. London: George Newbold, 1951.
［ジェイン・オースティンと女性作家関係］
青山誠子.『ブロンテ姉妹』朝日選書,1995年.
エリオット,ジョージ.『ミドルマーチI, II』工藤好美・淀川郁子訳,講談社,1975年.
―――.『ダニエル・テロンダ1-4』淀川郁子訳,松籟社,1993年.
大島一彦.『ジェイン・オースティン』中公新書,1997年.
オースティン,ジェイン.『高慢と偏見（上・下）』富田彬訳,岩波文庫,1994年.
川北稔（編）.『非労働時間の生活史』リブロポート,1992年.
川本静子.『ジェイン・オースティンと娘たち』研究社出版,1984年.
小林章夫.『英国庭園物語』河出書房新社,1998年.
ショウォルター,エライン.『女性自身の文学』みすず書房,1993年.
ブロンテ,シャーロット.『ジェーン・エア』田部隆次訳,角川文庫,1967年.
ベントリー,フィリス.『ブロンテ姉妹とその世界』新潮文庫,1996年.
ポラード,アーサー.『風景のブロンテ姉妹』山脇百合子訳,南雲堂,1996年.
和田久士・浜なつ子.『イギリス文学散歩』小学館,1997年.
Laski, Marghanita. *George Eliot*. London: Thames and Hudson, 1973.
Wise, T. J. and Symington (eds.). *The Brontë: Their Lives, Friendships and*

Correspondence. 4 vols. Oxford: Blackwell, 1933.

［ディケンズ関係］

川戸道明・榊原貴和（編）.「ディケンズ集」（『明治翻訳全集・新聞雑誌編』6）大空社，1996年.

ディケンズ，チャールズ.『大いなる遺産』山西英一訳，新潮文庫，1951年.

──.『クリスマス・キャロル』安藤一郎訳，角川文庫，1950年.

──.『ディヴィッド・コパフィールド』市川又彦訳，岩波文庫，1950-52年.

──.『二都物語』中野好夫訳，新潮文庫，1967年.

フォースター，ジョン.『定本チャールズ・ディケンズの生涯（上，下）』宮崎孝一監訳，間二郎・中西敬一共訳，研友社，1980-82年.

［ワイルド関係］

川戸道明・榊原貴和（編）.「ワイルド集」（『明治翻訳全集・新聞雑誌編』10）大空社，1996年.

本間久夫.『英国近世唯美主義の研究』東京堂，1934年.

ワイルド，オスカー.『ドリアン・グレイの肖像』福田恆存訳，新潮文庫，1967年.

──.『真面目が肝心』厨川圭子訳，角川文庫，1953年.

──.『獄中記』田部重次訳，角川文庫，1950年.

──.『獄中記』福田恆存訳，新潮文庫，1968年.

第7章

青山富士夫（編）.『20世紀イギリス文学作家総覧』全4巻，北星堂，1979-84年.

秋篠憲一ほか.『イギリス文学への招待』朝日出版社，1999年.

上田勤・大橋健三郎ほか（編）.『20世紀英米文学ハンドブック』南雲堂，1977年.

櫻庭信之・蛭川久康（編・著）.『アイルランドの歴史と文学』大修館書店，1986年.

小野修（編）.『20世紀イギリス作家の肖像』研究社出版，1993年.

川口喬一.『現代イギリス小説──ジェイムズ・ジョイスを中心に』開拓社，1969年.

小池滋.『イギリス』新潮社，1992年.

中村邦生・木下卓・大神田丈二（編・著）.『たのしく読めるイギリス文学』ミネルヴァ書房，1994年.

羽矢謙一・虎岩正純（編・著）.『20世紀イギリス文学研究必携』中教出版，1985年.

福原麟太郎・西川正身（監修）.『20世紀英米文学案内』全24巻，研究社出版，1966-88年.

松浦高嶺・上野格.『イギリス現代史』山川出版，1992年.

Bell, Michael. *Literature, Modernism & Myth. Belief & Responsibility in the 20th Century*. Cambridge: Cambridge University Press, 1996.

Bruccoli, Matthew and Richard Layman (eds.). *Concise Dictionary of British Literary Biography. Contemporary Writers, 1960-Present*. Detroit and Michigan: Gale Research, 1992.

Grenfield, John R. (ed.). *Dictionary of British Literary Characters. 20th Century*

Novels. Facts on File, 1994.

Luckhurst, Roger and Peter Marks (eds.). *Literature & The Contemporary. Fictions & Theories of the Present*. Studies in 20th Century Literature Series. London: Longmans, 1999.

Parker, Peter and Frank Kermode (eds.). *Reader's Companion to 20th-Century Writers*. 4th Estate, 1995.

Phillips, Deborah and Ian Haywood. *Brave New Causes. Women in British Postwar Fiction*. Leicester: Leicester University Press, 1998.

Sturrock, John (ed.). *Oxford Guide to Contemporary Writing*. London: Oxford University Press, 1996.

Walder, Dennis (ed.). *Literature in the Modern World*. Critical Essays & Documents. London: Oxford University Press, 1990.

[T. S. エリオット関係]

Eliot, T. S. *Selected Essays by T. S. Eliot*. London: Faber & Faber, 1932.

———. *The Complete Poems and Plays of T. S. Eliot*. London: Faber & Faber, 1969.

———. *Knowledge and Experience in the Philosophy of F. H Bradley*. London: Faber & Faber, 1964.

索　引

1. 数字はページ数を表す．
2. 英語のものは最後に一括して入れてある．

［あ］

アーサー王　12, 24–26, 73
『アーサー王の死』　26
アーデン，メアリ　78–79
アーノルド，マシュー　197
アーベリー・ファーム　239
『愛しすぎて』　276
『哀愁』　151
『アイドラー』　120, 127
アイルランド共和国軍　156
「秋に寄せて」　193, 196
『秋のホテル』　286
アグネス，チョーサー　32
『アグネス・グレイ』　233–234
アジャンクールの戦い　13
アセルスタン王　8
『アセルストン』　28
『アダム・ビード』　240
新しい女　205, 207
アディソン，ジョゼフ　126, 130, 142
『アドネイイス』　189
アトリー内閣　257
『余った女たち』　207
「余った女」の時代　206
『アムステルダム』　289
『アメリカ』　159
アメリカ独立革命（戦争）　118, 150
『嵐が丘』　233–234
『アラスター』　186
「アラビィ」　265
アランデル伯　60

アルバート殿下　199–200
アルフォクスデン・ハウス　167
アルフレッド王　7–8, 14–16, 18, 45
『アルフレッド格言集』　21
『アレクサンダー王』　27
『荒地』　253, 282
アレン，サー・ウォルター　78
アン，クレーヴズ　55
『アン・ヴェロニカ』　270
アングル族　5
アングロ・サクソン　6–7, 15, 26, 156
『アングロ・サクソン年代記』　15
アンジュー帝国　10–11
アン女王　54, 115–117, 123, 126, 129–130, 136, 141

［い］

「イーヴリン」　265
イースト・アングリア大学　287, 289
イースト・コウカー　276, 281
『イヴァイン』　25
『イヴァン，または獅子の騎士』　25
『イウェインとガウェイン』　25, 27
イェイツ，W. B.　160
『イェルサレム』　159
「怒れる若者たち」　260
『イグザミナー』　136
「イザベラあるいは目甘の鉢」　193
意識の流れ　253, 262–264, 266–267
イシグロ，カズオ　287
「痛ましい事件」　265

— 301 —

『いつか晴れた日に』 227
イベリア人 3
『イポマドン』 28
『イポミドン伝』 28
『イポメドン』 28
『イラストレイティッド・ロンドン・ニューズ』 210
『イングランドの詩人とスコットランドの批評家』 179
『隠者』 173

[う]

ヴァイキング 7
ヴァロン, アネット 165, 172
『ヴィエラあるいは四つのゾア』 159
ヴィクトリア・アルバート・ミュージアム 120, 164, 199
ヴィクトリア女王 120, 150, 154, 199-200, 252, 257
ウィクリフ, ジョン 40
『ウィクリフ訳聖書』 40
ウィリアム, シェリー 190
ウィリアム, オレンジ公 110, 115, 128-129
ウィリアム一世 9-10, 16, 71, 274
ウィリアム二世 10
ウィリアム四世 150, 153
ウイルスン, エドマンド 218
ウィルバーフォース, ウィリアム 157
『ヴィレット』 206, 225
『ウィンザーの陽気な女房たち』 75, 80
『ウィンダミア卿夫人の扇』 245, 249
ウーマン・リブ運動 261
『ウエイクフィールドの牧師』 212
ウェスト, ヴィタ・サックヴィル 266, 268
ウェストブルック, ハリエット 185
『ウェストミンスター・レヴュー』 209, 239
ウェストミンスター寺院 42-43, 74, 85, 98, 149, 184, 226, 245

ウェセックス王国 6
『ヴェニスの商人』 65, 71
ウェリントン公爵 151, 153, 182
ウェルズ, H. G. 254, 268, 270
ウェルズリー, アーサー 151
『ウォリックのガイ』 28
ウォルシンガム, フランシス 57
ウォルポール, ロバート 117
ウェントワース・プレイス 192
『浮世の画家』 287
「歌『イングランドの人々』」 188
ウッドコック, キャサリン 97
『海行く人』 16
『海よ, 海よ』 285
ウルジー枢機卿 53, 60
ウルストンクラフト, メアリ 157, 185-186
ウルフ, ヴァージニア 253, 262, 265-268
ウルフ, バネッサ 266
ウルフ, レナード 266

[え]

エイヴォン川 83
『英国詩人伝』 146
『英国人』 134
『英国人名辞典』 265
『英国万歳!』 152
『英語事典』 140, 143
『疫病流行日記』 131
『エグザミナー』 191
『エゴイスト』 276
エセルレッド無策王 8
エッセクス伯 73
『エディンバラ評論』 179
『エドウィン・ドルードの謎』 214
エドガー平和王 8
エドマンド王 8
エドマンド二世剛勇王 8
エドワード一世 155

エドワード黒太子 12
エドワード五世 13
エドワード懺悔王 8, 9
エドワード三世 12-13, 30, 36-38
エドワード殉教王 8
エドワード長兄王 8, 12, 17, 71
エドワード二世 12
エドワード四世 13
エドワード六世 51, 55, 86
『エネイドス』 27
「エピファニイ」 265
『F. H. ブラドリの哲学における認識と経験』 277
『エマ』 227, 237
エマソン, ラルフ・ウォルドー 175
『エマレ』 27
『エリア随筆』 166
エリオット, T. S. 190, 197, 253, 256, 273-283
エリオット, ジョージ 205-206, 211, 237-240
エリザベス一世 51, 55-62, 73-74, 77, 86-87, 110, 117, 199, 221, 257
エリザベス期（朝） 22, 50, 62, 68, 80
エリザベス二世 120, 257-258, 260
エリザベス・バニヤン 108-109
エルストウ 106-108, 114
『エレーネ』 16
エレオノール妃 19-20
『エレック』 25
『エレックとエニード』 25
『エンディミヨン』 192

[お]

オヴィディウス 39
王権神授説 85, 88, 115
『黄金のイェルサレム』 272
王政復古 109, 128
王立美術院 147, 149, 158, 160
『大いなる遺産』 213, 221

オーウェル, ジョージ 226, 255, 268-269
大江健三郎 160
オースティン, ジェイン 158, 211, 226-232, 237-238
オースティン, カサンドラ 227
オーデン, W. H. 255-256
『オーランドー』 266, 268
オールコット, ルイザ・メイ 105
『丘の淡い眺め』 287
『お気に召すまま』 80
『オクタヴィアン』 28
『桶物語』 136
オズボーン, ジョン 260
『オセロ』 67, 81
オタリ・セント・メアリ 166
『オックスフォード英語大辞典』 149
オックスフォード条項 12, 17
オックスフォード大学 60, 141, 126, 190, 275, 285
　　——, クライスト・チャーチ・コレッジ 60
　　——, サマヴィル・コレッジ 285
　　——, ペンブルック・コレッジ 141
　　——, モードレン・コレッジ 245
　　——, ユニヴァーシティ・コレッジ 185, 189
『オテュエル』 27
『オデュッセイ』 264
『オリヴァー』 218
『オリヴァー・トゥイスト』 202-203, 225
オリヴィエ, ローレンス 64, 76
『オルミュエル』 31
愚か者ビリー（Silly Billy） 153-154

[か]

ガーター勲章 12
カーディナル・コレッジ 60
カーライル, トマス 202
カーライル・マンションズ 276

『海賊』 180
「過去と現在」 206
ガストレル，フランシス 79
『カタロニア讃歌』 269
『郭公と小夜鳴鳥』 29
「家庭教師」 207
『家庭の天使』 205
カトリック教徒解放令 151, 153
『ガメリン物語』 28
仮面劇 88, 94
『ガリヴァー旅行記』 116, 135-137, 140
『仮象と実在』 275
カルヴィン，ジョン 85-86
ガワー 22
カンタベリー大聖堂 10-11, 45, 50, 212
『カンタベリー物語』 1-2, 10-11, 22, 27-28, 31, 34-36, 38, 40-41, 43-44, 47, 49-50
カンバーバック，サイラス・トムキン 166

[き]

キーツ，ジョン 174-175, 177, 186, 189, 190-198
キーツ，トマス 190
キーツ・シェリー記念館 196
キーツ・ハウス 192, 196
北アイルランド問題 261
ギッシング，ジョージ 207
『狐のレナード』 28
『狐物語』 28
『キップス』 270
ギフォード，ジョン 107-108
キプリング，R. 257
キャクストン，ウィリアム 26-28, 52
キャサリン王妃 52-53, 86
ギャスケル，エリザベス 202-204, 225, 234
ギャッズ・ヒル邸 214
ギャムデン・タウン 216

ギャリック，デイヴィッド 123, 142
キャロライン，ブランズウィックの 152-153
救貧法，救済法 63, 201-203
キュネウルフ 16
「驚異の年」 193
『教訓詩』 21, 31
『教授』 225, 234
共和制 91, 97
『聖キャサリン』 31
「ギリシア古瓶」 197
「ギリシア古瓶についてのオード」 193-194
キリスト教の布教 6-7
『キリストの愛の歌』 31

[く]

グィッチョーリ伯爵夫人，テレサ 181
グイン，ネル 98
クインシー，トマス・ド 158, 171-172, 176-177
寓意文学 23, 110
クウインズベリー候 248
クエーカー教徒 108
クック，エドワード 134
クック，ジェイムズ 155, 201
クヌート王 8
「忽必烈汗」 174
クラウディス 4
クラショー，リチャード 274
グラスタウン物語 233
グラスミア 171-172, 175
クランヴォー 29
クランマー大司教 53
グリーン，グレアム 258
グリーン，ロバート 72
『クリスタベル』 174
クリスタル・パレス 200-201
『クリスマス・キャロル』 216, 219
『クルジェス』 25

索　引

クルックシャンク，ジョージ　201, 210
クレアモント，クレア　181, 185–186
グレイ，ジェイン　55, 73, 86
グレイ首相　154
グレイ伯爵内閣　154
グレン，ネル　98
グローブ座　64–65
黒死病　17, 33, 37
クロムウェル，オリヴァー　89–92, 97–99
クロムウェル，トマス　53–54
クロムウェル博物館　99
クロンゴウズ・ウッド・コレッジ　263

[け]

ケイヴ，エドワード　142
『経験の歌』　159
芸術至上主義（運動）　246
ケズィック　172
ケルト人　4, 6
ゲルマン民族　5
『現世の凱旋』　190
ケント王国　6
ケント大学　287
ケンブリッジ大学　60, 90, 93, 146, 285–286
　——, キングズ・コレッジ　273
　——, クウィーンズ・コレッジ　288
　——, クライスツ・コレッジ　93–94
　——, ジーザス・コレッジ　166
　——, シドニー・サセックス・コレッジ　98
　——, セント・ジョンズ・コレッジ　165
　——, トリニティ・コレッジ　178
　——, ニューナム・コレッジ　285
　——, モードレン・コレッジ　274

[こ]

『恋の虜』　39–40

『恋人の告解』　31
コヴェントリー　140, 238
『幸福の王子』　119, 248, 251
『公夫人の書』　24, 37
『コウマス』　94
『高慢と偏見』　227–232, 237
『荒涼館』　219, 221
コートールド美術研究所　286
ゴート族　5
コーヒー・ハウス　126–127, 209
ゴールズワージー，ジョン　266
ゴールドスミス・オリヴァー　146, 149, 212
コールリッジ，サミュエル・テイラー　164, 166, 170–171, 173–174, 176–177, 179, 182, 185, 196, 198
ゴーント，ジョン・オヴ　12–13, 37, 41–42
『コーンヒル・マガジン』　210
五月祭　62, 81
国王の処刑　97
『獄中記』　250
ゴシック小説　181, 185
湖水地方　165, 171
『湖水地方と湖畔詩人の思い出』　172
コッカーマス　165
『骨董屋』　218, 220–221
ゴドウィン，ウィリアム　181, 185
ゴドウィン，ウェセックス伯　8–9
ゴドウィン，メアリ　181
『コニングズビー』　202
「子羊」　161
ゴフ・スクエア　144
『コモン・リーダー』　266
暦の改革　125

[さ]

『ザ・ゴースト・ロード』　287
『サー・イサンブラス』　28
『サー・エグラムア』　28

『サー・オルフェオ』 27
『サー・ガウェインと緑の騎士』 25, 27, 31
『サー・クレジェス』 28
『サー・デガレ』 27
『サー・トライアムア』 28
『サー・トリストラム』 27
『サー・フェランブラス』 27
『サー・ローンファル』 27
『最後の注文』 288
『罪人たちの頭に溢るる恩寵』 110
『サイラス・マーナー』 240
『サヴェッジ伝』 148
サウジー, ロバート 167, 174
サクソン王朝 8
『石榴の家』 248
サスーン, シーグフリード 253
『さすらい人』 16, 18
サセックス大学 289
『サタデー・レヴュー』 210
『作家の日記』 267
サッチャー, マーガレット 261
サマセット公爵 55
『サミュエル・ジョンソン伝』 145-146, 149
『さらし台への賛歌』 130
『サロメ』 247
産業革命 157, 162, 198, 200, 208

[し]

ジ・アザー・プレイス 83
シアボール大司教 10
シーモア, ジェイン 55
シーモア, トマス 56
シェイクスピア, ウィリアム 22, 50-51, 62, 64-67, 71-83, 92, 199
ジェイムズ, ウィリアム 264
ジェイムズ, スチュワート 117
ジェイムズ一世 59, 63, 79, 87, 91, 116
ジェイムズ二世 110, 115-117, 128, 131

ジェイムズ四世 52
ジェイムズ六世, スコットランド王 59, 87, 116
『ジェイン・エア』 206, 233-238
ジェームズ朝 77
シェフィールド 271
シェリー, パーシー・ビッシュ 174, 177, 181-182, 184-190, 198
シェリダン, リチャード 123
識字率 208
「死者たち」 265
詩人たちのコーナー 43, 226, 245
「失意」 172
『失楽園』 84, 100, 103-104, 173
シドニー, サー・フィリップ 164
ジドンズ夫人 153
『詩の弁護』 189
『シビル』 202-204
『自分だけの部屋』 267
『資本論』 18
「姉妹」 265
シャープ, トマス 79
『シャーリー』 234
『シャーロット・ブロンテ伝』 225
ジャコバイトの反乱 118
「写実主義」 254
シャルルマーニュ王 23
宗教改革 40, 45, 51, 54, 85-86, 152
『自由主義者』 189
『修道女の戒律』 31
ジュート族 5
『十二夜』 81
『出エジプト記』 16
『殉教者列伝』 55
『純潔』 31
ジョイス, ジェイムズ 253, 262-265
「消極的能力」 197
小ピット 151
『女王の花園』 205
ジョージ一世 117, 130
ジョージ五世 120

ジョージ三世　118, 150-151, 188
ジョージ摂政皇太子　119
ジョージ四世　150-151, 153
『序曲』　165, 171, 173, 176
『抒情的歌謡集』　168-171, 176
ジョゼフ，バクストン　200
ジョーダン，ドロシア　153
『書物戦争』　136
ジョン失地王　11-12, 72
ジョンソン，サミュエル　115-116, 127, 140-149
ジョンソン，ジョゼフ　158
ジョンソンの家　144-145
『知られざる美男』　25
『シリス夫人』　28
シン・フェイン党　156
『神曲』　39
『シングルトン船長』　131
『紳士雑誌』　142
『真珠』　31
『真のイギリス生まれのイギリス人』　129
「深夜の霜」　166

[す]

スウィフト，グレアム　285, 288
スウィフト，ジョナサン　115-116, 135-136, 140, 164
スウィンバーン，A. C.　26
『スーザン夫人』　228
スコット，サー・ウォルター　26, 77, 158, 160, 179
スコット族　6
スチュアート，メアリー　58-59
スチュアート家（王朝）　87, 117, 131
スティーヴン，レズリー　265-266
スティーヴントン　227, 229
スティーブン王　10
スティール，リチャード　126, 130, 134
ストーンヘンジ　4
ストラットフォード・アポン・エイヴォン　64, 77-79, 83, 124
ストラドリング，トマス　134
スペイン無敵艦隊　59, 72, 74
『スペクテイター』　126-127, 142
スペンサー，エドマンド　26, 50, 110, 164, 190
スミス，W. H.　209
スモーレット，トバイアス　123, 146
スローン，ハンス　118
スワン劇場　83

[せ]

「聖アグネス祭前夜」　193
清教徒　61, 85-87, 89, 91-92, 94, 98-99, 104-105, 108-109, 111
『聖ジュリアナ』　16, 31
聖ジョージ殉教者教会　223
性によるダブルスタンダード　205, 207, 238
セヴァーン，ジョゼフ　196
『世界を馳せめぐる者』　31
セシル，ウィリアム宰相　57, 61, 74
摂政時代　151-152, 181
『説得』　227
セルカーク，アレキサンダー　134
『セルの書』　159
『1984年』　269-270
選挙法の改正　154, 201-202, 207, 240, 254
セント・パトリック大聖堂　137
セント・ポール大聖堂　32, 85, 116, 148
セント・マーガレット教会　104
『善女列伝』　22, 41
「1819年のイングランド」　188

[そ]

『創世記』　16
訴訟手続き法　17

[た]

『第一印象』 228-229
第一次世界大戦 252-253, 263, 266, 287
大英博物館 118, 195, 199
ダイク, ヴァン 148
第二次世界大戦 252, 254-257, 267, 269, 271
タイバーンの処刑 98
「大法官」(Lord Chancellor) 219
『タイム・マシン』 254, 270-271
『タイムズ』 208
タイラー, ワット 12
ダヴ・コテッジ 171
『誰がために鐘は鳴る』 255
『滝』 272
ダキテーヌ, エレオノール 10
『ダニエル書』 16
タフリー, メアリ 128
ダブリン 245, 263-265, 285
『ダブリン市民』 264
ダラム 287
『ダロウェイ夫人』 267
ダンテ, アリギエロ 38-39
『短編集』 20

[ち]

『小さきものたちの神』 285, 288
チェスターフィールド卿 144
チェルムシェヴスキー, N. G. 246
チャーチスト運動 201, 203-204
『チャーチズム』 202
チャーチル, ウィンストン 255-257
チャールズ一世 85, 88-92, 98, 274, 282
『チャールズ大帝』 27
チャールズ二世 60-62, 92-93, 97-98, 104, 109
『チャイルド・ハロルドの巡礼』 180
『チャタレー夫人の恋人』 119
チャッツワース 230

チャップマン, ジョージ 191
チャルフォント・セントジャイルズ 104
チューダー, ヘンリー, リッチモンド伯 13
チューダー（家）王朝 13, 51-52, 59, 61, 73, 86-87, 117
チョーサー, ジェフリー 1-3, 10-11, 21-22, 24, 27-33, 36-47
チョーサー, ジョン 32-33, 36
チョーサー, フィリッパ 41
チョートン・コテッジ 228-229

[つ]

『つぐみと小夜鳴鳥』 29
坪内逍遥 219
『妻の服従と信頼について』 39
「つれない美女」 193, 195

[て]

ディー, ジョン 56
『デイヴィッド・コパフィールド』 217-218, 224-225
ディケンズ, チャールズ 202, 210-226
ディケンズ・センター 214-215
ディケンズ・ハウス 225
ディケンズ・フェスティバル 215
帝国主義 255, 269
ディズレイリ, ベンジャミン 199, 202-204
「ティンターン修道院」 169
デヴルー, ロバート, エセックス伯爵 74
『テーセイダ物語』 39
鉄道の開通 200, 202
テート・ギャラリー 147, 164
『テーベ攻囲』 27
デーン人（王朝） 7-8, 13
『デーン人ハヴェロック』 27
『デカメロン』 39, 193
『デグレヴァント卿』 28

『テス』 232
『哲学の慰め』 40
テニスン, アルフレッド 26, 197
デフォー, ダニエル 115, 127-128, 130-131, 133-134, 136, 140
デボラ, ミルトン 99
テンプル, ウィリアム 135
テンプル・バー 219, 221-222
『テンペスト』 50, 66, 82
「転落した女」 205
『天路歴程』 104-105, 110-112, 114

[と]

『頭韻詩アレクサンダー』 27
『闘士サムソン』 100
『燈台へ』 268
ドゥビイ(ウルフの兄) 266
『動物農場』 269
『透明人間』 270
トゥルヴェール 29
『トゥルーズ伯』 27
トゥルバドゥール 19, 23, 29
『遠く旅する人』 16
トマ 25
トマス, ディラン 258
『トムとヴィヴ』 276
「虎」 161
ドライデン, ジョン 3, 50, 136
トラファルガー広場 151
ドラブル, マーガレット 268, 271-273
『ドリアン・グレイの肖像』 248, 250
『トリスタン』 25
『鳥たちの議会』 22, 29, 39-40
トリニティ・コレッジ(ダブリン) 245
『取るにたらぬ女』 249
ドレイク, フランシス 58
奴隷貿易 58, 132, 157
トロイに関する作品 27
『トロイルスとクリセイダ』 22, 27, 40, 43

『トロワ物語』 20
『ドン・ジュアン』 181-182, 184

[な]

「小夜鳴鳥に捧げるオード」 193, 195
「ナイティンゲールとばらの花」 248
ナショナル・ポートレート・ギャラリー 147
『謎詩』 16
『夏の鳥かご』 272
『夏の夜の夢』 66
夏目漱石 71, 219
七年戦争 150, 155
ナポレオン, ボナパルト 119, 151, 181
『波』 268
ナン, ローダ 207
南海泡沫事件 120

[に]

『ニコラス・ニックルビー』 225
「西風に寄せるオード」 186-187, 189
日英同盟 252
『二都物語』 219, 221-222
ニュートン, アイザック 116
ニュープレイス 78-79
『忍耐』 31
『忍冬の短詩』 26

[ね]

ネザー・ストウィ 167-168
『熱心の大切な事』 245
ネルソン記念塔 151
ネンニウス僧侶 25

[の]

『農夫ピアズの夢』 31
『ノーザンガー寺院』 228

ノーサンバランド公爵　55
ノルマン王朝　8-10, 17

[は]

パー，キャサリン　55
バーカー，パット　287
バーク，エドマンド　147
バース　122-123, 229
ハーディー，トマス　207, 232
ハーディー，バーバラ　238
バーナクル，ノラ　263
バーナム，P. T.　79
バーニー，チャールズ　147
パーネル，チャールズ・スチュウアート　263
ハーバート，ジョージ　274
バービカン劇場　83
ハーリー，ロバート　130-131, 136
ハーン，ラフカディオ　219
ハイゲイト　174-175, 196
ハイド・パーク　53, 186, 200
『ハイピアリオン』　193-194
『ハイピアリオン没落』　193
バイロン卿ジョージ・ゴードン　160, 174, 177-184, 190, 198
パウエル，メアリ　96-97
『ハウスホールド・ワーズ』　210
バウチャー，キャサリン　158
ハサウェイ，アン　78-79
ハズリット，ウィリアム　158, 186, 191
ハックスレー，T. H.　270
ハッチンソン，セアラ　172
ハットフィールド離宮　56
パットモア，コヴェントリ　205
ハットン大法官　57
バニヤン，ジョン　104, 106-111, 113-114
バニヤン博物館　106, 114
ハノヴァー家（朝）　117, 130-131, 152
『ハノーヴァー家の王位継承に反対する』　131
『バビロンのサルタン』　27
『ハムレット』　66-67, 69, 71, 141
バラ戦争　12-13, 52, 71, 76, 86
『薔薇物語』　23-24, 37
『パリ・ロンドン放浪記』　269
『パルツィファル』　25
パレス・ピア　119
ハロルド二世　9, 274
ハワース　232-233
ハワース牧師館　232
ハワード，キャサリン　55, 57, 73
ハンガーフォード・ステアズ　216
万国博覧会　200-201
『パンチ』　209-210, 247
「パンティソクラシー」　167
ハント，リー　186, 189-191, 196
ハンプシャー　229, 289
ハンプトン・コート　60
『ハンプトンのビーヴェス』　28

[ひ]

ビーカー人　4
ピータールー事件　188
ビーチ，シルヴィア　263
ビートルズ　260
ヒーニー，シェイマス　258
『日陰者ジュード』　207
ピカリング，チャールズ　134
『碾臼』　272
『ピクウィック・ペイパーズ』　214, 218, 225
『低き身分の盾持ち』　28
ピクト族　6
『悲劇サメロ』　245
『非国教徒撲滅の早道』　129
『人の願望のむなしさ』　142
ヒトラー　255-256, 269
『日の名残り』　287
「雲雀に寄せて」　186-187, 189

百年戦争　12–13, 17, 30, 33–34, 36
ヒューエンドン・マナー　204
ヒューズ, テッド　258
ピューリタン　85, 91–92, 111
『氷河時代』　272
『ビルマの日々』　269
ピンター, ハロルド　260

［ふ］

ファブリオとロマンス　28
『ファルスタッフ』　75
フィッツウイリアム・ミュージアム　148
フィッツハーバート夫人　152–153
『フィネガンズ・ウェイク』　263, 265
フィリッパ王妃　37
フェラ, ニコラス　273
フェルパム　159
フォークランド島紛争　261
フォースター, E. M.　257
フォースター, ジョン　221
『フォートナイトリー・レヴュー』　210
フォックス, ジョン　55
『深き淵より』　250
『復楽園』　100
『梟と小夜鳴鳥』　21, 29
「二つの国民」　204
ブッカー賞　284–290
ブノア　20
『冬物語』　81–82
ブライドヘッド, スー　207
『フライング・ポスト』　131
『ブラックウッズ・マガジン』　191
ブラッドベリー, マルカム　287, 289
ブラドリ, F. H.　275
ブランク・ヴァース　66–67
フランク王国　23
『フランケンシュタイン』　181
フランス, マリ・ド　20, 26
フランス革命　150, 157, 165, 176–177, 198

フランス文学の影響　18–22
プランタジネット王朝　10, 12–13, 17, 36
ブランデン, エドマンド　253
フリート・ストリート　219–221
ブリストル　165, 167, 285
ブリッジウォーター伯爵　94
『ブリテン列王史』　25
『ブリトン人の歴史』　25
ブリトン族　156
『ブリュ物語』　20, 25, 27
ブリン, アン　53, 55–56, 73
『ブルート』　21, 27
ブルックナー, アニタ　286
ブラムリー（ケント州）　270
ブレア, トニー　261
ブレイク, ウィリアム　157–164, 176–177, 198
『フレーヌの物語』　27
『フローリスとブランシュフルール』　28
ブローン, ファニー　192, 196
『フロス河畔の水車小屋』　206, 240
『プロメテウス解放』　187, 189, 198
ブロンテ, アン　233–234
ブロンテ, エミリ　232–234
ブロンテ, シャーロット　206, 232–238
ブロンテ, ブランウェル　233
ブロンテ姉妹　211, 232–238
ブロンテ博物館　232
『文学的自叙伝』　168, 175
『分別と多感』　227–228

［へ］

ヘイウォード, ジョン　276
ヘイウッド, ヴィヴィアン　276
『ペイシャンス』　246–248
ヘイスティングの戦い　9, 274
ヘイドン, ベンジャミン・ロバート　191
『平和を讃えて』　22
ペーター, ウォルター　246
『ベオウルフ』　15–16

ベケット, サミュエル　261
ベケット, トマス　11, 45
『ベッポ』　181
『ペニー・マガジン』　209
ベネット, アーノルド　266
『ベネット氏とブラウン夫人』　266
「蛇女レイミア」　193-194
ヘミングウェイ, アーネスト　255
『ヘラス』　189
『ペルスヴァル, または聖杯物語』　25
ベルベデール・コレッジ　263
ベンサム, ジェレミー　175
『ペンバリー』　232
ヘンリー一世　10, 19
ヘンリー五世　13, 30, 75-77
『ヘンリー五世』　64-65, 74-77
ヘンリー三世　12, 17, 30, 71
ヘンリー七世　51-52, 73, 86
ヘンリー二世　10-11, 19, 45, 155
ヘンリー八世　51-55, 58, 62-63, 73, 86-87
『ヘンリー八世』　65, 77
ヘンリー四世　13, 36, 75
『ヘンリー四世・第一部』　67, 75
『ヘンリー四世・第二部』　75
ヘンリー六世　13, 76-77
『ヘンリー六世・第一部』　71-72, 76
『ヘンリー六世・第三部』　71-72

[ほ]

ホーキンズ, ジョン　58
ホークスヘッド・グラマー・スクール　165
ポーター, エリザベス　141
ポーツマス　212
ホープ, アレグザンダー　22, 164, 179, 182
ホーリー・トリニティー教会　77
ボール, ジョン　12
ホール邸　79

ホガース, ウィリアム　115, 121, 225
ホクリーヴ, トマス　22, 50
ボズウェル, ジェイムズ　145-146, 149
『ボズのスケッチ集』　212
ボリンブルック, ヘンリー, オヴ　13, 42, 74-75
ホルバイン, ハンス　52
『ホルン王』　27
『ホルン王子とリムニルド姫』　27
ホワイト・ホール　60, 91

[ま]

マーヴェル, アンドリュー　98
マーシャルシー監獄　211, 217-218, 223
マーティノー, ハリエット　205, 234
マーテロー・タワー　264
マードック, アイリス　285
マーロー, クリストファー　62
マキューアン, イアン　289
マグナカルタ（大憲章）　11, 72
『マクベス』　66-67
『真面目が肝心』　245-246, 249
マセソール, フランツ　250
マナー・ハウス　61
『真夜中の子どもたち』　286
マライア, ヘンリエッタ　85, 88
マルタ島　155, 172-174
マロリー, トマス　26
マン, ジャン・ド　23
『マンフレッド』　180-181

[み]

「見つけられて」　206
『ミドルマーチ』　239-244
ミニョット, ロレンス　30
ミューディー（貸本屋）　209
『ミラノ攻囲』　27
ミル, ジョン・シチュアート　175
『ミルトン』　159

ミルトン，ジョン　22, 84, 93-97, 99-100, 104-105, 173
ミルトンズ・コテッジ　104
ミルバンク，アナベル　180
ミンシェル，エリザベス　99

[む]

ムーア　232-233
『無垢と経験の歌』　159, 161
『無垢の歌』　159
『無神論の必然性』　185

[め]

メアリ，オレンジ公妃　129
メアリ　→アーデン，メアリ
メアリ，スコットランド女王　87
『メアリ・バートン』　202-204, 225
メアリ女王　51, 55-57, 60, 86
メイコック，アラン　274
『名声の館』　39-40
名誉革命　110, 128, 131
『メリアドール』　25

[も]

モア，トマス　52, 73
モートン，チャールズ　128
『モーニング・クロニクル』紙　211
モリス，ウィリアム　26, 160
モリス・ダンス　62, 114
『モル・フランダース』　131, 135
モンク将軍　92
モンクス・ハウス　266 267
モンタギュウ伯爵　118
モンフォール，ド・シモン　12
モンマス，ジェフリー・オヴ　25
モンマス公の乱　128

[や]

柳宗悦　160
『屋根裏の狂女』　236

[ゆ]

唯美主義運動　247
ユニヴァーシティ・コレッジ（ダブリン）　263
ユニオン・ジャック　155, 259
「ゆりかごから墓場まで」　254, 257
『ユリシーズ』　264

[よ]

『妖精女王マブ』　185, 188
『妖精の女王』　110-111
ヨーク家　13, 51, 73, 86
『ヨーロッパ』　159
『四つの四重奏』　253, 273, 282
『ヨブ記』　160
『夜と昼』　266

[ら]

『ラーラ』　180
ライダル・マウント　175-176
ラシュディ，サーモン　286
ラスキン，ジョン　160, 205, 245
ラッダイト一揆　157
ラファエル前派　197, 247
ラム，チャールズ　158, 166
ラム，レディ・キャロライン　180
ラヤモン　21, 27
ランカスター王朝　13, 36, 42
ランカスター家　13, 51, 73-74, 86
ラングランド，ウィリアム　31
『ランスロ，または荷車の騎士』　25
『ランブラー』　142-143

149

[り]

『リア王』 69, 141
リー，オーガスタ 180
リージェント・パーク 53, 80
リヴァプール内閣 153
『理想の夫』 245
リチャード，グロースター公 13
リチャード一世獅子心王 11, 71
リチャード三世 13, 73
『リチャード三世』 72, 77
リチャード二世 12-13, 36, 38, 40, 42, 74
『リチャード二世』 74
リッチフィールド 140
リトゥル・ギディング 282-284
「リトゥル・ギディング」 256, 273-274, 282
リドゲイト，ジョン 22, 27, 50
リトル・ドリット 213, 223
『リトル・ドリット』 218, 223
『良心の呵責』 31
リンカーンズ・イン 219-220

[る]

ルイス，G. H. 237, 239
「ルーシー詩群」 171
ルーベンス，ピーター 91
ルーン文字 15, 18
ルエット，フィリッパ・ド 37
『ルナール物語』→『狐物語』
『ルネッサンス』 246

[れ]

『レヴュー』 130, 136
レスター伯 63
レッドグレイヴ，リチャード 207
『レディング牢獄の唄』 250-251
レノルズ，サー・ジョシュア 115, 147

[ろ]

ロイ，アルンダティ 285, 288
ロイド，コンスタンス・メアリ 247
ロイヤル・アルバート・ホール 120, 199
ロイヤル・クレッセント 123
ロイヤル・シェイクスピア 271
ロイヤル・シェイクスピア劇団 83
ロイヤル・パヴィリオン 119, 152
『老水夫の詩』 166, 169-170
ロード，ウィリアム 88-89
ロード司教 95
『ロード本トロイ戦記』 27
ローマ人の侵入 4-5
ローランドソン，トマス 115, 123, 129
ロール，リチャード 31
『ロクサーナ』 131
ロジャーズ，ウッド 134
ロセッティ，ダンテ・ガブリエル 206, 247
ロチェスター 212-214, 221
ロック，ジョン 116
『ロビンソン・クルーソー』 127, 131-136
ロマン主義 150, 157-158, 169, 190, 198
『ロミオとジュリエット』 66, 71, 193
『ロラン公とスペインのサー・オテュエル』 27
『ロランとヴェルナギュ』 27
『ロランの歌』 23
ロレンス，D. H. 119, 254
「ロンドン」 163
「ロンドン」 142
「ロンドン下町派」 191
ロンドン大学 93
ロンドン塔 9, 63-64, 71-74, 77
『倫敦塔』 71
ロンドン万博 208

[わ]

ワーズワス, ウィリアム　160, 164–177, 179, 182, 185, 197–198
ワーズワス, ドロシー　166–167, 171, 173, 176
ワイアット, トマス　52
ワイアットの反乱　56
ワイルド, オスカー　119, 211, 244–251
『若い王様』　251
『若き芸術家の肖像』　265
『若草物語』　105
『早稲田文学』　245
ワット, ジェイムズ　156
ワナメーカー, サム　64

[英語]

A Passage to India　258
A Soldier's Declaration　253
Amsterdam　289
Ash Wednesday　253
Cats　253
Counter Attack and Other Poems　253
Crow　258
Death of Naturalist　258
Door into the Dark　258
Look Back in Anger　260
Lupercal　258
New Year Letter　255
No Man's Land　261
Old Possum's Book of Practical Cats　253
Old Times　261
Out of This World　288
Poems by Currer, Ellis and Acton Bell　234
Regenaration　287
The Age of Anxiety　255
The Betrayal　261
The Caretaker　260
The Eye in the Door　287
The God of Small Things　285, 288
The Hawk in the Rain　258
The Old Huntsman and Other Poems　253
The Sweet Shop Owner　288
Understones of War　253
Waiting for Godot　261
Waterland　288
Wintering Out　258

写真・図版出典一覧

【写真】

飯沼万里子: 93, 98, 106, 109／今村温之: 281, 283／岩崎徹: 64, 71／英国政府観光庁: 4左上, 59下, 78, 150, 171, 228, 230, 233／江藤秀一: 119, 140, 145, 148／共同通信社: 271／隈元貞広: 9右, 35下／クリストファー・ヒバート著『図説イギリス物語』小池滋監訳, 植松靖夫訳, 東洋書林, 1998年: 61／大京子: 213, 214, 215, 218, 219, 220, 223／PANA通信社: 285／PPS通信社: 264／蛭川久康: 267／藤巻明: 192／毎日新聞社: 255, 259, 288／松本三枝子: 204, 239右／ユニフォト・プレス: 256

Bath Preservation Trust: 123／Bridgeman Art Library, London: 46／British Library: 63／British Museum: 34, 55, 122左, 122右, 206右／Bunyan Meeting Free Church, Bedford: 114／City of Manchester Art Galleries: 240右／Department of the Environment: 4右下／English Tourist Board's *Britain on View* picture library: 190／George Newbold, London, 1851: 201／*Great Drawings and Illustrations from PUNCH 1841–1901*, ed. by Stanley Appelbaum and Richard Kelly, Dover Publications, New York, 1981: 210／Her Majesty The Queen: 88／*Illustrated London News*, 29, December, 1860: 209／Ken Shelton: 35上／Mansell Collection: 59上／Museum of London: 4右上／National Portrait Gallery, London: 53, 54, 89, 90, 99, 116, 147, 164右, 180, 185, 239左／Norwich Castle Museum: 5右／Parker, Michael St John, *Queen Victoria* (Pitkin Pictorial Books, 1976) より: 200／Royal Museum and Art Gallery, Cambridge: 49／Soame Museum (W & N): 60／Tate Gallery, London: 143, 158, 206左, 248／Times Hulton Picture Library: 240左／Victoria and Albert Museum: 207／Walker Art Gallery, Liverpool: 141／William Andrews Clark Memorial Library, University of California, Los Angeles: 245, 247

【図版】（下記の文献を参考にした）

今井宏『イギリス史2』山川出版社, 1990: 57／トレヴェリアン, G. M.『イギリス史』大野真弓監訳, みすず書房, 1973: 10／Freeborn, Dennis. *From Old English to Standard English*. London: Macmillan, 1992: 5右, 14左／Gilbert, Martin. *The Dent Atlas of British History*. Second Edition. London: J M Dent, 1993: 7, 9左／Jenner, Michael. *Journeys into Medieval England*. London: Mermaid Books, 1991: 6／Robertson, Jr., D. W. *Chaucer's London*. New York/London, et al.: John Wiley & Sons, 1968: 32

執筆者一覧 （五十音順）

芦原和子　（元青山学院女子短期大学）
飯沼万里子　（元光華女子大学）
今村温之　（元横浜商科大学）
岩崎　徹　（横浜市立大学）
江藤秀一　（筑波大学）
隈元貞広　（熊本大学）
大　京子　（元白百合女子大学）
藤巻　明　（立教大学）
松本三枝子　（愛知県立大学）
三浦伊都枝　（元四天王寺大学）

開拓社叢書 10

イギリス文化・文学への誘い

ISBN978-4-7589-1803-9　C3398

編　者	江藤秀一・松本三枝子
発行者	武村哲司
印刷所	日之出印刷株式会社

2000年2月15日　第1版第1刷発行©
2013年5月15日　　　第2刷発行

発行所　株式会社開拓社　113-0023　東京都文京区向丘1-5-2
　　　　　　　　　　　　電話　東京 (03) 5842-8900 （代表）
　　　　　　　　　　　　振替　00160-8-39587

R 〈日本複製権センター委託出版物〉

本書の全部または一部を無断で複写複製（コピー）することは、著作権法上での例外を除き、禁じられています。複写を希望される場合は、日本複製権センター（03-3401-2382）にご連絡ください。